S.O.P.

SENTOO SAKA PROJECT

大阪遷都プロジェクト

七人のけったいな仲間たち

増田晶文
Masuda Masafumi

S.O.P.大阪遷都プロジェクト

七人のけったいな仲間たち

目次

第一章
「けったいな人たち」

1

この駅で降りたら、とろりとした特濃ソースと胸やけしそうな脂じみた臭気が押しよせてくる。

——まもなく高架工事着工！　昭和五十五年、新駅舎完成予定。

こう大書された横断幕が初夏の風に揺れる。

富瀬肇《ふせはじめ》はホームにたつと、大きなあくびをかました。口にあてた手を、そのままレイバンのサングラスの縁にもっていき指先で瞼《まぶた》をぬぐう。

線路のかなた、東に連なるのは生駒山や高安山。低いけれども存在感のある峰々は奈良との県境になっている。このところ緑の濃さをましている稜線《りょうせん》は夕陽で茜色《あかねいろ》に染められていた。

富瀬はウェーブのかかった肩までの髪をかきあげ、革ジャンのポケットからチェリーをだした。赤と白、水商売の女が好みそうな艶っぽいパッケージ。彼はそこからタバコをつまみ、横にして鼻の下にスッと通す。苦みのまさった濃い香りが鼻腔《びこう》をかすめた。

富瀬はかなり背丈がある。これでギターケースでも抱えていたらミュージシャンという感じだ。彼は、ゆったり紫煙《しえん》をはきだしながら改札口をめざす。

前にはくたびれたスーツの中年男がふたり、ラチもない会話を交わしている。

「ちょっと一杯、やってくか?」

「あかん。給料日前やないけ。ゼニがあれへん」

「一杯だけや。付きあえよ」

「おごってくれるんか」

「アホぬかせ。こっちも給料日前じゃ」

上着の内ポケットから出した定期入れをまさぐりながら、男たちは狎《な》れあった視線をかわした。一拍おいて、どちらともなくニヤけた顔になってうなずく。

富瀬も会社員たちに続いて改札を出た。ふたりはバスターミナルとは反対の方へ、もつれるように身体をぶつけあって歩いていく。

あの連中、先週の木曜あたりにウチへ来てくれたっけ。ビール大瓶一本でけっこう粘っていた。そんなことを思い出しながら、富瀬は柱に針金でくくりつけられた空き缶へタバコをねじ込む。廃物利用した灰皿は吸い殻が山盛りになっている。

駅舎の長くのびた軒の端、「びっくりうどん　雷」の暖簾《のれん》がめくりあがり、五〇がらみのおやっさんが出てきた。カウンターだけの立ち食いうどん屋のなかが丸みえになる。

「どこ行ってたん?」

どこだろうが、富瀬の勝手だ。でもこの街、いや大阪でそんなことに文句をいってたら暮らしていけない。片手の四角い袋をしめすと、おやっさんはいった。

「また洋楽のレコードかいな」

これも余計なお世話だが、富瀬はちゃんと理由を述べる。

「輸入盤でしか手に入らないんですよ」

こういうところ、彼は妙に律儀というかマジメなのだ。

「アメリカ村までいってきました」

「はぁ？　アメリカってジャンボでひとっ飛びしてきたんかいな」

「帰りの便は混んでて、ずっと立ちっぱなしでした」

大ボケにはきちっと返礼する。富瀬もようやくこの流儀になれてきた。

「あんたのとこ、そないな音楽よりド演歌のほうが似合てるで」

「アハハ。そうかもしれません」

うどん屋は「ヨコハマ、たそがれ」と口ずさみながら、古びたブリキの如雨露《じょうろ》で水を撒《ま》きはじめた。

「兄ちゃん、早いこと段取りせんと。じきに客がきよる」

「おやっさんのいうとおりです。さあ仕事だ、仕事！」

富瀬はグイっと胸をはって気合いを入れると、「梅町商店街」の大看板がかかったアーケード街にはいっていった。


難波から私鉄電車に揺られて一〇分ほどでこの駅につく。

河内の国の玄関口という人もいるくらいで、なかなか繁華な街ではある。

だが、辺りには閑静な住宅街なんて存在しない。高層ビルの並ぶビジネスタウンでもない。駅からアテもなく歩けば、古びたアパートや傾きかけたボロ家、小さな町工場がひしめいている。ヤンキーがウンコ座りし、オバハンは洋品店でヒョウやトラの柄モンに手を伸ばす。菜っ葉服の工員が痰《たん》を吐く。ヤクザが肩をいからせ闊歩《かっぽ》し、ズボンからラクダ色の腹巻をはみ出させたジジイは、誰にいうともなくブツブツとつぶやいている。その脇をホステス然としたケバイ女がヘップをカタカタいわせ小走りに駆けていく。

日本人に朝鮮人、韓国人、在日一世と二世、琉球、西日本に東日本……いろんな国と地方、出自、事情を抱えた面々がすれ違う。どいつもこいつも、ガラが悪いうえ小ずるくて貧乏、ラクして儲ける話には眼のない連中ばかり。うろつく野良犬が電信柱に小便をする様子さえ、どこかふてぶてしい。

駅のホームまで流れる臭気は、そんな住人たちを当てこんだ食べ物屋から滲《にじ》み出る。ホルモン焼きにお好み焼きの店。たこ焼き、イカ焼きの屋台。居酒屋に寿司、焼き肉、中華、洋食、うどん、ラーメン……。酒屋の一隅には、ビール箱をテーブル代わりにした角打ちのスペースが設けられ、昼間から屈託《くったく》を抱えたおっさんがカップ酒をあおっている。

駅前の府道は二重駐車が当たり前。ノーヘルの悪たれが、ナンバープレートを押し曲げたミニバイクで駆け抜けた。バスがひっきりなしにクラクションを鳴らす。

街を飾るのはサラ金の看板、ストリップの公演告知、手描きされたスナック嬢急募の貼り紙などなど。市会議員のポスターにはヒゲが落書きされていた。

富瀬の店は駅の南改札から数分のところにある。

桜町と梅町というアーケード街が、南に向け並行して三〇〇メートルほど続く。ふたつの商店街には衣食住にかかわる、あらゆる種類の、ちまちまとした店屋がひしめいている。大型スーパーが進出していないおかげで、桜と梅の商店街は繁昌していた。覇をきそい、いがみあうふたつの大アーケード街をつなぐ形で、東西に一条から四条まで横丁がとおっている。いずれも桜町と梅町に比べれば狭くて短くうす暗い。

富瀬が切り盛りする「八ちゃん」は二条小路にある。中古カメラや乾物、履き物にプラモデル、骨接ぎなど地味な商いばかりだ。八ちゃんは一〇坪ほどの小体《こてい》な店で、四人掛けのテーブルがふたつ、カウンターには背の高い丸椅子が五脚ならぶ。

富瀬はさっそくレコードを取り出した。オールマン・ブラザーズバンド、デュエインが在籍時の海賊盤だった。カウンターの端に鎮座するレコードプレイヤーに眼をやったところで、ガラス戸をあけてお馴染みの女子高生たちが入ってきた。

「大阪地区代表になった子、最低やな」

背の低い小太りがいきまく。厚めの唇に唾《つば》の泡がついた。

「なんであんなん選んだんやろ」

どうにも憤懣《ふんまん》が収まらないようす。彼女、オキシドールで脱色した茶と黒がまんだらの髪を流行のサーファーカットにしている。背格好はチンチクリンだけど、クリっとした黒眼がちの瞳が愛らしい。恵梨香という名だ。

「ホンマ、ぶっさいくやったわ」

応じるのは、ひょろりと背が高くてニキビが目立つ。こちらは切れ長の眼に受け口。恵梨香と対照的な風貌だけに、富瀬は漫才コンビを組めばいいんじゃないかと思ったりする。

「ウチのほうが絶対にカワイイし、歌唱力も将来性もあるやろ」と恵梨香。

「うん……まあ、そうかな、とりあえず」

のっぽは言葉を濁す。富瀬はぷッと吹きだすのをこらえる。彼女たちはふたりして底辺校といわれる府立高校の二年生。週に数回は八ちゃんに顔を出す。恵梨香がいった。

「あの子オッパイだけは大きいやん。日活いってポルノに出たらええねん」

「映画なんか無理や。北口のストリップ小屋が似合いとちゃう」

ふたりはアルミ製のベーカリーラックからジャムパンと卵サンドをとってテーブルに座った。

話題は美少女日本一とかいう大仰なタイトルの芸能オーディション。恵梨香はアイドル志望で大阪大会に参加していた。そういう事情や経緯は、耳をダンボにしていなくても狭い八ちゃんのことだからまる聞こえになる。

どうやら、というか当然というべきか。恵梨香は予選落ちしてしまったのだ。

「いつものでいいかい？」

富瀬はレコードをあきらめ、ていねいにビニール袋へ入れなおす。彼はチェリオ・オレンジのデカい瓶を出す。

「私はコーヒー」、恵梨香が注文した。すかさず、のっぽがチャチャを入れる。

「コーヒー？　どないしたん。雨ふるで」

「エヘッ。先週からナンバの喫茶店のウエイターと付き合うてんねん」

「ウッソーッ！　そんなん初めて聞いた」

「そらそうや。まだ誰にもいうてへんもん」

「ちょっと、ちょっと。詳しゅう教えて」

もうキスしたん？　アホな。ふたりはコンテストへの文句を忘れたかのように、顔を寄せあう。

富瀬は肩をすくめネルの袋をホーローポットの口にかぶせた。


八ちゃんは、お好み焼き屋だ。

しかし、中高生たちは菓子パンや清涼飲料水の組み合わせのことが多い。

放課後のちょうどいい休憩地、たこ焼きや今川焼きの屋台以上だけど純喫茶未満というポジション。彼らがお好み焼きや焼きそばを貪《むさぼ》るのは、もっぱら半ドンの土曜日になる。そして富瀬はさっきの注文のようにコーヒーや紅茶もたてる。夜には酒を出す。瓶ビールだけでなくバーボンやジン、シェリーのマニアックな銘柄が揃っていたりする。すべて富瀬のチョイスだ。

でも、八ちゃんはあくまでもお好み焼き屋。彼はそう自負している。

八ちゃんの常連の、梅町商店街でくだもの屋を営むオバハンはいつもいう。

「あんたのこさえたブタ玉、最初に食べたんはワテやった」

店内の二台のテーブルには鉄板とガスコンロが仕込んである。カップルや家族連れは自分で焼くが、たいていの客は富瀬の手になる一枚を所望した。

「あれは何年前のこっちゃ？」

「僕が二六の時だから、三年前になるかな」

「あんた、もう三〇手前かいな。若うみえるけど、ええ齢してんねがな……しかし八ちゃんのジイチャン、よっぽどあんたが気にいったんやねえ」

オバハンのいうとおりだった。富瀬が八ちゃんを手伝うようになってほんの数か月後、おやっさんは一切合切を任せ、自分は香里園《こうりえん》に住む長男のもとで隠居を決めこんだ——。

「しかし、最初のお好み焼き、人間技とはおもえん出来やったで」

かろうじて円形ながら周囲は歯車みたいにギザギザ。豚肉は焦げてまっ黒け。そのくせ中身は溶岩のようにどろどろ……富瀬は苦笑いしつつ弁解した。

「東京の僕の実家あたりじゃ、お好み焼きは大阪ほどポピュラーじゃないし、あまり食べたことなかった。まして、つくったことなんかゼロだったんですよ」

「ふんッ」。オバハンは東京ときいて、わけもなく鼻息を荒くした。だが、富瀬にとってはそんな反応は慣れたもの。すッと、かわしてしまう。

「大将に、一からみっちり仕込んでもらえてよかったです」

「それが、今ではジイチャンのより数段上いく味になったわ」

富瀬は師匠の手際を鋭く観察し、すばやく要領を会得《えとく》してみせた。わからぬことは質問しまくった。富瀬の問いかけは要領をつき、ジイさんの指導も痒《かゆ》いところに手が届いた。界隈にはライバル店も多い。富瀬はくまなく食べ尽くして傾向を知り、対策を練った。

カウンターには小麦粉に豚肉、イカ、キャベツ、天カス、紅ショウガに削り節、山イモ……食材が山と積まれた。ソースだって何種類も取り寄せた。計量カップやビーカー、フラスコ、温度計などに止《とど》まらずペーハー測定器までが並び、八ちゃんはさながら研究室のようになった。

富瀬の探求心はホンモノ。ジイちゃんは最良の後継者の誕生に眼をほそめた。

「もう、これ以上は教えることナンもあれへん」

「レシピは伝授していただきました。でも、最後にモノをいうのはカンとセンスですね」

「数字で味を再現しようとしてもアカン」

「考えるな、感じるんだ――お好み焼きの奥義《おうぎ》を極める道はまだまだ遠いです」

「それがわかっただけで充分や」

この弟子にしてこの師匠あり。八ちゃんの味は伝承された。

「浪花お好み焼き選手権が開催されたら、絶対にええとこいくわ」

オバハンのみならず、常連客たちは太鼓判を押してくれる。ジイちゃんは深くうなずく。

「八ちゃんは富瀬君に任せた。あとは好きなようにやって」

もっとも店名を「フィルモア」に変更したいという富瀬の案は一蹴《いっしゅう》された。

そして、富瀬はお好み焼きの腕こそ最良だったけれど、経営者としては最高ではなかったようだ。富瀬はたいていカウンターの向こうに座って分厚い本を読んでいる。それは洋書のこともあった。店に流れるのはブルーズやロック。時にはノートを開いて何やら書きつけたりもする。

だから、八ちゃんは決して儲かっていない。でも開店休業というわけでもない。富瀬は無愛想ながら、どことなく憎めないところがあって、少なくない固定客がついている。

「いやはや」、果実商のオバハンは妙な按配《あんばい》で感心してみせるのだった。

「大阪でお好み焼きをこさえながら、あんたの河内弁はぜんぜん上達せえへん」

富瀬はすっと眉をあげてから、そっと視線を外す。

必要がないものを学ぶ必要はない――でも、そんなことを公言できるわけがない。

2

「やっぱりインスタントとは違うわ。これキリマンやろ？」

恵梨香がカップの縁に鼻先を寄せていう。富瀬はカウンター越しに素っ気なく答えた。

「違う。ブルマンをブレンドしてあるんだ」

恵梨香はカップに鼻をぶつけかけた。連れの女高生がチェリオを瓶ごとグビリとやり、小さくゲップを漏らした。

「あんた、もうちょっと彼氏にコーヒーのこと教えてもらわな」

「ほっといて。私、ブルマンっていうつもりでちょっと間違うただけやん」

恵梨香がムキになって反論したその時、店の戸が乱暴に開けられた。

見知らぬ老人が声を尖《とが》らせて狭い店内をみわたす。

「表に置いてある自転車、誰が乗ってきたんや？」

恵梨香と連れは顔を見合わせた。

「犯人は、お前らのうちのどっちかやろ」

老人は恵梨香たちを睨《にら》みつける。その眼光と痩せた風貌は鷹を連想させた。

「あれはワイの自転車や。先月、駅前の駐輪場で盗まれた」

老人はズボンのポケットを探って、手を開いたりすぼめたりしてから、ようやく小さな鍵を取り出した。

「これが証拠。せやけど自転車の錠前は壊されとる」

恵梨香は金切り声でまくしたてた。

「ええ加減なこといわんといて。あれは私のチャリやんか」

ははん、なるほど。富瀬は、このひと言で恵梨香がパクったことを確信した。彼はカウンターから出た。

「おじいさん、事情をご説明いただけませんか?」

老人に会釈しつつ、開いたままの戸をすり抜け自転車の横に立つ。二六インチ、前カゴと後ろの荷台、両立スタンドという、ごく普通のファミリータイプだ。とはいえ色は地味な紺色、タレント志望の女子高生が選ぶ色合いではない。しかも、老人のいうとおり錠前がひしゃげてしまっている。

「登録番号のシールは剝がしてある」

老人は屈《かが》んで指をさした。シールの跡がくっきりと残っている。

「……弁解の余地なしってやつだよ」

富瀬は小さな声を漏らしつつ店のなかを覗きこむ。ふくれっ面ながら、どこか怯《おび》えたような恵梨香と眼があった。老人は立ちあがると吐きすてた。

「交番につきだしたる。どこの学校や? 間違いのう退学やぞ。それに親、呼んでこい」

富瀬は恵梨香を眼の端にとらえたまま、いかにもヘンコツそうな老人に提案した。

「ここは、なんとか穏便《おんびん》にすませていただけませんか?」

「アカン。あんな小娘にはお灸《きゅう》をすえたほうがええんじゃ」

富瀬は「おっしゃるとおりです」といってから恵梨香に声をかけた。

「まずは、この人に謝りなよ」

「パクってなんかないわ！」、恵梨香は半泣きになりつつ、あくまでも潔白を主張する。

「さっき駅前でこの自転車をみつけたん。鍵が壊れてるし、乗ってちょうだいっていうみたいに置いてあるんやもん」

「鍵を壊したり防犯シール剝がしたりしてへん」、のっぽも加勢した。

「そんなの理由にならないから」、富瀬はぴしゃりという。だが、彼は老人に向き直った。

「盗人猛々《ぬすっとたけだけ》しいですが、あながちウソともいえません」

富瀬は誠意をこめて話した。確かにこの自転車をみるのは初めて。ホンのちょっとの出来心だったのだろう。それを僕は信じたい。でも、やったことは悪事に違いない。

「その点は、きちんと謝らせます」。もちろん反省と改心もさせる。富瀬は請け合った。

「彼女たち、ウチによく来てくれるんです。駅前に放置してあったのを拝借したのは事実でしょうが、最初にご老人の自転車を盗んだ真犯人は別にいるはずです」

だが、老人は顔を真っ赤にして富瀬にくってかかってきた。

「盗人の肩を持つんか」

彼は富瀬より頭ふたつ分ほど背が低い。しかし、怒りにまかせた勢いは侮《あなど》れない。力任せに肩からぶつかってこられ、富瀬はよろけた。

バッシャーン！　そのはずみで自転車が派手に転倒してしまった。

「痛てッ！」。富瀬が腰をおさえ、老人はあわてて自転車にかけよる。二条小路をいく買い物客が集まって八ちゃん店頭のハプニングをながめている。

いきなり、恵梨香が店から飛び出し脱兎《だっと》のごとくの勢いで逃げ出した。のっぽも続く。見物人たちは女高生を阻《はば》むどころか、サーッと二手に分かれ道をあける。彼女たちは桜町商店街へ向かって全力疾走し、ほどなく雑踏に姿を消してしまった。

「こらッ盗人、待て、待たんかい！」

ハンドルに手をかけていた老人が叫ぶ。富瀬は腰に回した手をそのままジーンズのバックポケットにやり財布を取り出した。

「僭越《せんえつ》ですが、自転車の鍵の修理代は僕が立て替えさせていただきます」

「カネなんかいらんわい。あの高校生をひっ捕まえてワイの前へ連れてこい」

老人はますます頑《かたく》なになる。富瀬は両方の眉をさげ、頭もさげた。

「わかりました。あのふたりが店にきたら、いや、このあたりで見つけ次第ご連絡します。僕からもキツく叱って、謝らせます」

二手に分かれた見物客たちは隊形をもとに戻した。最後部には、例のくだもの屋のオバハンが何ごとかと背伸びして覗きこんでいる。老人は衆人の熱い視線にたじろいだのか、いくらか語勢を弱めた。

「わかった。けど、一週間以内に連れてこい」

「承知しました。よろしければ電話番号とお名前を」

富瀬は老人を八ちゃんの中へと誘《いざな》う。テーブルの鉄板にはコーヒー、ジュースにパンの代金が置いてある。恵梨香は小悪党ながら、こういうところは律儀なようだ。

「何かお飲みになりますか。コーヒーなら、すぐに温めます」

「いらんわい。ワイかって忙しい」と老人はいった。外見そのもの、ヘンコツな御仁だ。

「ワイは橋場。橋場秀喜や」

名をメモした富瀬の手がとまった。彼は眉根をひそめ「橋場、橋場」と胸のうちで反復する。

どこかで聞いた名前に違いない。しかも、何回も。でも、どこで？

「あんたはなんちゅう名や。店が八ちゃんだけに岡八郎てなもんか」

「僕は富瀬です。富瀬肇。名刺はないんで八ちゃんのマッチでいいですか」

「ふせ……？」

老人は遠い記憶を必死に取り戻そうとするような顔つきになった。

「そうです。富士山の『ふ』。それと瀬戸際、じゃなかった瀬戸内海の『せ』です」

老人はマッチを受け取るため差しだした手を宙に浮かせ固まった。探るように尋ねる。

「富瀬……あんた、言葉からいうて東京の出身やな」

「はい。東京の郊外、国立市です」

老人は遠くをみる眼つきになった。

「あんたのおじいさんかナンかに大阪とかかわりの深い人がおるんやないか……」

今度は富瀬が息をのむ番だ。若者の手はマッチを受け渡すことなく固まった。

「祖父が戦前、大阪市役所で行政アドバイザーのようなことをしていたんです」

「ううッ。あんたは、あの富瀬はんの……」

「祖父のことをご存知なんですか！」

富瀬は問いかけながら、敬愛してやまない祖父の日記に「橋場」という名が何度か登場していたことを思い出したのだった。

「橋場」「富瀬」——ふたりは互いの名を呼びかわすと、それっきり黙りこくった。

ただし、互いの視線は激しくぶつかり火花を散らしている。

3

古びたアパートの玄関の前で、岸堂育枝がせっせと箒《ほうき》をつかっていた。

木造モルタルの築二〇年は経っていそうな建物だ。二車線の市道の脇道、そのどん詰まりにある。育枝の足元でチョロチョロしていたポメラニアンが、市道のほうへ駆けだした。耳の付け根あたりに赤い小さなリボンを結わいつけ、よくブラッシングされた毛並みはふわふわだ。

「ラッキーちゃん危ないで。クルマにひかれてしまうがな」

岸堂育枝が掃除を中断し愛犬の名を連呼した。だがラッキーは振りかえりもしない。

育枝は停めてある自転車に箒をたてかけた。錠前が新調され、サドルの下のシートチューブに「橋場」とマジック書きしたネームシールが貼られている。

「橋場はん、盗まれた自転車がみつかったんやな」

育枝はアパートの二階をみあげた。南西の角が彼の部屋だ。窓は閉まっているものの、カーテンレールに洗濯物が干してあった。

駅から徒歩一〇分、自転車なら五分。駅前のガラの悪さは、潮が浜辺へ押しよせるみたいにこの辺りにも及んでいる。住人の大半が中小、零細工場の工員だから、菜っ葉服にタオルを首へかけたスタイルが街に馴染む。

それでも七、八年前までは農地だってけっこう目立っていたのだ。

大阪万国博開催を機に都市化が進み、どんどん宅地に転換していった。工場排水に混じった油のせいで、水面を青や緑に光らせていた田んぼは消え、カエルを捕まえるのに熱中するガキどもの姿もみられなくなった。潰された田畑は文化住宅や安普請《やすぶしん》の建売住宅に変身した。文化住宅はアパートより一等級、上とされている。しかし、育枝は毒づく。

「便所が部屋についてるだけで、文化とは偉そうに。どうせ、ひり出して流してしまうんやないか。便所なんか共同でかまへん」

彼女のアパートはかなりガタがきている。だから家賃が安い。橋場のような独居老人や、町工場で働く低賃金の労働者が入居し八部屋すべて満室だった。

先月、あからさまに朝鮮半島からの密入国者とわかる中年男が、たどたどしい日本語で部屋を借りたいといってきた。育枝は男を値踏みした。

「あんさん、お金はたんともってはりまんのか?」

敷金に保証金、礼金、前家賃。耳を揃えて払ってくれたら、ややこしいことは一切いわない。それどころか、仕事の斡旋業者や外貨の両替商も紹介してやる。もちろん駅前に巣食うモグリの業者だが。

「世の中で信用できるんはカネと愛犬だけでっせ」

育枝は古希《こき》を迎える。夫は五年前に亡くなっていた。アパートは、駅前の信用金庫に勤めていた夫がサイドビジネスで始めたもので、今では寡婦《かふ》の貴重な収入源になっている。

育枝には子どもがいない。生母、父だけでなく義父母とも先に死んだ。家族は愛犬ラッキーだけ。彼女はアパートと隣あわせの、やはり築二〇年をこえた平屋に住んでいる。

「ラッキーちゃん、どこへいってしもたん？」

育枝は市道に出て、あちこちで「ラッキーちゃん」を探す声を響かせた。だが、どこにも愛犬の姿はない。

「ケッタイな具合や。神隠しにおうてしもたんかいな」

まさか交通事故？　おばあさんは蒼白《そうはく》になり、クラクションにもめげず愛犬の姿を求めて市道を右往左往した。


ひとつ屋根の下に四軒分の小さな千鳥破風《ちどりはふ》を戴《いただ》く玄関が並んだ棟割《むねわり》長屋、そんな一画に「辰巳」の表札。字は金釘流《かなくぎりゅう》、しかもカマボコ板に書かれていた。

駅から二キロほど、育枝のアパートよりさらに南下する。もっと進めば平野《ひらの》、西へ足を向けたら猪飼野《いかいの》にゆきつく。駅からこれほど離れても土地柄はそのまんま。ガラが悪い。

界隈には似かよった貧乏長屋が軒を並べていた。狭い路地にはお地蔵さんが祀《まつ》ってある。花と線香が絶えないのは、掃きだめというべき土地にも御仏《みほとけ》を想うこころが根づいていることを語っていた。もっとも、辰巳家の住人は仏花を手向《たむ》けたことなど一度もないのだが。

辰巳家の玄関は木製の格子が入った引き戸、そこが半分ほど開いている。中から熟女の怒声がきこえてきた。

「アホンダラ！　また畳でションベンしくさって」

辰巳幸子が犬を蹴とばそうとする。着替えの途中なのか幸子はシミーズ一枚だ。彼女の脚は色白でむっちりと肉づきがいい。キックをかますのと同時に、豊満な乳房も一緒に大きく揺れた。

だが、犬はひょいと幸子の攻撃をかわす。部屋の隅までいって身の安全を確保してから、小さな牙を剝きだし憎しみいっぱいにキャンキャン吠えたてる。

「うるさい！」

「ママ、乱暴せんといて」

娘が雑巾で小便をふく。犬のおかげで六畳の居間はひどい悪臭にまみれている。

「茂子、その犬を飼い主に返しといで」

幸子はいかにも水商売っぽいブラウンの髪に巻きつけたカーラーを気にしながら命じた。娘は汚い雑巾を突きだして抗議する。

「茂子っていうんはやめてって何回いうたらわかんの」

娘は母ゆずりの厚い唇をとがらせた。

「はいはい、シゲコあらためエリカちゃん」、母はうんざりした調子でいう。

ここは例の女子高生、富瀬の店「八ちゃん」に出入りする恵梨香の自宅だった——。

「親からつけてもろた名よりトルコ嬢の源氏名みたいなほうがええんかいな」

「いやらしい。恵梨香のどこがトルコ風呂やのん」

「あの仕事は、きつい分ええ銭になるんや」

「ママってお金のことばっかり」

「ふんッ。か弱い母と娘が生きていくんや。銭のほかに頼れるモンがあれへんわ」

「ウチ、大場久美子みたいなアイドルになんねん。そしたらママにも楽さしたげる」

「アイドル？　寝言は寝てる間にいうもんや。あんたには吉本のほうがお似合い」

「なったる、どんな手を使てもホリプロに入ったる。だから茂子ではアカンねん」

アイドルになると決めた日から、お母ちゃんもやめてママと呼ぶことにした。もっとも、友人と母を話題にするときはオカンのままだが。

辰巳幸子の夫、恵梨香の父は娘が生まれる前に出奔《しゅっぽん》していた。ちょうど地蔵盆の頃だった。今もって不明のまま。

以来、母は娘を女手ひとつで育ててきた。週日は近くのパン工場で働き、週末になると駅前のスナックで色香をふりまく。時に昼間の仕事をさぼることがあっても、夜の飲食業へは喜々として出かけていく。中学を卒業し、ミシンの部品工場で女工をした経験はある。だけど、男がらみの醜聞《しゅうぶん》でやめてしまった。娘の年頃にはアルサロで稼いでいた。

出奔した夫は幸子が指名客獲得ナンバー1になった店のボーイ。ちなみに茂子は夫が用意していた名前だ。娘は父親の顔にまったく似ていない。

幸子は太平洋戦争開戦の数年前に生まれた。

四〇歳をほんの少しオーバーしたばかり。このところますます豊麗《ほうれい》になっている。

中年太りしているけれど、脂肪のおかげで乳房とヒップにボリュームが増し、濃い化粧とあいまって煽情的《せんじょうてき》だ。スナックでは一〇歳もサバを読み独身と称している。それを真に受け、いい寄ってくる男がけっこういた。幸子は娘に嘯《うそぶ》くのだった。

「接客技術を売ってもハートと身体だけは安売りせえへんのや」

こんな母親に育てられただけに、恵梨香は土性骨《どしょうぼね》というべき不敵なものを宿している。ただ、どうにも手癖《てくせ》が悪い。欲しいものがあれば、ついちょろまかしてしまう。とはいえ、この悪癖も母たる幸子の教育方針に由来しているようだ。母の口癖というのは――。

「一個目は記念品、ドロボウになるんは二個目からや」

犬が吠える。小さな身体を震わせキャンキャンと耳障りな声で鳴きつづける。

数日前、恵梨香はポメラニアンをさらってきた。その愛らしさはもちろん、アイドルたるもの血統書つきのペットくらいは飼っておかねば、と決めていたからだ。

「今度のオーディションで犬の話をするねん」

幸子はうんざりしたが、すぐ「答え一発！　カシオミニ」と頭の中で電卓を弾いてみせた。「ええか」、母は娘にいってきかせる。

「こいつは迷い犬。あんたが、あしこのアパートからパクってきたんとちゃうんやで」

動物好きで心やさしい辰巳家の母娘に拾われ、犬はしあわせというべき。

「手厚う保護したったと恩を売ったらええ小遣い稼ぎになる」

まず最初の日、飼い主は近所を探しまくる。だが愛犬の姿はない。

二日目になったら警察へ届けを出す。三日たったら犬猫の保護センターに問い合わせるだろう。四日目には自力で帰ってくる希望が失せ、五日もすれば交通事故にあったかと涙にくれる。六日目、石切神社まで出かけ参道に並ぶ占い師に愛犬の安否を尋ねる。

この展開、間違いない。幸子は豊満な胸をドンと叩いてみせた。

「そんで運命の一週間後、飼い主ちゅうババアが絶望しきったところで犬を差し出す」

ババアは随喜《ずいき》の涙にむせび、幸子を愛犬の命の恩人と拝み倒す。

「当然のことながら謝礼金をはずみよるわ」

幸子は己の企てに満足しきっている。だが娘は地団太《じだんだ》を踏んだ。

「そんなんイヤや。あたしがデビューしたらこの犬と週刊誌のグラビア写真に出るねん」

「アホくさ。うるさいうえに小便たれのアホ犬に付きおうてられん」

「けど、まだママの計画の一週間になってへんやん」

「犬の耳にリボンまでつけて可愛がってるババアや、今ごろ心配で飯も喉をとおってへんやろ。ババアの石切さん参りは省略してもかまへんわ」

ああでもないこうでもない。母娘がいいあっている横で急に犬が吼えるのをやめた。そわそわと辺りを嗅ぎまわる。やがて尾をあげ尻を下げた。恨めしそうな上目づかいで虚空《こくう》を睨みつけ、腰のあたりが小刻みに震える。

「ギャッ！　ババしよるで。茂子、いや恵梨香、早いこと外へ連れていき」

「ババなんていいかたやめて、ウンチっていうて」

「そないなことどうでもええんや！」

だが、すでに遅し——。

4

富瀬肇は橋場秀喜の住まいを訪ねた。

あの自転車の一件から数日して橋場から店に電話がかかってきた。

「ワイのアパートへこい」

「いきなり、どういう用事なんですか」

橋場の自転車を勝手な解釈で拝借した女子高生はずっと八ちゃんに顔をだしていない。

「その件はおいといて。お前の爺さんの大阪時代にかかわることで話があるんや」

「えっ！　祖父のことならぜひ。僕も橋場さんにおききしたいことがあるんです」

だが、電話はそこで一方的に切れてしまった。富瀬はこのあと何度も橋場老人から教えてもらった番号にかけた。だけど全然つうじない。

ようやく電話口に人がでたのは五日後だった。

「もしもし、どなたはんでおます？」

「僕、富瀬と申します。あの、失礼ですが橋場さんの奥様でいらっしゃいますか？」

「ホンマに失礼でんな。ワテは橋場はんの嫁はんと違《ちゃ》いまっせ」

富瀬と受話器をとった女性はトンチンカンなやりとりを交わした。そうして、ようやく富瀬は橋場の部屋に電話がなく、かけているのはアパートに設置されたピンクの公衆電話だと知った。

彼女はアパートの大家の岸堂育枝だと名乗った。

「すみません。じゃ改めて橋場さんを呼び出していただけませんか」

ところが、老人は不在。その後も同じようなことがつづいた。

「これじゃラチがあかない。だから来ました」

アパートは「聚楽荘《じゅらくそう》」という。太閤秀吉が精魂をかたむけた壮麗優美な建築物とはほど遠いくせ大胆なネーミング。富瀬は、これも大阪らしさだと納得する。とはいえ、聚楽荘の玄関先は掃除が行き届いていた。並べられた鉢植えは青々と繁り、小さな花々が美しく咲き誇っている。アジサイもたくさんの蕾《つぼみ》をつけていた。

大阪の庶民は、こうして丹念に草木を育てている人が多い。

「あんさん、ひょっとして駅前のお好み焼き屋の兄ちゃんと違いまんの」

富瀬をみるなり大家の婆さんは彼を見あげていった。富瀬は身長一八三センチある。身体にピッタリしたTシャツ、細身だが筋肉質で無駄な脂肪がついていない。

「そうです。八ちゃんの――」

富瀬は意外にも自分を知っている人が多いのでびっくりしてしまう。大家のおばあさんも何度か店に来てくれたのだろうか。

「今日は橋場さんを訪ねてきました」

「八ちゃんの兄ちゃんが、橋場はんにナンのご用事で?」

大家の育枝はじろじろと、富瀬の長髪のてっぺんからブーツのつま先まで検分《けんぶん》している。

富瀬は居住まいを正した。

「橋場さんに折り入ってお逢いしたいんです」

ふ〜ん。育枝は訝《いぶか》し気な顔色を隠そうともしない。

「橋場はん、お好み焼き代でも踏み倒したんでっか」

「いや、そんなことじゃありません」

東京ならこれで会話が終わる。だが、おせっかい焼きばかりの大阪ではそうはいかない。

「橋場さんが若い頃、僕の祖父と懇意にしていたみたいなんで」、富瀬は説明した。

「そういやあの御人、戦前は大阪市役所でえらい仕事してはったそうでんな」

「あっ、大家さんもその話をきいてらっしゃいますか。僕の祖父も市役所にいたんです」

「そうでっか。橋場はん、人付き合いが悪いほうやから詳しゅうは知りまへんけど」

「なるほど」、富瀬は橋場の狷介《けんかい》な態度を思い出す。

「とはいえ、わてもしばらく橋場はんの姿をみてまへんのや」

育枝はアパートの二階、角部屋をみあげる。二枚のカーテンの合わせ目が開き、閉めきった窓の向こうで下着が干しっぱなしになっている。

「橋場さんの自転車はありますね」

「そうや、ワテも自転車がかえってきたんやと思てたん。あの日にラッキーちゃんがおらんようになってしもて……かれこれ六日になるんですわ」

大家はいきなり眼がしらを押さえた。「ラッキーちゃん?」、富瀬は話が大幅に脱線しかけるのを予感し軌道修正につとめる。

「あの、その件は後でゆっくりお伺いします。だけど、まず橋場さんの部屋へ」


古びたアパートの廊下は踏むたびにギギーッと不気味に軋《きし》んだ。

古い建物独特のカビ臭さに、料理や洗濯、樟脳《しょうのう》など衣食住にかかわるいろんな臭気が混ざって鼻腔にひろがる。でも、暗くて陰鬱な雰囲気が電灯をつけたらパッと明るくなった。ワックスがけされた廊下の床板が鏡のように蛍光灯を反射する。

四つの扉が左右対称に並び、どん突きに共同便所がある。どの部屋からかテレビの音がする。

お笑い番組のようだ。

「ここでっせ」

育枝が橋場の部屋のドアを叩く。だが、返事はない。四角いドア窓はすりガラスで中の様子が覗けない。富瀬も「橋場さん」とノックした。やはり反応はない。

富瀬と育枝は顔をみあわせる。富瀬が眉をすっとあげた。

「橋場さんひょっとしたら」

「自殺、それとも孤独死……ゲンの悪いこといいなはんな」

「そこまでいってません」

「いうたんも同じやおまへんか」

大家は富瀬を睨みつけ、エプロンのポケットから合い鍵を取り出した。

「緊急事態かもしれへん。ここは大家の権限ちゅうことで」

銀色に鈍く光るマスターキーがガチャンと回った。

ドアを引くと、たたきのスペースにカラーボックス、中には履き込んでいるがきちんと磨かれた革靴が二足並んでいるだけだ。

「橋場さん、普段はサンダルとかスニーカーを使ってました?」

「そういえば玄関に脱ぎっぱなしやったツッカケがおまへんわ」

ならば橋場は普段履きのまま行方をくらましたということか。

二間のうち、手前の四畳半は板張りの台所と食事のスペースで、丸テーブルに二脚の椅子。隅の台には一六インチほどの小さなテレビ。テーブルの上に味の素と醤油の瓶が並ぶ。

「冷蔵庫の中はからっぽ。流し台もきれいにしてあるわ」

大家がいうとおり橋場は整理整頓が行き届いた老人のようだ。

富瀬は壁のカレンダーをチェックする。恵梨香の自転車盗難事件で橋場と逢った翌日が赤い丸で囲んである。だが、用件は書いていない。首をひねる富瀬の横に育枝が並んだ。

「う～～ん、橋場はんの顔をみんようになったんはこの日以来になるんかな」

「そこのところ、意外に重要なことかもしれません」

「イヤやわ。橋場はんが誘拐されたうえ殺害されたなんていいなはんな」

「……………ですから、そこまでいってません」

次の六畳間は畳敷き。使い込んだ洋服簞笥《だんす》と文机《ふづくえ》しか家具はなく、やはり整然としている。外からみえていた洗濯物は縞のトランクスと黒のソックス、それに白のタオル一枚だ。

「どうにもこうにも、極めつけにシンプルな部屋ですね」、富瀬は感嘆する。

「めぼしい家具は、橋場はんを拉致《らち》したとき一緒にもっていったんかもしれまへん」

「…………僕以外にもアレを探している人がいるのかも」

つぶやく富瀬を尻目に、大家は押し入れをみやった。

「ここに遺体のまま放りこまれてるかもしれまへんで」

ええッ。反応しつつも富瀬は鼻をうごめかせる。

「この季節に遺棄されたら、相当に臭うはずですよ」

「カラカラのミイラになってんのかも」

このおばあさんはどういう趣味なんだ。富瀬は慎重に戸を開けた。

「死体なんてあるわけないじゃないですか」

いいながらも、富瀬はちょっと安心している。

「上の段は布団に毛布でんな。下は行李《こうり》と扇風機に電気ストーブ……この行李に橋場はんを詰め込むには身体をバラバラに切断せな無理でっしゃろ」

富瀬はもう大家を無視して行李に手をかけようとした。だが、すぐに手を引っ込めた。さすがに、個人の持ち物を勝手に調べるのは、やり過ぎだと気づいたからだ。

「今のところ、殺人事件の手がかりはおまへんな」

大家も太い息をつく。富瀬はおばあさんに尋ねた。

「橋場さんのお子さんとか親戚に連絡はつかないんですか？」

「それがワテと同じで天涯孤独らしいんですわ」

「でも、部屋を借りるには保証人が必要ですよね」

「ウチのアパートはそこんとこ、個人の事情ちゅうもんを斟酌《しんしゃく》しまんね」

保証人ナシの場合は、通常の三倍の礼金を分捕るのだが大家はそのことまではいわない。

「まいったな」。富瀬はもう一度、行李に視線をやった。それから箪笥と文机に視線を移す。本当ならこいつらを徹底的に調べてみたい。富瀬が長い間、それこそ大阪に来てからずっと探しているモノがあるかもしれないのだから——。

だが、こんな富瀬の胸中も知らず、岸堂育枝はマスターキーをジャラジャラいわせながらつぶやいた。

「明日まで待ってお帰りやなかったら、警察に連絡しますわ」

5

富瀬は「お好み焼き八ちゃん」と紺地に白く抜いた暖簾を外した。

唇の端にくわえたチェリーの紫煙が夜気に溶けていく。空を仰ぐと、月にかかっていた雲が切れた。月の光は隣のプラモデル屋や向かいの和装小物店をはじめ、すっかり灯りが消えた二条小路を頼りなげに照らしている。道ばたに捨てられたスナック菓子の空袋が風に転がった。コンソメパンチの文字がみえる。

富瀬は後ろ手で戸を閉めた。

「さて、酒にするか。それとも音楽……いや本を読むかな」

ちょっと迷いながら、まずタバコを消す。富瀬は冷蔵庫からティオペペのボトルを出した。シェリーグラスなんて洒落たモノはない。店で使っている赤い星印が入ったサッポロビールのコップに注ぐ。ターンテーブルにはハウンド・ドッグ・テイラー&ザ・ハウスロッカーズ。そして、カウンターの下に置いたマディソンスクエアーガーデンのボストンバッグから、おもむろに書籍を取り出す。

「結局はいつものように酒と読書と音楽が一緒になっちゃった」

本は『住宅問題と都市計画』。奥付には大正十二（一九二三）年八月刊行、版元が弘文堂書房とある。大阪を代表する古本屋、天牛書店でみつけた一冊だった。

「といいつつ、この本を買うのも四冊目」

最初のは高校から大学時代、二冊目は大学院で精読を重ね、ラインを引きまくったおかげで文字どおり擦り切れてしまった。三冊目は三年前に大阪へ来るとき持参したけど、そろそろ所々のページが外れかけている。

「おまけにお好み焼き屋って、油とかキャベツの葉っぱとか小麦粉が飛び散るし」

ならば八ちゃんで本を広げなければいい。客からツッコミが入るところだ。でも——常連ですら富瀬がなぜこの一冊に傾注するのか、その理由を知る者はいない。

「でも、橋場さんの一件からちょっと事情が変わってきた」

いよいよ、懸案の作戦にとりかかるチャンス到来なのかも。


富瀬は陽気なブルーズにあわせリズムをとりながら、辛口のシェリーで唇を濡らす。

本は半世紀以上も前の刊行物だ。ていねいに、慎重にページをめくっていく。

ほどなく、富瀬の眼が異様なほど輝きをましてきた。

レコードのA面が終わって針のあがったのに気づかない。酒にも口をつけていない。店の外で酔っ払いが大声で南沙織の唄をガナっているのさえ耳に入ってこない。

「やっぱり關一《せきはじめ》って人はすごいや」

富瀬はいったん本から眼をあげ、うっとりしながら独り言ちた。

「今の大阪に關さんがいたら——きっと一万倍ステキな都市になる」

著者の關一は本が上梓された数か月後、第七代大阪市長に就任した。

關のおかげで大阪は急速かつ急激な変貌を遂げていく。關は御堂筋の拡幅と地下鉄御堂筋線の敷設、市営バス事業のスタート、大阪港の建設、大阪市の市域拡大などなど、今の大阪に直結する大規模な都市事業に着手した。

「御堂筋を広げるときは、当時としては破格のスケールだったから、市民に滑走路をつくるつもりかと嗤《わら》われたそうだけど」

御堂筋は大阪の南北の中心街を結ぶ大幹線道路だ。交通量こそえらいものだが、四列のイチョウ並木が季節ごとに表情をかえる。それが、ビルや老舗の連なる街に彩りを添える。しかも御堂筋は解放感に満ちているのがいい。

「それも、關さんが街の景観を守るため、建築に関するルールを策定してくれたおかげ」

夜の御堂筋も捨てがたい。ことに小糠雨《こぬかあめ》がクルマのヘッドライトにけぶるのなんかは映画の一シーンのようだ。そんな美しさ、豊かな情緒は日本で有数のものだろう。

「いつかはカワイイ恋人と御堂筋を梅田からナンバまで散歩したい」

映画をみるのもおもしろいけど、やっぱり彼女と腕を組んで――ふっと心をウキウキさせ、ポッと頰を赤らめる富瀬。三〇歳近いというのにウブなところもある。

だが彼は頭を振り、背筋を伸ばして本に眼を落す。

「關さんが市長になった頃の大阪は住宅だけじゃなくて、低賃金や都市環境なんていう、難しい問題が山積みだった」

読み返すたび關の著作は新しい示唆を与えてくれる。

「關さんの真骨頂は大阪で教育や福祉、市民生活を充実させたこと」

彼は市立大学を日本で初めて創学し、市民病院や中央卸売市場を開設する。公営住宅を建て、市営公園を整備し大阪城公園を現在の形にした。

そのうえ大坂夏の陣で焼け落ちた天守閣の再建に乗り出したのだ。

「憎っくきは家康だから。關さんは浪速っ子の心情をうまくつかんでいるよなあ」

だけど關は大阪の人ではない。明治六（一八七三）年に静岡で生まれた。四一歳になるまで一度も大阪で暮らしたことがなかった。

彼は一橋大学の前身の東京商業学校を首席で卒業後、大蔵省を経て母校の教壇に立つ。都市計画と社会政策が専門の学者だった。縁あって大阪とかかわるようになり、学者でありながら行政者に転身し、大阪の地で都市計画の理想に邁進する。

「歴史を見渡しても、これほど大胆で緻密、市民本位だったのは織田信長くらいだ」

關が市政を担ってから、大阪市の人口は東京を追い越し世界第六位に躍進する。経済も活性化して、往時の世界有数の工業都市になぞらえ〝東洋のマンチェスター〟とまで呼ばれるようになった。大阪はかつての天下の台所の面影を取り戻していったのだ。

大阪の人々はもちろん、政府中枢の要人までが「大大阪」と認め、名市長の關を讃えた。

──これやこの　都市計画の権威者は　知るも知らぬも大阪の關
「僕のおじいちゃんは關さんと一緒に大阪のために働いていたんだ」

富瀬の祖父は、東京高商で教授をしていた若き關の愛弟子だった。祖父は都市計画の研究を重ね、關のブレーンとして大阪に呼ばれたというわけだ。

ところが、富瀬はやるせなそうな顔つきになってしまった。

「おじいちゃんが關さんのもとで、あのプランを練っていたのは戦前のこと」

關は昭和十（一九三五）年に急逝してしまう。四天王寺の五重塔まで吹き倒す猛威をふるった室戸台風の被災復興を陣頭指揮していて、腸チフスに罹患《りかん》してしまったのだ。

生國魂《いくくにたま》神社での大阪市葬は当時のトップメディアだったラジオで実況中継された。

富瀬はこの様子を祖父から何度もきかされ、もちろんその場にいなかったくせに、リアリティをもって葬儀を想像することができる。祖父は、小高い場所に建つ生國魂神社の境内から大阪市をみわたしたとき「二七〇万人市民の慟哭《どうこく》が耳に響いた」といっていた。

富瀬はシェリー酒をあおる。關が消えた後の大阪を想うと、香ばしくドライな風味の陰にあるはずの甘さは感じられなくなってしまう。

「おじいちゃんの遠大な都市計画、その夢も關さんの死で白紙になってしまった」

そして大阪も地盤沈下をはじめる。まったく、今の大阪ときたら……。

「東京との差は開いていくばかり。経済、政治、文化どれも太刀打ちできないでいる」

おまけに阪神タイガースは読売ジャイアンツに勝てない。パ・リーグでは阪急ブレーブスと南海ホークスが覇を競っているものの、河内の球団たる近鉄バファローズは西本幸雄が率いている割にイマイチだ。富瀬のため息が八ちゃんの店内に満ちる。

「おじいちゃんと關さんの果たせなかった夢——それを僕がかなえたい」

富瀬はワザとらしく店のなかをみわたす。引き戸には鍵をかけた。カーテンも引いてある。「うん」とうなずき、富瀬はまたボストンバッグから一冊のノートを取り出した。

表紙にはタイトルと彼の名が書いてある。使った万年筆は祖父の忘れ形見だ。なかなかの達筆のうえ、あたたかさを感じさせる筆跡、富瀬の人柄があらわれているようだ。

彼はタイトルをなぞった。

「SOP、セント・オーサカ・プロジェクト」——。

6

駅前南口の桜町商店街の中ほどにパチンコ屋「栄和ホール」がある。

午後、昼食を終え仕事に忙しい時間帯というのに満員だ。

店内に渦巻《うずま》くのはチンジャラの音と有線放送、それにタバコの煙だけでない。いっちょう儲けたろという欲気、有り金をスッた怒りがぶつかりあって店内のよろしくない空気をいっそう悪化させている。

「ほな、そのジイサンは橋場ちゅう名前で」

齢は三〇ちょいくらいの男がメタルフレームのメガネの奥で両眼の端を右へ寄せる。

彼は痩せて華奢《きゃしゃ》な身体つき。ブルーグレーの襟付きジャンパー、胸の左右にはフラップのついた大きなポケット、右に赤と黒の二本のボールペンがさしてある。ズボンはジャンパーと同じ生地で足もとは白のズック靴という風体《ふうてい》だ。

「シッ、個人の名を出すなちゅうねん。出してええんは玉だけじゃ」

右側で銀玉の行方を追う男、四〇がらみのおっさんがたしなめる。

おっさんは角刈りに白の開襟《かいきん》シャツ。まくり上げた袖から、ぶっとくて毛むくじゃらの前腕がのぞいている。眼つきが尋常でなく鋭く、腕っぷしも半端なく強そうだ。

「すんません」

おっさんに一喝されメガネがあやまる。ふたりとも電動ハンドルではなく、昔ながらのスプリング式レバーの台に陣取っている。おっさんは弾いた銀玉のゆくえから眼を外さずに続けた。

「聚楽荘ちゅう木造モルタルのアパートや。住所は――」

「ほな、こっから歩いていける距離ですわ」

「金持ちの住んでるはずのないところやが、年寄りは案外とお宝もっとるからな」

「さっそく当たってみます」

銀縁メガネの男は立ちあがると、自分の玉をすべておっさんの受け皿へ移す。

「めぼしいブツがあがったら、改めて御礼にあがります」

おっさんはメガネを一顧だにせず、ウムとうなずく。メガネは四つに折った札をさっと差し出した。おっさんは素早くカネを受け取りシャツのポケットにいれた。


パチンコ屋を出た銀縁メガネは短く舌打ちしてから、桜町商店街を南へ歩きだす。

肉屋の店頭では割烹着《かっぽうぎ》のおばはんがコロッケを揚げている。茶褐色の衣から湯気があがり、ほくほくとしてうまそうだ。さっき駅の改札を出たところで、立ち食いうどんを啜《すす》ってきたばかりなのに、もう腹のムシが鳴いている。この男、痩せの大食いらしい。

「あかん、あかん。先に仕事を片付けてしまお」

首尾よくカネになりそうなブツがみつかったら、そのときはお好み焼き屋に入ろう。もちろん大瓶のビールもはりこむ。

「あの店の名はなんやったっけ」

無愛想で背の高い兄ちゃんは、わりとイケるお好み焼きをつくりよる。聴いたこともないロックがかかっているが、不思議に落ち着ける店ではある。

「それにしても」、男はパチンコ屋をふり返った。

「ガセなら眼もあてられんで。しょーむないネタでも伊藤博文一枚やから」

一〇〇〇円札があれば、この駅の喫茶店でコーヒーを四杯は注文できる。セブンスターなら六個。スーパーのレジ打ちのオバハンの時給でいえば三時間近くも仕事せねばならない。

「あの人はええわな。パチンコ代はタダ、ヤクザにもへいこらしてもらえる」

いかついおっさんは刑事だ。そして銀縁メガネは安城椎也といって、デカから情報をもらっては、あちこちのヤバい現場へ駆けつける仕事を生業《なりわい》としている。


聚楽荘の大家の岸堂育枝は、「保健所のほうからきた安城」という男に質問する。

「橋場はんのこと、どこで知りなさったんです？」

育枝が橋場の捜索願いを出したのは昨日のこと。それを待ちかまえていたように安城が来訪してきたのだ。安城は「ここだけの話」と強調する。

「なんせ保健所と警察署ちゅうのは密接に連携してますねん」

「なるほど。蛇の道はヘビっていうこってすな」

世の中、うまいことできたある。大家のおばあさんはワケ知り顔になった。

「事故現場特殊清掃といわはりましたな。どういうことをしやはりますの？」

「大きな声ではいえまへんが」

安城は脂っ気のない髪に手をやる。身長は一七〇センチほど、平均より長身の部類か。だけど体重は標準を大幅に下回っている。色白で神経質、気弱そうだ。

「事故現場というのは病死に自殺、殺人その他もろもろのケースをいいますねん」

「死体ちゅうのは身の毛がよだちますわ」

「ことに事故現場は悲惨です」

腐乱した遺体に蛆《うじ》がわくどころか、腐敗がすすむと肉が溶けだしていく。

「先月に大阪中央環状線の連れ込みホテルであった殺人遺棄事件、憶えてはりますか」

「瓢簞山《ひょうたんやま》のねきのホテル、パンパンの女子《おなご》が殺されたっちゅう」

「あれなんかもオレが処理しましてん。それがもうベッドの上で半分白骨、半分肉汁」

「えげつない話やわ。かんにんして」、育枝は子どもがイヤイヤするように首をふる。

安城は含み笑いを漏らす。脅しが効けば大家は部屋への同行を渋る。そうなれば、仕事がやりやすくなる。

「事故現場特殊清掃ちゅうのは、そういう遺体の処理をしますねん」

汚れはもちろん臭いも跡形もなくキレイにしてみせる。そうして法外な清掃料金を大家に請求するだけでなく、現場のカネになりそうなモンはいただいてしまう。

「ほな、橋場秀喜ちゅうホトケさんの部屋の鍵を渡してください」

安城は一転して事務的な口調になった。だが、大家はじっと彼をみつめている。

「なんかオレの顔についてまっか?」

「ケッタイな話でおまんな。橋場はん、いつの間にワテのアパートで殺されたんでっか」

ワテが提出したんは捜索願。遺体をみつけて死亡届、となったのではない。

「橋場はんは行方不明のまんまでっせ」

「ん？　それって」、安城はメガネのブリッジを押しあげた。困惑が顔じゅうに広がる。

「あんさん、その太いパイプっちゅう警察にダマされたんとちゃいまっか」

くそっ。ガセをつかまされた。あの刑事はマル暴担当ながら、マメに生活安全課や鑑識課など各部署をまわり情報をチクってくれているのだが。今回のネタは使いモンにならん。

しかし、このまま引き下がっては気が収まらない。

「せっかくお好み焼きでビールやろうと思てたのに」

「はあ？　ナンです？　お好み焼きがどないしましてん」

「いや、こっちの話ですわ」、安城は急いで態勢をたてなおす。

「とにかく、いっぺん部屋だけでもみせてもらいましょか」

腕時計や貴金属、ゼニになりそうなモンをかっさらってやる。

だが、大家のばあさんはニタリと笑ってみせた。

「アホなことを。あんさんを橋場はんの部屋に案内する道理も理由もおまへん」

「そんな、保健所のほうの仕事ですよ、警察のほうの声がかりやのに」

「ほう、ほうってフクロウやあるまいし。火事場泥棒を部屋にあげるわけにはいきまへん」

「………人聞きのわるいことをいわんといてください」

「これからは、ポリにしょうむないネタつかまされんよう気をつけなはれ」

勝負あった。安城ごときでは、海千山千の育枝ばあさんに太刀打ちできそうにもない。

そろそろ夕刻というのに、梅雨の晴れ間の陽は真夏さながらに強烈だ。

安城と岸堂育枝を、うっすらオレンジ色をおびた光が容赦なく照らしている。安城は額に浮かんだ汗をぬぐう。大家のばあさんは涼しい顔をしている。

聚楽荘の玄関から、いそいそとオッサンが出てきた。

スカイブルーの上下、まさしく先月初旬まで空を泳いでいた、鯉のぼりの上から三番目、青い子鯉と同じ色目のド派手さ。ヘアスタイルはオールバック、寸分の隙もなくアイパーがかかっている。革靴は先が槍のように尖っていた。

ヤクザでも、最近はこんな格好をしない。

「あれ、師匠やおまへんか」、大家は安城から視線を移す。

「家賃、先々月から滞ってますで。早いこと払《はろ》てもらわんと」

「えらいすんまへん。これから千日前のアルサロで営業やさかい、ギャラが入ったらすぐ持って参じます」

オッサンは愛想笑いする。ボディビルでもやっているのか、固太りした巨体を折り曲げた。背が低いので横幅が余計に目立つ。道頓堀のカニの看板のようだ。

安城がオッサンを指さし、素《す》っ頓狂《とんきょう》な声をたてる。

「あれ、あらら、ええッ。この人、ひょっとして漫才師の……」

オッサンは頭をあげると、変わらぬ笑顔で安城に自己紹介した。

「芸は一流、人気は二流、ギャラは三流。恵まれない天才芸人の熱球カーブとは、わたいのことでおます」

すかさず大家の育枝がオッサンにとってかわる。

「熱球カーブ・シュートちゅうたら、昔はえらい人気やったん」

「小学校時代、テレビでようみた」、安城が相づちをうつ。老婆は重ねていった。

「ところが、なんの因果か前世の報いか。シュートはんだけ売れてコンビ別れ。あっちはレギュラー七本の人気者、こちらカーブはんは沈みっぱなしですわ」

「沈みっぱなしって、冬の金魚やおまへんで」、カーブがすかさずツッコむ。

「けど、あんさんに春が来るんでっか」

「大家さん、相変わらずキツおまっせ」

カーブはチックでテラテラと光る髪をなでてから声を低めた。

「ところで。橋場はん、ぜーんぜん姿をみまへんな」

「そうでんね。おかげで八ちゃんの兄ちゃんやら、この事故現場特殊清掃業のかたやら、けったいな人が尋ねてきはりますねん」

「八ちゃんゆうたら、駅の二条通りのお好みの?」

「そうでんがな。えらい背の高い、髪を長《なご》う伸ばした、なかなか男前の兄ちゃん」

「ほう。あしこなら、ワシ、三日ほど前にブタ玉食べにいきましたがな」

落ち目の芸人と大家のばあさんのやりとりをききながら、安城は合点する。この仕事がうまくいけば、立ち寄るつもりだったお好み焼き屋、あれは八ちゃんという店名だった。

しかし、なんでお好み焼き屋の兄ちゃんが橋場のところへ? その答えはすぐに出た。

「あのええ男、お祖父さんが橋場はんの知りあいとかいうてましたわ」

「いやいや、案外とあの兄ちゃんが橋場はん失踪に深う関係してるかも」

「誘拐惨殺事件の犯人？　ハンサムゆうても、人はみかけによりまへんからなあ」

まさか、あの兄ちゃんが。安城が口を挟もうとしたら足元に小さな衝撃をうけた。

「キャンッ！」、小《ち》っこい犬が身体ごとぶつかってきたのだった。

犬はもんどりうって転げたが、すぐ立ち上がった。安城に「邪魔だ、どけ！」とでもいうように吠えかかると、ちぎれるほど激しく尾をふりながら大家のもとへ突進していく。

「ラッキーちゃん！　帰ってきた！」、大家のばあさんは小さな身体を震わせ、わめいた。

狂喜する大家と犬、事態のワケがわからぬままの安城、これから営業に出かけるカーブという輪のなかに、もうひとり女が割ってはいってきた。

「この犬の飼い主さん？」

女の濃い化粧とつよい香水のにおいが、いかにも場違いだ。むっちりした身体のラインを思いっきり強調したスカートスーツはペパーミントグリーン、芸人のカーブの派手さに負けていない。ふたりのせいで聚楽荘のある路地全体がハレーションをおこしそう。

「あんさん、どなたはんでっか」、大家がうれし涙がこぼれる眼を瞬《まばた》かせながら問う。

「このワンちゃん、うちの邸宅に紛れ込んできましてん」

中年女は真っ赤に塗ったぼってりした唇の両端をあげてみせる。陽の光の強さは残酷で、女のほうれい線や眼尻のカラスの足跡がくっきり浮かんだ。

「かれこれ一週間ほど拙宅で面倒をみてたんですわ」

「そうでっか。おおきに、ありがとさんです」

大家はひしと愛犬を抱きしめている。犬はばあさんの頰をつたう涙をぺろりと舐める。だがポメラニアンは鼻面を女に向けた途端、ウ～ッウ～ッと憎悪たっぷりに唸った。

女が営業スマイルのまま身をくねらせた。ぱっつんぱっつんのスカートに包まれたヒップがプリンプリンと揺れる。その蠱惑的《こわくてき》な肉感に安城とカーブの眼が釘付けになった。

「あの、まことに申し上げにくいんですが――」

女は指を折ってみせる。超高級ドッグフードに食事用の伊万里の皿。小型犬用ゲージ、おしっこシート、犬猫病院での健康診断。ペットショップでシャンプーとトリミング。

「ワンちゃんのために、えらく物入りでしたの」

「そうでおまっか。おおきに、ありがとうさん」

「あの、ワンちゃんのお世話。私どもえらく迷惑しましたのよ」

「そうでっしゃろな。おおきに」

育枝の素っ気なさ一〇〇パーセント対応に、お色気むんむんの女はつんのめりかけた。

「いや、その。この犬にいくら費用がかかったと思てはるんです?」

「さあ、知りまへんわ。けど、ご厚意には感謝します。おおきに、おおきに」

女は「あわわ」とつぶやいたものの、アイラインとシャドーでパンダみたいになっている眼を思いっきり見開いた。

「せやから、わたいがこの犬の面倒をみたってん」、女の言葉づかいが河内弁に急変する。

「そうきたら、飼い主は誠意ゆうもんをみせんのが当然やろ」

「誠意、みせてまんがな」、大家は悠然としたものだ。

「なんぼでもお礼は申し上げまっせ。ありがとさん、おおきに、おおきに」

あんさんも「おおきに」いいなはれ。大家は愛犬に語りかける。だが、犬は女に牙を剝きだすばかり。大家はしれっと断言した。

「ラッキーちゃん、お世話になったあんさんのこと大嫌いみたいでっせ」

「な、なんちゅうことを」

「毛は汚れ放題やしブラッシングの跡もない。リボンはなくなってる」

大家は老身とは思えぬような、しっかりした口舌《くぜつ》で女にいいたてる。

「ラッキーちゃんを抱いたらえらい軽いやおまへんか」

なにが超高級ドッグフードや。きっとロクにメシも食わせてもろてへんかったに違いない。大家はこれみよがしに愛犬を差し上げ、尾の付け根あたりを嗅いだ。

「くっさ〜。えげつな〜。とんでもない臭いや。風呂なんか一度も入れてまへんやろ！」

もう一度、ひしとラッキーを抱きしめ、大家は女に吐きすてた。

「さては、おんどれがラッキーちゃんを盗みくさったな」

カーブが加勢した。

「それは大問題や。出るとこへ出て白黒をつけたほうがよろしで」

大家は安城にも声をかけた。

「あんさん警察に太いパイプがおまんのやろ。すぐに知り合いのポリさんに電話して」

突然の指名に安城は小さく飛びあがった。なにしろ、色香の塊《かたまり》のようなムチムチ熟女の尻から乳房へと目線を往復させるのに夢中だったからだ。

「いや、オレの知っている警察のほうは死体専門ですねん」

警察、おまけに死体といわれ、ピンクのチークを刷《は》いた女の頬に痙攣が走った。

「ほな、いくらならゼニを払うんや。五日も六日もド犬の面倒みたんはわたいやで」

「犬ドロボウめ」、育枝は愛犬を安城に押しつけると腕まくりした。これぞド迫力。

「このまま帰ったら今回だけは堪忍したる。二度とそのツラをワテの前にさらすな！」

ラッキーも安城の腕から身を乗りだし威嚇《いかく》する。

ワンワンギャンギャン、吠え声が袋小路に響きわたった。

第二章
「ごっついプラン」

1

母になったばかりの若い女は慣れぬ手つきで赤児をあやしている。

若い男も要領を得ない顔つきで妻と子をみやっていた。

写真の中心にいる乳児は、どちらかというと母親に似た面ざしをほころばせている。

息子夫婦と初孫の横に立つ祖父は喜色満面、「命名　肇」と雄渾《ゆうこん》に墨書した半紙を掲げていた。

祖父の傍らには祖母。嫁の孫を抱く様子が危なっかしく、心配でならないようだ。

「ハジメってそのまんま闞一さんから頂戴したんだもんなぁ」

富瀬はこのモノクロ写真をみるたび苦笑する。そして、祖父のワッハッハという豪快な笑いがきこえてくるようでならない。

「なにをいっている。ワシの最も敬愛する偉大な人だぞ」

富瀬は再び苦笑を漏らした。

「わかってるよ。闞さんのことを教わって、自分の名前が大好きになったから」

やがて富瀬の頬の緩みはゆっくりと消え、哀しみが瞳に宿る。

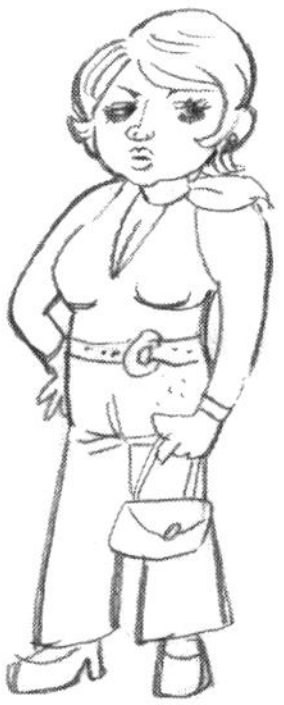

この一枚に封じ込まれた、ささやかな幸せはさして長く続かなかった。

両親が離婚したのは、富瀬が幼稚園の頃。彼は父方に引き取られた。父はプラント会社のエンジニア、仕事に忙殺され海外出張が多い。富瀬を育ててくれたのは祖父母だった。ふたりは初孫に愛情をたっぷり注いでくれた。そのことは感謝してもしきれない。

父母が別れた理由を真正面から質《ただ》したことはない。しかし、それが母の不倫に起因していることはうすうす察していた。母は離婚後、半年を経て新しい夫のもとに嫁いだという。それ以来、富瀬は自分を生んでくれた人に一度も逢っていない。

「キャベツとネギ、それと長芋……ここに置くで」

梅町商店街にある、八百屋の大将がテーブルの上に段ボール箱をのせた。

写真にみいっていた富瀬はわれに返る。箱だけでなく大将が羽織っている合羽《かっぱ》も濡れているのは、昨夜からの雨が降りやまないからだ。ラジオでは、梅雨明けはまだ先になりそうだといっていた。

「お見合い写真かいな」、大将は背伸びしてカウンター越しに覗きこむ。

「そんなじゃないですよ」

別に隠す必要もないのに、富瀬が写真を胸元に押しあてる。八百屋の大将はニヤついた。

「男ヤモメにウジがわくっちゅうてな。そろそろ嫁はんもらい」

「やすきよのやってる、フィーリングカップル5vs5に出場すればいいですか」

「アホな。べっぴんの客がおったらコマしたらんかい」

「…………」

「富瀬クン、お固いのは立派やが、もうちょい柔《やわ》いほうが商売にはええで」

せやから、お好み焼きはうまいのにあんまし儲かれへんねん――大将は捨て台詞《ぜりふ》を残し出ていく。店の外でスーパーカブのエンジンがかかる音がした。

富瀬はカウンターの上にそっと写真を置いた。

「今年のお盆は東京に帰ってみるかな」

実家では父と祖母が暮らしている。

とはいえ、父ときたら定年を間近にしながら、戦禍の傷跡が生々しいベトナムで工場建設の陣頭指揮にたっている。

郊外にある小さな一軒家には祖母がひとり住まいしている。

「おばあちゃんは、いつまでもたっても僕を子ども扱いだから」

帰省するといらぬ世話を焼かれる。散髪にいけ、まともな服装にしろからスタートし、東京でちゃんとした職につけを経由し、最後は結婚して曾孫の顔をみせろとうるさい。

祖母の気持ちはわかる。だけど、富瀬としても唇をとがらせたくなってしまう。

「まだまだ僕の都市政策の研究は終わっちゃいない」

富瀬にとって、大阪でお好み焼きをこさえる日々は、下町に暮らす人々のホンネと正面から向きあえる貴重な実地体験だ。彼は祖母に説明する。

「あと何年かは大阪にいて、都市の現実というテーマをきちんとまとめるつもり」

祖母は、夫が孫に与えた影響の大きさを知っているだけに渋々うなずくのだった。そこに富瀬はかぶせる。

「なんだか大阪のことが好きになっちゃった」

どぎつい河内弁や風俗にはもう慣れた。「もうかりまっか?」と挨拶されたら「さっぱりです」「どうしようもないです」と応じられるようにもなった。

祖母は「あれ、まあ」と太い息を吐く。

「そんなに大阪が気にいったのかい。でも、あっ、あっちは乱暴な土地だから」

祖母は生まれ育った東京が一番だと信じて疑わない。夫が大阪で仕事をしていた間も馴染まず、しょっちゅう東京へ帰りたがっていたらしい。

「大阪なんて大きな田舎だからねえ」

八ちゃんの常連たちが耳にしたら「ナニをいうてけつかる」と青筋をたてそうなことを口にする。祖母は追い打ちをかけた。

「とにかく、大阪って東京に比べて圧倒的に民度が低いのよ」

要するにガラが悪い。おまけに厚かましい、おせっかい、ひつこくて言葉が汚くてケチ。

富瀬は弁解を試みる。

「う〜ん、大阪は地元愛が強烈すぎるから、どうしても自己流を貫いちゃうんだろうな」

「そんなの大阪人のローカルルールでしかないわ」

江戸っ子は気っぷがよくて粋と意気を重んじる。曲がったことが大嫌い。祖母はなんの工夫もないティピカルな東西比較に鼻をうごめかせる。

「大阪はすぐ東京に対抗意識を燃やすでしょ。そういうところも田舎者」

「もちろん東京には異常な敵対心があるよ……でも、僕は大阪と東京を比べるなんてナンセンスだと思っている。だって、大阪と東京は別の都市なんだもん」

ただ、事実として東京は日本の首都。人口、政治やマネー、マスコミ機能が過度に集中している。間違いなく世界に冠たる大都会だ。大阪はいろんな項目で東京に次ぎ二番目というのが目立つ。大阪で本社を構えている企業が、このところ続々と東京に転出しているのも事実。祖母はそこを小バカにする。

「東京は世界一。だけど大阪なんてアジアどころか、ようやく日本で二番じゃないの」

でも、だからといって大阪を東京より格下と決めつけるのはどうか。

府が、都より劣っているわけでもあるまい。実際、關市長や祖父が奔走していた時代は東京、大阪、京都の三府体制だった。東京が、三五区からなる特別行政区をもって都となったのは昭和十八（一九四三）年。余談だが、祖母が育った渋谷なんて当時は村あつかいで都区部に組み入れられていない。

「都と府の違いって首都機能があるか、ないかの差だけだと思うけどな」

都の人口一一七〇万人が偉くて、大阪府の八四七万人ではダメというのも根拠がない。東京の利点、魅力は数多いけれど大阪にだって誇れる事々はいっぱいある。

数字や数値だけで決して表せないもの——都市の役割を語るには、そこをきちんと把握しておかねばいけない。これこそが祖父の口癖だった。孫もそのとおりだと思っている。

「大阪は西日本の大事な拠点。大阪局のテレビ番組は愛知県にまで流れているよ」

日本中のテレビが東京キー局製作の番組で一色に染められるなんて異常なことだ。同じことは政治や文化、経済のすべてにいえる。ことに文化は風習や習慣、食べ物、言葉……いろんな土地のいろんな特色があったほうがおもしろい。

ところが祖母は意地悪な笑いをうかべる。

「大阪が食い倒れといっても、全国の名産品や特級の食材は築地に集まるんですからね」

わかった、わかった。富瀬はげんなりして祖母がいいたてるのをさえぎった。

「大阪のステキなところって、大阪と真正面から向き合わないとわからないんだよ」

「おじいちゃんや肇のいう大阪のいいところってのがわからなくて、悪うございました」

祖母との大阪をめぐるやりとりは、いつもこんな調子になる。富瀬はやるせなさとイラつきを抑えつつ矛先を変える。

「東京はいろんな意味で限界にきていると思わない?」

東京に集まり過ぎた権力や権限、カネとヒト、マスコミを分散するべきだ。たとえば国会と企業本社の間に距離をおけば、頻発する政経癒着の汚職は減少させることができるはず。地震を筆頭とする災害が起こった場合、副首都があればダメージの軽減策ともなる。

「二都論ってのは、おじいちゃんも一時期まじめに検討していたみたいだよ」

大阪が首都機能を分担するだけで、東京の一極集中は削がれ負担も減少する。

「もし、また関東大震災みたいなのがあったら、今の日本は滅びちゃうよ」

「あんな大地震、二度とくるわけがないじゃない」と祖母はにべもない。

「東京が繁栄している限り日本は安泰。大阪なんかなくても困りはしないのよ」

「そうじゃないって。いずれ首都東京だけじゃやっていけなくなっちゃう」

富瀬の口調は再び熱をおびてくる。もうすぐ一九七〇年代が終わってしまう。二〇世紀も二十余年を残すだけ。来る二一世紀、日本はどうあるべきなのか。

日本列島改造とかGNP世界第二位と浮かれてばかりはいられまい。工業の興隆は公害を生み、いきすぎた自然破壊が進んでいる。先年のオイルショックのような経済的非常事態がまた起こる可能性は高い。核家族化で伝統的な家庭のスタイルが崩れ、同時に日本独自の文化の伝承も困難になりつつある。教育面も改革が急務だ。国公立大学入試で共通一次試験が導入される予定とはいえ、詰め込み主義はもう行き着く先がみえているのではないか。大地震ばかりでなく、集中豪雨や土砂崩れなどの自然災害だって、いつおこらないとも限らない。かつて猛威をふるったスペインかぜのような疫病が大流行するかも。

「そのための準備ってまったくできてないでしょ」

首都機能を移譲、分割して日本にもうひとつの大きな中心をつくる。日本に政治と経済、文化面でもうひとつの価値観を創出していく。互いが競い合うことで日本は活性化する。

「大阪と東京どっちが上だと争う前に、もっと大事なことをみつめ直す必要があるはず」

それを都市政策というステージで考えていきたい。富瀬の想いはここに傾注する。

「日本に新しい首都、百歩譲って副首都をおくとしたら」

富瀬は唾をとばす勢い。だが、ふと祖母の視線に気づくのだった。

「肇って顔つきから話し方、いってる事までおじいちゃんにそっくりよ」

祖母は困ったような口ぶりながら、それでも懐かしいようにみつめている――。

富瀬が、セピア色をした家族写真をぼんやり眺めていると、また八ちゃんの戸が開いた。

「毎度で～す！　薄力粉、かつお節に天かす青のり、金紋ソースもお届けで～す」

桜町商店街の乾物屋の跡取り息子、中西だ。彼は富瀬がギターを弾く、駅前商店街有志によるバンドのキーボード担当でもある。

「富瀬クン、それなに？　ひょっとして彼女の写真かいな」

まったく、駅前の連中ってそんなことしか連想しないのか。

「心霊写真、生駒トンネルで撮ってきたやつだよ」

富瀬はわざとらしく眉をあげてみせる。中西は気のいい男だが無類の怖がり。中学生になっても、夜中にひとりでトイレにいけなかったらしい。富瀬が「ほら、幽霊がうつってる」と写真をチラチラさせたら、たちまち青ざめてしまった。

かちわり氷を丸呑みしたような表情のバンド仲間を横目に富瀬は思う。

――やっぱり、この夏は東京に帰ろう。

橋場老人のことを含め久しぶりに墓前で祖父に語りかけたいことがある。

幽霊と同じような存在だった、あの件が急に迷い出てきたと……。

2

スナックのチーママはサントリーのホワイトラベルの瓶を、天井からぶら下がる貧相なシャンデリアの灯にかざした。

濃い茶色の瓶の底で一センチほど残った酒が揺れる。

「新しいボトル、キープしてええ?」

女は客の肩にしなだれかかった。男は鷹揚《おうよう》にうなずく。

「今日は仕事うまいことといってん。ホワイトやのうてオールドにするわ」

「ほんまにィ? うれしいわあ」

女の濃い化粧は大きな眼とぼってりした唇によく似合っている。

ドレスの大胆な襟ぐりからはみ出しそうな、色白でむっちりした乳房の谷間が、客のスケベ心を刺激してやまない。彼女は心得たもので、角瓶を入れてくれた客の痩せた腕にギュッとおっぱいを押しつけた。痩せた男は、だらしなくニヤけながら女の耳元でささやく。

「店がはけたら、ちょっと付き合うてくれへん?」

女はうふふと薄笑いして、男の顎のラインを指先でなぞる。男は「こそばい」と身をのけぞらせてみせる。客の鼻の下は、でれんと長くなっていた。ところが女は、じゃれつきながらも、瞳の奥を冷たく光らせ損得勘定をしているのだから油断ならない。

客の仕事は上首尾《じょうしゅび》、キープの酒が二階級アップ、おまけにこのところ週末になれば店へきて指名してくれている——よっしゃ、一回くらいやったらアフターしたってもええで。

「……うれしいわぁ。わたし、ちょっとお腹がへった」

「それなら、うまいお好み焼きの店があんねん」

駅前を行き交うタクシーのヘッドライト、呑み屋の派手なうえ節操のないネオンサインが、絡みあうように歩く男女を照らしている。

男は細い腕をチーママの肉厚の腰に回す。ぷにぷにとした肉感が心地よい。

「イヤやわ、ちょっと肥えてしもて」

「かまへん、こんくらいの肉づきがいっちゃんセクシーや」

安城椎也は本心からいっている。水ナスのようにせり出した乳房、大和スイカそこのけの丸いヒップ。今夜は存分に顔をうずめてやろう。ホントならお好み焼きなんかパスしたいけれど、ラブホへ連れ込むにも一応の順序がある。ブタ玉でもつつきながら、しかるべく口説き落とすのが男女の深い仲の常道というものだ。

「どこのお好み焼き屋へ連れていってくれんの？」

辰巳幸子は鼻にかかった声でたずねる。駅前の南口と北口には何軒のお好み焼き屋があることやら。安城は腰に当てていた手をすっと尻へ下げてきた。

「八ちゃんゆうねん。南口の二条小路にあるのん、知ってる？」

幸子はふんふんと曖昧《あいまい》な返事をしながら、豊満な身体を器用にくねらせ安城の手が尻を撫でるのを阻止してみせる。

「八ちゃんって、どっかできいたことあるわ」

そういえば娘の茂子、いや恵梨香がよく立ち寄っているといっていた。切り盛りする兄ちゃんは長身でスマートながら筋肉質、かしこそうな雰囲気らしい。ただ無愛想なのがタマに傷。娘はともかく、幸子はまだこの店に入ったことがない。

「そこならウチの指名客と鉢合わせをせえへんやろから助かるわ」

「ん？　なんていうたん」

「ううん、独り言」

幸子には常連客がぎょうさんいる。どいつもこいつも、たわわなオッパイが目当てとわかっているだけに、目いっぱい手練手管を駆使して対応せねば。セックス抜き、だけどその気配だけは濃厚にふりまき、えげつないほど毟《むし》りとってやるのだ。

これぞ水商売の極意、やらずぼったくり。

「あんたとお好み焼きやて、なんやうれしいわあ」

どうせ明日は日曜、夕方ちかくまで寝ていられる。イカ玉とビールでもご相伴《しょうばん》してやって、ちゃっかりタクシー代を巻きあげて退散や。幸子は素早く戦術を組み立てた。

夜更けの二条小路は辛気臭いほど人影がまばら。安城は、八ちゃんを早々に切り上げたら、まずは夜陰に乗じて幸子のぼってりした唇を奪おうと算段してみせた。

紺地に白抜きで「八ちゃん」の暖簾、安城と幸子はそれを払って引き戸に手をかけた。富瀬の心くばり、レールに油を差したばかりの戸は勢いよく開く。

「いらっしゃいませ」

気合いの入らぬ富瀬の声が、しどけなく身を寄せ合う男女を迎える。

次いで、独酌していた先客の男が分厚く幅広い背中を半身にひねった。

このオッサン、レモンイエローという信じがたい色合いのスーツを着こんでいる。

「うわっ！」「えっ！」、幸子と安城がふたりして感嘆符を連発した。

「ありゃま！」。すかさず、まっ黄っ黄の上着の男、熱球カーブが応じる。

「ひょっとして、三人とも知りあいですか？」

富瀬は眉根をひそめ、深夜の客を順にみやっている。中年の芸人と富瀬よりいくつか年上の痩せた男。彼らはこのところ足繁く八ちゃんに顔を出すようになった。

両人とも露骨に橋場老人のことで探りをいれてくる。

先日は聚楽荘の大家の岸堂育枝が、落ちつきなくギャンギャン鳴く愛犬を連れて八ちゃんを訪れた。おばあさんも、不自然なほどのさり気なさを装って橋場老人のことを話題にしていたっけ。

「せやから、ウチは犬ドロボウなんかとちゃうんよ」

幸子が、五本目のサッポロ赤星ラベルの大瓶を空にして、さっきから何十回となくいっていることをまた繰り返した。

八ちゃんは営業終了、暖簾をしまい純白のカーテンが引かれている。

「安城ちゃんだけは信用してくれるやろ？」

「もちろんや。初めて幸子はんに逢うた時から、犬ドロボウなんて思てない」

安城は酒に強くないのか三杯目のビールを注いだコップの半分もあいていない。

だが安城、こんな予想外の展開になってしまっても、まだ幸子をモノにする気でいる。呑みすぎて肝心のモノが不如意になるのを厳重に警戒しアルコールを控えているのだった。

芸は一流、人気は二流、ギャラは三流を自認するカーブが鼻の先で嗤《わら》う。

「推定無罪ちゅうけど、あんたの場合はどうみてもアウトやで」

彼は焼きそばの皿に残った、切れ端の麵を器用に割り箸でつまみ口へ放りこむ。

「大家のばあさんが事を収めてくれたからよかったものの」

「やってへんねて。あの犬が勝手にウチの家に迷いこんできたんや」

ここで富瀬が割ってはいった。

「はいはい、壊れたレコードじゃないんだから、同じことのリフレインはもうストップ」

富瀬もラフロイグの一二年モノを出してきてちびちび舐めている。レコードは敢えてかけない。営業時間にマジック・サムからオーティス・ラッシュ、アルバート・コリンズとコッテリ系のエレクトリック・ブルーズを延々と流したから、胸やけ寸前という事情もある。

「犬のことはともかく、妙な縁で橋場さんや聚楽荘と繋がりましたね」

富瀬は誘い水をむけてみる。やはりカーブと安城は真顔になった。


富瀬は胸のうちで三人の思惑を整理してみる。

安城は橋場老人がアパートで変死したと勘違いして大家の前に現れた。ヤバい現場で仕事をしてきた直感で、橋場の部屋が気になって仕方ないらしい。

カーブは橋場の向かいの部屋に住んでいて、人付き合いの悪かった老人が例外的に親しくしていたという。カーブは、したたかな芸人の経験から、橋場老人の背後においしそうな展開があるのを察知したようだ。

ケバくて脂っこい熟女、彼女は富瀬にとって初めての客になる。しかし、聚楽荘の大家のおばあさんの愛犬をめぐってややこしいことになったというから、世の中は狭い。しかも、悪だくみは一蹴《いっしゅう》されてしまった——大家のおばあさん、なかなかヤルもんだ。

富瀬はアイラウイスキーをグラスに注いでからふっと思いついた。

「そういえば恵梨香って子も、近いうちにポメラニアンを飼うとかいってたぞ」

富瀬は頭のなかで、丸っこいタヌキ顔の恵梨香と、皮脂が滲んで化粧崩れをはじめている幸子を重ねてみた。モンタージュ写真じゃないが、どのパーツもそっくりだ。

「あの、ひょっとして。恵梨香って高校生の娘さんがいませんか？」

「ウチの子、高校の帰りにこの店でツレとたむろしているみたい。いつもおおきに」

「やっぱり……」、富瀬は唸ってしまった。その時、安城が突拍子もない声をあげた。

「幸子はん、高校生の娘がおるんか！」

幸子は慌てて、安城の筋ばった手に自分のぽっちゃりした手を重ねる。

「ちゃう、ちゃうで。娘やない。妹や、えらい歳の離れた末の妹！」

カーブはニタニタと笑いながら安城に忠告してやった。

「兄ちゃん、女狐《めぎつね》には気ィつけんと。娘や妹どころか怖いオッサンまで出てくんで」

「落ち目の芸人のくせに、いらんこといわんといてか」、幸子が毒づく。

「ふんッ。腕は落ちてへん。今日も羽曳野《はびきの》の公会堂で客を思いっきり笑かしたった」

「どうせ事務所を通してへん闇の営業やろ」

「直でやらな、会社の仕事だけでは生きていかれまへんわ」

「興行元のヤクザから取っ払いでゼニもろて、お好み焼き屋で散財ってことやね」

「スナックのチーママだけあって、ややこしい世界のこともようご存知で」

富瀬はカーブと幸子のやりとりをききながら、芸人世界の厳しさを垣間みた。

熱球カーブ・シュートが人気絶頂だったのは富瀬が幼い頃。東京にも名声が届いていた彼らをテレビで観たことがある。日曜のお昼にやっていた人気番組「大正テレビ寄席」、ウクレレ漫談の牧伸二が司会をしていた。関西からの来演は珍しかったが、カーブとシュートは林家三平やWけんじ、コント55号ら東京の人気者たちにまけない爆笑をとっていた。

それが、今や――五〇がらみでガタイのデカい、派手な衣装の芸人はテレビやラジオと縁のない世界で生きている。富瀬の大好きなブルーズのミュージシャンも知名度では不遇な連中が多い。でも大ヒット曲の有無で音楽の値打ちが決まるわけはない。

富瀬は敬意をこめ、カーブのため新しいグラスにラフロイグを注いだ。

「これ、僕から進呈します」

「おおきに。遠慮のういただくわ」

カーブはグラスの縁に鼻を寄せ「えらい煙たい匂いやな」とつぶやいたものの、くいッとやった。太くて頑丈な首、その中ほどで喉ぼとけが上下する。

「うまい。燻った風味の裏に甘さがある。五臓六腑にきゅーんと染みるわ」

それをみて、幸子が安城から手を離しビールのコップを突き出す。

「客の依怙贔屓《えこひいき》はあかんで。ウチにもそのけったいなウイスキーちょうだい」

富瀬はおやおや、という顔になりながらも深いグリーンをしたボトルを傾けた。

「すごくスモーキーですよ。サントリーのブレンディッドみたいにヤワじゃない」

案の定、幸子はゴホゴホと噎《む》せる。すかさず安城が中年女の背を撫ぜた。その手つきが、介抱というより愛撫の淫靡《いんび》さたっぷりなので富瀬とカーブは苦笑した。

「あんさんら、そろそろ連れ込み宿にでもしけこんで、ええことしてきなはれ」

カーブにいわれ安城がニヤリ。だが、幸子にはアイラ島の個性的なウイスキーがとどめの一杯になったようだ。カウンターに突っ伏し、たちまち爆睡してしまった。

「ナンギやな。これ、ちょっとやそっとでは起きへんで」、カーブは女を指さす。

「安城さん、責任もって連れて帰ってくださいよ」、富瀬も困り顔になる。

「よっしゃ」、安城は勢いこんで幸子の両脇に腕を挿しいれた。当然、大きな乳房を揉みしだく形になる。それでも幸子は高イビキのまま。しかし、ひどく痩せている安城の力では、彼女の太り肉《じし》の身体はびくともしない。

彼が熟女にとりついている姿は電信柱にセミがとまっているようにもみえる。

「すんません。カーブさん、ごっつ力が強そうやし手伝うてください」

「アホらし。土性骨《どしょぼね》だして自分で連れて行きなはれ」

とはいえ、酔態《すいたい》の醜態をさらす中年女をこのままにしておけない。

「じゃ、タクシー乗り場までお手伝いしますよ」

富瀬はカウンターから出た。カーブも舌打ちしながら立ちあがる。安城はシレッとした調子で富瀬とカーブに命じた。

「オレが上半身を抱えるから、富瀬クンとカーブさんそれぞれ幸子の脚を持って」

「焼きそば食べにきたのに、えらい災難や」

カーブが渋々、幸子の私服のタイトスカートから突き出た右脚を持つ。富瀬は左脚、安城がまたも乳房をぐにゅっと摑み、女の身体が宙に浮く。安城が指示する。

「富瀬クンもカーブさんも振り返ったらアカン。パンティーが丸みえになってまう」

「アホぬかせ、おばはんのズロースなんぞ、みとうもないわ。眼ェが腐る」

「あっ、ハイヒールが落ちましたよ。ちょっと待って、拾わないと」

やいの、やいのいいながら三人の男がひとりの女を担いで二条小路をいく。幸子の私服は乱れ放題、スカートにたくしこんでいたブラウスがめくれ、ぽてっとした白い腹がみえている。これが深夜でなければ、たちまち人だかりができるだろう。

「あかん。重たい、重たすぎる。もう限界や」

タクシー乗り場はバスターミナルに併設されている。二条小路を東へ、梅町商店街の角にあるツバメヤ書店まできたところで安城がネをあげた。幸子を後ろから抱く体勢のまま地べたに座りこんでしまった。

「なんじゃい、アンタの女《おなご》やろ。しっかりせい」

カーブは尖った声になったものの、これ幸いとばかりに右脚を放りだした。富瀬もゲンナリしながら手を離す。片手に持っていたハイヒールも置いた。幸子は上半身を安城の貧弱な身体に預け、首をだらりと垂らしたまま鼻の穴から提灯《ちょうちん》をふくらませている。

富瀬は大きく伸びをし、ラングラーのジーパンの尻ポケットからチェリーをだした。火をともすと、やさしげな横顔が浮かびあがる。彼はタバコの箱をカーブに向けた。

「おおきに。しかし富瀬クンは酒といい音楽といい重厚なんが好きなんやな」

「個性のキツいのが好みですね」

安城が「タバコ、オレにもちょうだい」と熟女の脇から片手を抜く。ガクン、幸子の身体が崩れ商店街の地面に崩れ落ちた。カーブが煙をはきながらいう。

「ほっとけ、ほっとけ。道端《みちばた》で寝るほうが冷《ち》みとうて気持ちええ」

3

富瀬はマッチをすって二本目のタバコに火を近づけた。

カーブ、安城、幸子と恵梨香の母娘に大家のおばあさん。橋場老人をめぐって、クセの強い連中が不思議な糸にたぐりよせられるようにして集まってきた。

――そこには、きっちり僕も入ってるんだけど。

カーブは夜目にも派手なレモンイエローのジャケットを脱いだ。

「こんな場でこんな話をすんのも妙な按配やが、反対にいうたらええ機会や」

「橋場さんのことですね」

カーブはこくりとうなずく。安城も女のことを忘れたかのように細い眼をみひらいた。

「オレも橋場のジジイの部屋にはお宝が眠ってそうな気がしてならん」

中年の落ち目の芸人はシルバーの縁取りがきらめくネクタイも緩めた。

「橋場はん、そのうちものごっつい大金が入るかもしれへんっていわはった」

カーブは凄味をこめて富瀬にいった。

「しかも、そのカギを握ってんのが富瀬クン、君のようなんや」

富瀬は顎をさげてカーブにかからぬよう紫煙をはきだす。やはり、恵梨香の自転車拝借事件をきっかけに、富瀬と橋場が出逢ったことで歯車が動きだしたのだ。失踪の前日、橋場はカーブに部屋へくるよう誘ったのだという。

「河内の地酒、長龍の上等のを買うた、一緒に呑もうっていわはったわけや」

気難しい老人は、カーブのベテラン芸人らしいツボを心得た対応を気にいっていたらしく、彼を知己《ちき》と認めていた。だが、自分から一献《いっこん》を誘うというのは初めてのことだった。

「橋場はんは戦前に大阪市役所で働いてたそうでんな」

「そうです」、富瀬はどこまで話せばいいのか考えながら慎重に話を進める。

「僕の祖父も闢という戦前の大阪市長の政策ブレーンでした」

当初、祖父と橋場は関係がなかった。祖父の残した資料に何度か橋場の名が登場するようになるのは、闢と祖父が策定した大胆すぎるプランの完成後だ。

「ほほう、闢さんの」、カーブは夜中というのにまぶしそうな顔つきになった。

「カーブさんは闢さんのことをご存知ですか」

「当然でっしゃろ。大大阪に闢あり。今の大阪の繁栄は闢はんのおかげでんがな」

富瀬はナンだか自分が褒められているようで頬を緩めてしまう。

カーブは大正末期か昭和初期の生まれだろう。闢が市長として活躍していた晩年、カーブは尋常小学校に通っていたはず。少年にとってでさえ、闢は誇り高い存在だったのだ。

「闢って、中之島の中央公会堂のねきに銅像がたってる」、安城も知っている。

「それそれ、その人です」

「中之島で鉄工所の社長が入水自殺してん。死体の処理を手伝《てった》うたからよう覚えてるわ」

安城はついでに、遺体の財布から三万円をくすね、オメガの腕時計も失敬したことまで披露してしまったのだが、富瀬とカーブの反応をみて急に口を閉ざした。

ふたりとも正体不明のグニャリとしたモノを踏んづけたような顔になっている。

「三途《さんず》の川の奪衣婆《だつえば》そこのけやな」とカーブが皮肉をきかせた。

「うん、まあ」、安城は曖昧に口をにごしてからそっといった。

「川原乞食の漫才師とちょぼちょぼや」

ムッとしたカーブを制するように、富瀬は半分になったタバコを地面に押しつけた。

「橋場さんは鬮さんの肝煎《きもい》りの案件の資金繰りを担当していたんです」

鬮と祖父があの計画書を完成させたのが昭和九（一九三四）年の春。

ここから急ピッチで資金集めがスタートした。しかし鬮はその翌年の早々、一月二十六日に病死してしまう。鬮の死でプランは宙に浮いたうえ、軍部の発言力が増し大阪どころか日本が中国侵攻から太平洋戦争へ突入。すべては水泡に帰したのだった。

「で、その遠大なる計画ちゅうのはどういうモンだんねん？」

「カーブさんは橋場さんからナニもききだせなかったんですか？」

富瀬はカーブの質問に反問してみせる。カーブはどっしりと座った鼻の頭をかいた。

「アカンかった。肝心のことになるとはぐらかしよる」

なるほどそうだろう。富瀬は納得する。祖父が語っていたとおりだ。橋場は、はぐらかしたのではない。集金に走り回ったけれど、彼はあの壮大な計画の実態を知らないはず。

このことをいっておこうとしたら、安城が首を突っこんできた。

「けど、橋場のジジイは間違いのう大金を隠しとるで」

カネの話になると、彼の頬の削げた顔は凄味をおびる。

「きっと公金を横領したんや」。この安城の意見にカーブが文句をつけた。

「巌窟王やあるまいし、せっかくの大金を戦後ずっと手つかずにしてたんかい」

「う〜ん、それもそうやな」

「橋場はんの部屋に大金なんかあらへんで」

現金、金塊、株券、宝石の類。そんなものが、あの簡素極まる二間に隠してあるわけがない。

カーブがいうと、安城はせせら笑った。

「これやから素人はアカン。冷蔵庫の製氷室、箪笥《たんす》の引き出しの奥、食器棚《みずや》の重ねた丼のいちばん下、畳の裏、畳んだ布団の間……お宝はそういうとこにあるんや」

だがカーブはさすがに海千山千だった。

「ワイかてアホとちゃうんや。めぼしいところは全部しらべたがな」

ということは、橋場老人の留守を狙って部屋へ——この売れない芸人も犯罪者と紙一重、いや犯罪者そのものじゃないか。富瀬はえらい連中とかかわりをもってしまった。

富瀬の後悔を知ってか知らずか、カーブは安城に諭すようにいってきかせる。

「橋場はんはパクったゼニを小出しに使うてたわけでもあれへん」

安アパートでの年金暮らし、日々の出費はかなり切り詰めていた。

「あんたのいうとおりか……」、落胆した安城から怖いほどの迫力が消えた。

ゴロン。いきなり幸子が寝返りをうった。

丸々としたアザラシが転がったみたいな大仰なアクション。しかも声までたてた。

「むにゃ、そのゼニはウチのもんや、むにゃむにゃ」

男三人そろってドキッとしたものの、女の背中は安らかに上下している。

「なんじゃい寝言かいな」と安城。すかさずカーブが彼にしっぺ返しを食らわす。

「業つくばりな女子《おなご》やな。あんさんら似合いのカップルでっせ」

「放っといてんか。地獄の沙汰もカネ次第っていうやんけ」

ぬるい風が駅から吹いてきて富瀬の長い髪を揺らす。始発電車まではまだまだ時間がある。高架の三階ホームにオレンジ色のレール探傷車があらわれた。保線部門の鉄道員たちの姿もみえる。遠くで暴走族のバイクが地響きのようなエンジン音をたてていた。

カーブは問わず語りという感じで再び話しはじめる。

「普段はしんねりむっつり、不機嫌の塊《かたまり》の橋場はんがえらい浮かれとったんやわ」

この年齢になって運がむいてきた。酔った橋場は何度もいった。

「その後、急に姿をくらましてしまったというのも引っかかりまっせ」

カーブは、わざとらしく四方に視線を配った。そうしてぐっと声をひそめる。

「橋場はんと大金。それと富瀬クン、君のおじいさんや闞市長はどう繋がりまんねん?」

―4

お祭り広場の大屋根は、白く塗られた鉄棒が原子模型のような形で組まれていた。

大屋根は異様なほどの厚みと密度をもっているうえ、真ん中に屹立《きつりつ》する太陽の塔のずっと後方まで続いている。

真夏の、矢のような陽光を浴びながら老人と若者が会話をかわす。

「丹下健三は現代科学の栄華を誇り、永続をシンボライズしたかったのか」

「それは考え過ぎかも。丹下さん、岡本太郎さんとは屋根のデザインでモメたらしいよ」

「太郎がヘンコツなら丹下もガンコ者だ。中に入った石坂泰三は苦労だったろう」

日本を代表する芸術家と建築家、経済総理の異名をとった万博協会のトップまで旧知のようにいう。祖父にかかったら大物たちも形《かた》なしだ。

富瀬と祖父は銀傘の下に入る。ぎらつく日差しが遮られ、涼の恩恵にありつけた。

「お母ちゃん、喉かわいた。死んでまう」

「さっきコカ・コーラを買うたったばっかりやないか」

ぐずる男児を母親が引きずっていく。反対側から同じ年かさの白人夫婦と女の子がきて、やっぱり子どもは「コーク、コーク」とねだっている。富瀬は手にしたUCCの缶コーヒーをぐびとやる。缶入りのミルクコーヒーがあるなんて大阪で初めて知った。

一九七〇年の夏休み、大学生だった彼は祖父と日本万国博覧会にきた。

富瀬がアテンドするはずだったのに祖父は矍鑠《かくしゃく》そのもの、そのうえ大阪に精通している。あべこべに富瀬が道案内やら土地柄についてレクチャーされる始末だ。

「おじいちゃん、あんまりハッスルしすぎると後でぐったりしちゃうよ」

「ワッハッハ」、祖父は得意の豪快な笑いで孫の心配を吹きとばす。

日本万博、EXPO'70は「人類の進歩と調和」をテーマにしている。

「大阪の連中は絶対に日本万博なんていわず、大阪万博で通しているけどな」

祖父はそのことがおもしろくてたまらない口ぶりだ。孫は素朴な質問をする。

「どうして日本万博っていわないの？」

「大阪人ってのは、東京の役人が決めたことなんて気にいらないのさ」

かくいう祖父も大阪万博でとおしているのだから、大阪人とかわらない。

富瀬はテンガロンハットの庇《ひさし》をあげた。このカウボーイ帽は、さっきアメリカ館で買ったばかり。アポロ12号が持ち帰った月の石を観るのに、何時間も待たされるのにはうんざりさせられた。

富瀬はついついボヤいてしまう。

「人類の進歩と調和じゃなくて、辛抱と長蛇だね」

だけどメイドインUSA、本場のホンモノのハットはめっけものだった。

「う〜ん、マンダム」、さっそく顎に手をやり、チャールズ・ブロンソンのモノマネをする。二〇歳ちかくにもなる孫が、無邪気にはしゃぐのを祖父は苦笑まじりでみやった。

「そういやマンダムを売りだしている丹頂チックも大阪の会社だ」

お祭り広場の宮殿さながらの広くて長い階段の果てには、太陽の塔の顔が何十万人も押し寄せた来場者を睥睨《へいげい》している。

富瀬には太陽の塔の面貌《めんぼう》が不機嫌に眉根をよせ唇も歪めているようにみえた。

「岡本さんは、どうして怒ったようなデザインにしたんだろう」

「肇はそう思うか——でも、真下までいくと哀しそうにもみえるんだよ」

祖父はこういってから、塔の顔を指さした。

「それに、あの顔には眼玉が入ってないだろ」

「ホントだ。買ったばかりのダルマさんみたいだね」

「大阪の心ある連中はきっとあそこに眼を入れたがっているはずだ」、祖父は力をこめた。

「万博をきっかけに左眼が入ったら、次は〝あの計画〟で右に黒々と眼玉を描かねば」

当時まだ富瀬には祖父が語った真意までわからなかった。でも今となれば、祖父が画策した遠大なプランの重みが理解できる……。


大阪万博への旅は祖父との最後の思い出となった。

祖父は、大阪で万国博覧会が開催されるのを誰よりも待ち焦がれていた。

「東京オリンピックの次は大阪万博」

これは祖父の口癖だったが、政府にとってもアメリカに次ぐ経済大国に伸《の》しあがった日本を世界にアピールする絶好の場となった。ちなみに、アジア初となる万博開催地が大阪に決まったのは、東京オリンピックの成功した明くる昭和四十（一九六五）年。大阪贔屓《びいき》の祖父のみならず、大阪人が雄叫びをあげたのは当然のこと――。

大阪万博には七七の国だけでなく四つの国際機関や一政庁、九つの市と州も参加している。

大阪万博は史上最大規模で開幕したのだ。

万博開催にむけて阪神高速道路の七つの新路線が開設されている。幹線道路だと中央大通り。幅員八〇メートルのスケールのうえ、屋上高架に高速一三号東大阪線が走り、その下を利用して繊維の街・船場センタービルを建設するという他の都市にない発想だ。

大阪市内の路面電車（市電）が全廃され、地下鉄化が一気に加速した。地下鉄御堂筋線の江坂駅から万博会場まで北大阪急行電鉄の新設もあった。街は建設ラッシュにわいた。

關市長時代の大阪大改造、大造営の再現に祖父が興奮を隠しきれないでいるのは、富瀬にもみてとれた。だからこそ高齢をおして祖父は大阪へやってきた。介添え役に妻ではなく孫を指名したのも、それだけの心づもりがあってのこと――。

万博を堪能した後、祖父は疲れもみせず夜の道頓堀へ孫を連れていってくれた。

昼間はドブ川同然ながら、火ともし頃となれば、青い灯赤い灯が揺れる川面を妖《あや》しく照らす。艶っぽい風情が宵の街の情緒をぐっと押し上げている。祖父が説明してくれた。

「角座は寄席、藤山寛美の松竹新喜劇が中座、人形浄瑠璃の朝日座ときて東映配給の映画館。江戸時代の五座の名残り、道頓堀はかつて芝居町だったんだよ」

ふたりを招くかのように「くいだおれ」店頭の看板人形が太鼓をたたき眉を上下させた。

「今井にマズルカ、アストリア、播重……いきたい店はたくさんあるんだが」

祖父が選んだのは古びた風采の関東炊き屋「たこ梅」だ。

「これは先生！　お久しぶりでんな、お帰りやす」。店主が懐かしそうに祖父を迎える。

「自慢の孫の肇を連れてきた」

「なるほど先生よりだいぶん男前でいらっしゃる」

「バカいうな。おでんを適当にみつくろってくれ。〝さえずり〟を忘れずに」

「承知しました。お酒は上燗《じょうかん》でよろしおまんな」

祖父と孫はコの字形のカウンターに並んで腰かける。飴色《あめいろ》の分厚い檜板《ひのきいた》は年季たっぷり。

「なにしろ、この店は弘化元年の創業らしいからな」

「おじいちゃんはその頃からのお馴染みってわけ?」

「おいおい、肇までなにをいいだすやら。こいつ、すっかり大阪に毒されちまったな」

店主が、「富瀬先生とは戦前からのお付き合い。今でも大阪にいらっしゃると顔をだしてもろてまんねん」と説明してくれた。カウンターに嵌《は》めこまれた四角の鍋からうっすら湯気がたち、食欲をそそる出汁の香を運んでくる。祖父と孫は鼻をひくひくさせた。

「さえずりってのはヒゲ鯨の舌だ。くちゅくちゅと飽きるほど噛んで呑みこむのさ」

祖父がいい終わると店主は小鉢を差し出した。カウンター板よりも濃い色に仕上がった蛸の甘露煮、さえずり同様に弘化元年から続く店の名物だという。

酒は錫《スズ》のタンポで供され同じく錫の猪口《ちょこ》に満たされる。夏でもこの店では燗酒、それも四五度くらいの上燗が不文律。

「暑いときには、熱いもんでせいだいに汗かくのがオツというもんで」

店主が、藤を編んだタンポの取っ手に無骨そうな指をかけ酒を注いでくれる。祖父は、いいのみっぷりで酒を干すと、さっそく孫に語りかけた。

「お前が都市政策を学ぶと知ったときは正直うれしかった」

惜しむらくはワシと同じ学校にいってほしかったんだ。祖父はいたずらっぽい表情になった。

富瀬は昨年、祖父の出身校とは別の超一流といわれる国立大学に合格している。

「おじいちゃんは母校で名物教授だったからね。そんなとこだと僕の肩身が狭いよ」

祖父の後ろ姿をみて育った富瀬は、ごく自然に学者の道を志した。しかも祖父と同じ都市計画、都市開発という分野を。もっとも――ロック、ブルーズにはまり、デュエイン・オールマンやカルロス・サンタナみたいになりたいという夢もあったのだが。

「うるさいったらありゃしない。エレキを弾くのはいい加減にしなさい！」

クラシック音楽を偏愛し、ロックを悪魔の騒音と敵視する祖母の無理解がなければ、案外そっちのほうへ行ってしまったかもしれない。

「最後の大阪旅行だからこそ、肇にちゃんと伝えておきたいことがある」

「そんな縁起でもない」、孫は猪口をおいた。

「おじいちゃんは僕より元気だ、一〇〇歳までピンピンしてるのは間違いないね」

祖父は肩をすぼめたものの、いっそう真剣になった。

「ワシが大阪にいたときにやった仕事のことだ」

「うん、闘さんと一緒に……」

孫は語尾を濁す。家では何度もきかされたプラン。だが、祖父は未だにこの計画を公表していない。孫や家族だけを相手に、小出しにして大阪時代の思い出と一緒に語られただけ。この案件にかかわったスタッフの大半は物故している。まさに幻のプランなのだ。

そんな事情があるだけに、富瀬はチラリと店内に眼を配る。一番近いアベックの客は三席むこうに座っていた。店主も込みいった話だと察し、すっとカウンターの逆サイドへ離れてくれた。これなら会話をきかれる心配はない。祖父は大根に箸を入れながらいった。

「肇は大阪ってところをどう思う?」

「う〜ん」、富瀬は唸った。問いかけに深い意味が隠されているのはわかっている。それだけにどう返事していいのか。うわっ面の印象をさらっても祖父が満足するわけはない。それでも急場をしのぐため、祖父から受け売りの大阪人気質ってやつを並べてみる。

「善悪より損得が大事、暑がりのくせ寒がり、せかせかと〝いらち〟っていうんだっけ、気が急《せ》く、ずうずうしい、人懐っこい、公より私、笑いの都、食い倒れ、八百八橋の水運交通、箔をつけず正味の姿で付き合う、中小企業の街、ユニークな発想で勝負する……」

富瀬は宙に視線をやって言葉をつなぐ。まるで暗記したての英単語を思い出しているみたいだ。

祖父は孫の悪戦苦闘ぶりに吹きだした。

「肇にききたかったのはそういうことじゃない」

「わかってる。でも大阪が日本の首都にふさわしいかなんて即答できないよ」

富瀬は、あわてて口をつぐむ。孫の秘め事を隠す態度に、祖父は例のワッハッハという豪快な笑いでこたえた。

「あの計画は人に知られて困る悪だくみじゃないぞ」

だが、祖父は孫に酒をついでやってから顔を寄せてきた。

「そろそろ肇に、ワシの研究ノートや資料をすべて譲ろうと思っている」

「おじいちゃん……」、富瀬は錫の盃を手に包んだ。清酒が器の中で小さくゆれる。

「三六年前の遷都計画。こいつをヤングの肇がどう評価するか、大いに興味がある」

「…………」

「価値があると判断したら、肇の意見や修正点もしっかり書きこんで世に問うてくれ」

「それはおじいちゃんが、闞さんとの共著として発表すべきだよ」

大阪遷都計画は随所に闞と祖父の慧眼《けいがん》がひかる。大阪を起点として新幹線に相当する高速鉄道の全国ネットワーク化、二四時間稼働の国際空港開設。化石燃料にかわる無公害エネルギー開発、携帯できる画像付きの無線電話……まるで少年マンガ雑誌の二一世紀特集、それこそ大阪万博で示された理想の未来図が提示してある。

「大大阪の栄光の時代をつくった闞さんは、経済と政治に明るいだけでなく、ちゃんと庶民のことを考える都市政策の第一人者だった」

闞は留学したベルギーで交通機関の整備と都市発展の相関性を学んでいる。ドイツに拠点を移してからは社会民主主義に接した。帰国後にこの思想を一層深め、日本の実情に即した形での実現を目指していく。闞は「ひとびとの国民経済」を唱えた。「資本家が搾取」して「労働者は虐げられる」という構図ではなく、国家の繁栄のために両者が共存しなければいけない。祖父は感慨深げに話す。

「闞さんは資本家のことなんかよりも圧倒的に庶民の幸せを考えていたよ」

収入の多寡《たか》で人生の勝ち負けをつけるなんて愚の愚。労働者の老後を保証する年金制度の考案、社会的弱者に篤《あつ》いセーフティーネットの構築にも積極的だった。

「しかし、闞さんは決してマルキストじゃない。いわば社会改良主義者だ」

祖父は少しテノール気味に闞の口調を真似る。

「雇用側と労働側が相敬愛する、上は下を憐れみ下は上を敬うという日本ならではの美風を、現代の資本と労力関係で実現させるべきだ」

そんな闞だからこそ、大大阪を現実にした後も理想を追い求めた。

そして愛弟子たる祖父を呼びよせて『大阪遷都計画書』を完成させる。

「大阪にとって日本にとって……いやアジアや世界のために大阪という都市をフルに機能させる。これが、闞一という偉大なる学者にして行政者の最終目標だったんだ」

祖父の熱弁は今日に限ったことではない。だが、こうして大阪の地を訪れ、万博という大イベントを体験した直後とくれば、いつもよりずっとエネルギーを感じてしまう。

富瀬の頬は、決して酔ったせいでなく祖父の熱気で桜色にそまった。

「僕、大阪遷都計画について本格的に研究するよ」

「そうか！　よくいってくれた」

富瀬は何度もうなずく。と、そのとき店が静まりかえっているのに気づいた。

隣のアベックはふたり揃ってポカンと口を開いたまま富瀬と祖父をみつめている。コの字のカウンターの向かい側の、勤め人らしい面々が祖父と富瀬に向け拍手した。祖父と孫の内輪話のはずが、とんでもなくハイトーンになってしまっていたようだ。

あっちへいっていた店主が新しいチロリを手に戻ってくる。

「先生、ようやっとええ後継ぎができましたな」

「これでワシも思い残すことはない。肇は優秀だからきっとやってくれるぞ」

「先生よりよっぽど期待大でっせ。お孫さんの顔みたらすぐにわかりまんがな」

「むむっ……大阪の連中ってのはいいたいことをいいやがる」

だが、すぐ祖父はワッハッハと得意の大笑いを放ってみせた。

「肇はん、闢市長と先生が心血こめた大阪のための計画、ぜひ実現させておくんなはれ」

店主が改まって酒をすすめる。

「わてはもちろんお客さんの皆さんどころか、大阪に住まうモンのお願いでおます」

5

茶色の痩せた野良犬が、マグロみたいに寝転がっている幸子に鼻づらを寄せた。

しばらくクンクンやっていたが、噛みついたり吠えたりもせずに離れ、フラフラと梅町商店街を歩いていく。富瀬はその姿を眼で追う。カーブが嫌みをいった。

「あんまり脂っこいんでワン公も敬遠しよった」

幸子は心もち股をひろげ寝入っている。彼女の剝きだしの膝、その片方を安城が撫でた。もう何時になったのだろう。タクシー乗り場の人の列は消え、運転手がクルマから降り談笑している。彼らの吸うタバコの火が小さな赤い点になっていた。

「しかし、蒸し暑いですね」

梅雨明けまで一週間はかかりそうだ。夜気はねっとりとして、熟れて甘酸っぱいような湿気が肌にまとわりついてくる。富瀬は赤いバンダナで首筋をぬぐう。カーブはワイシャツの袖をまくってからいった。

「大阪遷都計画でっか――そないなもんがあったとは初耳ですわ」

「祖父は特に秘密にしたわけじゃないけど、まったく公表してませんから」

「大阪遷都計画が知られてないんは、富瀬クンがまだ本にしてへんからとちゃうの？」

安城から指摘され、富瀬は天然パーマの長髪ごしに頭をごしごしとやった。そこを衝かれると、恥ずかしさと申し訳なさで心がチクチクしてしまう。大学四年の夏、祖父は天に召された。富瀬は祖父の遺志を胸に大学院へ進み都市政策の研鑽にはげんだ。修士課程を終えてすぐ大阪に移り住んだのも、いっそう遷都計画の研究を進めるためだった。

「もう少し大阪の現状を勉強しないと遷都計画の評価はできそうにないんです」

「いやいや、責めてるんとちゃうんや」、安城がとりなす隣で、カーブが質問してくる。

「知ってんのは道頓堀の関東炊きのおやっさんだけでっか」

「さあ……少なくとも橋場さんは計画に絡んでいます」

「そこがポイントや。橋場はんは大阪遷都計画でどないな役割をしてはったんです?」

「橋場さんは財務畑だったんです」

財務という言葉の響きは効果満点、カーブと安城は身を乗りだす。

「大阪遷都計画の金庫番、それが橋場はんちゅうこってすな」

「みてみぃ。あのジジイからはゼニの臭いがするんや」

だが、ここで富瀬は意気込むふたりを押し戻した。

「橋場さんは大阪遷都計画の全貌なんて知らないと思います」

「知らんって……そんなアホなこと……」

カーブと安城が吉本新喜劇よろしく大仰につんのめる。富瀬はくわしく説明した。

「橋場さんは傭人《ようにん》、重要な仕事を任される立場じゃなかったんです」

祖父によれば戦前の国家公務員は官吏《かんり》、地方公務員が吏員《りいん》と呼ばれた。これらと別枠で傭人、雇《やとい》などのスタッフがいて単純作業や肉体労働に従事していたという。もっとも祖父だって正規の吏員ではなく、闞が私的に声がけした嘱託の身分だった。カーブが合点する。

「橋場はん、尋常小学校を出て丁稚なんどして縁故を頼り、役所にもぐりこんだんやろ」

カーブは橋場の立場をきき、ちょっとしんみりしてみせた。

「ワイも同じ。一二歳やそこらで働かされた。高等小学校へいかせてもらえへんかったし、旧制中学なんぞは夢。高校や大学となったら夢のまた夢ですわ」

「戦前は中学への進学率が、わずかに二割程度だったらしいですもんね」

「ワイは芸事がやりとうて、工場を飛びだしドサ回りの一座にまぎれこみましてん」

「それってどんな生活なんですか」、富瀬は、かつて人気を独占した漫才師の来し方に興味津々だ。しかしカーブは「ワイの話はこっち置いといて」と話を本筋へもどす。

「橋場はん、大阪を日本の都にしてまうちゅう大胆不敵な計画の中身も知らんと、あちこち上役のいわれるままに動いてたんでんな」

「そうです。闞さんの特命で運動資金を工作したのは財務のキレ者です」

「ちょっと待ったらんかい。ジジイは単なる集金係、現ナマとかかわりないんかい」

たちまち安城は意気消沈しかける。富瀬が彼に、それこそ待ったをかける。

「遷都計画は闞さんの死で宙に浮きますが鴻池、住友、三井ら大阪ゆかりの財閥に加えて紡績、製薬など地場産業、鉄道や港湾関係から莫大な資金が集まったといいます」

「そら大阪が首都になったら、大阪の会社はなんぼでも儲かりまっさかい」

カーブは相づちをうつ。ゴクリ、安城が生ツバをのみこんだ。

「総額はどんくらい?」、尋ねる声はかすれている。

「それは祖父も把握していませんでした」、だから富瀬も関知していない。

「しかも、大金は大東亜戦争のごたごたで行方がわからなくなってしまったんです」

祖父は遷都資金の在り処にまったく執着しなかった。鬮の死後は東京に帰り、母校で研究職に落ち着いてしまったのだった。

「祖父はお金なんかより、策定したプランの成否のほうをすごく気にしていました」

これは富瀬も同じだ。学者肌といってしまえばそれまでだが——祖父は敗戦後も教授職に留まっていられた。都市政策の分野ではそれなりに名のある学者になった。中流なみの生活ができたことも、資金の在り処に執着しなかった理由だろう。

「大阪遷都計画は〝SOP〟というコードネームで呼ばれていたんです」

SOPとは「セント・オーサカ・プロジェクト」の略。遷都で聖なる大阪をつくる。祖父が洒落っ気とユーモアを効かせ名付けた。鬮も大いに気に入ってくれたという。

「橋場さんは大阪遷都計画の正式名でなく、SOPの仕事ということで動いてたはず」

橋場は上司から「SOPの件で阪急の小林はんのとこいってこい」などと命令され、内実もわからぬまま大阪の街をあっちこっち集金に走りまわっていた……。

安城は「オレなら集金分から抜くけどな」とつぶやく。富瀬はきこえないふりをした。

「ソップちゅうたら、西洋のスープのことですやん」、カーブがつっこむ。

「鬮さんと祖父は計画立案のためなら徹夜も辞さずという心がまえでした」

そんなときは鬮の肝煎り、パワーをつけるために洋食屋からソップを出前させた。

「鬮さんはヨーロッパ留学中、じっくり鳥ガラを煮込んだスープが滋養強壮にいいと身をもって体験していたんです」

「ソップの由来はええけど、大金はどないなった」、安城は地団太を踏みかねない。

「橋場さんは隠し場所のヒントだけはつかんでいるのかもしれません」

だが、決定的な確証は得ていない。だからこそ、カーブが指摘するようにずっと貧乏暮らしに甘んじてきた。

「さっきもいいましたが、ＳＯＰ関係者でまだ生きているのは橋場さんひとりです」

しかも関係者の数は極めて少なく、軍資金担当は財務の逸材と手下の橋場だけ。祖父だって資金にはまったくタッチしなかった。

「ほほう。おもろなってきたがな」

カーブが舌なめずりし、安城はつり眼を餓狼《がろう》さながらに光らせた。富瀬は今さらながら呆れてしまう。ふたりとも「大金最優先」という行動規範がハッキリしすぎ。

これが大阪人というものなのか。

「さっそく明日からジジイを探さなあかん」と安城。

「待て待て。ここで話はまた元に戻ってしまうんや」とはカーブ。

「そうですよね――」、富瀬は洋画のワンシーンのように人さし指を立ててみせた。

「僕も隠し場所のヒントは橋場さんの部屋のどこかにあると思います」

「けど、鬮はんと財務のキレ者ちゅう御仁しか、大金の行方を知らへんのだっしゃろ」

「祖父は鬮さんの市民葬のあとでご家族と遺品の整理をしたそうです」

日記やノート、草稿など多量の文書が残されていた。闢はメモ魔、何ごとも克明《こくめい》に書き留めていた。

「SOPの策定にかかわる書類はすべて祖父が引き取りました」

あの膨大な資料は祖父の書斎に今も残されている。だけど祖父は不思議がっていた。

「闢さんが最晩年に愛用した黒革の手帳は、どれだけ探してもなかったそうです」

祖父は闢の生前、チラリとこの手帳を覗いたことがあった。

「なんだか暗号めいた単語が並んだページだった」と証言している。

「橋場さんがこの手帳を手に入れたけど、中身は解読できなかったんじゃないですか」

だから、闢の側近の孫とめぐりあって欣喜《きんき》雀躍《じゃくやく》した。富瀬なら黒革の手帳に記してある謎の文言を解き、隠し場所をみつけられるかもしれない。こう踏んだのだろう。

「それで、わざわざ高っかい地酒を買うて、ワシに声かけて前祝いしやはったんやな」

「手帳ならすぐみつかるで」、安城は遺品をちょろまかしてきた経験をひけらかす。

「机の一番下の引き出しの奥、本箱の二番目の棚の右端の本の裏。そこになかったら、米びつの中にビニール袋に入れて隠したあるはずや」

富瀬は「古い柳行李なんてどうです?」と軽くジャブをいれる。

「それは怪しい。畳んだ着物が入ってたら、それの袖んところに隠してあるんや」

「そういや、橋場はんの押し入れに汚い柳行李が突っこんであったで」

カーブと安城は互いに手をとりあった。

「もう一回、どないしても聚楽荘の部屋を当たらな」

ふたりは、もう大金を手にしたようによろこんでいる。

だけど、これこそ捕らぬ狸の皮算用。富瀬は、両人を調子づかせてしまったことを反省した。

ＳＯＰ軍資金の隠し場所どころか、橋場をめぐる不明や疑問、矛盾はまだまだ山ほどある。それに、富瀬のＳＯＰに対する想いや立場をきちんと説明しなきゃいけない。

大金の話は打ち明けたけれど、富瀬の興味はそんなことより、都市政策論としてのＳＯＰの本質と実現性にある。この駅前、大阪の下町で見聞きした実体験を加味し、現代の視点から遷都の可能性について論じてみたい。

「それを書籍にしたら博士号を取得し、ゆくゆくはどこかの大学で教えたい」

三〇歳は目前、富瀬はこんな人生計画を描いている。

「でも」と富瀬は思う。もし、ＳＯＰ軍資金がみつかったら。

「論文を書籍化する資金にはなるよなあ」

岩波書店に原稿を持ち込んで断られたりした場合にも、自費出版するという道はみえてくる。ちょっとばかりのお金があれば、確かにありがたい――。

富瀬がラチもないことを考えながら脇に視線をやると、幸子がまた寝返りをうった。

商店街の舗道に転がされ、地面の冷気にさらされて寝心地はいいのだろうか。だけど、さっきまでの野放図な泥酔ぶりとはちょっと様子がちがう気がしてならない。こっちを向いた肥り肉の背中がヘンに強ばっているんじゃないか。

「おい、この儲け話はオレら三人だけの秘密にするで。よろしな」

安城は念を押し、カーブが応じた。安城は角ばったエラのあたりを満足そうに撫でる。

すると――ガバッ、いきなり幸子が起きあがった。ギョッ、あまりに突然の事態、安城とカーブは身を固くする。やっぱり狸寝入りだったんだ、富瀬は恐れいってしまった。

中年女は開口一番、酒焼けした塩辛声をあげた。

「そうはさせへん。おいしい話はあらかたきかせてもろた」

幸子は剝《は》がれかけた片方の付け睫《まつげ》毛を押さえ、まくしたてる。

「ウチも仲間に入れてもらうで」、イヤとはいわせん。幸子はえらい気迫だ。

「さんざんお乳いろて、お尻《いど》やらなぶったくせに、ウチを銭儲けの輪から退《の》けるやて堪忍ならん」

「あんさんのかだら（身体）をいじくったんはこの人。ワイと富瀬クンはしらんがな」

カーブが安城を指さしたけれど幸子は相手にしない。

「桜町商店街の入口、あしこの交番へ駆けこんだる」

「勘弁してくださいよ」、富瀬は本心から疎《うと》ましそうにいった。幸子のしどけなく寝乱れたこの格好で警官に訴えられたら、問答無用で手が後ろに回ってしまう。

「オレがお前のことハミ子にするわけあれへんやん」

安城が幸子の肩に手をやったけれど、熟女は邪険に振り払った。

「どんならん、機嫌なおしてェや」、安城が幸子の前に立ちふさがる。

ビシッ！　その時、彼の瘦せて貝殻骨《かいがらぼね》の浮き出た背に張り手が飛んだ。

いきなりグローブのように分厚くデカい手で叩かれ、安城は前のめりによろけ、顔を幸子のむっちりした胸にめりこませた。

「お前ら、ここでナニをごちゃごちゃしとるんじゃ」

恰幅のいい親父がすごむ。アロハシャツのボタンを上から三つも外しているから、ブラシのような胸毛の密生ぶりがわかる。半袖からのぞく腕の太いこと。おまけに袖口からはチラリと赤や青、緑色をした彫り物がのぞいている。風体《ふうてい》からしてヤクザ者のようだ。とはいえ、駅前界隈でこの手の人物は珍しい存在ではない。

「天王寺動物園からゴリラが脱走してきたんか」、カーブが笑えないボケをかました。

「誰がゴリラやねん」、親父は毛虫のような眉を怒らせる。

「あんた……藤野さん」

幸子は安城を押しのけ、めくれあがったブラウスの裾をスカートの中に押しこむ。ゴリラ親父が幸子に怒鳴った。

「今夜は店におるときから、こいつとえらい仲ようしとったやないか」

はは～ん。富瀬は納得する。ゴリラ親父はスナックの常連、おまけに幸子のご指名客らしい。今宵、意中の女が安城とボックス席でいちゃついていたのを、カウンターからジトッとした眼つきでみていたのだろう。ゴリラは河内弁丸出し、巻き舌で安城に凄む。

「おんどれはワイの女《おなご》に鼻のした伸ばしくさって。口を縦に引き裂いて、手ェ突っこんで奥歯カタカタいわしたろかい！」

「……す、すまんこってす」

安城は怯えた仔犬のように上目で親父をみつめている。親父は勢いづいた。

「それとも、ド頭《たま》かち割って脳ミソ、三輪素麺《そうめん》みたいにずるッと啜《すす》ったろか」

「……そ、そればっかりはご勘弁を」

安城は後ずさった。幸子は安城とゴリラ、どっちにつくか決めあぐねている。SOPの大金と常連のコワモテ、ある意味では究極の選択だ。

「幸子が誰のモンか、ここで勝負つけよやないか」

ゴリラが安城に迫った。安城はこそこそと富瀬の後ろに隠れる。富瀬は首をまわし、コアラの子どもみたいに背中にへばりつく安城にいった。

「やっちまえばどうです？　大金と熟女の両方を手にするチャンスですよ」

「いてまえとぬかしたな。それに大金？　ナンのこっちゃ」

「あんたに関係ない。こっちの話です」

富瀬の素っ気ないというか、まったくヤクザ者を怖がらぬ平然とした態度が、とってもゴリラの気に障ったようだ。カーブは「どんならん」と天を仰ぐ。

「なんじゃい、おんどれは。女みたいに長い髪をじゃらじゃらパーマかけやがって」

「これ天然パーマ。梅雨時はクルクルになっちゃうんです」

「じゃかましい、オトコおんな」、ゴリラは鼻の穴を膨らませた。

ビュン！　岩石みたいな拳骨、その左ストレートが風を切る。こんなのを頂戴したら富瀬の身体は吹っ飛んでしまう。「ヒエーッ」、安城が叫び今度はカーブの腕に齧りついた。

ところが——富瀬は軽く膝を曲げ身体を沈める。充分に腰の力をこめ、上体を元に戻しながら右フックを見舞った。富瀬とゴリラの腕が交錯する。一瞬はやく富瀬のパンチが頬に炸裂、ゴリラの顔が歪んだ。間髪をいれず、今度は富瀬の右の痛烈な一撃がせり出した腹にめりこむ。ウグググッ……ゴリラは地面に両の手をついた。タラコ唇から胃液が吐きだされ、黄ばんだ歯が一本ころがっていく。

『あしたのジョー』さながらのノックアウトシーン。富瀬は両の拳をかわるがわる撫でた。

「まずはクロスカウンター。次のレバー（肝臓）は息ができないくらい痛いんです」

富瀬はノックアウトしたゴリラを尻目に平然としている。残る三人の眼が点になった。

「高校時代はボクシング部。三年生の春の都大会でベスト4までいきました」

たちまち幸子が富瀬にVサインを送り、作り笑いを浮かべ安城にかけよる。まことにゲンキンな女があったもんだ。そのうえ、幸子は厚かましくもこの場を仕切ろうとする。

「ほな全員解散。明日の夜、改めて富瀬クンの店に集合して作戦会議しよ」

カーブは「やっとられんわ」といいつつ富瀬のTシャツの袖を引っぱった。

「ゴリラがへド吐いとるうちに逃げるんは正解でっせ」

「お先にどうぞ。介抱しなくっちゃ」

「放っておいたらええんや。ヤクザに親切心は却《かえ》ってアダになる」

「久しぶりのファイトだったんで手加減できなかった……」

「かましまへん。駅前の暴力団なら俊徳連合か太平寺組。ワイは両方の組長さんとも懇意にしてもろてまっさかい。後は任しておきなはれ」

そういうものなのだろうか。富瀬は這《は》いつくばっているゴリラをみやった。

その間に幸子と安城は手に手をとって全力疾走、ふたりの姿がどんどん小さくなる。カーブも超ド派手な黄色のジャケットを肩にすると歩きだした。

「念のため、今夜は戸締まりをしっかりして寝るこっちゃ」

富瀬は大きな吐息を漏らす。それでもゴリラをこのままにはできない。彼は膝をつくとヤクザを起こした。

駅では、ようやく線路の点検作業が終わったようだ。高架ホームの照明が一気に落とされ、駅前はすっかり暗くなった――。

第三章
「どこにあるねん」

1

六畳間に六人はさすがにきつい。

部屋の主がいなくなってもう何日たったのか。閉じたままのカーテンを開くと梅雨あけ間近の陽光がさしこんでくる。おかげで畳表の毛羽《けば》だちがあらわになった。

「これが、黒革の手帳の切れ端だと思います」

富瀬は古びて黄ばんだ紙切れを示す。カミソリだろう、鋭利な刃物で本体から一枚だけを切り取られた紙片。押し入れの中の柳行李の蓋の裏にセロハンテープで貼ってあった。

安城が聞きしにまさるカンと早業《はやわざ》でみつけた。彼はそれを富瀬に渡しながらいった。

「まるで、ここにあるでちゅうミエミエの隠しかたやな」

「手帳の本体がないのは残念ですが、わざわざ橋場さんはこのメモだけを残した。深い意味がありそうです」

五人が富瀬を取り囲む。聚楽荘の大家の岸堂育枝は背のびして紙片をのぞきこんだ。

「えらい律儀な字で書きこんでまんな」

「この筆跡は闞一さんのものに間違いないと思います」

岸堂、安城にカーブ。そして辰巳幸子と恵梨香が揃って生唾を呑みこんだ。

「暗闇。横穴。湿気。奥の奥」――富瀬は読みあげる。

カーブはチラッと、幸子と恵梨香の母子ともに豊満なヒップラインをみやっていう。

「暗うてジメッとしてる穴の奥とは意味深。女子《おなご》の娯楽室を想像しまんな」

「娯楽室ってどういう意味？」、恵梨香は素朴な口調でたずねる。安城が、「恵梨香ちゃんには、まだちょっと早い」。幸子もこわい顔で「いらんことを訊《き》きな」と娘をたしなめる。

そんな安城と幸子、恵梨香を順にみやってカーブがツッコんだ。

「いずれは親子ドンブリかいな。どんならんこっちゃ」

「親子丼ってカシワ（鶏肉）と卵とじの？　なんで娯楽室でご飯を食べんのン？」

「こういうことは大人になったらわかんねん」と安城が訳知り顔にいう。

幸子の怒った眼が今度は安城に向けられた。

「安城、あんたもええ加減にしいや。調子にのってたらボーンといてまうで」

いつしか幸子は、一〇ちかくも歳下で、ひと回りは痩せた男を呼び捨てにしている。

敬称略になってしまった安城は首をすくめた。そういえばあの夜以来、安城が八ちゃんに顔をだすときは幸子と連れだってくる。しかもふたりの関係は女王様と家来というような按配《あんばい》になっていた。高校生になる娘がありながら、噎《む》せかえりそうな妖艶さをふりまく熟女との肉欲にからめとられ……富瀬は今さらながらオンナは怖いと痛感するのだった。

富瀬の感慨が無量となっていることを知るはずもない彼女は、安城を叱ったその返す刀で、エロいことを口走った張本人のカーブにも食ってかかろうとする。

だが、幸子より先にこの場を制したのは育枝だった。

「カーブはん、品のないことをいいなはんな。笑えん下ネタは最悪やさかい」

育枝は濃紫《こむらさき》の絽《ろ》の着物をまとっている。仕立てたのはずいぶん昔の感はあるものの、きちんとした格好だ。しかも汗ひとつかいていない。ちなみに今日の大阪もクソ暑い。ただ気温が高いだけでなく、日光もキツいうえサウナのように蒸す。だから――富瀬はタンクトップ、カーブは背番号40の阪神タイガースのTシャツをすっかり汗ばませている。安城はいつもの「保健所のほうからきた」を信用させる制服っぽい半袖のジャンパースーツだが、上着のボタンを全部外して白のランニングシャツをみせていた。

幸子は大阪でアッパッパと呼ばれるサッカー地のダブダブのワンピース。脇ぐりが大きく開いていてぷにゅぷにゅした二の腕があらわだ。娘はホットパンツ。ボンレスハムそこのけの太くて短い脚がイヤでもめだつ。

育枝は帯に挟んだ扇子を出すと富瀬の持つメモを差し示した。

「まだ続きが書いてありまっしゃろ」と富瀬をうながす。

「闕はんの一世一代の野望を叶えるための軍資金、何としても解読せなあきまへんで」

「えっと続きを読みます……奥の奥。の次は大阪名所。再挑戦……英文字が三つ。最後が『伊志田三也に一任』です」

大家はじめ全員の顔に「伊志田ってだれ？」という疑問がうかびあがった。

「伊志田さんは、闕さんが最も信頼していた財務の逸材です」

富瀬は祖父からの受け売りを披露する。伊志田は闕の亡きあと財務の才を評価され軍に引き抜かれた。だが、大阪大空襲で命を落としている。祖父によれば「生きていれば戦後も大阪の財務を切り盛りしたはず」だったという。

――「**暗闇。横穴。湿気。奥の奥。大阪名所。再挑戦。**」

そして、アルファベットが「ａｄａ」。どうもこれは書きかけの単語のようだ。

「ううう～～ん」

育枝らが一斉に唸り、腕を組み首をひねった。これみよがしに橋場が残していった紙片、前後のページとの関連はわからない。それでも富瀬はつぶやいた。

「このヒントだけでも、どうにか目星がつくような気がする」

小さな声だったのに、橋場が失せた部屋に大きく響く。五人の輪がぐっと狭まり、富瀬に迫ってきた。育枝がぼそりといった。

「いうたら悪いけど、橋場はんはそないに頭のキレる手合いやおまへん」

「確かに小狡《こずる》いとこはあるけど大物感はあれへんわ」、カーブもうなずく。

「しょせんは木っ端役人やもん」と幸子が大きな胸を揺らしていう。安城も追従した。

「橋場なんかに、このメモは宝の持ち腐れやで」

熟女とメガネ男のカップル、橋場の顔もみたことがないくせにいっぱしの口を叩く。

「せやけど、なんでこの切れ端だけ残していったん？」

恵梨香の問いかけに大家の育枝がすかさず断言した。

「富瀬クンに謎解きさせるためや。橋場はんにはナンのこっちゃらチンプンカンプン」

「なるほどSOPを立案した学者の孫たる富瀬クンに軍資金の隠し場所を解読させて、ちゃっかり橋場はんが横取りするっちゅう算段かいな」

カーブがいうと、安城はいきりたった。彼の汚れ放題のレンズの奥が鋭く光った。

「そんなことさせるかい。お宝はオレが……」、こういってから彼は慌てていいなおした。

「いや、ここにおるモンで山分けするんや」

「そうやで、きっちり等分に分けてもらわんと」

幸子は「ウチら親子はひとりずつ別個に勘定して」と念押しする。恵梨香もウンウンと力強く同意した。母と娘、それぞれに大金の使い途に思惑があるようだ。

即座に育枝が文句をつけた。

「ちょっと待ちなはれ。どないな理由でアンタらと山分けちゅうことになりまんね?」

「イヤやわ。大家はんこそ大金探しに関係ないやんか」

「犬盗人がいけしゃあしゃあとこの場におるほうが間違うてるんや」

キャンキャン、絶妙のタイミングで扉の向こうから犬の焦《じ》れたような鳴き声。ポメラニアンのラッキーが部屋に入れてくれとアピールしている。育枝が愛犬をなだめた。

「怖いオバハンがおるさかい」、溺愛のぐあいがわかるやさしい口ぶりだ。

「ラッキーちゃん、また誘拐されたらえらいこっちゃで」

「うっ。ババア、今なにをいうたんや。コノッ！」

幸子は語気を荒げる。熟女と老婆が互いに間合いを詰めた。一触即発の剣呑《けんのん》さだ。

それにしても幸子の図々しさには参ってしまう。自分こそ富瀬やカーブ、安城らの話を耳にしてちゃっかり乗っかってきたくせに。富瀬は呆れてモノがいえない。厚かましい熟女に皮肉でも投げつけてやろうと思うのだが……彼はもともとそういう芸当が苦手ときている。眉をひそめ口をパクパクしていると、育枝が反撃をはじめた。

「関係大ありでんがな。富瀬クンと橋場はんの一件に最初から噛んでるのはワテや」

育枝は富瀬の橋場探しの経緯を自慢げに話した。それに待ったをかけたのが恵梨香だ。

「おばあちゃんそれは違うで。ウチが橋場のジジイのチャリをパクったから、この大金プロジェクトが動きだしたんやんか。最大の功労者はウチやねん」

「そのとおりや。この子がおれへんかったらすべてワヤになってたん」

この母にしてこの娘あり。自転車泥棒という犯罪行為をテンとも愧《は》じず、よく屁理屈をこねられるものだ。富瀬は頭がクラクラしてきてしまった。

そんな彼の横で、辰巳母子と大家のおばあさんのバトルがつづく。

「迷いこんできたクソ犬の面倒みたった恩人はウチらやんか」

「あの子にはラッキーちゃんちゅう、ええ名前があるんや。覚えといてんか」

どんどん話は本質からズレていく。

カーブと安城ときたら、女どもの口論をよそに「暗闇。横穴。湿気。奥の奥。大阪名所。再挑戦。」と呪文のように唱えている。

何の因果でこんなメンバーが集まってしまったのか。富瀬はこめかみのあたりが痛くなってきた。すべて僕の優柔不断な性格のせいかも。彼だけが自省している。

しかし、こうなってしまったものをリセットできそうもない。富瀬は疑念や不信、反省を振り払って熟女と老女の間に割り込んだ。

「ふたりともいい加減にして。今はそんなことでモメてるときじゃないでしょ」

育枝と幸子が無言で角をつきあわせる。気まずい雰囲気を恵梨香がやぶった。

「ウチらに大金の隠し場所をみつけさせようというんやったら、チャリンコのジジイ、どっかからウチらのことをジーッとみてるわけ？」

恵梨香がサッシ窓に近づく。残る五人も洗濯物がかかったままの窓辺に顔をむけた。

「茂子、カーテン閉めとき」と幸子。「ふんっ」、本名茂子ながら芸名恵梨香は知らん顔をする。

母は思い出したようにネコ撫で声になった。

「ごめん、恵梨香ちゃん。カーテン閉めて。その前にジジイがおらへんか確かめて」

恵梨香が乱暴に無地の濃紺の布を引っぱった途端、カン高い声をあげた。

「あっ、けったいなオッサンがこっちみあげてる。わっ、オッサンと眼がおうてもた！」

富瀬は素早く窓辺へいきサッシ戸を開け放った。首を出し階下をみれば、黒っぽい服装の男が路地を駆け逃げていくではないか。富瀬はうめいた。

「あれは橋場さんじゃない。けどさっきの男は確かにこの部屋を見張っていたはず」

たちまち皆も押し合いへしあいして顔を突き出した。育枝がつぶやく。

「そういや、ここんところけったいな風体の男がアパートの周りをうろついてまんねん」

僕は厄介事に全身どっぷりと浸かってしまった。富瀬は思わず天を仰ぐ。

そこには薄汚れた杉板の天井があるだけだが、不規則に入り組んだ年輪や木目が、なぜか祖父の顔にみえてしかたない。

「おじいちゃん、どうしよう」、富瀬は胸中で泣きつく。

祖父の横顔そっくりの模様がニヤリと笑ったような気がして、富瀬はきつく眼を閉じた。

―2

「メモの意味がわかりまっか？」

皆を代表して大家のおばあさんがいった。六人は岸堂育枝の自宅、古びたアパートの隣のこれまた古い平屋の居間に場所を移している。

萱《かや》の夏障子をとおってくる風は心なしか涼を感じさせてくれた。障子の向こうの縁側を落ち着きなく行き来するラッキーの姿が影絵のようになっている。

「暑いときには熱い緑茶もええけど、やっぱりこれでんな」

育枝が、露草《つゆくさ》の絵付けの入った上品な茶器によく冷えた麦茶を注ぐ。湯呑みの表面はうっすら汗をかいている。育枝はもう何度目になるのか、また同じことをいった。

「暗闇。横穴。湿気。奥の奥。大阪名所。再挑戦。まったくもって判《はん》じ物《もの》でっせ」

カーブ、安城、辰巳母子そして育枝がじっと富瀬をみつめる。まさに熱視線、バンドのライブやボクシングの都大会準決勝でも、こんなに痛いほどの眼力を感じたことはない。

ウウッ、ウウン。富瀬は喉にからんだ異物を押しやりながら、持てる情報を総動員して、六つの日本語とひとつの英単語らしき文字、そして人名を睨む。

「闊さんはきっと伊志田さんに命じて大阪遷都計画の準備金を隠させたのです」

キーワードのポイントは「大阪名所」に違いない。カーブと安城が交互に唾をとばす。

「大阪の名所ってぎょうさんありまんがな。ありすぎてナンギでっせ」

「それより再挑戦ってどういうことやねん」

「再挑戦は、今度こそ大阪を日本の首都にするということやおまへんか」

「大阪って、そないに何度も首都になりかけたんかい？」

安城の問いにカーブが窮する。そこへ育枝がしゃしゃりでた。

「遠く仁徳天皇の御代に都がおかれて以来、ここ大阪の地は何回も都になってまっせ」

難波《なんば》高津宮《こうづぐう》に樟葉宮《くすはのみや》、長柄豊碕宮《ながらのとよさきのみや》と育枝は並べてみせる。富瀬も含め一同は老女の博識ぶりに感心するしかない。カーブも負けじとばかりに付け加えた。

「関東大震災で東京がワヤになったとき、大阪を首都にしようと盛りあがったらしいで」

「ほな再挑戦は置いといて、やっぱり大事なんは場所の目星となるわな」と安城。

「暗うて、ジトッとして奥の奥……ウへへ、やっぱり意味深でんな」

富瀬がニタニタしているカーブをたしなめた。

「闊さんは妻子を大事にする立派な家庭人でした。エッチな人じゃないので念のため」

育枝が「闊はんならそうでっしゃろ」と同意した。七〇歳の彼女は、カーブ以上に現役時代の闊のことを知っている。育枝は絽の着物の衿《えり》を指先でしごいた。キュッキュッと音がして、この場の雰囲気にカツをいれたようだ。

「さっき富瀬クンは、なんとのう見当がつきそうやというてはりましたな」

富瀬はすっと眉をあげ「少し日にちをください。目星をつけてみせます」と頼もしい。

「大阪ちゅうても摂津に浪花、この河内。ほんでから泉州と広おます」

育枝は名所に旧跡、ついでに名物や有名人も加えたらどれだけの数になるやら、と指を折って数えはじめる。富瀬はすぐに応じてみせた。

「両手、両足の指を総動員しても足らないでしょう。でも、数に限りがあるのは事実。しかも、まだ五つの条件とａｄａという英単語のヒントがあります」

まずは名所をリストアップし、それらを条件に符号させ、ふるいにかける。

「なるほど、ワテも思いつく限りの名所や名物を書きあげますわ」、育枝が請け負う。

「大阪名所って入力したら、数秒でずらずらっと候補を並べてくれる小型の高性能な電子計算機があればいいんですが」と富瀬。

「いつかはそういうモンができるんでっしゃろな」、また育枝。

「暗号の解読も大事ですが、橋場さんの部屋を探っている連中のことが気になります」

「ウム。そっちも片づけなあきまへんな」、育枝は聚楽荘をめぐる近況を報告した。

「富瀬クンが橋場はんを訪ねてきた次の日から、ウサン臭い連中があらわれましてん」

空室はないかと問う工員風のオッサン。道を間違って路地へ入ってきた別の男もいた。ふたりとも橋場の部屋を気にしていた。

「あいつらがホンマに部屋を探してんのか、道に迷うたかは自明のことだっせ」

アパートのピンク電話には何度か無言電話があった。その息づかいは、育枝の背後の様子を窺《うかが》うようだった。それどころか、さっきもアパートを探る中年男が逃げていった。富瀬は唇をへの字にしてからいった。

「橋場さんが手下を雇っているのかもしれませんね」

「どいつもこいつも悪人や。いずれ死体がごろごろちゅう悲惨なことになりまんな」

育枝はろくでもないことを予想してからいった。

「八ちゃんの周辺では怪しい動きはおまへんのか？」

怪しいといえば、ここに集まった面々……だが、そのことを改めて口にする必要はない。

「いつものとおり、いつものお客さんって感じです」

だから売り上げは芳《かんば》しくない。しかし、このことも報告する必要はなかろう。

安城が「橋場サイドにたってみたら」と新たな疑問を持ちだした。

「八ちゃんにあたってみるのが手っ取り早いはずやのに、なんで来えへんのや？」

「せやけど、事態は今日をもって進展するはずでっせ」とカーブが腕を組む。

怪しい連中はずっと富瀬やアパートの一室の動きを見張っていたはず。さっき富瀬をはじめ六人のメンバーが部屋に入っていったことで、橋場はきっと次の一手を打ってくる。

「エエッ、ほんならウチが最初に狙われてしまうやん」、恵梨香が猛烈に文句をつけた。

「だって女子高生でメッチャかわいらしいやん。悪人に誘拐されて純潔を奪われてまう」

このスキャンダルのせいでアイドルになれないかもしれない。彼女は真剣だ。

「さっそくメンバーから外させてもらうわ」

「アホらし。あんさんみたいな、ぶっさいくな子をどこのどいつが狙うねん」

育枝が鼻を鳴らす。たちまち恵梨香は「デブっていうたな」とケンカ腰になる。「デブとはいうてへん。ブスっていうたんや」と育枝。どうにもこうにも、女性陣はすぐに脱線し揉めてしまう。富瀬はげんなりしつつも話題を戻した。

「橋場さんが知りたいのはＳＯＰ軍資金の隠し場所。それを僕に解読させなければ」

彼が、まず口を割らせたいのは富瀬だ。誘拐か暴力か、それとも懐柔か。手段はわからない。だけど橋場はかならず富瀬に接触してくるに違いない。

「アカンで。絶対に橋場のジジイに暗号の答えをゲロしたら」、安城が息まく。

「富瀬クンから離れなや。解読できるまで横にひっついとき」、幸子が安城に命じた。

「オレかて昼間は仕事があるがな」

「死体相手の仕事なんか放っておき。ＳＯＰの大金が入ったら大儲けできるんや」

安城に四六時中つきまとわれてはかなわない。富瀬は思わず立ちあがり、ついでに麦茶をこぼしてしまった。

「冗談じゃないですよ！　解読作業はこれから。全員に協力してもらわないと」

育枝が白い布巾で座卓に広がる麦茶を拭きながらいった。

「富瀬クンのいうとおりでっせ。改めて役割分担を決めまひょ」

「ちょっとちょっと。なんであんたがこの場を仕切るんや」

幸子が育枝にいちゃもんをつける。育枝はフンッと横を向いた。

このメンバーをちゃんと率いていけるのだろうか。富瀬は絶望的な気持ちになった。

折しも縁側でラッキーがクウ〜ンと情けない声をあげる。ポメラニアンは葦の夏障子を激しく前肢《まえあし》で掻いた。「ラッキーちゃん、どないしたん」と育枝が腰をあげる。

夏障子を開けると、さっきまで激しく照りつけていた陽光は消え、辺りは黒煙に支配されたかのように暗くなっていた。ピカッと稲光が走ったかと思ったら、大太鼓を叩いたような音声が轟き、矢の降りそそぐ勢いで雨が降ってきた。

六人と一匹は呆然と夕立の光景をみつめた。

3

駅の南口には都銀だけでなく地域に密着した信用金庫の支店がある。

この小さな信用金庫の、小さなロビーには四人掛けのソファが二列ならんでいた。桜と梅の商店街の面々が、雑誌を読んだりタバコをふかしたりして順番を待っている。

梅雨が明け、ロビーの端の古びたクーラーが轟音をたてながら冷気を送りこんでいる。

「八ちゃん様、八ちゃん様」

富瀬はなかなかノートから顔をあげない。そこには「暗闇。横穴。湿気。奥の奥。大阪名所。再挑戦。」の単語とアルファベットの「ａｄａ」。

「八ちゃん様、八番のお札をお持ちの八ちゃん様」

「呼んではるがな。行かへんのやったらワテが先に振り込みさしてもらうで」

梅町のくだもの屋のオバハンが富瀬の脇腹をつつく。彼はノートを閉じ、使っていた鉛筆を耳に挟んだ。立ちあがりながら「クラヤミ、ヨコアナ」とブツブツいっている。

カウンターでは四人の窓口係の女性行員が対応していた。富瀬は左端の四番窓口の前に立つ。

富瀬はいつものジーンズ姿、今日はリーのライダースを穿《は》いている。彼は左の尻ポケットに突っ込んだ財布を出した。右にはチェリーとジッポーが入っている。

「すみません。店の口座の出し入れのついでに送金したいんだけど」

富瀬は財布から古書店への振り込み用紙をつまんだ。今月も洋書を含めてかなりの冊数の書物を購入している。

「追加でお振り込みですか……」、女性行員は困ったかのように小首を傾げた。

赤系のセルのメガネ。薄く引いた口紅のほかは、ほとんどノーメーク。セミロングの黒髪を赤いブタゴムで結わいている。地味な印象というか、ワザと目立たなくしたいのかと勘ぐりたくなる。それに、今までみたことのない行員だった。

「ダメかな。それならいいや。時間はあるから並び直します」

「いえ、いいです。送金いたします」

「助かります。ありがとう」、富瀬がにっこり笑うと、彼女も恥ずかしそうに微笑してくれた。その表情がかわいい。不覚にも富瀬はドキリとしてしまった。

「みかけない顔ですよね、新人ですか?」

真夏の時期にニューフェイスというわけがあるまい。富瀬はアホなことをいったと猛反省する。でも行員はやさしい声で返事してくれた。

「急にこの店舗で欠員ができて八尾支店から転属になりました」

今日からです。よろしくお願いします。彼女はカウンターの向こうで頭をさげる。富瀬もあわてて一礼した。

「こうち、と申します」

彼女は胸の名札を示す。グレーと白のグレンチェックのジャンパースカートの制服の胸もと、控えめなふくらみのうえに「河地」と書かれたプラスチックの小さなプレート。

「ちなみに、下の名前はナンっていうんですか」

富瀬は質問してから、大胆で軽率な発言に驚き頬をポッと染めてしまった。客商売のくせに無愛想で有名なのに、初対面の女性、しかも妙齢の女の子に声をかけている。

そんな自分が信じられない。どうかしてしまった……だけど、もう後の祭り。

「ち、ちなみに僕はふせ、はじめといいます。富瀬肇。はじめはハナ肇と同じ」

いってから、鬮一の名前からもらったと話すべきだと後悔した。ハナ肇なら「あっと驚くタメゴロー」じゃないか。しかし、ここで鬮さんと祖父の関係から説明すると……。

富瀬は独りで、どうだっていい堂々巡りを演じている。

「まずい。いつもの僕じゃないぞ」

「えっ?」、河地さんが富瀬をみあげる。

富瀬はますます焦った。脇の下を汗が玉の滴になってツーッと走っていく。

「私は、ゆ、あ。っていいます。ひらがなで、ゆあ。ヘンな名前ですよね」

「そんなことはない。とってもいい名前だ。少なくともあなたにはぴったりだ」

富瀬は自分でナニをいってるのかわからなくなってきた。だけど、河地ゆあは、はっきりと笑顔になった。そうすると片方、富瀬からみて右に、かわいい片えくぼができた。

「お店は大きな商店街にあるんですか」

「梅町と桜町の間の二条小路ってわかります?　そこのお好み焼き屋なんです」

富瀬はハイトーンで即答した。同時に、背中に熱い視線を感じて振り返る。くだもの屋のオバハンがニヤニヤしているではないか。

まず片手の小指をぴんっと立て、次いで、おもむろにVサインを送ってくる。


ＮＨＫＦＭの「軽音楽をあなたに」が終わった。

ということは夕方六時だ。富瀬はキャベツを切る手を置き、さっと洗う。白くて清潔、ふかふかのタオルで拭いてからテクニクスのチューナーをＦＭ大阪にかえた。

すぐに「ビートオンプラザ」がはじまった。田中正美のちょっと活舌の悪い喋りはともかく、このプログラムはロックのアルバムをそっくり一枚かけてくれる。今夜はチープ・トリック、普段は聴かないバンドの曲を知ることができるのがありがたい。家電の量販店のＣＭが、サンタナやオールマンズの曲を使っているのも耳馴染みがいい。

今日の富瀬は心なしかうきうきとしている。つい、河地ゆあの笑顔や声が……あの子と御堂筋を梅田から難波まで散歩している自分が。富瀬はニヤつく。

「いやいや、仕事に集中しなきゃ」

再びキャベツにとりかかる。慣れたものとはいえ見事な手さばき。菜切包丁をザクッとキャベツにあてがえば、よく研がれた刃がスーッと薄絹を裂くように降りていく。包丁がトンッとまな板にあたる。ザクッ、スーッ、トンッがリズミカルに続く。

この番組が終わったら午後七時。再びＮＨＫＦＭにしてニュース、世の動向を知る。政治に経済、夏の話題となる頃には客がやってくるはずだが、今夜はどうだろう。

「だけど夏場はお好み焼きは苦戦だからなあ」

千客万来ならキリキリと働く。暇なら本を読む。その間、ラジオはつけっぱなし。ニュースの次は「サウンドオブポップス」。この番組もアルバム一枚をそっくり流してくれる。大阪にFM局はふたつしかないけれど、週日は毎日二枚のLPを愉《たの》しめるわけだ。富瀬が好みのブルーズのレコードを回すのはその後からになる。

八ちゃんの暖簾《のれん》に影がさした。「こんばんは」、ガラスのはまった引き戸が開く。身をかがめ、ちょっと遠慮がちに客が入ってくる。

いつもなら「いらっしゃい」とくぐもった声で返すのだが――今夜は違った。

「！！！！」、富瀬は包丁を持ったまま眼をみひらく。同時に唇が「ほ」の形になった。

セルの赤みがかったメガネ、白い肌とベージュの変哲もない半袖ブラウス。薄いグレーのスカートから細くてすらりとした脚がのぞいている。エナメル調の濃紺のベルトが唯一のアクセント。痩せ型で地味そのもの、まったく飾り気のないスタイルだった。

背筋がすっと伸びていて、座っていた印象よりかなり背が高い。

「残業で遅なったから富瀬さんのお好み焼きを食べたくなって」

信用金庫では髪を結わえていたが、今は肩にかかっていた。八ちゃんの蛍光灯をうけ、美しいストレートの髪に天使の輪っかができている。清楚な印象がいっそう強まった。

「河地、ゆあ、さん……」

富瀬は客の名をフルネームで呼んだ。昼間のように狼狽《ろうばい》してはいけない。あれが普段の自分だと彼女に思われたくない。富瀬は包丁を置き、そっと深呼吸する。一、二、三……六秒。最低これだけの時間が稼げたら、たいていの動揺や激情はおさまる。

今夜の「サウンドオブポップス」がボズ・スキャッグス特集ならいいのに。都会派のメロウなロックなんて歯が浮きそうだが、ボズはもともとブルーズ畑のミュージシャンだ。初期のソロLPにデュエイン・オールマンと共演した名曲「ローン・ミー・ア・ダイム」が収録されている。富瀬とゆあのため、クールなサウンドを聴かせてくれるだろう。

「思いっきりうまいお好み焼きをこさえます」

「おおきに」、河地ゆあはかわいい笑いを漏らした。あの、えくぼ。まなじりはやさしいカーブを描いている。そして「おおきに」は富瀬にとっていちばん好きな大阪弁だ。

富瀬もニカッと破顔した。


ミックス焼きは豚バラ肉、海老、イカがふんだんに入っている。

ゆあが壁に貼った品書きに迷っているのをみかねて、富瀬は「ベストアルバムはどうですか」とアドバイスした。ゆあが「それにします」とうなずく。

富瀬はまた六秒、心と身体に余裕をつくる。おやっさんの代から使っている、小さめのボウルに利尻昆布と鰹節でとった出汁をいれ小麦粉をふるう。そこへネギ、紅ショウガ、天かす、桜海老、千切りしたキャベツ、決め手の長芋を擂《す》ったのを加え卵を割る。

「混ぜるのはなるべく手早く、おおざっぱに。空気をたくさん生地に入れてやるんです」

そうすれば、ふわふわモコモコに焼きあがる。ゆあは「勉強になります」と身をのりだしてくれる。富瀬は得意げに大きなテコを操る。

「焼くときは、絶対に上からペンペンと叩いちゃいけません」

「わあ、わたしも母も家でお好みつくるとき、それやってしまいます」

「ペンペンすると空気が抜けてモコモコになんないんです」

富瀬はハートの形に仕上げたいところをぐっとこらえ、円形に縁を整えていく。

仕上げは刷毛で、試行と淘汰の末にたどりついた金紋ソースを塗り、青のりを散らす。その上にちょこっと鰹節の粉になったのを撒き、最後は盛大に削り節をぶちかます。削り節はミックス焼きの熱でゆらゆらとフラダンスのように腰をくねらせて揺れる。

ただ、いつもより二割くらいサイズ増しだった。皿から端っこがはみ出している。はっきりいって、女の子には迷惑なほどのボリュームだ。

つい張りきってしまった……やっぱり、ゆあの突然の来店で動転しちまったのか。

「おいしいそう！　いただきます」

ゆあはミックス焼きに一礼すると、両手をあわせ一拍打った。お行儀がいい。彼女はおもむろに小さなコテを使い、お好み焼きを器用に切り分けた。それを再びコテで口もとにもっていきフウと息をかけ、唇ではなく前歯でしごいてコテを抜く。

その慣れた手つきに、富瀬は「やっぱり大阪の人は違う」と感心しきり。

「ビール、呑みますか。サッポロの赤の大瓶です。珍しいウイスキーやシェリー、ジンも」

暗号が解読できたときの祝杯用に高価なシャンパーニュも用意してある。

「わたし、お酒あんまり強くないんです」、ゆあは申し訳なさそうにいった。

「チェリオとかペプシコーラもあるけど、冷たい麦茶がいちばんかな」

「ふほっ。むぎちょ、ふぉねふぁいします」

ゆあは熱々のミックス焼きを頬ばり、口に手をやりながら返事する。

「じゃ麦茶。これは何杯のんでもタダ」、定番のギャグを忘れてはいけない。

麦茶の入ったピッチャーを出しコップに注ぐ。ゆあは白い喉を小さく、こくりと鳴らす。

「お好み焼きも豪華でおいしいけど、この麦茶、香ばしくて甘味が上品ですね」

「それをわかってくれるなんて、うれしいなあ」

なかなかのセンスをしている。この麦茶は大家の育枝のところで出たのが、あまりに香ばしかったからお裾分けしてもらったのだ。京都の銘舗・一保堂のオリジナルだという。


ゆあは大盛りミックス焼きの最後の一切れを小さなコテに乗せ、かわいい唇をひらいた。

食べ終えた彼女は、備え付けのスタンドに並んだ紙ナプキンではなく、小さなバッグから薄いブルーのハンカチを出して口もとを拭いた。ハンカチの縁にはレースの飾りがついている。彼女は何歳なのだろう。みたところ大学生といっても通用する。

ゆあは二杯目の麦茶も呑みほし、しあわせそうにいった。

「富瀬さん、おいしかったです。久しぶりにお好み焼きを堪能しました！」

瘦せているくせ、かなりの健啖家《けんたんか》。富瀬はそんなところも気にいってしまった。

ＦＭ番組はとっくに終わっている。ゆあは富瀬の後ろの棚の目覚まし時計をみた。

「いややわ。こんな時間やなんて」

もう帰っちゃうのか。富瀬はちょっぴり寂しい、それにつまらない。

「せやけど、家まで三〇分もかかれへんから、まだ大丈夫です」

ここから四つ目の駅、河内平野を突っ切り三重へ向かう電車に乗る。実家住まいで、地元の駅からは自転車らしい。

「残業、多いんですか」

「入出金が一円でもあわないと帰られへんし、月末と月初はたいてい残業です」

あと五と十のつく決済日、いわゆる〝五《ご》・十《と》払い〟の日も。

「金融機関ってけっこうキツいんです」

「残業のときはもちろん、そうじゃなくても、ゆあさんならいつだって大歓迎します」

「ありがとうございます。また、絶対にきます」

「今日は初回限定特別出血大サービス。タダにします」

「そんなん、あきません。お金は払います」

富瀬とゆあは押し問答をした。だが、富瀬の勢いがまさった。

「その代わり、さっきの約束を忘れないで。絶対に、またきてください」

ふたりの視線が、やわらかくふれあう。互いの眼の光を弾き返すのではなく、目線が手をとりあう。今日、はじめて出逢ったばかりだけど、時間の長短なんか関係ない。

ゆあは、背筋をスッと伸ばしたまま。でも、決して緊張してはいない。セルのメガネ、そのレンズの向こうには奥二重で切れ長の涼しい瞳。彼女にみつめられたらウソはつけないぞ。富瀬はこんなことも思ってしまう。

ずーっと黙ったままだけど、気まずさのない時間。

ふたりはどちらからともなく、また笑顔になっている。
そのとき――ガラガラッ！！　品がないうえ情け容赦のない音をたて扉がひらいた。

―4

四〇歳を少しこえたくらいか。固太りした身体に、洗いこんだポロシャツのオッサンが仁王立ちした。後ろ手で乱暴に引き戸をしめたから、またガシャンと音がした。

白いものがちらほらする髪は角刈り、濃い眉毛の片方がぐいっとあがった。

「富瀬っちゅうのはお前かい？」

遠慮のない、有無をいわせぬ口調だ。えらそうな態度に富瀬もムッとして対応する。

「僕がそうだとしたら、どうだというんです」

この前ノックアウトしたヤクザの仲間か。富瀬はカウンターの端の跳ね上げ部分をバタンとやって店の中に出た。富瀬は、ゆあをガードする位置に立ち軽く両の拳を握った。大阪でいうところの「隙があったら、どっからでもかかってこんかい」の態勢をとる。

オッサンは薄笑いを浮かべセンタープレスの消えかかったズボンのポケットに手を入れた。拳銃《ハジキ》かもしれない。富瀬はとっさに、「ゆあさん、逃げて」と叫んでいた。

だが、ゆあは大丈夫とでもいうように富瀬の腕にそっと触れたのだった。

「今日、ご挨拶した刑事さんですよね？」、拍子抜けするほどのんびりした声だ。

「誰かと思たら、信用金庫のネエチャンかい」、強面のオッサンも膝をカクンとさせた。

「あっちゃー」、富瀬はのけぞってしまった。今日、彼女の前でとんでもない大声を出すのは二回目。非常にバツの悪い富瀬を横目に、刑事がポケットから警察手帳を引きずりだす。

「デカが手帳をみせるんは、水戸黄門の印籠くらい大事なとこやねんで」

「すんません」とあゆ。富瀬は「謝る必要なんかない」。刑事が彼に「お前、逮捕するぞ」。

大阪ではごく普通のボケとツッコミのあと、ゆあが事の次第を説明した。

夕方、刑事がきて支店長室に通された。帰り際、支店長が彼女を刑事に紹介した。刑事はタオルやティッシュ、石鹸などなど粗品をいっぱい詰めた紙袋をさげていた――。

「しょーむないことは覚えとかんでもええ」。刑事は手帳を弾いた指で鼻の頭をかいた。

ははは〜ん。富瀬は合点する。巡回の名目で信用金庫に顔をだし、手土産としてノベルティをたんまりせしめたのだろう。ヤクザが地回りしてショバ代を要求するのと同じ手口。しかし、刑事だけにヤクザよりタチが悪い。

「ご用件は？」、富瀬はせっかくのムードを壊されたうえ恥までかきムスッとしている。

「安城椎也ちゅうのが店にしょっちゅう出入りしとるやろ」

刑事はドスの効いた口調に戻った。安城の名前が出て富瀬はまた身構える。この二日ほど安城と幸子の凸凹カップルは姿をみせていない。夏休みの恵梨香もごぶさただ。

「その安城さんがどうかしたんですか」、富瀬は用心しながらいった。

「あいつ隣の所轄でパクられよったんや」

安城は市境をこえたゲーム喫茶に遠征し摘発の憂き目にあった。

「お前も知ってのとおり、安城のやつとんでもないギャンブル狂やから」

「安城さんが博奕《ばくち》に浸ってるって、そんなの初耳です」

彼が博奕をやっても不思議なことはない。だが、それに狂がつくとは聞き捨てならない。安城とは賭け事の話をしたことがなかった。幸子と店にきてもらいたいってもらいたんや」


「ブタ箱に放りこまれてる安城を引き取りにいってもらいたんや」

安城は隣の市の警察署からこの刑事に、たすけてくれと泣きついてきたらしい。

「じゃあ刑事さんが身元引受人になってあげればいいじゃないですか」

まんざら知らない仲でもないんでしょう、と富瀬はイヤみたっぷりにいってやる。

「所轄が違うとグツが悪いんじゃ」、刑事は小さくボヤいてからつづけた。

「カタギで知り合いがおれへんのかと尋《た》ンねたら、お前の名前をだしよった」

どうやら安城と刑事はややこしい間柄のようだ。再び富瀬は、はは～んとうなずく。

事故現場特殊清掃という事件がらみの仕事と、この刑事は密接に関わりあっているのではないか。橋場の失踪届、それを大家の育枝が交番に提出した途端にアパートを訪ねてきたのは安城だった。情報源はひょっとしたらこの角刈りのオッサン……富瀬があれこれ憶測しているのも知らずに刑事はいう。

「安城にいわせたら、お前とは気があうそうやないか」

「待ってください」、SOP軍資金のなりゆきは重大秘密事項。とても公言できない。とはいえ、ゆあには、ブタ箱に放りこまれた賭博常習者と親密だと誤解されたくもない。

「冷たいこというたるな。ツレの不始末や。迎えにいったれ」

刑事は手帳をポケットにねじ込むと、思い出したかのようにいった。

「それに安城とお前は、もっともっと、ややこしいことに首を突っこんでるんやろ」

まさか、安城がＳＯＰの軍資金のことを刑事にベラベラと――富瀬はしらばっくれる。

「さあ、なんのことですか」

「まあええわ。このことは、いずれ詳しゅう話をせなあかん」

彼は蛇のようにペロリと舌なめずりしてから、急に気さくな調子になった。

「ほな、安城のこと頼んだで」、刑事はヨッと片手を掲げる。また手加減なしで扉を引き、あけたまま帰っていってしまった。なまぬるい夜気が店にはいってくる。

「お知り合いが困ってはるんでしょ？　いってあげてください」

ゆあは小さなバッグへ縁にレースをかがったハンカチをしまいながらいった。

「安城って人と最近知り合ったんです」、富瀬はゆあの顔をのぞきこむ。

「安城さんが賭博常習者だなんて知らなかった」

「情けは人のためならずって、ウチの親がよういいます」

ゆあは、やんわりとした口ぶりだった。

「身元を引き受けるついでに、富瀬さんから意見をしてあげればええと思います」

「………そうですね」

「こんな時やから素直にならはるんとちゃうやろか」

5

留置所は汗と酒のいりまじった臭いが充満していた。それに、ひどく蒸し暑い。

富瀬はこんな場所、初めてだ。薄いベージュに塗られた鉄の扉には、縦に何本も頑丈そうな鉄格子がはめられたうえ、細かな網目の鉄条網を隙間なく張りめぐらせてある。

「ちょっと待っといてんか」

ふたりいる警察官のうち太ったほうが、まず鉄の扉のノブのシリンダー錠に鍵をつっこみ、その下にある別のスライド式の鍵もあけた。ガシャンという冷たい音が響く。

いくつかの部屋が向かい合わせに並んでいる。廊下を照らす電灯は陰鬱で照度が低い。そのせいもあって檻にさえぎられた留置場の中がどんな様子なのかはみえない。

富瀬が首を伸ばそうとしたら、もうひとりの背の低いほうの警官が邪険に止めた。

「すぐ連れてくるから下がっとれ」

一番奥の左側の部屋から安城が出てきた。彼は「ほな、お先に」と留置場に頭をさげる。「お疲れさん」「達者でな」という男たちの低い声がきこえた。

安城は例の作業ジャンパーの上下、ぼさぼさの髪と手垢まみれで曇った銀縁メガネ。手錠がかけられていないのをみて、富瀬はなんとなくホッとした。

「悪いな」。安城は富瀬をみて、また頭を下げた。警官が彼の背を押す。

「今日は放免するけど、こんど管内で悪さしたら、えらい眼にあわすど」

「すんまへん」、安城はふてくされたようにいって鉄の扉を出た。

「釈放の手続きはあっちでやるさかい」

警官たちに前後を挟まれるかたちで安城と富瀬は歩きだした。

警察署を出たら、やや赤みをおびた月が富瀬と安城をつつんだ。

ふたりは、もう最終便が出てしまったバス道を歩く。自転車がリンリンとベルを鳴らし無灯火で追い抜いていった。警察はゲーム機賭博を取り締まっても、こういう手合いは知らんぷりのようだ。

「安城さん、びっくりしましたよ」、富瀬はごく普通の口ぶりになるよう意識していった。

「まさかガサいれを喰らうとは。今日がヤバいって、きいてへんがな」

安城はメガネを外すと月を仰いだ。吊りあがった三白眼がいっそう細くなった。さすがに疲れて、げんなりしている。それでも彼は毒づいた。

「くそったれめ。しょーむないことでパクりやがって」

犯罪行為は反省せず、運が悪かったとしか思っていないらしい。だが、そういう思考回路は駅前に巣食う連中にとって、ごく普通のこと。富瀬は驚かなかった。

「ギャンブル、けっこうやるんですってね」

「あの刑事め、いらんことを」

「得意分野はあるんですか」

「学校の教科とちゃうねんで」、富瀬の質問に安城は吹きだした。それでも数えあげる。

「手近なところでパチンコにマージャン。カードゲームは花札、カブ、ポーカー」

サイと丼があればチンチロリン。公営ギャンブルは競馬に競輪、競艇、オートレース。

「じっきに夏の甲子園がはじまるやろ。この春は高校野球で大損こいてもた」

「野球賭博まで……ギャンブルはほとんど網羅してるじゃないですか」

「いっちゃん好きなんは競馬やな。馬は健気やで。オレは特にアラブ系がええねん」

アラブ系競走馬はサラブレッドよりずっと見下げられている。安城はそこに親近感をおぼえるのだという。障害レースも他人事と思えん。力が入るで。芝のレースはエリート馬が走り、ロクでもない馬が障害に回されるんや。安城はいう。

「オレはアラブのようなもん。おまけに障害物ばっかりの人生を走っとるからのう」

安城の口舌《くぜつ》には自嘲ばかりでなく悲哀と怒りまでがこもっているようだ。

大きな交差点に出た。富瀬は横断歩道を渡った角の酒屋の自販機を指さす。

「あそこで冷たいものでも買いますか」

「ゼニないねん。ゲーム機に吸いとられ、スッカラカンになったとこでガサ入れや」

富瀬は小さく息を漏らしてから、リーのジーンズの尻ポケットから財布を取り出した。


プシュッ。缶ビールをあけ富瀬と安城は乾杯した。

酒屋はもう店じまいしており、隣に小さな公園がある。いびつな形の狭い土地に樹木を植え、申し訳程度に遊具を置いていた。ふたりは低い木製のベンチに座る。

缶ビールはよく冷えていた。富瀬は自販機にサッポロがなかったのでキリン。安城はサントリーがないのでアサヒを指名した。

「サントリー、アサヒとも大阪の地場やから応援したらなあかん」

「大阪人らしいなあ。そういうところにこだわるなんて」

「キリンみたいなもん、さっきいうたサラブレッドと一緒やないかい」

「売り上げはキリンがダントツのトップ。アサヒとサントリーは低迷してますからねえ」

街灯に蛾が群れ、鱗粉《りんぷん》をまいている。しばらく富瀬と安城はその様子をみつめていた。

「安城さん、ちょっと質問させてもらってもいいですか?」

「なんやねん。急に改まって」

富瀬は、わだかまっていたことを吐きだしてしまうつもりでいる。

メンバーが大阪遷都計画の資金を捜す、それぞれの理由ってなんだろう?

SOPだ、軍資金だ、秘密の暗号だ、橋場一派が狙っている……矢継ぎ早にあれこれが起こった。けれど、実のところ大事な根本のところがあやふやなままなのだ。

「だって僕、安城さんのことをよく知らないし」

「今年で満三二歳。公立の工業高校の中退や」

安城はずらずらとプロフィールをならべてみせた。身長は一七〇センチを三センチほど上回っているが、体重は五〇キロそこそこ。事件絡みの死体処理という因果な仕事に携わっている。只今、豊満熟女の辰巳幸子と交際中。

「こんだけ知ってたら充分やんけ」

「いや、一緒にやっていく以上はもっとくわしく教えてほしいんです」

「お前、あのことをオレからいわせたいんか」

「あのことって、どういうことですか?」

安城は一瞬だけ口ごもった。だが、すぐ威嚇《いかく》するかのようにいった。

「生まれは猪飼野、さっきのブタ箱の近所の玉津。お前も大阪におるんやから、これでわかるやろ」

猪飼野は八ちゃんのある駅の西側にひろがっている。安城のいうとおり、彼の捕まった警察署も猪飼野の一隅にある。古代から土地が開け、その礎《いしずえ》は先進技術者集団だった渡来人がもたらした。畜産や土木治水の技術にも長けた彼らにちなみ、猪飼野や鶴橋などの地名が生まれた。戦前のみならず戦後も猪飼野には半島からの末裔たちが多く住まう。

「幸子やカーブはん、アパートのオバンかてうすうす感づいとるわ」

富瀬は大阪にきて駅前で暮らし、社会にうずまく暗部というべき事々を見聞きした。

駅前でも一部の人たちに露骨な薄遇《はくぐう》がおこなわれ、陰にまわっての白眼視がある。パチンコ、焼き肉、高利貸し、不動産ブローカー。駅前で彼らが派手に儲ければその分だけ疎《うと》まれてしまう。誹謗《ひぼう》される側も激しく歯をむくから、彼らをめぐる蔑視は畏怖と背中あわせだ。しかも内側では南北の国情と政治信条、出身地、宗教などで対立している。

それらは、富瀬の育った東京の郊外の街では表面化しない。しかし大阪では違う。

血をもとめる蚊が嫌な羽音をたてながらまとわりつく。安城は舌打ちしながら蚊を追い払うと、またしゃべりだした。

「同《おんな》じようにみえても、どっか違う。この差に大阪の人間は敏感やねん」

安城の言葉は棍棒さながら、強烈な一撃となり富瀬をぶん殴る。だが富瀬は逃げようとせず全身で受け止めた。よろけそうになっても踏ん張る。

「誰もかれもが、変な眼でみるとは限りません。僕だって……」

「オレのことを深う知ろうと思わんといて。お前にはわからんことばっかりなんや」

「それでも僕は……」、富瀬が必死でいい募ろうとするのを安城がさえぎる。

「闇のことは闇のままでええやん。いらん世話を焼くな」

安城はまくしたてた。だが、虚空に吼《ほ》えているような感じもする。

「オレは日本ちゅう国しか知らんし、大阪弁でモノを考えるんや。それやのに——」

彼は缶ビールを一気に呑みほした。薄い唇の端についた泡を作業着の袖でぬぐう。

「オレは大阪で生きていったらあかんのかい。グッの悪い理由はナンなんや！」

安城は急に口をつぐんだ。富瀬も喉に刃《やいば》をつきつけられたかのように黙りこくる。

富瀬はビールを置くと立ちあがった。ブランコが二台、並んでいるのを指さす。

「グライダー飛びっていったっけなぁ。小学校時代は得意でした」

「グライダー飛びっちゅうのは鉄棒でやるもんや」

「そうでしたっけ」。富瀬はブランコに駆けより猛烈な勢いで漕ぎだした。一八〇センチを超す長身がほとんど地面と平行になる。へたをしたらそのまま一回転しそうだ。

「無茶すな。みてるだけで、みぞおち辺りに冷《ちみ》たいモンが行ったり来たりしよる」

安城は心の底から呆れて、巨大な振り子になった富瀬をみつめる。

「このままジャンプしたら、あの赤い月まで飛んでいけそうだ」

「お前って、かしこそうにみえるけどほんまはアホなんちゃうか」

安城は遠回りしてブランコに近づく。踏板に腰かけゆっくり揺らしはじめた。富瀬も強烈すぎるスイングを緩める。ふたりは交互に前へ出て、後ろに戻りながら話した。

「変な成りゆきでこうなっちゃったけど、ＳＯＰのこと、どう思っているんですか」

「どないもこないも、大金が眠ってんのやろ。そのゼニをいただくんやないか」

「本来、あの資金はこの大阪を日本の首都にするためのものなんですよ」

「首都になって大阪は変わるんかい、日本が変わるんかい。ええ国になんの？」

「安城さんが抱える大問題は戦前からの課題です」

闘や祖父も大阪に根づく対立と差別の解消に身を尽くそうとしていた。都市開発を研究する富瀬にとっても大事なテーマだ。しかし一朝一夕で片づくわけもない。

「もし大阪が首都になったら、新しい道をさぐるきっかけにしたいです」

「オレは大阪を恨んでもいる。大阪なんか大きらいや」。安城の声は震えていた。

「そんな大阪のままやったら首都にならんでもええ。いっそのこと潰してまえ！」

「安城さん！」

「けどな。やっぱ大阪が好きやねん。嫌いなんと同じくらい大好きなんや」

安城には得体のしれないところがある。だけど富瀬は彼を否定するつもりはない。ただ、富瀬はこの想いをうまく表現できない。どう話せばわかってもらえるのだろう。

「刑事さんに、僕のことをどう説明したんですか」

「ああ、そのことやったら、八ちゃんの兄ちゃんとはなんとのうウマがあうっていうた」

「そうですか……」

「迷惑やったか？」

「いいえ、むしろ光栄です」。富瀬は深くうなずく。

「僕だけじゃなくメンバー全員が、安城さんのことを仲間だと認めてます」

安城が壁を感じるのは仕方ないことかもしれない。これから悶着がおこることもあろう。でも、せっかく集まったんだしやっていくしかない。

「大阪名物かやくご飯。これでいきましょう。ごちゃごちゃ、いろんな材料が一緒に炊きこまれていい味を出してますからね」

「富瀬クンはケッタイなやっちゃな」、安城のトーンがちょっとかわった。

「ケッタイさでは安城さんに負けます」

安城はブランコを止め、ボールペンを挿した胸ポケットから一〇〇〇円札をつまみだした。

「とりあえずもう一本、缶ビールを呑もうや。今度はオレがおごるわ」

富瀬は「お金もってたんですか」と冗談まじりで唇をとがらせる。

「すまん、すまん」。安城は大笑いすると、富瀬に負けない勢いで漕ぎだした。

6

富瀬は自販機から缶ビールを取り出した。

今度は二本ともアサヒビールにする。富瀬と安城は再び乾杯した。振り返ると、高校生くらいのカップルが公園に入っていく。男は甚平の上下、女の子はTシャツとトレパン。ふたりとも女物のヘップをカタカタいわせている。

「もう終電は出てしもたな。タクシーを拾うか」

安城はビールのつり銭しかない。富瀬も高くついた本代を信用金庫で送金し懐《ふところ》は寂しい。

「運動がてらにテクシーといきましょうか」

「カーブはん並みの寒《さぶ》いギャグやな。けどカネがなければしゃーないわい」

富瀬と安城はビール片手に、こんもりと樹々が繁り高い柵に囲まれた古墳の脇を抜けた。街なかに古跡があるのも猪飼野という土地柄だ。やがて頑丈なコンクリで両岸を固めた平野川。夜目にも川面は薄汚れ、塵芥《じんかい》どころか水腫れしたネズミの死骸までが浮かんでいる。

川べりの道を公立中学や病院を左右にみながらいく。駅前の近所でもお馴染みの長屋がつづく。朝顔は軒下や門扉に蔓《つる》を伸ばし、大輪を予感させる蕾《つぼみ》が膨らんでいた。

ほどなく馴染みの私鉄の高架の下にたどりついた。肩をならべながら彼らは話す。

「大阪遷都なんてホンマにでけるんかいな?」

「少なくとも闢一さんと祖父は遷都を実施するつもりでした」

「せやから、富瀬クン自身はどないやねん」

富瀬はまた返事に窮した。僕は大阪遷都計画をどうしたいのだろう。SOPはこのままだと机上の空論。戦前の遺物。検討や批評はできても前に進まない。現代に活かせない。

「大阪の者《もん》は東京を敵やとおもとる。SOPのこと知ったら盛りあがるで」

「間違いないでしょうね。闢さん以前には大久保利通が大阪首都論者でした」

明治維新に際し大久保は大阪を首都に推した。一〇〇〇年の宮城に近いうえ交通の便が整う交易や外交の要路、富国強兵のための産業勃興にも最適の都市という主張だった。

「ふ〜ん。けど結局は東京になってしもたんか」

「前島密の建白書は江戸を新首都にというもので、この案が採用されてしまいました」

前島は大阪の欠点を列記した。開発が急務だった蝦夷地から遠いという地理的なことはともかく、港湾が狭く大型外国船の出入りに不便、道路の狭いことも指摘されていた。

「ところが決め手は悪口じゃなく、こうだったそうです——江戸は遷都しないと廃れてしまうけれど、大阪なら日本の首都にならなくても繁栄する」

「それ、ヨイショやないか。前島ちゅうオッサンにうまいこと丸めこまれたんや」

だが後年、關は御堂筋を類のないほどに拡幅してみせ、大阪港も新淀川河口から大和川河口にかけて再整備し、港域を二倍半にまで広め、前島に一矢報いたわけだ。

「おかげで大阪は東京を凌ぐ日本一の都市になりましたよ」

「關ちゅう人はヤルなあ」

「關一は僕が尊敬する人物ですから」

「ほな、富瀬クンが關はんのあとを継いで大阪遷都をやらかしたらええがな」

「えっ僕が」。驚いてみせるものの、頭の隅にこのことが燻《くすぶ》っているのは事実。ただ、なるだけそれには触れないでおこうとしているのも事実だった。だって、あまりにも荒唐無稽すぎるから。

とはいえ遷都は究極の都市開発プロジェクト、魅力いっぱいだ。

「おじいちゃんのこともあるし、ムツカシイ勉強もしてんのやろ。適任やんけ」

「それはそうだけど……まさか僕が大阪遷都なんて……でもやってみる価値は」

富瀬がひとりでボケツッコミをしている間に、安城の細い眼がまたも妖《あや》しくひかる。

「SOP軍資金ってどんくらいの額や?」、安城はカネのことになると熱がこもる。

「東京から首都の座を奪うんや。数十億円、それとも兆までいくんか?」

富瀬も軍資金の全貌には引っかかっている。祖父は本当に金額を知らないようだった。

「いくらなんだろう。隠したのは旧円の紙幣なのかな。金塊かもしれない」

「橋場のジジイはそのことを知っとるんかいな」

「闘さんの黒革の手帳に軍資金の内容が書いてある可能性は高いです」

「くそったれ！　ジジイを探してゲロさせな」

「待ってください。その前に例の暗号の解読です」

「暗闇。横穴。湿気。奥の奥。大阪名所。再挑戦にａｄａ——意味わかったんか」

「ようやく大阪名所が揃い、絞り込みの作業にはいっています」

ここまでは育枝のひとかたならぬ協力があった。彼女、もと文学少女を自認する読書家で平屋の一室が書庫になっている。今回はあちこちの図書館にも足を運んでくれた。

集まった大阪名所の候補はなんと一〇〇を超えたのだった。

「いよいよ候補地を実地調査しなきゃ」

「おう、そんときは手伝《てった》うさかい。ええ仕事しまっせ！」

安城の胸をイガイガさせた憤りは、ＳＯＰ軍資金探しの進展で少し収まったようだ。

「ＳＯＰの大金は喉から手が出るほどほしいんや」

ギャンブルの借金をすっくり清算し、金にモノいわせ一軒家を建てたい。両親は海外旅行させたろか。銭さえあればこの世は極楽。ＳＯＰのおかげで贅沢三昧や。

「安城さんちょっと待って。それって本末転倒してますよ」

もともとは闘一大阪市長が発想し、祖父と立案した大阪遷都のための軍資金。

これに横から手を出し、分け前を等分しろというのがメンバーの言い分。それどころか安城はいつぞや「お宝はオレが」なんてホンネをぽろりと漏らしていた。あわよくば独り占めしようと企んでいるのだから、まったくもって油断できない。

八ちゃんに現れた刑事がSOP軍資金のことを臭わせていた件も気になる。

だが安城は宝くじが当たったかのようにウキウキと語った。

「オレには夢がある。春木競馬場、あれをオレのゼニで復活させせんねん。ほんでアラブ系競走馬の日本一いや世界一を決めるレースをするんや！」

春木競馬場は大阪にたったひとつの公営競馬場だったが、昭和四十九（一九七四）年三月をもって廃止された。安城はこの競馬場の栄光をわがことのように自慢する。

「全国の地方競馬で一番の売り上げやったし、地方競馬には珍しい障害競走もやってた」

今、春木競馬場の跡地は公園になっている。安城はそこにもう一回レース場を建てると豪語した。富瀬は彼らしい夢だと思いつつ、もっともらしいことを述べてみせた。

「公営ギャンブルの在り方も都市開発にとっては大事なテーマですしね」

すべてはSOPの軍資金がとてつもなく巨額だという前提つき。それでも安城は嘯《うそぶ》く。

「カネっちゅうもんは、使い途を考えるときがいっちゃん愉しいんやで」

ようやく駅前まで帰ってきた。

桜町商店街から二条小路に入る角地、ヒノキヤ玩具店はとっくにシャッターを下ろしている。昼間はオモチャ満載のワゴンが並んで歩行妨害も甚だしいのだが、この時間になれば影も形もない。そこには地元の中学生たちがたむろしていた。

夏休みを好機と、伸びかけの坊主頭をアイパーで寝かしつけイキがっている。ウンコ座りしてセブンスターを回しのみするのだが、時おり噎《む》せてしまうのはいただけない。

中学生どもは文句あんのかと、虚勢をにじませながら富瀬を睨みつける。

「ケッ、八ちゃんの兄ちゃんか」

「そやけどごっついケンカつよいんや。この前ヤクザをぶん殴っとった」

「そんなん初めてきいた。マジかいや」

富瀬に対する尊敬の度合いが急上昇する。富瀬は彼らに首だけ回していった。

「火事にならないよう気をつけなよ」

「そうします」「誰かジュース買うてこい」「それでタバコの火を消そ」

富瀬は二条小路をいく。結局、今夜はミックスを一枚こさえただけ。しかも初回限定特別出血大サービスだったから売り上げはゼロ。月末の支払いを考えると胃が痛む。

「でも、ゆあさんと知り合えたし、安城さんとは少しコミュニケーションできた」

安城はヤサに戻った。次の日曜、八尾の天台院という寺の近くでイベントがあるらしい。

「闘鶏や、軍鶏《シャモ》の命がけの一戦。そうそうみられへんから連れていったるわ」

富瀬は苦笑する。恩着せがましくいわれたが闘鶏は河内の伝統的な博奕なのだ。

「ん、誰だ?」、八ちゃんの前で地団太を踏む女が。しかも腹立たし気に戸を叩いている。

「あれはひょっとして」。富瀬は急ぎ足になった。

「遅いやないの!　どこをほっつき歩いてたんや」

辰巳幸子だった。あんたの情夫の尻拭いで隣の所轄の警察署まで遠征していたんだ。よっぽど、こういい返してやりたかったが、彼女をみて富瀬は息をのんだ。

顔面蒼白、髪は乱れ、涙のせいでアイラインが濡れ落ち、えらい形相になっている。

「恵梨香、いやいや茂子が、ひとり娘がさらわれてしもたん！」

幸子は半狂乱になって、その太り肉《じし》の身体を富瀬にぶつけてきた。

第四章
「恵梨香がおらへん」

1

男と女が玄関わきの階段をあがっていく。

踏板がきしみギシギシとうるさく鳴った。女が男の肩口あたりに頬をよせる。化粧と香水だけでなく、微かに、どこか獣っぽい饐《す》えた臭いが鼻先をかすめた。

「三番目の部屋やよ」

廊下にはところどころ剝げた緑のカーペットが敷かれ、片側に扉が四つ並んでいる。

「一番奥の四号室は開かずの間やねん」

男は眼をこらし、耳をそばだてそれぞれの部屋の気配をさぐる。女が扉をあけた。

「こんな時間やし他のお客さんおれへんわ。お兄さんが今日の最初、女の子も私ひとり」

部屋は意外にも広く八畳ほどもあった。扇風機が気だるく回っている。家具は白いカラーボックスと木目調の座敷テーブルくらい。テーブルの横にブルーの薄っぺらな蒲団が畳んであった。

部屋の隅には、立てかけた棒のようなもの。そこに洗いざらしたオレンジ色のバスタオルが被せてある。畳にはいくつもタバコの黒い焦げ跡がのこっていた。

「午前中からやなんて、お兄さんみかけによらんとスケベやねえ」

女は「彼女おれへんのかいな」と甲高い声でラチもないことをいいながら、テーブルの横に畳んであった薄い夏布団を敷く。そうして作り笑いをうかべた。

「お代は下で説明したとおり。ちゅうか、壁にも貼ってあるけど」

プレイタイムは一五分から二〇分、三〇分ときて最長は六〇分。料金表の隣にはビール、おつくり……料理のメニューも並んでいる。というのも、ここは新地料理組合加盟の〝料亭〟だから。客は〝仲居〟と出逢い、意気投合し交情を深めるという建前なのだ――。

「先にお金ちょうだい。領収書も出るけど、そんなんはいらんやろ？」


女は聖徳太子の札を折って指に挟むと廊下に出た。富瀬はひと呼吸おいて扉をあける。

〽戦争が終ってェ　僕等は生まれたァ
女の鼻歌が遠のく。富瀬は左右の部屋を窺《うかが》った。確かにほかの客や女はいないようだ。

「そうなると四号室、開かずの間があやしい」

ここに恵梨香が監禁されているかも。思い切って合板の扉のドアノブを回した。

「恵梨香ちゃん、僕だ。富瀬だよ」

富瀬は念のため声をかけた。だが、すぐに自分でも大げさだと思うほど肩を落とした。

そこはカーテンを閉め切った四畳半ほどの物置だった。黴臭《かびくさ》い蒲団やティッシュに電気ストーブ、段ボール箱などが乱雑に放りこまれているだけ。

「兄ちゃん、そこでナニしてんの」

富瀬の背中に棘《とげ》のある声が刺さる。振り返ると眉をひそめた女が立っていた。

「トイレはどこかなって」

「ケッタイなことしてたら親方にどつかれんで」

「親方……この店のマスターのことか。親方は一階にいるのかな」

相手の女はもとより、玄関先で「おいでおいで」してたヤリ手ババアしかり、店に男手の気配がない。ただ、一階の階段裏にも部屋があった。恵梨香はあそこで、親方に見張られているのかもしれない。富瀬はぎこちなく冗談めかした。

「親方にどやされる前に謝りにいっとこうかな」

女は彼の言葉に応じず叱るようにいった。

「さ、早う部屋に入り。やることやらんとナンのためにきたんかわからへん」

富瀬は黙って三号室へ戻る。女が服を脱ぎはじめた。富瀬よりいくつか若いくらい、二〇代半ばだろう。荒《すさ》んだ情欲がちらつく。いっていいことか、悪いことか。富瀬は彼女に堕《お》ちてきた女という印象をもった。

「ボーッとみてんと兄ちゃんも脱ぎ」

女が下着になったところで、富瀬は、もうストップとばかりに手のひらを差し出した。

「あの……そういうことをするためにきたんじゃないんだ」

女はブラジャーのホックに指をかけたままじっと富瀬をみつめる。

「兄ちゃん、あんた何者やのん？」

ここは暗然ながら公然と春をひさぐ女たちがうごめく街だ。

五つある通りの両サイドには〝料亭〟がびっしりと並ぶ。どの店も玄関は二枚扉の引き戸。松に梅、鶴や城郭を浮かし彫りにした欄間《らんま》の下には、家紋を染めた丈の短い暖簾《のれん》が渡してある。戸は全開で框《かまち》の向こうが女のステージ、あるいはショーケースというべきか。女は鮮やかな緋毛氈《ひもうせん》のうえに座って通りをゆく男たちに秋波《しゅうは》をおくる。

つい先ほど、富瀬は「ひでと」という店の前にたった。

真っ昼間だけに人出こそまばらながら、辺りは早くも淫靡《いんび》な雰囲気に包まれていた。

恵梨香が誘拐された！　娘の一大事、幸子は半狂乱で八ちゃんにやってきたのだった。

富瀬はむっつりと腕を組んだまま、もう一度A5サイズの紙切れに眼をとおす。

「娘　預　かつ　た　金　隠す　場所　の　答　持ち　来　い」

新聞紙やチラシから文字を切り抜き、貼りあわせた脅迫状だ。

「新　地　ひ　で　と　夜　八　時　待つ」、そして最後にはお決まりのフレーズ。

「警察　い　う　な　命　無し」

カーブがハイライトをアルマイトの灰皿に置き、脅迫状を手にとった。灰皿には富瀬の吹かしたチェリーと、幸子愛飲の峰の吸い殻が山盛りになっている。

「どないしたらええの？」

幸子は腫れあがった瞼《まぶた》を瞬《まばた》かせた。心労で疲れきった母がそこにいる。

「あの子は大丈夫やの。生きてるんやろね」

夜が明け、外は白んできた。八ちゃんの裏は市会議員も務めるバイクショップの主人の二階家、古びた焼板塀を仕切りにした小さな庭には貧相なヒマラヤ杉がある。そこにとまったクマゼミが羽を摺《す》りあわせはじめた。

シネシネシネ……シェシェシェ……死ね死ね死ね……シュシュー ッ。

「縁起でもないセミでんな」

カーブはいらぬことをいう。レスラーそこのけの巨体に紫のTシャツ、緑のズボン、真赤なサンダルという強烈すぎる配色のせいで、視界に光暈《こううん》がかかりそうだ。

「生きててほしい!」

幸子は泣き声をたて鉄板を嵌めこんだテーブルに突っ伏す。油引きに肘があたり、アルミの容器ごと倒れる。幸子はかまわず、そのままうめいた。

「パン工場から帰ってきたときは家におってん」

母娘はエースコックのワンタンメンの夕食をとった。母はその後、チーママに変身した。

「スナックが終わって家についたんは午前一時を少しすぎたころ」

アフターもせんと戻ったのに娘がいない。恵梨香は夏休み、深夜でも起きてるはずなのに。それとも、どこぞへ遊びにいったか。けど、お気に入りのチャリンコが置いてある。

「またもや自転車をパクったんですか?」と富瀬がとがめる。

「それはこっちに置いといて」、カーブが両手に二〇センチほど間隔をあけ右から左へ。

「以前、千日前の喫茶店のボーイと付き合っていると自慢してたっけ」と富瀬。

「あのド甲斐性なしの男とは夏休みの前に別れてるねん」、母は即答する。

「プチ家出とかいうのが女高生に流行ってるらしいです」

母もそこが気になった。すぐ娘のファンシーケースをチェックしたけれど洋服は手つかずのまま。「どないしたんやろ」、途方に暮れる幸子が、ふとちゃぶ台をみたら脅迫状が。

「長屋を尋ねてまわったけど、誰も恵梨香のことを知らへん」

幸子は身を起こし、思い出したように悪態をつく。

「こんな大事なときに、安城のボケどこへ失せさらしとんのや」

その頬は皮脂と涙にくわえ鉄板の油でテカり、ひどいことになっている。


幸子が泣きついてきてから、富瀬は何度も安城の部屋に電話していた。

でも、寄り道をしているのか出ない。富瀬は次いで聚楽荘のピンク電話を鳴らした。二〇回ほど呼び出しを続け、とてつもなく不機嫌なアパートの住民に「ごめんなさい」を連発してカーブに代わってもらったのだった。

「大家はんのポストにもメモを入れといたさかい、おっつけ来てくれはりまっしゃろ」

「こういうときに携帯できる電話やファクシミリ、テレックスがあるといいのに」

「遠い未来にでもならんと無理だすわ」

そんなことより、とカーブは切り貼りの文字が並んだ忌々しい脅迫状をのぞきこんだ。

「えらい時代がかってまんな」

「僕も切り貼りの脅迫状なんて映画とかテレビドラマでしかみたことないです」

「問題はサッツに届けるかどうかでっせ」、カーブは片腕の付け根をグリグリと回す。

「アカン！　そんなことしたら娘を殺すと書いてあるやんか！」

幸子がヒステリックな悲鳴をあげる。富瀬とカーブは顔をみあわせた。脅迫状の差出人は「大阪　首都　計画」とある。犯人は橋場で間違いなかろう。

「橋場さんは荒っぽいまねをしますね。現時点で立派な犯罪者ですよ」

「あのジイサンひとりでこんなマネは無理や。ヤバそうな連中がバックにおりまっせ」

「ヤクザ……やっぱり警察に相談すべきかな」

富瀬がぽつりと口にしたとたん、幸子はまた眼をつりあげ身を震わせる。垂れ気味の大きなおっぱいもブルンと揺れた。富瀬はあわてて首を振り次善策を練る。

「新地ゆうても、まさか北新地のわけおまへんわ」とカーブはいう。

北新地は銀座とならぶ高級飲食街だ。そもそも新地は新興の遊里という意味をもつ。年代ごとに新地が開発され、江戸前期の元禄時代には大坂の曾根崎新地が産声をあげ、近松門左衛門や井原西鶴ら上方文芸の素地ともなった。北新地はこの曾根崎新地の流れをくむ。

「あすこの馴染みのママさんにきいたけど『ひでと』ちゅう店はないそうでっせ」

「ほな恵梨香はパンパンにされかけてんのかいな！」

幸子は大阪でほかに〝新地〟と呼ばれる五つの地名を口走った。いずれも戦前から敗戦後にまたがってひらかれた遊郭ゾーンをさす。

「じゃあ隣の駅の新地からあたってみますか」

「あすこにも『ひでと』はおまへん。『秀都』はあるけどシュートって読むんですわ」

芸人カーブはベテラン芸人だけあってディープな世界に精通している。彼は興がのってきたのか、おもしろいエピソードを披露した。

「この駅前の北口あたりにかて、戦後ちょっとの間は新地がおましたんでっせ」

昭和二十六年から売春防止法が施行されるまで、わずか七年の昔話。それでも検番があって置き屋、待合、料亭の体裁が揃った新興の三業地《さんぎょうち》だったという。いわずもがな売春も公然とおこなわれていた。

「へえ。駅前にも芸者さんがいたんですか」

「ミナミから流れてきた、若うてけっこうな上玉がおりましたな」

「それって北口のストリップ小屋のある一帯ですか。いまでも小料理屋とかスナックがひしめきあっていますもんね」

富瀬は興味深そうだが、恨めしげに睨《にら》む幸子に気づき話題を元に戻す。

「ごめんなさい、そんなことより恵梨香ちゃんの身の安全でした」

「実は『ひでと』ちゅう店が一軒だけ、大阪でいっちゃん大きな新地におまんねン」

「ということは、あそこか……」

大阪市の南部、国鉄や私鉄、チンチン電車、地下鉄などが発着する主要ターミナルから徒歩圏に、東西南北約四〇〇メートルという東京の吉原をもしのぐ規模を誇る旧遊郭地区がある。

「そこへ、今夜の八時にこいと犯人たちはいっているわけですね」

恵梨香との引き換え条件は、ＳＯＰ軍資金の隠し場所を教えることだ。

「ウチがいく」。幸子は娘のためなら、と意を決している。

「どんなことをしてでも取りかえすんや！」

カーブは、必死になる幸子のむっちりと肉づきのいい肩に手を置いた。

「恵梨香ちゃんは大事な人質でっさかい、連中はめっさなことで手出しはしまへん」

ただ、とカーブは哀れな母の肩から手を離す。彼は指を一本たて、自分の頬にあてるとスーッと刃物を滑らせる仕草をしてみせた。

「ヤクザちゅうのは交渉があんじょういけへんかったら無慈悲でっせ」

「殺生な！」、幸子はまたしても泣きくずれた。

「それもこれも、富瀬クンの解読次第ということっちゃ」

すべての責任を押しつけられ、富瀬は苦虫を噛んだ。

「ううっ。暗号の件はとっかかったばかりなのに」

—2

富瀬はブラジャーとパンティーだけの新地の女をみあげている。

「この店に来たのは、そういうことをするためじゃないんだ」

「若いくせに勃《た》てへんの?」、女はフッと鼻先に皺《しわ》をよせた。

富瀬はたちあがった。肩のあたりにくる女の顔をじっとみつめる。

「人を探している。コロコロとした高校生の女の子で恵梨香とか茂子っていう」

富瀬は、女の瞳が動揺の色に染まり細かく激しく動くのをみのがさない。

「知ってるんだね」

富瀬は女が脱いだノースリーブのワンピースを拾いあげ、そっと渡す。

「念のため一号室、二号室も調べさせてもらう。その後は下の階段裏の部屋だ」

だが女もひと筋縄ではいかない。蓮《はす》っ葉《ぱ》な本性をあらわにした。

「眠たいことといいなや。恵梨香なんて子はしらんわ」

女は髪を掻きあげながら「おめこせえへんのやったら帰って」と声を尖らせる。

「その子は誘拐されたんだ。僕は恵梨香ちゃんを救《たす》けださなきゃいけない」

「ややこしことに関わらんとき」

「そうはいかない。探させてもらうよ」

だが、女はすばやく扉をひらき半身をだした。階下にむかってよばわる。

「オバチャン、オバチャン！　ケッタイなやつが紛れこんどる！」

富瀬は女を払いのけ廊下にでたが、すぐ「チェッ」と舌打ちした。

どたどたギイギイと音をたて、玄関のヤリ手ババアが駆けあがってきた。五〇がらみのオバチャンが両手をあげて通せんぼする。

振り返ると下着の女が金属バットを片手に立っている。部屋の隅で、くたびれたバスタオルを掛けていたのはこれだったのか。

「兄ちゃん俊徳連合のモンかえ？」、オバチャンは酒焼けした塩辛声で問う。

「あの高校生を探しとるんや」、ブラジャーとパンティーの女が金切り声をあげる。

「取りひきは今晩の八時ってきいてるで」、オバチャンがいうと女が即応する。

「その前に俊徳の若いモンが人質をかっさらいにきよったんや」

俊徳連合だって。チェッ、富瀬はまたまた舌を打つ。カーブがこういっていた。

「橋場はんは、駅前で俊徳連合と敵対している太平寺組を頼ってまっせ」

富瀬はゴリラみたいなチンピラをノックアウトした。カーブは事を穏便におさめるためにひと肌脱いでくれた。落ち目とはいえ駅前周辺ではいっぱしの有名人、漫才師として興行の世界に深くかかわってきた彼の顔とコネクションが効いたわけだ。

「あのゴリラは太平寺組のくすぼりでしたわ」

くすぼりとはヤクザの隠語、燻《くすぶ》るから転じ、うだつのあがらぬ博奕《ばくち》打ちのことをいう。

「上のモンの命令で富瀬クンのことを監視してたみたいでっせ」

「でもゴリラさんは幸子さんのスナックの常連では？」

「それとこれとがゴッチャになってしもて、よけいにややこしことになったんですな」

「太平寺組に橋場さんが世話になっているなら、俊徳連合も黙っちゃいませんね」

太平寺組は敗戦後の闇市にルーツがあり、テキヤ稼業や賭博をしのぎとしている。いわば昔気質のヤクザだ。一方の俊徳連合は新興勢力で高度経済成長の波にのり力をつけてきた企業舎弟。両者は激しく対立している。

やれやれ。富瀬は新地の女ふたりと対峙する目下の状況だけでなく、恵梨香の誘拐事件、さらにはＳＯＰ軍資金の行方のことを想って太い息をつく。だが、前へ進むには目前の問題から順番に解決していくしかない。富瀬は大学受験を思い出した。彼は受験戦争の覇者でもある。合格の栄光は、目標をみうしなわず、自分を信じて実直に日々の勉強を重ね細かな軌道修正をほどこす者のうえに輝く。よし、ではさっそく問題にとりかかろう。

「僕は暴力団員じゃない」、富瀬はできるだけ穏やかに話した。

「申し訳ないけどオバチャンはそこをあけて」。そして顔を半分だけ後ろへ向ける。

「あんたは物騒なものをあっちへやってくれないか」

ついでに服も着てほしい。富瀬は背後の動きに気を配りながらオバチャンに近づく。

「僕はどうしてもあの子を連れてかえらなきゃいけないんだ」

「そんな娘おれへんで」

オバチャンはふてぶてしい。そのくせ彼女が忙しげに富瀬の背後をみやるのは、バットを持った女とアイコンタクトをとっているからだろう。

彼女たちと力ずくになるのは本意じゃない。しかし恵梨香救出のためには仕方がない。富瀬はオバチャンに軽くフェイクのストレートパンチを繰りだす。オバチャンが怯んだ一瞬に片足をすくう。ドデンと尻もちをついたのと同時に、背後から金属バットの風切り音がしたものの、難なくかわせた。うす汚い緑のカーペットを痛打したバットをすかさず摑み、強く押すと女も大股を広げ派手にひっくり返った。

「痛い目にあわせてゴメン」

富瀬は律儀に謝ってからオバチャンを飛び越して階段を駆けおりる。

だが、二階で時間を食いすぎてしまったようだ。店の前には黒塗りのセドリック4ドアハードトップがこちら側のドアを全開にして停まっていた。エンジンはかかったままだ。

少女が喚《わめ》き散らしながら、その丸っこい身体をクルマに押しこまれようとしている！

「痛いちゅうねん、お尻いらわんといて。未来のアイドルに手荒なことしたらアカン！」

「恵梨香ちゃん、僕だ、富瀬だ！」

恵梨香は男たちの肩の間から思いっきり手を振ってみせた。

「キャーッ、富瀬さん救けて〜〜。私の純潔が危ない」

だけど恵梨香は縛られているわけじゃないし、肌つやだってすこぶるいい。どこかでカメラが回っていて、それを意識しているみたい。なんとなく態度が芝居じみている。

「チェッ」、富瀬は三度目の舌打ちをしてしまった。

「まるでドラマのヒロインじゃないか」

だけど恵梨香は監禁されていたわけだし、脅迫状も残されていたのだ。それに太平寺組の若い衆と思われる連中は本気で恵梨香に手こずっている。

「娘を無事に連れて帰ってきて」

母の痛切な声と壮絶な顔がうかぶ。富瀬は玄関から飛びおりた。だが自分の靴をみて、またまた「チェッ！」と舌打ちをする羽目に。間抜けなことにドクターマーチンの8ホールブーツできてしまった。紐を解いたブーツは靴筒をへナッとうなだれている。こんなのを悠長に履いている時間はない。富瀬は「ひでと」と白文字の入った茶色のスリッパをつっかけたままセドリックに突進した。

ところが、その数秒のタイムラグがアダになった。クルマは黒煙をあげ発進する。

「富瀬さん、追いかけてきて〜」、恵梨香は窓から首を突きだしたが男に引き戻された。

「オバチャン自転車を貸してもらうよ」

玄関わきのママチャリに跨《また》がり立ち漕ぎで追いかける。

富瀬はカーブに地図を描いてもらい、新地のことをしっかり頭に入れてきていた。

売春ゾーンは正方形、北から南へ順に五本の広い道路が東西を貫き、五つの街区を形成している。「ひでと」は北端の思春期通りにある。ひと筋、南側には主役通りがあり、このふたつの大きな通りが新地のメインでいい女が揃ってると評判だ。

「このまま西へ直進したらアーケードの商店街にぶち当たるのに、どういうつもりだ」

二六インチのママチャリの車輪がフル回転する。カゴに突っこんであったオバチャンの日傘が飛びだし道路に転げた。

「オバチャンごめん、あとで拾いにきます」

恵梨香を乗せたクルマは高速道路の高架下でハンドルを南にきった。

いったいどこへいくつもりだろう。富瀬は立ち漕ぎのまま全速力で追跡する。

平日の正午ちかく、たいていの料亭は格子戸を閉めている。銀波《ぎんぱ》さながらのまぶしい夏陽にさらされ、新地の街は寝起きの女のようなぼんやりとした顔つきだった。

それでも「ひでと」をはじめ何軒かが店先をきれいに掃き、打ち水と盛り塩でいっぱしの料亭きどりだ。玄関には、もちろん女が侍《はべ》っている。やり手のオバチャンたちは客の呼び込みに余念がない。ポツポツとだけれど、遊び人風ばかりかスーツの上着を片手にかけた会社員がニヤつきながら歩いている。

そんな新地を黒塗りのクルマがタイヤを軋《きし》ませ右へ左へ。この後を富瀬のママチャリがつむじ風のように追いかける。

男たちはクルマと自転車に「アホんだら」「気ィつけい」の怒声をあびせた。

「あれれ、また曲がった。思春期通りに戻ってどうするんだ」

ところがクルマは思春期通りの「ひでと」の前を突っ切り、またもや南下していく。

「このままだと大門通りから三七通り、膏薬《こうやく》通りにいっちゃう」

富瀬はカーブの解説を思い出す。

「三七通りの女《おなご》はえぐいでっせ。人間三分に妖怪七分ちゅうやつ」

人気が集中するのは思春期と主役のふたつのストリート、ここから南に向かうほど店が減ってくる。それればかりか女の年齢が高くなり、きっちりクオリティと値段も下がるのだ。

「南の端っこはアカン。ほんまに腰にサロンパスを貼ってるようなオバンばっかり」

ママチャリでミニバイクなみのスピードを出しているだけに息が苦しくなってきた。太腿もパンパンだ。それでも富瀬は長髪をなびかせ、眼を剝いて恵梨香が乗せられたクルマを追尾する。

だが、ようやく彼は気づいた。

「こうして新地をぐるぐる回るということは、僕の体力を無駄に浪費させる作戦かも」

ならば。富瀬は初めてブレーキに手をやった。ママチャリのタイヤはギギギーッと悲鳴をあげ、車体を「く」の字に撓《たわ》ませる。自転車のいたるところから湯気があがっていた。

クルマは南の端へ走っている。富瀬は自転車を降りた。

「ヤツらが膏薬通りから北へ上がってくるところを待ち伏せだ」

富瀬が単身で新地に乗りこんだのには理由《わけ》がある。

この日の午前七時頃、深夜から八ちゃんに詰めている富瀬とカーブ、幸子たちに加えて大家の岸堂育枝がおっとり刀でやってきた。ラッキーも育枝の横にちょこなんと控えている。安城とは、依然として連絡がとれないままだ。

一連の事情をきき終えた育枝は朝っぱらから縁起でもないことをいった。

「あの小娘、ヤクザに輪姦されてからコンクリ詰めにされて南港に沈んでまっせ」

前代未聞の猥褻略取誘拐に監禁、強姦と暴行と殺人の果ての死体遺棄事件。

「クソババア!」、幸子は手にした麦茶を育枝にぶっかけようとする。すかさずラッキーがキャンキャン吠え、小さな牙で幸子のぷよぷよした生足に咬みついた。

「痛たたたッ、このクソ犬」

富瀬はラッキーをなんとか引き離し、カーブが幸子を宥《なだ》めつつ育枝を諭す。

「ふたりともええ加減にしなはれ」

「そうですよ、ここでモメてる場合じゃないんですから」

富瀬は育枝と愛犬をカウンターに移動させ、狭い店ながら幸子との間に最大限の距離をおいた。

「恵梨香ちゃんを救出するため太平寺組に乗りこみますか」

「いいや、あの子は駅前の組本部やのうて『ひでと』におりまっせ」

カーブが確信めいた口調になる。

「木は森に隠せ。新地なら街中が女《おなご》だらけでっさかいに」

恵梨香を監禁するには最適の場所、というわけだ。

「なるほど、それに隔絶された特殊ゾーンだから警察の手も及ばない」

富瀬とカーブが納得しあう横で幸子はいった。

「あの子を取り戻すには、SOP軍資金の隠し場所の答えがないとアカンのやないの?」

結局そこへ落ち着く——**暗闇。横穴。湿気。奥の奥。大阪名所。再挑戦。そしてada。**

実のところ解読はまだまだ完了していない。ここで育枝がしゃしゃり出てきた。

「ワテと富瀬クンでようよう候補を一〇〇ほどに絞ったとこなんやわ」

「実は、新地も六つの日本語のキーワードを満たす候補のひとつなんです」

富瀬がいうとカーブが追従した。

「暗うてジメついてる大阪の影の名所……確かにそうでんな。遊郭が禁止された後も商売繁盛というのは、新地の再挑戦のたまものでっさかいに」

「いっそのこと太平寺組の連中に声をかけ一緒に新地で軍資金を探し回りましょうか」

富瀬がジョークをいうとたちまち場の空気が凍《い》てついた。ニヤニヤ笑いでこの場をごまかそうとすると、各人がすごい勢いで口をひらいた。

「あかん。あの金だけは！」。幸子とカーブ、育枝までがピタリと声を揃える。

「ウチのモン」「ワシのゼニ」「ワテのお宝」とそれぞれが自分の胸のあたりを指さす。

そして幸子、カーブ、育枝は互いに合図することもなく大合唱した。

「ヤクザなんかに大金を渡してたまるか！」

八ちゃんの戸のガラスがピリピリと揺れた。

「ワオーーーーンッ」、チビ犬のラッキーまでが餓狼《がろう》のように遠吠えをする。


先んずれば人を制す――。

カーブは、いち早く新地の「ひでと」へ乗り込んで恵梨香を奪還すべしと提案した。

「楠公《なんこう》はんになったつもりで敵陣にむかうべきでんな」

だが富瀬は想う。楠公こと楠木正成がいまもって河内のヒーローというのは知っているけれど、彼は奇手妙手新手の名人だった。すでに恵梨香を奪われイニシアティブは完全に先方にある。太平寺組の魔手が及ぶ新地に突進するというのは無手勝流の極み。正成の知恵をめぐらせた奇襲戦法じゃなく自爆覚悟の特攻隊ではないか。

「ほな、ウチがいく！」。さすがは母親、幸子は決死の覚悟だ。ところが育枝が口をはさむ。

「あんさんはアカン」

「なんでやのん」、またまた幸子はけんか腰。でも大家の老婆は冷静だった。

「女子《おなご》やから腕っぷしがたたん。ほんでから直情径行で知恵がまわらん」

「なんやとクソババア、いいたいいことというて」

「なんちゅうても、あの不細工な娘を人質にとられた弱みがあるやおまへんか」

女手ではヤクザに敵《かな》わない。これは富瀬とカーブも認めざるをえない。育枝は断言した。

「それこそ楠公はんみたいに沈着冷静で勇猛果敢な御仁が赴《おもむ》くべきなんや」

「そ…そらそうやわ」、さしもの幸子も言葉を詰まらせシュンとなった。

とはいえ、一〇〇をこすSOP軍資金の隠し場所の候補をすっくり渡したとしても、橋場と太平寺組の連中が「おおきに、ご苦労さん」と納得するわけはなかろう。いや反対に「一〇〇も並べやがって、ふざけるな」と激怒される危険性が高い。そうなれば恵梨香が危うい。

カーブが、八ちゃんの食器棚に置いてある大きめの目覚まし時計をみた。

「新地は一一時くらいになったらぼちぼち店開きしまっさかいにな」

サッと新地へいって、パッと恵梨香を探しスッと取り戻しまんのや、とカーブ。

「でも、誰がのりこむんですか？」

たちまち六つの眼が富瀬に集まった。

「ワテはオバン、幸子はんでは手にあまる」と育枝。カーブは急に視線を外す。

「ワシは昼から千林のダイエーで営業の仕事がおまんねん」

「…………」

富瀬は予想通りの展開とはいえ絶句する。だが幸子は再び涙を浮かべ彼にすがった。

「一生のお願い、あの子を頼みます――」


恵梨香を拉致《らち》した、黒塗りのセドリック4ドアハードトップが急ブレーキをかけた。

富瀬はママチャリを捨て道路の真ん中に仁王立ちしている。

新地の面々は戸を閉め、中から息をひそめてハイヌーンの決闘を窺《うかが》っている。女を漁る男たちも厄介事はごめんだとばかりにほかの通りへ逃げだした。

セドリックのドアがひらき、若い男が飛び出してきた。サングラスにパンチパーマ。化繊《かせん》のペラペラのアロハシャツ、バミューダパンツにビーサンという格好だ。

ちなみに富瀬はビッグジョンのジーンズ、M2002を穿《は》いている。

これはブーツ向きにフレアーシルエットになっている名品なのだが、足もとが「ひでと」の名前入りスリッパじゃ全然サマにならない。

チンピラが指をポキポキいわせ威嚇《いかく》する。運転席にはスキンヘッド、バックシートにもうひとりいる。恵梨香が富瀬をみとめ、フロントガラスの向こうで手を振った。隣の男が恵梨香を抱きかかえた。恵梨香は身悶えして逃れようとしている。

「コラぁ、どこをみとる」、チンピラはようやく二〇歳になったくらいだろうか。

「おんどれ、なにをしにきたんじゃ」

「それは愚問だ」、富瀬は落ち着いた声で対応する。

「ぐ、ぐもんやと？」

「バカな質問って意味だよ」

「おんどれ東京モンやな。ボケめ、いてこましたる！」

このチンピラに限らず大阪では標準語に過剰反応する。でも、もう慣れっこだ。

頭の真上あたりにきた太陽が容赦なく富瀬とチンピラを照らし、それぞれの短い影をつくっている。ふたりはじりじりと距離を詰めた。

通りに一陣の風が吹き、ホコリを舞いたてながら富瀬の両脚の間を抜けていった。

その股間の向こうでチンピラがクルマをふり返り「任せとけ！」と見得《みえ》をきる。
一、二、三……と数える必要もない。駅前でゴリラをKOしたときもそうだった。こういう連中と闘って負ける気がしない。彼らはケンカのプロを自認しているけれど、富瀬にいわせればファイトスタイルはセオリー無視、単なる我流でしかなかった。
「小麦粉に卵とキャベツを放り込んだからって、うまいお好み焼きになるわけじゃない」

まずは普遍の王道を修め、そこに細かな創意工夫を加えて逸品ができあがる。

富瀬は身体を右に捻り右拳をにぎった。右腕はぬかりなく脇腹への攻撃に備える。左腕は視線の延長上、肩を少し前へ入れ顎をガードした。スリッパを履いた左足を前へ、後ろの右足とはほぼ一直線上にある。ベーシックかつ最強、これぞボクサーの心得だ。

「アホんだら！　東京モンには負けられへんのじゃ」

チンピラが突進してきた。大阪人には、東京人はひ弱という根拠のない認識が蔓延しているようだ。このチンピラもそんな誤解と思い上がりのせいで隙だらけ。

富瀬は彼が射程圏内に入るまで動かない。右腕をふりあげ殴りかかってきたチンピラを軽くいなす。富瀬はまず左のストレートを眉間に、すぐさま右のフックを頬へみまった。

チンピラの鼻柱の付け根にパンチが炸裂する。息つく間もなく次の一撃。チンピラの顔面の半分は、座布団を折りこんだようにゆがんだ。彼は「グエッ」と声をたてる。派手にのけぞり身体ごと宙を舞う。まず後頭部、それから背中と尻の順でしたたかに道路へ打ちつけ、そのまま大の字にのびた。

チンピラの鼻から泡状の血がボコッと噴き出し、左頬は赤紫に変色しはじめた。

「恵梨香ちゃん、今すぐ救けてあげるから！」

富瀬はチンピラを跳びこえ、吠えながらダッシュした。クルマにいるふたりの組員に動揺が走る。恵梨香はまた窓から喜色満面の顔をみせた。

「カッコええわ、富瀬さんサイコー！」

運転席のスキンヘッドが手をシフトに伸ばす。エンジンがいなないた。こっちへ突っこむと思ったが、運転手は焦りまくってシフトをバックにいれ急発進してしまった。

「逃がさないぞ」

富瀬は乗り捨てたママチャリをつかむとセドリックめがけて投げつける。

自転車はフロントに激突。フロントガラス全面にクモの巣状の亀裂が走った。クルマはバックのまま一軒の料亭の格子戸をぶち破り玄関に乗りあげた。家屋が破壊される凄まじい音とオバチャンやら店の女の悲鳴が響きわたる。

「ちょっと派手にやりすぎちゃった……」

富瀬は頭をかきながらセドリックがすっぽりとはまりこんだ料亭に駆けつけた。

フロントガラスは家屋と衝突した衝撃であらかた外れている。スキンヘッドは脳震盪《のうしんとう》でもおこしたのか、眼を閉じヘッドレストに頭を預けていた。

バックシートでは、ぶちのめしたチンピラと変わらない年頃の三下が恵梨香を押さえこんでいる。恵梨香は必死にもがいて抵抗し、ミニスカートがめくれブルーのパンティーが丸みえになった。富瀬は一瞬げんなりして眼を背けたものの、すぐ声をかけた。

「恵梨香ちゃん大丈夫か」

富瀬は騒然とする店内に入った。後部ドアに手をかける。でもロックが外れていない。富瀬は力任せにウインドウを叩く。さすがに一発や二発では無理だ。富瀬の拳に激痛がはしり血も滲む。それでも彼は殴打した。四発目でようやくヒビが入った。今度は肘で一撃。ガラスが飛び散った。

後部座席では恵梨香が羽交い絞めになっている。富瀬は腕を差し入れロックを外す。

「富瀬さん」「恵梨香ちゃん」

だが——富瀬の独壇場はここまでだった。

失神していたはずのスキンヘッドが、いきなり意味不明の雄叫びをあげた。彼はアクセルを力いっぱい踏みこむ。破損したマフラーのせいで耳をふさぎたくなる轟音《ごうおん》、あたりは墨霧さながらの排気ガスにつつまれた。

玄関にめりこんでいたクルマが車体を震わせ道路に飛び出す。運転席と後部左のガラスが砕け散っただけでなく、リアバンパーは外れウインカーも割れ、トランクをボコンとへこませた無残な格好のまま爆走する。

富瀬は後部ドアのガラスがなくなった窓枠から乗りこもうとするのだけれど、センターピラーがないタイプだけに、どうにも掴むところがない。しかもクルマに引きずられては分が悪い。脚がとられ地面から浮いたり着いたり。富瀬の長身はもんどりを打った。

クルマは狂馬さながら彼をひきずりどんどんスピードをあげる。

「たすけて！」

恵梨香の悲鳴がきこえた。さっきまでのドラマごっこみたいなのとは、まったく異なる悲壮さ。恐怖に引き攣《つ》った彼女の横顔がチラっとみえた。だが、それも一瞬のことだった。一〇本の指だけでなく両方の腕から肩まで、真っ赤に灼けた鉄串を刺されたように熱くて痛い。ブルブルと激しい震えがくる。もう限界だ。

「クソッ！」、富瀬の身は道路へ投げ捨てられるようにして落ちた。

自慢のジーパンはボロボロに破れ、いつのまにかスリッパも消えていた。

—3

「痛ったったッ」。皮膚が剝け、ささくれだった傷口は赤に染まっている。

そこへ透明のオキシフル液を含ませた脱脂綿をあてがう。たちまちシュワシュワという音がして傷口は白っぽい泡につつまれ、滲んだ血でピンク色になった。

「く〜〜〜〜っ、沁みる！」

富瀬のくいしばった奥歯がギリギリと鳴る。この消毒液が浸透していくときの苦悶は、打撲や創傷、切り傷にともなう痛みに負けない。

カーブと育枝が、眼を白黒させている富瀬を横にして口々にいいかわす。

「応急処置だけで大丈夫でっしゃろか？」

「破傷風やら厄介な黴菌《ばいきん》さえ入ってへんかったら、これでよろしおまっしゃろ」

「そうでんな。どうせ医者いっても同ンなじことするんやさかい」

「骨が折れたり傷口を縫う重症やおまへんから、不幸中のさいわいちゅうやつや」

「若いんやし傷の治りは早いと思いまっけどな」

カーブが「念のためにもう一回消毒しとこか」とオキシフルの瓶を振る。育枝は脱脂綿に手を伸ばした。富瀬はすぐさま「も、もうけっこうです」と激しく首を左右にした。

「かさぶたがでけて痒いなってもガマンしなはれ、めしったらあきまへんで」

育枝はひっつめにした髪のおくれ毛を払うと齢に似合わぬ艶っぽさでいった。

「それにしても富瀬クンは惚れぼれするような身体してまんな」

「ほんまや。ボディビルに転向したらミスター大阪コンテストでええとこいけまっせ」

カーブが太鼓判をおす。育枝も若い肉体を凝視している。富瀬はあわててTシャツを降ろし、筋肉隆々の胸板と段々になった腹筋を隠す。もっとも、ずたぼろになってしまったジーンズは廃棄処分、トランクス一丁で治療してもらっているから、引き締まった腿や下肢は丸みえだ。そんな富瀬に育枝は鼻を鳴らす。

「あんさんはワテの孫みたいなもんやおまへんか。オバンの前でテレんでもよろし」

育枝はたしなめつつも大判の絆創膏を貼ってくれた。カーブが拍手のしぐさをする。

「名誉の負傷、今回はご苦労はんでした」

だけど奪還作戦はすんでのところで失敗してしまった。

「オバチャンの自転車をダメにしたし日傘も落としちゃったし」と富瀬。

育枝は八ちゃんの天井をみあげた。店の二階は富瀬の部屋になっている。

「幸子はんの前ではめっさなこといわれまへんが、富瀬クンはようやらはりました」

富瀬は満身創痍で八ちゃんに戻った。だが恵梨香を連れ帰れなかったと知ったとたん、哀れな母は卒倒してしまい富瀬の部屋で横になっている。

「太平寺組の様子をみにいったらボコボコのクルマが停まってましたで」

偵察報告どおり恵梨香は駅前の太平寺組事務所に移送されたに違いない。

「いてて……」、富瀬は身体のあちこちを伸ばし、傷の具合を確かめながらいった。

「どんなことがあっても恵梨香ちゃんを取り戻します」

「その身体で無理はできまへん」、育枝はじろりとカーブをみた。

「富瀬クンの代わりにカーブはんがヤクザのところへいったげなはれ。そのでっかいドンガラでヤー公どもをぎゃふんといわしたり」、育枝は皮肉っぽくいった。

「まさか今夜も仕事があるんやおまへんやろ」

カーブは千林のスーパーで営業があるからと、白昼の新地大活劇を回避している。

「ここそ逃げてるみたいにいわはる」、カーブは反発したが巨体を小さくこごめる。

「安城はんもどこへいったのやら。ナンギな死体の処理に四苦八苦してんのかいな」

育枝は「男性軍で奮闘してんのは富瀬クンだけや」と手厳しい。


ここで、富瀬は思案をめぐらせた。

太平寺組の本部に戻った連中は守りを固めているはず。いや八ちゃんを襲撃してくる危険性も高い。それなのにこっちの男手といえば、あまりに心もとない。残るは口の達者な老婆と心痛の熟女、ついでにちっちゃなポメラニアン。

多勢に無勢、暴力団に立ち向かえるわけがない。

「やっぱり警察に助けを求めましょう」

富瀬の胸中には、安城の一件で八ちゃんに突然あらわれた刑事がうかんでいる。あの刑事のおかげで河地ゆあとの甘い時間は打ち切りになり、安城の身元を引き受けるため隣の街の警察署までいったのだ。おまけに、あれから一睡もしていない。

昨日から今日にかけては、富瀬の人生でもっとも濃密かつ面倒な二十数時間だった。

だがカーブは太くて短い指で脅迫状の一文をさした。

「警察へ通報すれば人質を殺すと書いてまっしゃろ」

「でもカーブさんは朝、恵梨香ちゃんに手荒な真似はしないと……」

「いやいや、朝と今では状況がメチャかわってしもてまんがな」

カーブは脅迫状から離した指を立ててチッツッチッと鼠鳴《ねずみな》きしながら小さく振る。

「取引を実力行使でワヤにしたんはワシらでっさかいに。しかも作戦失敗やがな」

「…………」、富瀬は唇を噛んだ。あのとき、もう少しふんばっていたら。

「富瀬クンのおかげで、あいつらのメンツは丸つぶれでっせ」

カーブは並べてみせた。ゴリラに続いてチンピラを秒殺され、クルマは廃車寸前、決闘の際によその店まで毀《こわ》した。しかも相手の富瀬は素人だ。

局面は「太平寺組VS富瀬」という新たな展開を迎えている。

「太平寺組は昔ながらの任侠ヤクザ。体面にごっつこだわりまんねん」

富瀬への憎悪の火を燃やしているところへ警察が乗りこんできたら、彼らの怒りに油をそそぐようなもの。警察への通報はとても得策とはいえない。

「だけど警察が家宅捜索すれば問題解決、恵梨香ちゃんを救けてもらえますよ」

富瀬は食いさがる。育枝もラッキーを膝に抱きあげた。

「ワテもそのとおりやと思いまっけど。警察にいうて小娘を取り戻し、ヤクザを一網打尽にしたらええ。橋場はんとヤー公が監獄に入ってる間にゆっくり大金を探しまひょ」

それでもカーブは通報に賛成しない。したり顔でいう。

「ご両人とも裏社会の実情を知らん。連中は良識や常識と違う世界で生きてまんねん」

「だからといってヤクザの都合にあわせる必要はありませんよ」、富瀬は強い調子でいった。

「恵梨香ちゃんを無事にかえしてもらわなくっちゃ」

育枝もうなずく。カーブは気圧《けお》され気味になりつつ、「そのために」とつづけた。

「大事なんは、なんちゅうてもケジメでんねン」

「どうケジメをつけろというんですか」

「それは……あっちの要求どおりに軍資金の場所を差し出すことでんな」

「でもカーブさんだけじゃなく大家さん、幸子さんもリストを渡すのには反対でしょ」

「富瀬クンのいうとおりでおまっせ」

育枝もカネのことになると気色ばんでくる。ＳＯＰ軍資金がヤクザの手に落ちるなんて、おそらく安城と恵梨香だって大反対だろう。育枝はすましていった。

「ヤー公にはウソの候補地を渡したらよろしおます」

「それが甘い考えでんねん」、カーブは肩をすくめる。

「暴力団ちゅうのは平気でウソつくくせ、他人に騙されんのが大嫌いでんねン」


富瀬はふたりのやりとりの横でさらに考えた。

今さら、なのだけど……これまで真正面から向きあわなかった事々だ。

——僕にとって大阪遷都計画は学問上の大事なテーマ。だけど莫大な資金への関心は集まった面々ほどに強くないんだよなあ。

闕と祖父が練り上げた大阪を首都にする計画。闕は密かに資金を用意し大阪の地に隠した。宝探しはとってもスリリング。いつの間にか富瀬もどっぷり浸かってしまっている。

「でも僕はなんのためにＳＯＰ軍資金をみつけようとしているんだ？」

安城は春木競馬場を再興するとテレ笑いをしながら夢を語った。

カーブや育枝たちの思い描く使い途はどうなのだろう。

改めて皆の意向をきいてみる必要がある。

「いや、その前に僕のスタンスをはっきりさせなきゃ」

ＳＯＰ軍資金がみつかったら。富瀬は傷の痛みも忘れてこのことを考える。

「やっぱり……闞さんやおじいちゃんの遺志を継ぐべきだ……」

育枝とカーブは、ぶつぶついっている富瀬に気づいた。

「富瀬クン、腕や脚だけやのうて頭も強《きつ》う打ったんとちゃいまっか？」

富瀬は顔をあげた。「大丈夫、ここはしっかりしてます」

育枝とカーブは疑わしそうだ。富瀬は背筋をしゃんとしてみせ、話をもとに戻す。

「カーブさん、警察に通報せず人質を取りもどすいい方法があるんですか？」

カーブは急に黙りこんだ。そうして富瀬と育枝をわざとらしく順番にみやった。

「もったいぶりなはんな。早《はよ》う結論をいいなはれ」、育枝は返事を急《せ》かす。

カーブは椅子から腰をあげた。紫のＴシャツの腋《わき》がひどい汗で黒ずんでいる。

ゴクッ、彼は生唾を呑みこんだ。猪首《いくび》の真ん中でノドチンコが上下する。ラッキーがただならぬ気配を察知し「キャイン」と情けなく鳴き、育枝の膝のうえで身をすくめた。

カーブは狭い額に横一文字の深い皺《しわ》を刻む。

「それは——富瀬クンの命を差し出すしかありまへん」

「……………！」

富瀬は絶句した。上半身がのけぞりそうになるのを必死でこらえる。

育枝も表情を強ばらせ唇をわななかせている。ラッキーがふさふさのしっぽを後ろ肢《あし》の間に丸め、そっと富瀬をうかがった。

―4

襖《ふすま》をひらくと二十畳はあろうかという広間だった。

痩せて、枯れた老人が偉容の神棚を背にして端座《たんざ》している。

屋根違いの三神を祀る社は総檜《そうひのき》、年季が入っているものの、ていねいに磨かれ飴色《あめいろ》に光っていた。棚にならぶのは緑・黄・赤・白・青の五色絹の幟《のぼり》の真榊《まさかき》、緑葉の榊《さかき》は青々としている。白い瓶子《へいし》には清酒を満たし、長三宝の上に白い陶器の水玉、白皿に洗米と御塩を並べて祀ってあった。

八ちゃんにも、おやっさんの代からの神棚があるけれど、大きさと豪奢さはジャンボジェットとセスナ機くらいの差がある。それでも富瀬は毎朝、小さな神棚を清めて水と洗米に御塩をお供えし、頭をたれ柏手《かしわで》を打つ。

「そういえば今日は神さまに手をあわせていなかった」

天罰てきめん、彼は昨夜から今夜にいたるなりゆきを振り返り、息を漏らすのだった。

駅前を仕切っている太平寺組の親分は木彫の像のように身じろぎしない。

茄子紺《なすこん》地に灰色の細い縞がはいった本麻の薄物を着流している。座布団は絹、黒の繻子《しゅす》で尻が埋まるほど分厚い。

富瀬は、この老人を何度か桜町や梅町のアーケード街でみかけたことがある。いずれも季節を問わず和服だったのをおぼえている。

そして、商店街の店主たちがこぞって老人に目礼や会釈をしていたことも。

老人の両脇には屈強な中年男たちが、老人より薄い座布団に胡坐《あぐら》をかいており、獲物を狙うような眼つきで富瀬をみている。どういうわけか橋場はここにいない。

中年男はいずれも真夏なのにスーツだ。最近の流行、いわゆるヨーロピアンスタイルというやつ。コンケーブショルダーというのだっけ、神棚の社の屋根みたいにピンッと跳ねあがった肩口、ジャケットのシェイプはウエストでググっとくびれている。襟は風にはためくほど広く、タイの結び目もおにぎりのようにでっかい。

「われ、独りかい？」

老人の右横に座っている、鼻下にヒゲをたくわえた男がドスの効いた低音でたずねた。彼は真っ白のスーツ、ベルトのバックルが下品なゴールドに光っている。

富瀬は仁王立ちしたままうなずく。ここまで来たからには、もう覚悟はできている——といいたいところだが、さすがに膝が小さく震えるのを必死にこらえているのだった。

「ええ根性しとるやないか」

老人の左隣で、長髪をポマードでビシッとオールバックに撫でつけた男が薄笑いを浮かべた。こっちの背広はトップグレーに黒のペンシルストライプ。

ヒゲ、ポマードとも靴下は黒、ナイロンの薄いやつ。

「親分、このどアホをどないしまひょ？」とヒゲが横目で老人にうかがいをたてる。

親分は口もとを結んだままだ。テカテカのオールバックが舌なめずりする。

「両手両足へし折って動けんようにして生駒山の谷間にでも放りだしたろか」

「そらええわ。あしこには野良犬がぎょうさんおんねや」

「ひと晩で山犬に内臓を喰われ、明け方にはカラスに眼ン玉えぐられとるわ」

「アハハ」「グハハハ」、ヒゲとポマードは太った腹を揺らす。

だが、老人は押し黙り瞬《まばた》きすらせず富瀬をみつめていた。

双眸《そうぼう》は猛禽《もうきん》のように鋭い光を放っている。なかなかの迫力だ。幹部たちがネズミを追いこんだネコみたいに、残酷な愉《たの》しみを満喫しようとしているのも不快だけど、無言のままの老組長が薄気味わるくてならない。新地でぶちのめした若僧、運転手のスキンヘッドともうひとりの若者、それにゴリラだ。襖の向こう側、廊下では富瀬を広間へ導いたチンピラたちが息をひそめている。

そんな四面楚歌の状況で、富瀬は一、二、三……五、六と深い呼吸を繰り返していた。

それなのに、高ぶった気持ちはなかなか落ち着いてくれない。

それどころか、背筋にぞわぞわと寒気《さむけ》が押しよせ、腕にはぶつぶつと大阪弁でいうところの寒《さぶ》イボがたった。

それでも富瀬は勇気をふり絞り、なんとか恐怖に打ちかとうとしている。

——怖気《おぞけ》や鳥肌は悪い反応じゃない。ストレスで緊張しているくらいのほうが、案外と全力を発揮できる。ほら、火事場の馬鹿力っていうじゃないか。

それが、富瀬という男の思考回路なのだ。

ただ、富瀬は無策のまま太平寺組に単身のりこんだわけでもない。

ぼろ布になってしまったビッグジョンのM2002ジーンズにかえてボブソンのバギーパンツを履いてきた。その、真ん中をちょっと摘《つま》みあげた山の形のバックステッチを施した尻ポケットにはSOP軍資金を隠した候補地リストが入っている。

「このリストと交換に恵梨香ちゃんを取りかえす」

富瀬だって、それですんなりいくはずがないことはわかっている。カーブの断言どおり、太平寺組のメンツを保つには、やはり富瀬の首を差し出さねばならない――。

とはいえ、おめおめと命をくれてやるわけにはいかない。

昨夜から今日にいたる激動のなか、富瀬にはひとつの考えがまとまりつつあった。

人質奪還作戦で知恵と体力を極限まで使ったからこそ、大阪遷都計画へのスタンスについて純粋に頭をめぐらせることができたのかもしれない。

「これからの一〇年、二〇年は人生の勝負をかけてみるべき」

大阪での暮らし、八ちゃんでお好み焼きをこさえながら庶民の生活に溶けこむのは、都市政策学者になるためのウオーミングアップと位置づけてきた。そろそろ次の段階に踏みこんでいく時期にきている――。

「闞市長や祖父に心酔しているくせ、大阪を日本の首都にするなんて机上の空論と……」

ところが、学問の大事なテキストとしか認識していなかった『大阪遷都計画』は、ここにきて新たな顔をもつようになっている。

「軍資金の全貌すらわからないけれど、闞さんが集めた以上はとてつもない大金のはず」

そんなカネをむざむざ、橋場と暴力団なんかに手渡すわけにはいかない。

「ただ、まだ僕の考えは道筋をみつけていない。もっと思考と思索を深めなきゃ」

学者は思考という精神作用を糧に、思索と呼ばれる努力の道筋を歩み、最終的に思想へと到達する。ただし思想を単なるまとまった考えで終わらせてはもったいない。

「闕さんやおじいちゃんは大阪遷都計画までモノにしたけど、その先へ進めなかった」

ならば、僕が「その先」にチャレンジしてみるのもおもしろそうだ。

それに、腐れ縁というべきメンバーたちがいる。カーブや安城、育枝に幸子と恵梨香の母子らの個性を引き出し、かれらを引っぱってSOP軍資金をみつけだしたい。

「あの人たちのリーダーにさえなれないなら、大阪遷都計画なんて実現できっこない」

富瀬肇、ここへきて、いろんな意味で急速にめざめてきたのだ。


「お若いの、座ったらどないや」

ようやく老人がいった。古木の風貌にふさわしい枯れた口調だった。

「失礼をゆるして下さい。脚にケガしていましてね。立ってるほうがありがたい」

富瀬がいうと、たちまちふたりの幹部が「親分に口ごたえしやがって」「一〇〇年早いんじゃ」と威嚇《いかく》する。ヒゲはもう膝を浮かしかけていた。だが組長は幹部たちを叱責《しっせき》してみせた。

「じゃかましい！　おのれらは黙っとれ」

ふたりは粛然とする。ヒゲは場を繕うつもりかジャケットのボタンを留めようとした。でも太っているせいでうまくいかない。二度、指をさしむけたが二度とも失敗した。

その間に富瀬は尻ポケットからレポート用紙を抜き、組長に差し出した。

「橋場さんとあなたが欲しがっている情報です」

ヒゲが上着の前を広げたまま立ちあがり、富瀬の手からレポート用紙を引ったくった。彼とポマードが目顔で示しあわせ、ＳＯＰ軍資金リストは組長にうやうやしく献上された。

老人は「うむ」と数枚にわたるレポート用紙をひろげた。


通天閣、大阪城、難波八阪神社、生國魂神社、水かけ不動、高津の宮、ライオン橋、水晶橋、中之島界隈、黒門市場、鶴橋、蛸の松、玉造、真田丸、三光神社、南港、滝畑四十八滝、寺ケ池、箕面大滝、万代池、狭山湖、勝尾寺、浜寺公園、久米田池、千早赤阪城址、百舌鳥古墳群、暗峠、石切劔箭神社　高安村、十三峠、竹内街道……。


それを脇から覗くヒゲが「えらいぎょうさんやないか」という。富瀬は応じた。

「キーワードの暗闇。横穴。湿気。奥の奥。大阪名所。再挑戦に該当するスポットをようやく一〇〇ちょっとまで絞りこんだところ」

ポマードも親分の手元をみやった。

「こん中でも有力やゆうのと、そうでないのがあるやろ」

「いや僕らのチームじゃこれ以上の詮索は無理。一か所ずつ調べていくしかない」

実際、滝や池、峠に街道なんて広範囲のどこをどう捜索すべきか、まったくもってお手上げという状態だ。

「だけどこういうのは学問やスポーツと同じですからね」

千里の道も一歩から。まずは踏みださないと始まらない。そうしてスタートした以上は弛まず休まず、粘っこく継続していくしかないのだ。

「最初の約束どおり、人質を返してもらいますよ」

「なにを眠たいことというてけつかんのじゃ」

ポマードがスーツの腕をまくり、ヒゲは恫喝する。

「おんどれは用済みじゃ。地獄で昨日《きんの》の夢でもみさらせ！」

それを合図に襖が荒々しくひらき、廊下に控えていたチンピラどもが広間になだれこんできた。素手じゃかなわぬと、匕首《あいくち》や角材を手にしている。ふたりの幹部も腰をあげた。

絶体絶命の大ピンチ！　だけど危地に直面して富瀬の動揺は消えた。昔から本番には強いほうだ。それに、できる限りの支度は整えてきている。

太平寺組に乗りこむ前、幸子と入れ替わるようにしてベッドで横になった。

短時間だが熟睡できた。受験勉強の教訓は、気力と体力が限界にきたらグズグズせず参考書を閉じて眠るのがいちばんいいということ。それでめざましく集中力が復活する。

その間に、育枝がこさえてくれた雑炊もうまいだけでなく、体力恢復《かいふく》に役立ってくれたようだ。ニラや山芋、人参、牛蒡《ごぼう》などなどの「精のつく」野菜を細かく刻み、肉は繊維までとろけさせてあった。卵も入っている。

育枝は胸もとをポンッと叩いてみせた。

「鶏ガラからええスープをとりましたからな。これぞ正真正銘の極上ソップでっせ」

休息充分、栄養補給も満点。富瀬はターンテーブルに買ったばかりのレコードをのせた。

柳ジョージ&レイニーウッドのデビューアルバム『TIME IN CHANGES』だ。情感たっぷりのハスキーボイスとハートを揺さぶるギター。上田正樹やウエストロードブルースバンド、憂歌団とはまたひと味ちがった日本のブルーズに送られ、富瀬は太平寺組本部へ向かったのだった。

富瀬は四人の無頼漢たちとふたりの暴力団幹部に囲まれている。チンピラたちは武器をもち虎視眈々と狙っていた。こいつらを倒しても、太平寺組の構成員はもっといるはず。組長は眉根を寄せながらも、まだ置き物のように座っている。だけど、劣勢だからと守勢になってはいけない。あれこれ相手の出方を想像すると、恐怖と憂慮で自縄自縛《じじょうじばく》になってしまう。戦国時代の武将のように名乗りをあげ己を鼓舞し、敵を圧倒しなくては。富瀬は神棚の御幣《ごへい》が震えるほどに吼《ほ》えた。

「かかってくる前に、僕のいい分をきけ！」

裂帛《れっぱく》の気合にヤクザどもは動きを止めた。木像のような親分も真っ白で毛足の長い眉毛をピクリとやる。

富瀬は歯にはさまったニラのちいさな切れ端を舌先でこそげてからいった。

「橋場さんと組んでいるようだけど、あの人は闞一市長が大阪中心主義で日本を大改革しようとした遠大な遷都計画の中身をまったくしらない」

そのくせ、闞の善なる思想がつまった都市計画の実現のための大金を、横からかっさらおうとしている。実にハレンチで邪悪な行為だ。

「SOP軍資金は、闕さんの遺志どおり大阪遷都計画のために使わせてもらう！」

豪語してから、富瀬の胸のなかでは「熟考もせず大ホラ吹いてんじゃない」「明言しちゃったけど時期尚早では？」「どうやって実行するつもりなんだ」などなど激しいツッコミが炸裂した。しかし勢いはとまらない。富瀬は心の迷いを断つため、再び勇ましく叫んだ。

「いいんだ！　僕はこの場で決めたんだから」

なんだか今日は独り言を大々的に口にしてしまう。

ヤクザたちも、八ちゃんで育枝やカーブが示した反応と同じく「はあ？」という顔つきになった。ヒゲが富瀬を指さすと、その指を自分の頭の横にもってきてクルクルと回し、パーとひろげてみせた。すると組長がおごそかにいったのだった。

「大阪遷都計画ちゅうのは橋場もいうとった」

組長はここで「困ったもんや」と腕を組んだ。

「せやけど肝心の中身になると橋場はしどろもどろ。さっぱり要領を得んのや」

着物の袖から出た組長の腕は細木の枝のように痩せている。

「若いの、その一大計画とやらのさわりだけでもきかしてもらおかい」

組長は細い腕を撫でながら、ひとり合点してみせた。

「二〇年ほど昔やったか、丹下左膳ちゅう建築家やら、どこぞの大学教授や役人どもが遷都を持ちだしとったはずや。せやけど候補地に肝心の大阪の名がでとらんかったわい」

富瀬は組長が意外に遷都論のことに詳しいことにびっくりした。

ちなみに遷都を主張した建築家は左膳じゃなく健三、あとは都立大学教授の磯村英一、経済企画庁の天野光三のことだ。彼らは日本住宅公団総裁だった加納久朗《かのうひさあきら》が昭和三十四（一九五九）年に発表した『新しい首都建設』に刺激を受けている。

「闕さんの遷都論は大阪こそが……」

富瀬はついついSOPについて語りかけたものの、幹部たちの血走った眼をみて、たちまち目下の状況がのっぴきならないことを再認識した。

「大阪遷都計画の中身をレクチャーするのは人質を返してもらってからだ！」

幹部ふたりは「誰にいうとんじゃ」「なめくさって」と、どついたれモードで怒り狂う。いよいよ戦闘開始だ。富瀬は全身を鋼《はがね》にするつもりで身がまえた。

スキンヘッドの匕首の一撃を難なくかわす。しかし、もうひとりが打ちおろした角材が肩口にはいった。富瀬は膝をつく。だが、このリアクションが一命をすくった。しゃにむに突進してきたゴリラは、うずくまった富瀬につまずき、勢いあまって幹部たちの足元へダイブした。その拍子に凶器が手から飛んだ。

富瀬は立ちあがりざま、新地でぶちのめした若い男に再びパンチを見舞う。彼の顔は無残にも倍ちかく腫れあがっていた。

「かわいそうだから、もう頬っぺは狙わない」

約束どおり、富瀬はアッパーカットを顎にヒットさせた。チンピラは新地のときのように後ろざまに倒れ、またもやしたたかに後頭部を打ちつけた。

「アスファルトじゃなくて畳だからショックは少ないよ」

富瀬はこういうと、すくみあがったもうひとりの若者の腹部に拳をいれ、角材を奪い取った。

すかさず掛布雅之ばりのフルスイングで、匕首を手にしたスキンヘッドを横殴りにする。彼は頭を抱えた。頭皮は薄いうえ頭部には細かな血管が集まっているから、おびただしく流血する。剃りあげた頭にやった指の間からしたたる血をみて、彼は女の子みたいな甲高い悲鳴をあげ広間から廊下へ逃げだしてしまった。

甚だしくヤクザのイメージをダウンさせるリアクションに、富瀬は呆れてモノがいえない。ヒゲとポマードも唇をゆがめ、組長までが眉をしかめた。

だが、ポマードがいちはやく戦闘態勢にもどった。

「どアホ、邪魔じゃ。そこをどけ」

足元のゴリラを蹴りあげ、懐から黒光りするものを取り出す。ピストルだ。

これはまずい！　さすがに富瀬は蒼白になった。組長がはじめてニヤリとした。

「せっかく遷都計画のご高説を賜ろうと思たんやけど、若いの、これでさいならや」

そのとき――天王寺動物園から狂虎が逃げだし、新世界やジャンジャン横丁へなだれこんだような騒乱がおこった。まず、さっき廊下へ走りでたスキンヘッドが、恐怖にさいなまれた「クワーーッ」という唸り声をあげ広間に駆けもどってきた。

この後を「どりゃーっ」、破れかぶれな絶叫が追いかける。

さらに「危ない」「待たんかい」と喚《わめ》く男たちのドタドタした足音がつづく。

頭から血をしたたらせたスキンヘッドはポマードの構えた拳銃をみるや、いっそう逆上してしまった。キツネが憑《つ》いたかのように眼を吊りあげ、餓狼さながらに歯を剝く。

「クワーーッ、死にとうない！」、彼は両手を振り回しポマードに正面衝突する。

その一方で、細長いのとコロコロしたふたつの影が広間になだれこんだ。

「安城さん！　それに恵梨香ちゃん！」

「今度こそ救けて〜〜〜っ！」、恵梨香が小太りの身体を富瀬の身体にぶつける。

安城も富瀬の隣にたった。なんと両手に日本刀を持っている。どうやら、彼はこの危険な刃物を振り回してきたようだ。安城は肩で息をしている。

「遅ればせながら助太刀するで」

彼が手にした得物は細い月のように反り、うつくしい曲線美をかたちづくっている。白銀の刀身は広間の灯火に冷たく光り、波のような刃文を浮かびあがらせていた。

「そんな物騒なモノ、どうしたんですか」

「組長の部屋に飾ってあったんを、ぶんどってきたんや」

これ、ごっつい重たいねん。安城は一刀を富瀬に押しつけた。初めて真剣を手にしたが、確かにずっしりした手応えだ。それでも富瀬はスナップをきかせ、彼らをとりまくヤクザたちにむけ二度、三度と刀を振ってみせる。たちまちチンピラたちが後ずさった。

「いったい、今までどこで何をしてたんですか」

「すまん。こいつらに捕まってしもたんや」

なるほど安城は別れた際と同じ服装だ。でも髪はいっそうボサボサ。土気色の肌は汗と皮脂にまみれている。安城は吐き捨てた。

「まっすぐアパートに帰らんと、つい太平寺組の賭場へ寄り道してしもて」

「だって安城さん、ほとんどお金をもってなかったんじゃ？」

「そこは、それ。オレは常連さんやからな」

だが案の定、借金までしたサイコロ賭博でスッカラカン。すごすごと賭場を後にした。

「そのとき、ワタシが無理やりここへ連れてこれらてん」

恵梨香が半分ベソをかきながら事の次第を説明する——家でまどろんでいたら、いかつい男たちが乱入し恵梨香をかっさらった。行先は太平寺組の本部。そこで安城と恵梨香が遭遇、安城は愛人の娘を助けだそうとしたのだが。安城はぼやく。

「すぐ恵梨香はこの組が経営してる新地の店へ移され、オレは手も足もだされへん」

安城と恵梨香が組長室で再び厳重な監視体制におかれたのは午後から。

「富瀬クンは大暴れしたらしいな。若いのがボコボコにされてクルマもボロボロ。ヒイヒイいいながら恵梨香を連れて帰ってきよったわ」

夜になって、また富瀬が本部へ乗りこんできたから大騒ぎ。監視役の連中は広間の加勢にまわり手薄になった。安城は勇気をふりしぼり、仰々しく飾ってあった日本刀を奪って振りまわしたわけだ。

「恵梨香ちゃん誘拐事件と安城さん失踪のストーリーはだいたいわかりました」

富瀬は合点した。だが遠巻きにするヤクザたちからは決して眼を離さない。

廊下側には安城と恵梨香を追ってきたふたりのヤクザとゴリラ。匕首や角材の武器は広間に転がっている。アッパーカットでひっくり返ったチンピラ、腹へ渾身の一発を食いこませた方も畳のうえで伸びたままだ。

富瀬は両手で刀の柄を握り、ぐっと脇をしぼって構えた。

ボクシングとバスケの経験はあるけれど剣道はまったくしらない。テレビでチラッとみた「柳生一族の陰謀」の柳生十兵衛三厳の真似をしてみたのだが、案外サマになっている。

神棚の下では乱心のスキンヘッドがポマードとくんずほぐれつ、取っ組みあいの最中。幹部のオールバックの髪はぐしゃぐしゃに乱れ、その横でヒゲがスキンヘッドを引き剝がそうと躍起だ。チンピラたちの視線は、日本刀を構える敵と味方同士の不測の事態の間を忙しくいきかう。

「チャンスだ！　安城さん突破しますよ」「よっしゃ！」

富瀬と安城は呼応した。安城が恵梨香の腕をとる。富瀬は刀を頭上高く構えなおしチンピラどもに突進する。安城もサイの角のようにまっすぐ刀をかざす。足をもつれさせながら恵梨香も遅れない。また、ミニスカートがめくれ白くて太い腿とブルーのパンティーが丸みえになった。チンピラ連中は意気地がない。道を開けるように左右へ散った。

富瀬たちは彼らの間を抜け廊下を右へ。廊下の端にある階段を滑るようにして降りる。最後の五段くらいで恵梨香が足をとられ、三人は絡まるように転がった。富瀬は日本刀を放り投げ、それは三人より先に踊り場に落ちた。安城の持つ、ひと振りは階段の踏板に突き刺さったものの柄から一〇センチほどのところで折れた。

富瀬はすばやく起きあがり、左右の腕で安城と恵梨香を抱え起こす。

二階からはパンッ、パンッ、妙に乾いた、聞きようによっては滑稽《こっけい》な感じもする音が立て続けにした。「ピストル？」「そうやろ」「怖い」と三人はいいかわす。

さらには尋常ではない素っ頓狂な奇声。おそらくスキンヘッドだろう。すぐに老人めいた、しゃがれて震えた濁声《だみごえ》がした。組員たちが「ありゃ！」「やりよった！」「このガキ！」「組長！」「救急車！」と口々に大声で騒いでいる。

富瀬と安城は息をのみ互いをみあわせた。恵梨香が泣きはじめる。

「もうちょっとでお母さんに逢えるよ」、富瀬は彼女をはげました。

三人は太平寺組の事務所から飛び出すと全力疾走になった。

夏の夜空は曇っており、雨が近いのか空気がひどく湿り淀んでいた。

太平寺組は駅前の桜町商店街のほぼ南の端を西へ折れたところにある。アーケード街からは一〇〇メートルくらいか。旅館のような外見の組本部はなかなかの偉容だ。しかし、今夜は玄関前にポンコツになったセドリックが無残な姿をさらしている。

本部の東隣には商売繁盛の「えべっさん」を祀る神社。三人はえべっさんの前を必死に駆け抜けた。このあたりに商店は皆無、小さな民家がごみごみと軒を並べている。どの家も暴力団とはかかわらぬよう避けている雰囲気が濃い。おかげで三人が騒がしく走っているのに、窓の隙間から様子をうかがう視線は感じられなかった。

ようやく桜町商店街に入った。角の洋装店はシャッターを下ろし、向かいの喫茶店にも「本日終了」のプラスチック札が揺れていた。商店街を行きかう人の数は少ない。

いま何時ごろだろうか。あいにく、アーケードにぶら下がっている大時計はクオーツ製に取り換えるため外してある。

「そろそろ太平寺組に警察が押しかけてくるかも」

八ちゃんをでる前、育枝は「富瀬の命と交換に恵梨香を取り戻す」に猛反対した。

「こんなことというやなんて。カーブはん、あんたはどっちの味方やねん？」

育枝は富瀬を守るために万全のバックアップ体制をとるべしと主張した。

「富瀬クンの心意気はみあげたもんだす。けど男気だけで勝負したらアカン。富瀬クンが乗りこんできっちり二時間しても戻らへんかったら警察に通報しまっせ」

「もしダメなら、僕の命もないということか――」、富瀬の表情はけわしい。

「アホらしい、あたら若い命を差し出す必要なんかおまへん」

育枝はきっぱりといった。しかも、その瞳には慈愛が滲んでいる。富瀬は、本当の祖母が語っているような錯覚をおぼえた。なんだか勇気凛々《ゆうきりんりん》としてくる。

「そうですね。ヤクザの連中には、僕を殺してしまったら大損だといってやりますよ」

「富瀬クンの優秀な頭脳は、生かしておいてこそ使いみちがおます。そこのところは、太平寺組もちょっと考えたらわかるこっちゃ」

「いままでのところ、僕の頭脳より肉体のほうが出番は多いみたいですけど」

「銃後を守るワテらにしても、できる限りの策は講じまっせ」

育枝はいったん言葉をおくと、カーブに強く申し渡した。

「太平寺組の近くにひそんで、不穏な動きがあったらすぐ援軍に乗りこみなはれ」

「けど外から、なかの様子なんかわかりまっか」、カーブは明らかに迷惑そうだった。

「あんさん、しっかりしいや」、育枝はカーブの不満を一蹴《いっしゅう》した。

「ピストルの音がしたり、わあわあどやどやと声がしたら一大事とわかりまっしゃろ」

今夜はあれだけの大立ち回りがあり、スキンヘッドの奇矯な振る舞いもあった。それでもカーブはあらわれなかった。本部の近くで見張っているようすもなかった。

映画館、魚屋、肉屋、散髪屋、パーマ屋、書店、乾物屋。店々が後ろへ流れていく。

「おっ、二条小路やんけ。おもちゃ屋の看板がみえてきたで」

「うん……ほんまにワタシ、助かったんや」

安城と恵梨香が走りながら、ようやく明るい調子でいいかわす。富瀬もホッとした。

だが、それに味噌をつけるように、ベテラン芸人カーブの人の良さそうな、それでいて油断のならない面影が富瀬の脳裏を横切った。

第五章
「通天閣のお宝」

1

　鈴なりになった銀杏はまだまだ青い。それでも、まるっこくて愛らしいのが押し合いするように実っている様子は、御堂筋に並ぶ大樹をみあげる人たちの微笑をよんでいた。

「甲子園が終わったら、すぐに地蔵盆。そしたら長い夏休みも終わりやわ」

　河地ゆあは、つぶやくようにいった。隣の富瀬もうなずいた。

「この夏はとうとう海にいけなかった」

　ゆあが富瀬をみやった。

「富瀬さんがえらいバタバタしてはったから、わたしも誘ってもらえへんかった」

　晩夏の太陽が湊町の方角にゆっくり傾いていく。イチョウ並木は夕刻のやわらいだ日差しを浴び、一時ながら紅葉したかのようになった。富瀬はちょっと肩をすくめてみせる。

「ゆあさんとのデートはディナーで締めるつもり」

「わあ、うれしい」

　ゆあは頬を緩めたものの、すぐ「けど、わたしそんなにお腹減ってへん」といい足した。

きっと富瀬の財布を心配してくれているのだろう。彼女の気づかいがありがたいような、それでいて男としては情けないような……。でも富瀬はゆあの好意を素直に受け取った。

「もう店は予約してるんだ。御堂筋を北から南まで歩いたから疲れたでしょ」

八月下旬の日曜日、ふたりは駅前で待ち合わせ、鶴橋から国鉄環状線に乗り換えて大阪駅に出た。阪急デパートを冷やかし、お初天神に立ち寄ってから御堂筋をのんびり歩く。梅田からナンバまで、あこがれの御堂筋デイト。心ウキウキ、ちょっぴりドキドキ、つい有山淳司のナンバーを口ずさんでしまう。

ハードな事件が続いたあと、こうしてたのしい一日がきた。

「レストランはアメリカ村にあるんだ」

「あのへん、わたしが小さかった頃は炭屋町っていうてたんです」

「倉庫や貸事務所、駐車場しかなかったたってね」

富瀬とゆあは御堂筋を西へ渡る。周防町《すおうまち》通りの信号は青が点滅をはじめた。富瀬はごく自然にゆあの手をとり、ふたりは小走りになった。富瀬は一八三センチと図抜けて長身だが、ゆあだって女の子にしては背が高い。

彼と彼女は細くてしなやかな身体つきのうえ動きが俊敏ときている。ちょっと駆けただけなのに、背筋はすっと伸び脚が高くあがる。まるで一流アスリートのようだ。

信号待ちしていた赤いマツダ・ファミリアの家族連れが揃って、富瀬とゆあの姿を感心したようにみている。富瀬のきつい天然パーマ、雀の巣のような長髪が揺れ、ゆあのフレアスカートも風を受けてひろがった。横断歩道を渡り切ったとき、まだ信号は点滅したままだった。ふたりは顔をあわせ、白い歯をみせる。

　富瀬とゆあは、そのまま手を離さなかった。


　富瀬が予約したのは「ヴィオラ」という小さなレストラン。

　木枠で方形のアンティークな洋風格子窓とドア、店名のとおり楽器をあしらった看板が出ている。店内はしっとりと落ち着いていた。テーブルと椅子はいい感じに年季を経ており、洗いたての真っ白なテーブルクロスが店の格をひとつ上げていた。

「この洋食屋の名物は海老ペットとアングネード」、富瀬はメニューをゆあに渡した。

「それって、どういうお料理？」

「海老ペットは海老でペシャメルソースを包んだ、そうだなコロッケみたいなやつ。アングネードは牛のランプ肉のカツなんだけど、ソースが凄くてね。僕が知ってるデミグラスソースのなかでもダントツ。いろんな野菜の風味が最高なんだ」

　テーブルの脇に立った年配のウエイターが「よくご存じでらっしゃる」と眼を細める。ゆあは「じゃ富瀬さんのお薦めのを」とメニューを閉じた。富瀬が注文した。

「オードブルにさっきの二品。あと瓶ビールを一本、グラスはふたつお願いします」

　富瀬は、お冷やで喉を湿している彼女にいった。

「大阪は基本、幹線道路の南北が筋で東西は通り。わかりやすく都市計画ができてる」

　東京なんて放射線状に走ってるから、見知らぬ場所にいくと現在地が把握できないときがある。実家の国立市から都内にドライブし、環八をぐるぐるしたことを思いだす。

「道路づけからみた都市開発は大阪に分があるね」

「うふっ。都市計画って富瀬さんの口癖？」

「えっ、そんなに何回も都市計画っていったっけ？」

「うん。今日はもう一〇〇回くらいきいたわ」

富瀬が御堂筋にまつわる、關一の先見性を熱心に語ったのはもちろんのことだった。デートの途中、中之島公会堂前には關の銅像があるんだから、なおさら。

「關さんと僕のおじいちゃんは、この大阪を日本の首都にしようって企んでたんだ」

「えらい大胆な計画を、富瀬さんのおじいさんが！」

御堂筋を歩きながら、ゆあは相づちをうったり、感心したり、詳しく教えてほしいといってくれたり——富瀬としては大いに面目を施した。だが、よく考えてみれば都市計画のことばかり語る富瀬より、そんな話を嫌がらずにきいてくれる彼女のほうが一枚上手ということかもしれない。

料理がテーブルに並ぶまでの時間は短いようでえらく長い。まして初デートのふたりには。

接ぎ穂を探す富瀬に、ゆあが独りごちるようにいった。

「富瀬さんのケガの治りが早くてよかった」

「うん、さすがは強力オキシフル。効果抜群だ」

「そうね。けど、ケガした理由はやっぱり教えてくれへんのですか？」

「……………」

あれは、信金の窓口でゆあと初めて出逢った日からはじまった。残業を終えた彼女が八ちゃんにきてくれたのに――安城の身元引受からはじまって恵梨香の誘拐、太平寺組本部での大格闘と事件が連続した。その後、ゆあは何度も八ちゃんに顔をだしている。富瀬が脚をひきずっているのをみて「どうしたんですか」の疑問がわくのは当然のこと。

だが、富瀬はさすがに本当のことをいうのは気がひけた。

「いいにくいんやったら仕方ないけど。でも、わたしもすごい心配してたんです」

「ゆあさん、ありがとう……」

赤いセルロイド眼鏡のレンズ越し、彼女の瞳には彼を気づかう心情が映っている。そんなに想ってくれるなんて。富瀬はうれしさのあまりニンマリしてしまう。

「このところ富瀬さんの身のまわりが騒がしいでしょ。ケッタイな人が出入りしてはるし」

ううむ。なんだか、ゆあはすべてお見通しのようだ。富瀬はニタニタ笑いを引っこめた。

「実は――」、なるべくかいつまんで事実をならべてみる。

あらっ、まあ、そんな。まさか、うわっ、それで?

ゆあが唇や眼をまるくするので、ついつい二日にわたる大活劇レポートに力がはいってしまう。しかも、ドンパチの様子を大げさに盛ってしまうのは、やはり大阪暮らしが板についてきたせいだろうか。

「ホンマですか――」。果たして、ゆあは驚きと動揺を隠そうとしない。

「そんなことがあったやなんて。ヘタしたら命が危ないやないですか」

ゆあの口調には、無謀な行為に対する非難の色がさす。富瀬は必死に弁解した。

「だけど、事件に巻き込まれたのにはワケがあるんだ」

富瀬はSOP軍資金のことを打ち明けるかどうか迷った。だが、話すことにした。闞一と祖父がまとめた遷都計画のことは熱をこめて語っている。ここまできて隠すのもヘンだ。

「僕らは大阪遷都計画の軍資金の在《あ》り処《か》を探している。ヒントは——大阪名所で暗闇、横穴、湿気に奥の奥。それから再挑戦」

「…………」

ゆあは黙りこくる。彼女は赤いセルの眼鏡をはずした。切れ長の双眸《そうぼう》は理知的で涼しげ、放たれる視線がとても力強い。その眼力のおかげで富瀬はたじたじになってしまう。

「だから、その、えっと。まいったな」

「富瀬さんはその大金を大阪のために使うつもり？」

「も、もちろんだよ。大阪遷都は今や僕の都市開発研究の大事な目標なんだ」

「いわせてもらいますけど、学問と実際の都市開発は違うでしょ。政治の領域ですよね」

「ゆあさんのいうとおり。でも僕は闞さんのように学問と行政をうまく一致させたい」

大阪遷都計画を自分の手でやりとげる——この熱望は急速に高まり、勢いをもって固まってきていた。SOP軍資金がみつかったら、迷うことなく遷都実現のために活用する。

「まず大学院の博士課程に進み、大阪遷都を僕なりにまとめて出版する。時代や現実にあわせなきゃいけないから、闞さんとおじいちゃんの計画はかなり改訂しなくっちゃ」

闞と祖父が策定した案には大阪-東京間を軸とした超高速鉄道網の開発、大阪港を埋め立てた人工島に新しい工業特区や二四時間体制の国際空港の建設、福祉充実のための税体系の組み替えなどが列記してある。

「僕としては——空を無人飛行で行き来するツールを開発して物流体系を改革する。超高層建築物で住宅難解消。貧富の差をなくし、豊かな老後の在り方の模索も急務だ。時間差通勤や在宅勤務制度で満員電車をなくしたい。自然破壊を食い止め文明生活との共存を図る。世界から留学生が集まるほど高等教育を充実させよう。そうだ、電話回線を凌ぐ莫大な情報量を伝達し処理できるまったく新しい通信システムの構築もやってみたい」

「わあ、盛りだくさん。でも、み〜んな実現させてほしいです」

だからこそひろく世論に訴えるだけでなく、経済界や大学の協力が不可欠だ。当然、莫大な資金がかかるから、政財界や海外の投資家にもアプローチする必要がある。

富瀬は改めて、大阪遷都のスケールの大きさを痛感した。

これこそ一大事業、数年で完結することではない。性根を据えてぶつかっていかねば。

ゆあは、まじめな顔つきで話に耳を傾けている。その彼女がいった。

「富瀬さんは、いつか府知事とか国会議員になりはるの？」

「う〜〜ん」。ひとしきり唸ってから富瀬はこたえる。

「正直いうと僕は政治家ってキャラクターじゃないもん」

平気で二枚舌をつかい、肚《はら》のなかを探る。公約違反に賄賂。政治家なんてよっぽどツラの皮が厚くなくてはできそうにない。

「ああいわれれば、こういいかえすって口八丁手八丁のタイプでもないしね」

いや、そういう手合いは政治家じゃなく政治屋というべきか。

祖父からきかされた闞一の言動は、間違いなく立派な政治家だった。だけど、この頃は政治屋ばかりが目立って、大志を抱き人々のためになろうという政治家はみあたらない。

富瀬があれこれ考えていると、ゆあは相づちをうってくれた。

「そうやね、富瀬さんって学者さんのイメージのほうが強いもん」

だが、彼女はこういったのだった。

「大阪遷都をやり遂げたら、闘さんやおじいさんだけやのうて大阪の全員が喜ぶと思います。そのためには、どないしても政治家にならんとあかんのやないかしら」

「う、うん…………そうかもしれない」

ひとしきり語りあった、というか、ゆあにやりこまれたところで料理がきた。

白磁の皿に品よく、おいしそうに湯気のあがった揚げ物が並んでいる。

ふたりは花ビラの形に巻かれたナプキンを膝にひろげた。

ゆあがビール瓶を傾けてくれ、富瀬も注ぎ返した。

「僕のSOP計画は短い時間じゃ話しきれないや」

彼はグラスを差し出すと、ゆあがようやく頬をゆるめてくれた。

「わたしもきちんとSOP計画のことを知りたいです」

ふたつのグラスの端がふれあいカチンと音をたてた。ゆあが、あたたかい声になった。

「せやけど、せっかくのご馳走やもん。さっそくいただきます」

ふたりは店を出た。夜のアメリカ村はうす暗く、すっかり静まりかえっている。

「まだまだここは穴場だからね」

それでもアメリカ村は、ヤングの息吹が感じられるエリアに変貌しつつあった。

パームスには、夜ごと界隈の若いクリエイターたちが集う。三角公園横にあるネストサルーンでトムコリンズのグラスを傍らにピンボールもいい。アメカジ、古着ならアワーハウスとラハイナ。ヌヌッシュは一点モノが光る。そして中古レコードのキングコング、ここを忘れては八ちゃんにBGMが流れなくなってしまう。

富瀬とゆあは、ごく自然に手をつなぎ難波へ向かう。ゆあが尋ねた。

「御堂筋のところどころで熱心に探し物してたんは、SOPの軍資金？」

中之島界隈、ライオン橋、水晶橋、適塾、北御堂……リストアップした候補のいくつかが御堂筋沿いに点在していた。

「でもさ、お宝はありそうになかった」

「そらそうやわ。簡単にみつかるようなところへ隠せへんでしょ」

ゆあはくすくす笑ったものの、ガマンできなくなって「アハハハっ」と声をたてる。

「富瀬さん、なにわ橋のたもとでつくぼったり、ジーパンのポケットから懐中電灯だしてといいたり。土佐堀川に落ちへんかと心配してたんです」

せやけどわたし、水泳得意やから富瀬さんが溺れたら救《たす》けてあげんと。ゆあはそんな心配をしながら不審な行動をみつめていた——。

「ごめん、ごめん。なにわ橋の横には闢さんの銅像があるし、つい気になって」

「富瀬さんって頭ええのに、ちょこちょこ大ボケかましはるわ」

大阪を日本の首都に。そんな大計画の資金となれば凄い大金のはずだ。

「旧円のサイズは知らんけど、そんだけの紙幣がどんだけの嵩《かさ》になるかわかります?」

「…………」

現役バリバリの信用金庫職員から痛いところを思いっきり衝かれ、富瀬は鼻白む。

「三億円事件かて、大っきなジュラルミンケース三つに分けてあったんですよ」

「ううむ。そんな大金を橋のたもとに横穴があったとしても隠せるもんじゃないよね」

「SOP軍資金は闕さんの金庫番やった、ごっついキレ者の人に託されたんでしょ」

太平洋戦争で大阪は手ひどい空襲にあった。現金や有価証券だと燃えてしまう。まして、なにわ橋や水晶橋、ライオン橋のような人どおりの多い場所にどうやって大金を運んだのか。さらには隠匿から何十年もたっている。紙幣や株券は湿気でダメになっているだろう。

金庫番たる者、そこは充分に考慮しているはず。

「インゴット? ゴールドは値が安定して万国共通やないですか。湿気にも強いし」

だけど、ゆあは「あかん」、コツンと自分の頭をたたいた。その仕草がかわいい。

「インゴットを隠すにしても、かなりのスペースが必要やわ」

「紙幣にせよ金塊であったとしても、僕が今日、探していた場所は違うってことか」

富瀬はウェーブのきつい長髪に指を突っこんだ。

大阪名所で暗闇、横穴、湿気に奥の奥。謎がぐるぐる回る。ゆあが富瀬を覗きこむ。

「わたし、けったいなこというてしもたかしら。ごめんなさい」

「いやいや、ゆあさんと一緒だと気づかされることが多くて助かるよ」

ゆあは微笑み、かわいい顎をツンとあげる。白い喉がみえた。

「せっかくのデートやし、もう一軒連れてってください。甘いモンが食べたいな」

「よし。じゃあ戎橋の北極の二階にいこう。でも僕はコーヒーでいいや」

「わたし、パフェにします。富瀬さんにてっぺんの赤いサクランボをあげる」

「待った。マラスキーノチェリーっていかにもって感じだから、僕は苦手なんだ」

「富瀬さんってマッチョやね。女の子の好きそうなん意識して避けてません？」

意外なツッコミ、富瀬はまたしても小さな狼狽《ろうばい》に襲われる。

「そ、そうかな」

「オンナとコドモって軽うみてたら大事なことを見落としてしまうかもしれへんし、男やからって、いっつも女の子をリードせなあかんのかな。反対でもかまへんと思います」

「…………」

富瀬は口ごもり、ゆあは知らん顔をする。そんな、ふたりの影が御堂筋の街灯に照らされ長く伸びた。

—2

ジャンジャン横丁を抜け新世界の正面にたつ。

左角、ずぼらやの二階より高いところに巨大なフグの張りぼて提灯、さらにはすき焼きや映画館、大衆食堂などの派手な看板が道の両脇に連なる。

富瀬は電信柱の看板やビラに釘づけになってしまった。釜ヶ崎の日雇い労働者の団結や自民党政権打倒を訴えるアジビラ、「迷える子羊たち」に呼びかける教会、安城が心動かしそうな住之江の競輪と競艇のレース告知。中には「売血即金」「腎臓買います」という物騒なものも。カーブが小さく首をふってみせる。

「日雇いに出るより、血ぃ売るほうが手っ取り早うゼニになりまっさかいにな」

「……………」

そんなこんなの彼方で通天閣が新世界を睥睨《へいげい》している。富瀬とカーブはこの大阪を代表する鉄塔をみあげた。

「新世界は内国勧業博覧会ちゅう大阪万博の国内版みたいなんの跡地にでけましてん」

明治四十五（一九一二）年というからカーブが生まれる一四年ほど前のこと。

「大阪の新名所、新しい世界ちゅうことで、まんま新世界でんねん」

カーブが顔の中央にドンとすわった獅子鼻をうごめかせる。三万坪をほこった新世界はルナパーク（月の楽園）といわれた遊園地を筆頭に芝居小屋、映画館、噴泉大浴場、洋装店に食堂街などなどが並ぶ、大阪どころか日本で屈指の一大レジャーゾーンだった。

「ルナパークの入口にパリーの凱旋門に似せたでっかいゲートをこさえ、この上にもひとつエッフェル塔みたいなんをくっつけはった」

「初代の通天閣は大阪名物の鰻丼《まむし》と同じですね」

「どういうこってんねン？」

「ご飯を敷き、かば焼きを乗せ、その上にご飯をかぶせてまた鰻を置くじゃないですか」

「ああ、なるほど」、カーブは小さくうなずいた。

「初代通天閣がごっついのんは、そいだけやおまへん。ワシらのおる、ずぼらやのへんにホワイトタワーちゅうのがあって通天閣との間をロープウエーで繋いでましたんや」

へええ。富瀬は思わず口を半開きにして、ごたごたと電線がはられた新世界の空をみあげる。ここを鈴なりの人をのせたゴンドラが行き来していたなんて。大阪の空には白の絵具をさっと刷いたような秋めいた雲。猛暑が尾をひき、九月になってもまだ半袖ですごせるものの季節は確実に移ろいゆくようだ。

「モボモガのアベックさんにとって、ウルトラにハイカラな新世界で遊ぶのがモダン」

「新世界がそんな最新モードの街とは!」

「せやけど盛者必衰。ルナパークが閉鎖されたんはワシの生まれる三年前ですわ」

「んんん? じゃカーブさんはナマで新世界の繁盛しているのを知らないんですか」

「はいな。みてきたようにしゃべるんが芸人ちゅうもんでんがな」

「でも闞さんやおじいちゃんは、ナウかった新世界を体験したのかもしれない」

だが富瀬にとって、昭和五十年代初頭の新世界は足を踏みいれることのないゾーンだ。

「鶴橋や京橋あたりもかなりガラが悪いけど……新世界は別格って感じですね」

「そうでっか。ワシにいわせたら駅前とちょぼちょぼでんがな」

この界隈は飲食店、それも圧倒的に大衆食堂や立ち飲み屋が目につく。メニューは串揚げに土手焼き、焼き肉から鍋物、お造りとバラエティ豊かなうえ飛び切り安価だ。

一帯に漂うのは煮炊きや串揚げの使い古した油、安酒の残滓《ざんし》が放つ熟柿《じゅくし》くささだけではない。汗じみた体臭と小便の悪臭、そして隣の天王寺動物園から獣臭が風に乗って重なる。

賑やかさより殺伐としたムードが勝っているのは、新世界を行き来する人たちに負うところも大きい。ニッカポッカにダボシャツ、腹巻という風体《ふうてい》のオッサンは陽の高いうちから深酒して千鳥足だ。あっちへふらふら、こっちへトトトッとよろけている。「ド甲斐性なし！」「なんやとこのアマ！」、声高に罵りあう、うらぶれた初老の男女。横丁からは、パンチパーマに吊り上がったサングラスのヤクザが肩を怒らせでてきた。ヤクザはしがんでいた楊枝をペッと飛ばした。夜になればパンパンが客を引くという。

健全そうなカップルやファミリーなんてまずはみかけない。

富瀬だって、ゆあを連れてくる気はおこらない。

「ここんとこ新世界や通天閣の客足がガタ落ちだって新聞にのってました」

「東京タワー、霞が関ビルに抜かれサンシャインビルまで完成しよったからナンギや」

かつて東洋一の高さと偉容を誇った通天閣も値打ちが下がるばかり。

渋面でボヤくカーブを、さっきのヤクザが避けていく。本日のカーブのファッションは、ピンクのサテンっぽい開襟シャツにズボンはグリーンという前代未聞の彩り。足もとが蛇模様の革靴ときている。

富瀬とカーブは通天閣まで歩いた。

「パーラー喫茶ドレミで冷コーでも呑んでからいきまひょか」

「ダメですよ。コーヒータイムはＳＯＰ軍資金捜索が終わってから」

とりあえず四五〇円の入場料を払って通天閣にのぼる。展望台に人は少ない。

「アホと煙は高いとこあがる、ワシらもそのクチでんな」

大阪ばかりか神戸や六甲、淡路島まで遠望できる。東に連なる緑なす生駒連山、富瀬とカーブは指をさして駅前のあたりに目星をつけた。先だっての御堂筋デートの起点となったキタ界隈の方角には大林ビル、丸ビルや駅前第一、第二ビルが競いあう。建設中の第三ビルの竣工は来秋予定だ。一転して眼下には洋画とピンク映画の国際劇場、少し離れて四天王寺や動物園も。カーブが妙な歌をくちずさんだ。

〽　お父ちゃん、通天閣買うて。
　通天閣は高い、高いは煙突、煙突は黒い

「なんですかそれ？」

「大阪の子やったら、だれでも知ってる尻とり歌でんがな」

カーブは得々として続きをうたう。

〽　こわいは幽霊《ゆうれん》、幽霊は消える、消えるは電気、電気は光る
　光るはおやじのハゲあたま

「通天閣は大阪人にとって、そこまで親しまれた存在だったんですね」

「そういうたらオイルショック以来、通天閣のネオンは消えたまんま。ハゲ頭以下や」

「おかげで新世界もいっそうクラい」

「空に灯がつかん通天閣やて、坂田三吉はんも甲斐ないわ」

富瀬とカーブはラチもない話をしながら、展望台のあちこちに眼を配った。

「六つのキーワードに符号するのは大阪名所ってとこだけかな」

「軍資金が隠してあるんは人の眼につかんとこ。夜中にここの事務所へでも忍びこみまひょか」

「やめてくださいﾞ、ドロボウみたいなことはごめんですよ」

ここにお宝はない。だが、そんなこと富瀬はハナからわかっていた。

通天閣は𨶙が逝った八年後、すぐ西にあった大橋座の火事が延焼し展望台まで炎上してしまう。脚部が三〇メートルほど焼けただれた姿で残っただけ。残骸の鉄骨は軍部に供出され、森ノ宮の大阪砲兵工廠に運ばれた。しかし、お国の役に立つことなく敗戦を迎え、赤さびを浮かせた三〇〇トンの鉄くずに変わり果てた。いま砲兵工廠跡は大阪城公園になっている。

通天閣再建は昭和三十一（一九五六）年のことだ。𨶙の密命をうけた切れ者の金庫番は戦時中の空襲で亡くなった。彼がSOP軍資金を隠したと仮定しても往時の通天閣はもう存在しない。何より富瀬たちが大阪を眼下にしている通天閣は、初代があった場所とは別の場所に建設されている。初代は通天閣本通りを少し南へいったところにそびえていた。

初代通天閣の跡地には、すでに安城が「保健所のほうからきましてん」のノウハウを駆使して家主たちにあたっている。「あかんわ。どっこも大阪名所で暗闇、横穴、湿気に奥の奥。それから再挑戦とは縁ないで」との報告を受けていた。

それでも――富瀬がわざわざカーブと組んで新世界や通天閣に探索にきたのには別の目的がある。ところがカーブが妙なことをいいだした。

「地下へいってみまひょ」

「だって地下は将棋センターじゃないですか」

「あんさん知りまへんのか。あそこには水族館がおましたんや」

ここは大阪の名所。その地下は細長くて薄暗い。そこに水槽が並び湿気っていた。

「通天閣を再建したんは新世界の庶民でっせ。復活を期するちゅうキーワードもピッタシや」

暗闇。横穴。湿気。奥の奥。大阪名所。再挑戦。カーブはひとりで合点している。その横で富瀬は通天閣の歴史をふりかえる——昭和四十三（一九六八）年、面積九〇〇平米のフィッシュセンターがオープンしたことを思い出す。

「時代がズレてますが、覗くだけのぞいてみますか。事務所に不法侵入するよりはいい」

フィッシュセンターは大阪市内で唯一の水族館だったという。しかも入場無料。

「ピラニアがおったんですわ。あとは金魚とかコイとか」

「金魚まで⁉　アジの開きとかサンマの塩焼きも展示してたんじゃないでしょうね」

「アホな。日本初の地下水族館、ちゅうことは地下部門で日本一でっせ」

人形浄瑠璃に落語、漫才かて大阪発祥。まだまだおます。ホルモンに焼き肉、インスタントラーメン、オムライスかて大阪から。宝くじ、駅の自動改札に動く歩道、ビアガーデンにスーパーマーケットも——ムキになるカーブに富瀬は吹きだした。

そうなのだ、大阪人は日本一とか日本初というのに妙にこだわる。それも首都で日本一の大都会たる東京への対抗心ゆえのことか。

「ミックスジュースかて、ここ新世界で誕生しましたんや」

「日本で初めての回転ずしは、駅前のあの寿司屋らしいですしね」

「四天王寺さんは初の官立寺院、朝日新聞に日本生命、サントリー、松下電器、野村證券も大阪が地場でっせ」

日本一かて、ぎょうさんおます。仁徳天皇陵は日本一どころか世界最大、万博の入場者数の世界記録は大阪万博や。天神橋商店街は日本一長い、淀川の支流の数はいっちゃん多い、さすが浪花の八百八橋の街。天保山は日本一低い、面積も大阪が日本一ちっちゃい。

「どないだ、こんだけおますのんや」

大いに面目をほどこしたつもりか、カーブは最後にこう締めくくった。

「とはいうもんの、大阪で〝日本一〟ちゅうたら日本橋筋一丁目のことでっけどな」


富瀬とカーブは地上までおりていく。カーブは棋士・坂田三吉の王将碑に一礼した。

「坂田はんは吹けば飛ぶよな将棋の駒に人生を懸けはった。浪花男の鑑でっせ」

地下の囲碁将棋センターは天井こそ低いけれど、とにかく広い。

ジャンジャン横丁でも将棋クラブが目立つが、通天閣の地下は段違いのスケールだ。スペースを埋め尽くした盤と対局に熱中する将棋ファンの数に圧倒される。ほとんどの席が埋まり、その周りを岡目八目の人たちが囲んで戦況にチャチャをいれていた。

昼から新世界で酒をあおる人がいれば、通天閣の地下で将棋にうつつを抜かす人がいる。そして、富瀬たちのように幻の遷都軍資金を求めてウロウロしている輩も――。

人生模様はいろいろ、駅前で勉強させてもらったつもりでも、まだまだ奥は深い。

富瀬は残るキーワードの横穴を探す。しかし、そんなのはあるはずがない。場内を一周する富瀬のうしろから、カーブが脇腹をつつく。彼が顎を突き出して示す先には、頬がこけ炯々《けいけい》とした眼つきの老人が中年男を相手に指している。老虎のような人物だった。

「あの御仁、伝説の真剣師でっせ」

「坂田三吉さんがよみがえったような感じのお年寄りですね」

「そなくらいな。真剣師ちゅうのは賭け将棋でおまんま食べてはるんですわ」

プロでも通用するほどの実力者。それが一局ナンボのゼニをやりとりする世界で生きている。これも現世を生きるための方便。珍しくもカーブが感傷的になった。

「あのご老人をみてたら、なんやらワシの行く末をみてるような気がしまんな」

「…………」

富瀬はどう返事をしていいのかわからない。カーブは人気の頂点を極めた後は、デパートやスーパーのイベントで漫談したり、キャバレーの歌謡ショーの司会で食っている。

二〇年後、老人となったカーブに果たして仕事があるのかどうか。

「それでも最後の最後まで芸人で死んでいきたい。板のうえで死ねたら本望や」

「…………」、富瀬にしたって、いずれ大阪遷都や都市開発の夢が砕け散ってしまうかもしれない。駅前のお好み焼き屋で生涯を終えるのだろうか。

むっつりと将棋盤をみつめていた真剣師が、左の掌でもてあそんでいた駒を右手でつまんでパチンと置いた。相手の中年男がハンカチで額をぬぐう。

「詰んだみたいでんな」、カーブが背伸びして盤の行方をうかがった。ほどなく中年男が、参りましたとばかりに頭をさげる。勝負師の老人はうなずくと同時にヌッと右腕を差し出した。対局者はのけぞりながらも財布を取りだす。一〇〇〇〇円札が一枚、老人の手に落ちた。

富瀬とカーブはその生々しい現実から眼をそらした。

「どうにも、身につまされまんな」

カーブは眉をひそめ太い息をつく。その彼がまた脇腹をつついた。

「富瀬クン、ちょっと身を屈めなはれ」

「どうしたんです?」

「ほれ、隅《すま》んだでポッンと将棋さしてんのは太平寺組やおまへんか」

「わっ」、富瀬は叫びそうになり、カーブが急いで手をやって彼の口を押さえた。

「なんで、こんなところにヤツらが」

どの将棋台のまわりもけっこうな人だかり。やいのやいのと戦局を解説したりクサしたりしている。だけど、さすがにヤクザ同士が対局している場に人は集まってこない。

「そっと連中に近づいてみまひょ」

「そんな、あいつらのところへいったら一発でバレちゃいますよ」

「ワシに任せなさい。エエ考えがおまんにゃ」

カーブが抜き足差し足になって太平寺組の幹部、ヒゲとオールバックの席へとにじり寄る。富瀬も背を低くし、おっかなびっくりでついていく。

「太平寺組の幹部の隣の台にも、うまい具合に何人かギャラリーがおりまっせ」

富瀬とカーブは彼らの間にまぎれ、派手なスーツのふたりに背を向ける態勢になった。富瀬たちはちらり、ちらりと顔を横にしてヤクザたちを窺《うかが》う。

「ほれ、この駒もろた」「あかん、それ待った」

「なん、ぬかしてけつかる。待ったは三回の約束やないけ」

「じゃかしい。うじゃうじゃいわんと待ったらええんじゃ」

ヒゲとオールバックの語勢は剣呑《けんのん》、まるでケンカさながら。だがふたりの顔に気色ばむ様子はない。口とは裏腹に指し手の行方を愉しんでいる。これが日常会話ということなのか。

「しかし、親っさんが一命をとりとめてよかったわ」

「とはいうもののや、ウチの組はわやくちゃやがな」

「きょうびの若いモンは根性なしやさかい」

「ハジキが鳴ったり、長ドスを振り回されたら、すたこら逃げだしよる」

「おかげで若いモンの仕事までワイらがやらなあかん。どんならんで」

先だっての一件で、スキンヘッドたちチンピラどもはちりぢりになったようだ。これを機に更生してくれたら恵梨香救出成功とあわせ一石二鳥というもの。

「クルマはワヤになるは、新地の他人の店までごそっといてまいよったのも痛い」

「自損事故の保険には入ってへんは、あの店の改修でどえらい額の請求がきてんねん」

「おまけに親っさんかて、国民健康保険料を払てへんから全額負担や」

「派手な出入りでサツに眼ェつけられ賭場も開かれへん」

「しかも素人相手に極道がいてまわれてしもたんやから」

トップ不在のうえ構成員不足、深刻な資金難。さらには面目まで失ったらしい。

富瀬は膝を屈めてカーブに囁いた。

「組の存在にかかわる大事なことを、将棋を打ちながら話しちゃってますよ」

「大阪のヤクザちゅうのは、そういうもんなんですわ」

富瀬が呆れていると太平寺組の幹部たちはまた口をひらいた。

「それはそうと八ちゃんの若僧、あのガキこんどは生かしておけへんど」

「八センチごとに切り刻んで大和川に放ったたろかい。鯉のええ餌になりよんで」

富瀬は大げさに顔をしかめる。カーブも獅子鼻に皺《しわ》をよせた。

「けど八ちゃんの若僧、ドえらく強いんや」

「そうやんけ、いっそのこと若頭格でウチにきてもらおか」

カーブが笑いをこらえている。富瀬は冗談じゃないと首をふった。

「それよりナンギなんは俊徳連合のヤツらや」

「ホンマやで。俊徳連合め、ウチが青息吐息《あおいきといき》なんにつけこんでシマを荒らしとる」

「それだけやない。北浜で上場前の株を先買いしたり闇金でえらい儲けとるんや」

「ゲンクソの悪い。経済ヤクザちゅうやつかい、極道の風上にもおけんの」

「ド頭《たま》から肉屋のミンチ器へ突っこんだる。挽肉にして動物園のトラの餌や」

これまた物騒な。富瀬とカーブはまたしかめっ面を見合わせた。

「ほれ、王手じゃ」「またえげつないことを。待ってくれ」「ゴテクサいうない」

二転三転した話題が駒の行方に戻る。これを機に富瀬とカーブはヤクザたちに背を向けたまま
ゆっくりと離れていった。


地上にでたふたりは腰を伸ばしタバコに火をつけた。

富瀬はチェリーの煙を二代目通天閣の定礎の石板に吹きかけた。

「昭和三十一年の竣工って僕がまだ幼稚園の頃か」

「ワシはシュートとコンビを組んで売れ出した頃や」

カーブは懐かしそうでいて、ちょっと哀しそう、どこか情けなく思っているようにもみえる。

そんな気持ちを吐き出すように、彼もハイライトの紫煙を石板にあびせた。

「太平寺組は壊滅寸前でんな」

連中が通天閣にいるのはＳＯＰ軍資金を探しているからだろう。

「ここに大金はないのに。しかも将棋に熱中してるなんてピンボケもいいところだ」

しかしカーブは異を唱える。

「あんさん、通天閣が秘蔵するちゅう伝説のお宝を知りまへんのか」

「そんなのいくら資料をみてもなかったですよ」

富瀬の返事にカーブは小鼻をきゅっとすぼめた。小狡《こずる》くて隙のない、得体のしれない初老の男がそこにいる。だが、彼はたちまち気のいいベテラン芸人に戻った。

「通天閣二代目オーナーが、どえらいお宝を残してはるんですわ」

それを新世界にいるある人物が後生大事に保管しているらしい。

「ほな、お宝を拝みにいきまひょか」

「ちょっと待ってください。そのお宝って何なんですか？」

しかもそれがＳＯＰ軍資金とどう関連するのか。

「ごしゃごしゃいいなはんな。百聞は一見に如かずや」

カーブはすたすたと通天閣本通り商店街をいく。富瀬はあわてて追いかけた。

カーブは文房具店の角を曲がる。

「ここいらに初代の通天閣がたってましたんや」

彼は風采のあがらぬ事務所のドアをあけた。年季がはいった看板は「通天閣芸能社」と墨書してある。字は半分消えかかっていた。

「まいど熱球カーブでございます。社長はん、いてはりまっか?」

スチール製の無骨なデスクが並んだ奥、一九分けのすだれ頭の男が立ちあがった。

「ありゃ懐かしい。この前に仕事を回したんは何年前のこっちゃ」

「あれからお呼びがかからんとは殺生でっせ」

カーブは揉み手しながら入っていく。富瀬もなりゆきのまま足をふみいれた。

「新しい相方の熱球エースでんねん」。カーブは富瀬をふり返ると社長に紹介した。

「えらい若いな。息子と漫才やるんかいな」、社長は富瀬を一瞥《いちべつ》する。

ハトに豆鉄砲、富瀬は面食らいかけた。だがカーブと付き合うようになって無茶ぶりには適応しつつある。彼は気をつけの姿勢で深々と頭をさげた。

「カーブ師匠ともども、よろしくお願いします!」

社長はよっぽどヒマなのだろう。「よう来てくれはった」とすりガラスのはまった木製のパーテーションの向こうへと誘う。事務所は不景気そうなうえ殺風景だった。割れ窓ガラスにベニヤ板が打ちつけてある。白髪をひっつめたオバハンが帳簿をつけていた。

パーテーションの向こう側は古びた応接セット。ソファのカバーは木綿で全体に黄ばんでいる。長方形のテーブルはニスが剝げ、無数の輪ジミとタバコの焦げ跡がついていた。

「どないや、儲かってるか?」「さっぱりワヤですわ」

社長はガラスの灰皿の横の缶ピースの蓋をあけ、カーブと富瀬にもすすめてくれた。オバハンがお茶をもってきてくれた。口に含むと出がらしで味も香りもない。それでもカーブは「おおきに、おおきに」、ぺこぺこと愛想笑いを絶やさない。

「社長さんに折り入ってお頼みがありまんねん」

「当分イベントはないで。余興とか司会の仕事もはいってへん。借金なら帰ってんか」

「違いまんがな。例の開運出世、金運上昇のお宝を拝ませていただきたいんですわ」

「と、いうと」、社長は細切りの海苔をくっつけたような髪に手をやる。カーブが追撃した。

「通天閣に伝わる黄金の、あれでゲンを担ぎとぉまんねん」

芸能人生の最終コーナー、新コンビで有終の美を飾りたい。だから一見百徳といわれる例のお宝に祈願したい。みるだけ、さわらない。チラッと一秒でいい。カーブはデカすぎる身体を平身低頭させる。富瀬も頼みこむ。天然パーマの長い髪がテーブルにかかった。

「そういや熱球カーブとシュート、あんたらがコンビ結成したときも」

「拝ませてもろた霊験あらたか、通天閣並みに高い人気にしていただきました」

「ほんで、あんたの人気だけ急降下してしもた」

社長はいらぬことをつぶやいた。しかしカーブは屁とも思わぬ態《てい》で、なおも迫る。

「あの黄金像の曰く因縁、ぜひとも社長から新しい相方にお話しいただければ」

「よっしゃ」、社長は満更でもなさそうだ。彼はまたヘアスタイルを指で整えた。

「あの黄金の像は吉本せいはんの寄進や」

社長は、まるで自分の功績のようにお宝の由来を語りはじめた——。

昭和十三（一九三八）年、浪花の女傑・吉本せいは通天閣を買った。せいは明治四十五（一九一二）年に夫と芸能プロを興し、腹心たる実弟の正之助の馬力をもって勢力を拡大していく。それが吉本興業。社長は得意げに回顧してみせた。

「吉本は松竹芸能をしのぐ勢いやけど、戦前はもっとえげつない力やった」

通天閣の値段は三一万円とされる。給与所得者の年収が、七五〇円に満たない頃の買い値だ。富瀬は、先日ゆあから教えてもらった昨今のサラリーマン平均年収二六〇万円にあてはめてみる。ざっと四一三倍したら、なんと一〇億とんで七五〇〇万円！　しかも七〇年代に入って高度経済成長で年々所得が右肩上がり、一年で軽く一五万や二〇万円はアップしている。来年になったら価値は一一億円以上になっているかも。

驚く富瀬に、社長はわがことのように自慢した。

「せやけど吉本には痛うも痒うもなかったで」

当時の吉本はエンタツとアチャコ、柳家金語楼、ミスワカナ・玉松一郎ら時代を代表する大人気の爆笑芸人を抱え、地元大阪のみならず首都東京の主なる寄席も配下に収めていた。大阪朝日新聞は「芸人総数一三〇〇人」で「漫才落語界の全権を掌握」と書いたが、まぎれもなく日本最大規模のプロダクションだったのだ。

「仁鶴に三枝、やすきよ、Wヤング、コメワンちゅう今のメンツもごっついけどな」

大阪のテレビは彼らの出演する寄席中継やお笑い番組、バラエティが席巻している。

「その吉本の礎《いしずえ》を築いたせいが、通天閣と浪花の繁栄を祈願してこさえたんが――」

社長が鼻たかだかで語ろうとするのを、ちゃっかりカーブがさらってみせる。

「この事務所の金庫に眠る、黄金のビリケンさんちゅうこってすわ」

おいしいとこを持っていかれた社長は、むくれながらも言葉をつづける。

「通天閣の守り本尊、幸福のビリケンさんや。それも木彫りやプラッチックに金のペンキ塗たくったり、薄っすい金箔を貼ったパチモンやないで」

「秘像は頭の先から爪先まで純金製でっせ」、割って入るカーブに社長が文句をつけた。

「また、ええとこを先にいう。そんなんしたら二四金のビリケンさんみせたれへん」

ううむ、富瀬は唸って腕を組む。吉本興業が戦前に東京も席巻したというのは初耳。東京で生まれ育った富瀬にとって、吉本はあくまでも箱根の関の向こう側、大阪のローカルプロダクションでしかない。とはいえ大阪での笑いのパワーの絶大さは周知のことだった。カーブしかり、大阪の芸人は徹底的どころか破壊的なほど爆笑を喚起する。それを普及させたのが、ほかならない吉本興業だというのは、富瀬も痛感していた。

吉本せいは通天閣のオーナーとなった記念に、笑芸繁栄を祈念し純金のビリケンを鋳造した。

社長は昔日の栄光を引きずりよせる。

「ワシ、吉本せいの秘書やっとったん。えろう可愛がってもろてな。で、せいはんの遺言でお宝を託されたちゅうわけや」

カーブはここぞとばかりに社長を口説き倒す。

「大阪の笑芸の祖せいはんの御心にかなうよう、黄金のビリケンを拝ませてくらはい」

「わかった、わかった。そこまでいうならホンマに一秒だけやで」

社長は鷹揚《おうよう》にいうと席をたった。古びたソファに尻の形の窪みができている。

「カーブはんに、えっと、新しい相方のエース君こっちへきなはれ」

社長は事務所の奥に据えられた金庫の前にたった。鈍く黒光りする金庫は古色蒼然としているが、おんぼろ芸能社には似つかわしくないほど大きい。矩形《くけい》のフォルムはカーブの体型そっくりだ。社長は金庫の前にしゃがみ、おもむろに左右ふたつのダイヤルを回す。

富瀬はあれこれと考えをめぐらせる。二四金のビリケン像が実在するなんて。でも大阪遷都計画の資金が黄金像にかわったわけじゃなかろう。それに、社長は結局のところ気安く開陳に応じてくれた。純金像の重要度や秘密度の偏差値はかなり低いような……。

隣では、カーブが瞬《まばた》きもしない勢いで社長の手元を凝視している。

ギギギーッ。胸を掻きむしりたくなるような音がして分厚い鉄の扉がひらいた。

「へへへ。金のビリケンさんはいっちゃん上の段の、いっちゃん奥にあんねん」

社長は蜜色に変色した桐箱を取り出す。膝の上に桐箱を乗せ、あせた紫の組紐をとく。パカッと蓋をあけ、薄灰色の絹布を左右に分けたら二〇センチくらいの黄金のビリケンがあらわれた。

表面が半梨地仕上げでざらりとした感じ、黄金色の輝きは鈍い。

「ほれ、これや。あんたら大スターになれるよう、せいだい拝んどき」

カーブはパンパンと柏手《かしわで》をうつ。だが像を手にした社長の仕草はいかにも軽々としている。どう見積もったって一キロそこそこ。ゆあから仕込まれた金の相場はグラム一三〇〇円ほどだから時価一三〇〇万円ほど、平均年収の半分くらいだと富瀬は踏んだ。これとてたいへんな金額だが、

SOP軍資金としてはかなりスケールが小さい。

「はい、お約束の時間がすぎた。ほな、秘仏特別公開はこれにて終了」

社長は富瀬の冷静な試算もしらず、わりと雑な手さばきで黄金像を元に直しはじめた。

「殺生でっせ。エースは将来のある身ですんや。もそっとみせたっておくんなはれ」

カーブは富瀬の背中を押す。富瀬はつんのめる形で前へ出た。

「ワシ、急に腹が痛うなってきた。ちょっと便所へいってきますわ」

とくとビリケンを拝みなはれ。カーブは富瀬にいい残し、そそくさと場を離れた。

3

チッリリリリィィィ……二条小路でコオロギが鳴く。

ジュースの自販機の下あたりに潜んでいるのだろうか、河内のオッサンそこのけの巻き舌で翅《はね》をふるわせている。ありきたりな虫の音とはいえ、耳からも秋めいてきたことが実感できた。

「ん？」、富瀬は首に濡れタオルをぶらさげたまま八ちゃんの戸口をみつめる。ちゃんと戸締まりはしてきた。中の電気は消えたままだ。それなのに、なんとなく様子がおかしい。ギターのチューニングが微妙に狂ったような違和感がある。

突然、店の電話が焼けたトタン屋根のうえのネコみたいにけたたましい音をたてた。一二回、そこで呼び出し音は切れた。ぴたっとコオロギが鳴くのをやめた。

妙な按配の静寂が富瀬を包んだ。

今夜、富瀬は風呂屋へいってきた。東京なら銭湯だが大阪は風呂屋。

「アチッチッチッ、熱い」、ここはラドン温泉が自慢。富瀬は長身で筋肉質の身体を湯船に沈める。

つい手が熱さの刺激にあわせ腰や尻や股間と湯がふれるところにいってしまう。

それでも首まで浸かった。ふ〜〜〜っ。ここちよい息が漏れる。

「二四金仕立て、黄金のビリケンさんかぁ」

昼間は珍しいものを拝ませてもらった。でも、あれはSOP軍資金とは無関係。

「とはいえ」、富瀬はざぶんと顔に湯をあびせる。そのまま眼がしらを指で押さえた。

「カーブさんのSOP軍資金に対する想いはきかせてもらえた」

なかなかトイレから戻らなかったカーブだが、再び社長の前にでると慇懃《いんぎん》なお礼を申し上げ芸能社をあとにした。

「これで二重にウンがつきましたで」

「しょーむな!」、富瀬は軽くツッコみつつカーブにたずねる。

「SOP軍資金を手にいれたら使い途はもう考えてるんですか?」

「さいな。まずは我が阪神タイガースの強化だんな」

やっぱりカーブも大阪人、阪神ファンどころか影の球団オーナーを自認している。

「球団史上初の最下位が確定しそうですもんね」

「とりあえずはハル・ブリーデン以上の大砲を獲得せなあきまへん」

大リーグからライスかフォスター、シュミット級の超大物を補強しよう。

「主砲田淵幸一の腰の故障かて長引くやろし、先発完投の二〇勝エースも必要やわ」

なにしろ阪神の明るい話題といえば、掛布雅之が新四番に指名されたことくらい。

「カネにあかせて近鉄の鈴木啓示に阪急の山田久志、そいから南海の門田博光。在阪球団のええのを根こそぎ金銭獲得したろか。そや監督は闘将・西本幸雄はんに頼みまひょ」

カーブは荒唐無稽な熱弁をふるう。

「そしたら新首都の大阪にふさわしいチームができる。東京の巨人は落日でおまっせ」

しかし阪神強化策を拝聴してばかりもいられない。

「阪神を優勝させたら次はなにをやりたいんですか？」

「そうでんなあ……実は前々から、大阪の文化のためにやってみたいことがおまんね」

「いいですね！　そういうのをききたかったんです」

「阪神かて大事なスポーツ文化でおまっせ」

「いや、それはそれとして――」

文楽や歌舞伎など古典芸能は府や国が眼をかけてくれる。えらく高尚な扱いだ。だが、お笑いことに漫才は大阪の庶民に深く根づいているのに扱いは不当なほど低い。

「大衆芸能の世界ちゅうのは映画スターがいっちゃん上で、その下がテレビで活躍したり新劇、文学座あたりの俳優。人気の歌手は俳優並みの扱い。お笑いはそのずっと下のほう。漫才は東京やと落語家より格が下がるし、芸能界のドン尻ってとこでんな」

カーブは唾を吐くようにいった。人気絶頂だった頃、カーブとシュートは歌手の地方公演に呼ばれた。遠い昔、紅白歌合戦に一度だけ出たのが自慢の歌手。

だが、カーブたちは控え室さえ用意してもらえずトイレで舞台衣装に着がえたという。

「そら悔しおました。けど芸界がそういうふうになってるんでっさかいに仕方ない」

世を儚《はかな》むようなことをいいつつ、カーブの語気は球団を語ったときより強くなった。

「人を笑わせるのと笑われるンは全然ちがいまっせ」

さらに客を泣かせるのは難ないが、笑わせるには手こずる。カーブは「ここが肝心でんねん」とぶっとい腕をぴしぴしと叩いてみせた。

「ザイカイの地位向上のため、ちゅうても漫才師の〝才界〟やけど、若手にはきちっと笑わせる芸を仕込まなあきません」

「カーブさんからみれば若手の漫才師はなっていませんか？」

「真似し万歳ちゅうて芸事はマネから入りまんねん。せやから手本はごっつ大事」

〽真似し万歳、米もらい、一日歩いて米一升

妙な節まわしでカーブが歌った。これも通天閣のと同じで大阪の古い俗謡、門づけの放浪芸人を子どもたちが囃《はや》しながらついて回ったのだという。

「だからこそ師匠について修業するんですね」

「う〜ん、実のところワシは師匠と弟子みたいな時代は終わると睨《にら》んでまんねン」

いまの人気者がええ弟子を育ててまっか？　とカーブに反問され富瀬は口ごもる。

「ワシの先輩芸人は、漫才が超一流だけやのうて、ええ弟子を育てはりました」

カーブは中田ダイマル・ラケット、島田洋之介・今喜多代、海原お浜・小浜、タイヘイトリオなどの名をあげた。彼ら先達の弟子あるいは孫弟子たちが中田カウス・ボタンやB&B、島田紳助・松本竜介、海原千里・万里、レツゴー三匹、太平サブロー・シローらだと教えられ富瀬は感

嘆した。カーブに弟子はいるのか、疑問がわいたがそれは伏せておく。

「きょうびの売れっ子はテレビで忙しすぎまんねん。弟子にきっちり教える暇がない。それに弟子らも富瀬クンよりずっと若い。現代っ子ばっかかしや」

だから、こそ。カーブは漫才師養成所をつくりたいのだという。

「内弟子三年カバン持ち三年、前座で四年。桃栗三年柿八年やないんやし、こんなん時間がかかってしゃーない。現代はスピードの時代でっせ」

漫才師になりたい現代っ子がどれだけいるかは知らない。でも大阪だと養成所の需要はありそうな気がする。なにしろ、八ちゃんに来る中高生たちがいうには、学校の教師が生徒に「吉本へいけ」という土地柄だから——もっともアイドル志願の恵梨香は指摘した。

「勉強どころか運動もあかんし音痴で絵も描けん。そんな潰しがきかん子は吉本しかいくとこあれへんねん。その点ウチは違うで、トップアイドル。所属はナベプロや」

だがカーブはお笑い芸人が俳優や歌手にかかわって次代のスターになると断言した。

「大阪の人気番組は司会から出演者までお笑い芸人ばっかしやおまへんか。全国区の人気者がでたら東京かてそうなりまっせ」

しかも、大阪の河内地方には昔から漫才学校がいくつもあったらしい。そんなのが実在するなんて、さすがは笑いの都大阪というべきか。

「せやけど、あんなんパチモンでんがな。河内音頭の音頭取りやら町内のイチビリのオッサンら素人が趣味でやってんねから。漫才のキモたるボケとツッコミ、間《ま》、ネタなんかは玄人が指導せな無理や」

難波か梅田の一等地に立派な構えの漫才師養成学校を設立し、当代の人気芸人を講師にすえ大々的にやっていく。国か府のお墨付きをいただき、在阪メディアや吉本興業や松竹芸能とのタイアップも。そうやって才能をみつけ、育て大阪の才界に新風を吹き込み、大いなる繁栄を期する——。

カーブの夢をきき、富瀬はこの人も意外に高い理想を抱いていると感心した。

「大阪が首都になったら標準語は大阪弁。テレビにラジオ、新聞と雑誌も右へ倣《なら》えで漫才師みたいに〝でんがな、まんがな〟や」

「なるほど、その学校で大阪弁講座を開けば全国から生徒が集まりますよ」

「それ、よろしおまんな。富瀬クンも一から大阪弁を勉強しなはれ」

富瀬から一本を取ったカーブは、調子にのって因業《いんごう》なことをいいだした。

「せやけど、漫才で人気者になる確率は一〇〇〇人にひとり。お笑いみたいなもん、教えて身につくより天性のほうが大きいんやから。卒業生はほとんど討ち死にでっしゃろな」

「ちょっと待ってください、それだと養成所なんて無意味じゃないですか」

「ワシにとっては大ありでんがな。学校つくったら毎年入学金や授業料が入ってくる」

私大並みに入学金が三〇万円に授業料一五万円、入試検定料も一万五〇〇〇円。一〇〇人きただけでええ儲けになるとカーブは皮算用してみせる。富瀬はあいた口がふさがらない。

「ひょっとしたら大天才が迷いこんできよるかもしれへん。第一、漫才師養成学校はお笑い志願の若いモンに大けな夢をあたえてやるんでっせ」

夢がのうなったらザンない人生になってしまいまっからな。彼は得々とするのだった。

カーブとのやりとりを反芻《はんすう》しながら、富瀬は風呂屋を堪能した。

熱いのは深くて広い浴槽、その隣の浅い浴槽は少し湯温が低い。泡風呂や電気風呂、薬草風呂とフルコースで入ったら、大阪でいうガザミ、東京だとワタリガニを茹でたみたいに真っ赤になった。せっかく入浴料だけでなく洗髪料も払っているのだから、ジャージャーザブザブとふんだんにシャワーと湯を使って全身の一日の汚れを落とす。

脱衣場では飲料ケースから、愉《たの》しみにしてたサンガリアの缶入り冷やし飴《あめ》が消えていた。富瀬は、生姜風味で鄙《ひな》びた甘みのこのドリンクが大好きだ。番台のオバチャンがいう。

「冷やし飴は夏のモンやさかいに。また来年六月ごろに仕入れるわ」

桜町と梅町の商店街にも、夏はかき氷にアイスクリン、手作りの冷やし飴を売り、冬ともなれば大学イモや回転焼きを扱う店がある。富瀬は冷やし飴の動向にも季節を感じつつ、汗を引かせるため冷えたフルーツ牛乳の瓶を取り出してゴクリとやった。

「カーブさんの夢、文化政策としては的を射ているかもしれない」

もっともカーブに私利私欲を貪《むさぼ》らせるつもりはない。それに、育枝が指摘したカーブへの疑念はまだ払拭《ふっしょく》されていない。

富瀬は絞ったタオルを首に引っかけ帰路につく。ボストンの『宇宙の彼方へ』のギターリフが口をついた。大阪に出てきた頃だったか、その後だったか。とにかく秋のヒット曲だったはず。

そうして八ちゃんまで戻り、どうにも不審なムードが漂うのに直面している——。

電話はもう鳴らなかった。この時間にかけてくるのはＳＯＰ軍資金のメンバーか東京の祖母くらいだが。富瀬は眉をひそめ、まずは戸締まりを確かめる。

間違いなく鍵をかけたはずなのにガラス戸は難なくあいた。

店は真っ暗。取り込んだ暖簾《のれん》、引いたカーテンの向こうに誰がいるのかはわからない。

富瀬はゆっくり息をしながら一、二、三……と六まで数えた。

レジスターの中に現金はない。店で金目なのはオーディオ装置と膨大なレコードくらい。ただ、賊《ぞく》が二階に上がれば少しの現金をみつけるかも。でも部屋はベッドと根太《ねだ》が軋むほどたくさんの書籍に占領されている。押し入れにはショップが開けるほどジーンズが詰まっているけれど、泥棒はこんなのを欲しがるだろうか。どれも股下が長すぎると思う。

飛びこむか、それとも持久戦に持ち込むか。富瀬は必殺の拳を握ると、意を決してカーテンを引き店内にはいった。電灯のスイッチは左側。手を伸ばそうとした途端、足もとがすくわれ大きくよろけた。賊はテーブルの下に潜んでいたらしい。体勢を崩した富瀬の頭を誰かが渾身の力でぶん殴った。

レコードの針が飛んでいきなり曲は途切れたみたいに、富瀬は気を失った。

風呂に入ったばかりの身体ごと、八ちゃんの油じみた床に倒れこむ。


意識が戻ると、手足がきつく縛られていた。両手は背中に回っている。

おまけにタオルで猿ぐつわをかまされていた。もぞもぞ動いたが、手足とも結び目は解《ほど》けそうにない。後頭部の痛みが脳天にまできて、一斗缶をガンガンと打ち鳴らされているように響く。手が自由になれば真っ先に頭を抱えこみたい気分だった。

「眼ェ、醒《さ》めたかい」

ひとりの男が富瀬の腰を蹴とばした。先の尖った革靴がシャツ越しに肌へめりこむ。

「ききたいことがあるんや」。もうひとりがいった。ひどく高飛車だ。

店内にはカーテンを通して外の光がうっすらと入ってくるものの、人を判別できるほどではない。男たちは富瀬を挟む形で椅子に座っていた。声に聞き覚えがあるような、ないような。ずきずきする頭ではイマイチよくわからない。

右側の男が乱暴に富瀬を引き起こした。凄い力の持ち主で、身体が軽々と宙に浮いた。ドスンと降ろされ、後ろ手のまま体育座りになった。暗がりでも、彼らが目出し帽をかぶっているのはみえた。右の怪力男はかなりの巨体だ。

「黄金のビリケン、どこに隠した？」

左側の男から尋ねられた。自分が圧倒的優位にあることを、心の底から愉しんでいる口ぶりだった。富瀬はがんじがらめにされたまま首を振る。

「なんじゃ、その態度は！」。怪力男がいきなり富瀬にビンタを食らわせた。

「通天閣芸能社の金庫、ひらいてみたら金の像がのうなっとるやないか」

そんなこと知ったことか。でも、なぜ男たちは富瀬と金のビリケンの関係を？

「口にタオルではしゃべられへん。おい、取ったれ」

尊大な口調の怪力男にいわれ左の男が猿ぐつわをとった。

左の男は富瀬の首に登山ナイフを突きつける。

「大声だしたらズブッといてまうぞ」

富瀬はうなずき、新しい空気を胸いっぱいに吸いこむ。顎の嚙み合わせがおかしい。

「純金のビリケンは拝見した。けど社長がすぐ金庫に仕舞ってたよ」

「そやったらなんであれへんねん？　お前がパクったんやろ」

ナイフが強く押し当てられ、剣先の非情な冷たさが富瀬をいっそう不快にする。

「僕じゃないよ。あんたらの他にも狙ってたやつらがいたんじゃないのか」

あんな無防備な事務所に押し入るなんて物騒な連中にしたら朝飯前のことだろう。

「そうでなきゃ、僕らがみた後で社長が隠し場所を変えたんじゃないか」

富瀬がぶっきらぼうに即答すると、怪力男が苛立ちを隠さずいった。

「クソボケ、ワシらにえらそうな口をきくな」

怪力の怒声が合図になって、左の男が切っ先に力を加えてきた。チクリ、小さいが鋭い痛みが走る。富瀬はすぐさま首を反らせた。グサリとやられたわけじゃないけど、おそらく血が滲んでいるはずだ。ナイフ男が怪力にいった。

「この店の二階にもブツはあれへんかったで」

「ほんなら、こいつと一緒におったあいつが持っとるんか」

怪力男はかなり焦《じ》れている。不満と怒りを隠そうともしない。怪力男はナイフの男から凶器をひったくると、富瀬の頰に鋭い刃をピタピタとあてた。

「もうひとりのクソボケはどこへいきよった」

話がヘンな具合になってきた。「こいつと一緒におった」、「あいつ」だって？

謎の男たちはなぜカーブのことを知っているのだろう。金のビリケン像を拝見したときカーブは中座した。「腹具合が悪い」と弁解していたが、戻るまでかなり時間があった。

あの空白の時間に黄金像のことや金庫の番号を伝えにいったのでは？

となると、将棋センターにいたヤクザたちも浮かんでくる。

「あんたら太平寺組の人間なのか？」

ストレートな探りをいれると、ふたりの男は眼をみあわせた。富瀬はつづける。

「それに、カーブさんと関係あるのか？」

「尋《た》ンねるのはワシらや。お前はきかれたことだけ答えい」

左側の男がこういってから、怪力男を指さした。

「こいつは気ィが短いうえに大阪一の乱暴者や。ヘタこいたら殺されてまうど」

しかし、富瀬だって腹わたが煮えくり返っている。

「店に押し入られ、こんな仕打ちと泥棒の濡れぎぬまで着せられて、黙ってられるか！」

富瀬はまず左の男に向かって勢いよく身体を転がした。男の膝のあたりに肩がぶつかる。左の男は大きくよろけた。富瀬は縛られた不自由な身のまま、ありったけの脚力をつかって頭からダイブする。ミル・マスカラスそこのけの空中技を受け、男はカウンターまで吹き飛んだ。だが、富瀬の見せ場もここまで。背後に怪力の気配がして彼はまた宙に浮いた。

「クソボケ、いっちょ前のことするやないけ」

怪力男に高々と、しかも軽々と持ちあげられてしまった。富瀬は海老のようにジタバタ抵抗したものの、したたかに床へ打ちつけられた。尖った革靴のストンピングが容赦なく襲ってくる。背を曲げ肝臓をガードしようとしたが……無駄だった。

富瀬の脳裏に夏の名残り、線香花火のような繊細な火花が散る。だが、それはすぐＰＬの大花火ほどにもなって炸裂した。夜空に赤、青、緑がきらめき白い硝煙もたなびく。

「ナイフでブスッといくより、こうしてずたぼろにしたほうが胴身に染みるんや」

怪力男の声が遠くにきこえる。もうひとりが舌打ちしていった。

「おいおい、そのくらいにしとけ。ホンマに死んでまうど」

怪力男は鼻で嗤《わら》ってから毒を吐く。

「こんなヤツのひとりやふたり、死んでもかまうかい」

「それより、あいつのアパートなら知ってる。押し掛けて口を割らそか」

「いいや、あんな使いっぱしりに横取りする度胸あらへん。これは、きっとジジイの仕業や。オレらに盗みにいけちゅうといて、ちゃっかり先に押し入ってガメよったんや」

賊がやりとりする足もとで富瀬は激痛にうめく。身体のあちこちが火事になっている。

生温かくて酸っぱいものがこみあげてきた。だけど、どうすることもできない。

そのまま、意識が遠のいた。


目覚めの気分は最初の失神のとき以上、これぞまさしく最低最悪だった。

ひと晩に二回も完璧なＫＯを喰らうなんて。床で擦った頬のあちこちがヒリヒリする。唇だってひどく腫れ、血も滲んでいるようだ。

眼をあける前にそっと手足を動かしたら、なぜか自由になっていた。片方の瞳をひらく。店内が明るい。もう片方の瞼《まぶた》もあけてみた。

「大丈夫でっか」、カーブの角ばった顔がのぞきこんでいる。

「……カーブさん、なんでここにいるんです？」

「富瀬クンと別れて駅前で呑んでたんやけど、虫の知らせがしたんですわ」

ワシがけえへんかったら命が危なかったんでっせ。カーブは恩着せがましくいうと、煙草に火をつけ差し出してくれた。富瀬はそっと煙を吸いこんだが激しく噎《む》せた。

「強い酒のほうがええかいな」、カーブはカウンターへ走った。

喉の小さな刺し傷に指をやると血はとまっていた。とはいえ全身は、江戸時代の天明期に大坂で頻発した打ちこわしさながら。こっちの騒動をおさえたら、あっちで暴動がおこるという按配だ。富瀬はシャツをめくる。腹部には痣ができていた。毎朝、必要以上に鍛えている腹筋が内臓を守ってくれたとは思うが……。

「この酒でよろしか」、カーブが戻ってきた。淡茶色をした液体がサッポロビールのコップに半分ほど。最近、封をあけたグラッパ。富瀬は三口ほどで粕取りブランデーを呑み干す。ブドウの甘い薫りがして、すぐ身体がカッと燃えたようになった。

「あいつら、どこへいったんですか？」。とっくにナイフと怪力の姿は消えていた。

「どなたのこって？　ワシがきた時は富瀬クンだけが寝転がってたんでっせ」

「覆面を被った、ふたり組からコテンパンにされたんです」

時計は午前二時になっている。風呂屋を出たのが午後一二三時半ごろ、八ちゃんまでは五分もからない。富瀬は事態を説明した。

「あいつら、いったい誰なんだ」

富瀬が独りごちる。カーブはすっと眼を逸《そ》らしたものの、すぐに富瀬をみつめ直した。

「どこのどいつかは知りまへんが、えらい手荒なことをしよりまんな」

「それはそうと、黄金のビリケンは盗まれたようです」

富瀬はカーブの表情を探る。だが窃盗の話を振ってもカエルの面になんとかかって感じだ。

「僕に乱暴したやつら、カーブさんのことを知ってるみたいでしたよ」

富瀬の言葉には棘《とげ》がある。カーブは鼻白んだようだが、すぐ切り返してきた。

「駅前のバスロータリーを太平寺組の幹部ふたりが走っていくのはみましたで」

いや、僕を待ち伏せしたのはあの連中じゃない――富瀬はこういいかけたけれど口にはしなかった。ひょっとしたら、カーブは今夜の乱暴者たちとつるんでいて、太平寺組のヤクザに罪をきせようとしているのかも……しれない。

それなら、ここはカーブと話をあわせるのも手だ。富瀬はわざとらしくいった。

「そうだった！　僕を待ち伏せしたヤクザがカーブさんの部屋に押し入るかもしれない」

だが、カーブは妙に落ちついている。

「大丈夫、大丈夫。ヤクザに襲撃される理由なんか、これっぽちもあらしまへん」

「断言できますか？」

「そらそうでっせ。あいつらとは顔見知りっちゅうだけですがな」

食えない芸人は何を企み、誰と手を組んでいるんだろう。橋場老人なのか。それとも今夜の連中⁉　やっぱり太平寺組？　富瀬の胸に名状《めいじょう》し難《がた》い疑念がわいてくる。

「誰でっしゃろ、純金のビリケンさんを盗みよった悪人は」

カーブはこういうと、またカウンターにいきタオルを冷水に浸してもってきてくれた。富瀬は礼をいいつつも彼への疑いが募るのを抑えられない。だがカーブは頓着していない。

「男前の顔が台無しでんがな。そや、擦り傷切り傷には特効薬がおます」

カーブは薬箱をごそごそやり、強烈に沁みる強力オキシフルの瓶を引っぱりだした。

第六章
「あっちゃこっちゃ」

1

法善寺横丁を行き来する酔客は途切れそうもない。

苔むして深い緑の西向き不動明王、世にいう水掛け不動には、夜目にもみごとな紫と黄の菊花が手向けられている。石畳を小走りに駆け抜ける仲居さんの和服の裾がゆれ、白いふくらはぎと足袋《たび》がチラリとみえた。

富瀬と育枝は水掛け不動の脇のお初大神のあたりで身をひそめている。

「もう終電は終わったというのに、かえって人の数が増えていませんか?」

「そうでんな。あいの日やちゅうのに、こないに遅うまで」

「さすがに大阪一の繁華街、難波の南地です」

「オッサンども早う家へ帰って、芋くうて屁こいて寝たらええのに」

毒づく育枝の足元で「そうだ、そうだ」といわんばかりにラッキーがワンワンいう。

暗闇。横穴。湿気。奥の奥。大阪名物。再挑戦――軍資金の探索は秋が深まるほどに進展していた。育枝は老鷺《ろうさぎ》が小魚をみつけたかのように、ぐいっと首を伸ばして断言した。

「どう考えても法善寺さんの水掛け不動さんに隠したぁる。間違いおまへんで」

「……今度こそ本当でしょうね」

老婆の断言癖には、これまでもさんざん付きあわされ、散々な目にあっている。

安城は昼に本業があるし、幸子にいたっては昼夜にわたって忙しい。恵梨香も学生の身だ。

カーブはあれ以来、なんだかんだと理由をつけ協力してくれない。いきおい、富瀬がちょこちょこ時間を都合し、育枝も同行するというパターンが多くなってしまう。

「これまでに、いったいどれだけのお寺や神社をめぐりましたっけ」

「箕面《みのお》の勝尾寺に伶人町《れいにんちょう》の清水寺……大阪をあっちゃこっちゃと一〇〇カ寺ほどでっか」

育枝のリストアップした候補地はやたら参拝スポットが目立つ。SOP軍資金探しだというのに、彼女は必ず御朱印帳を持参し、押印《おういん》するたび悦にいっていた。

富瀬としては老婆の御朱印コレクションの手助けをするヒマはないのだ。

しかし、育枝は富瀬を横目で睨《にら》みつけた。

「そない細こいことにこだわってたら、大阪を首都にする大仕事なんかでけまへんで」


富瀬と育枝は法善寺にもクルマを飛ばしてきた。

育枝の愛車シャレードに乗りこんでの夜のドライブだった。

駅前から府道大阪枚岡《ひらおか》奈良線に出て西へ向かえば、そのまま千日前通りとなる。しばらく両サイドには庶民的な家並み。工具に経師《きょうじ》、牛乳販売、クリーニングなどなど、いろんな業種の小《こ》体《てい》な住居兼用の商店がつづく。それが、難波に近づくにつれビルや大型店舗、派手な看板も目立ってくる。どこも、この時間にはシャッターを下ろしていた。

育枝の運転はフルスロットル。シルバーグレーのシャレードは三気筒一〇〇〇CCのエンジンを痛快に吹き上げ、コンパクトなボディを左右に振り、タイヤを軋ませっぱなし。トップシフトのまま、ちょこまかイライラせかせかとレーンを変え、先行するクルマを追い抜きまくる。富瀬は全身をこわばらせたまま、老女ドライバーに意見をした。

「ちょっと飛ばしすぎじゃないですか」

昼間と比べ物にならないほど交通量は少ない。ちっとも、あせる必要はない。

「ワテの前にほかのクルマがおったらおもろない。トップに立たんといてられまへん」

老女はベテランドライバーであるばかりか、凄まじいスピード狂だったのだ。

助手席の富瀬の膝には当然のごとくポメラニアンが鎮座している。

ラッキーは馴れたもので、全開の窓から気持ちよさそうに鼻先を突き出していた。


千日前通りは私鉄の始発ターミナルのある〝上六〟こと上本町六丁目の手前あたりから片側三車線となる。道幅が広げられたきっかけは七〇年の大阪万博、巨大な国家イベントの置き土産というわけだ。次いで谷町筋と交わる〝谷九〟こと谷町九丁目交差点。その南西角に藤次寺《とうじじ》、奥手には〝生玉さん〟と親しまれ畏敬をあつめる生國魂神社の境内がひろがる。

このエリアは寺町ともいわれ、とりわけ神社仏閣が多い。

「とはいえ、ラブホテルのメッカでおまっさかいにな」

育枝は鋭いハンドルさばきでサバンナRX7とセリカリフトバックを抜く。確かに南サイドには寺院の屋根より高くラブホのけばけばしい看板が林立している。

「ホテルのオーナーは界隈の寺の坊さんやから、あいた口がふさがりまへん」

谷九交差点から松屋町筋にかけてはゆったりとした下り坂、広々とした幹線道路をクルマは滑るように進んでいく。遠くに谷底の千日前や御堂筋がみえた。

大阪は多坂でもある。上町台地から西へ、海にむかって傾斜する地形が天王寺七坂をはじめたくさんの坂道スポットを生んだ。ヨーロッパの情景に負けないシーンが満喫できる坂道も少なくない。

大阪の魅力は決して喧騒と猥雑、活気だけじゃない。

「織田作の『アド・バルーン』だったかな、あの小説の情緒と情景そのものだ」

富瀬がこういうと育枝も眼を細めた。ラッキーまでふさふさの尾を振っている。

「清水坂なんぞ、水彩画にしたいほどどええ景色でおまっせ」

だが、育枝はすぐさま運転に熱中し大阪人のもうひとつの特質を発揮した。シャコタンに改造した〝ブタケツローレル〟を一蹴《いっしゅう》し、バリバリの新車のフェアレディZ280Zに競り勝つ。タコメーターの針はレッドゾーンを振り切りそうだ。

「危ない！　車線変更のときはウインカーを出さなきゃダメでしょ！」

「ウインカーを動かす一秒かて無駄にしとうありまへん」

「それって、いわゆる〝いらち〟ってことなんですか？」

「そうだす。暑がりの寒がりで〝いらち〟なんが大阪人の大阪人たるユエンだす」

育枝にかぎらず大阪人はせっかち。青信号でちょっとでもモタつくとクラクションを鳴らされる。しかも交通マナーが悪い。ウインカーなしの車線変更は日常茶飯。歩行者だって信号が赤から変わる前に横断歩道を横切る。大阪人は「クルマがけえへんのにボーッと待ってんのはアホらしい」と嘯《うそぶ》く。信号に頼るより自分の判断。その信念はゆるぎない。交通量の多い幹線道路でも、横断歩道が遠ければ分離帯を踏みこえ渡ってみせる。踏切で遮断機をくぐるのは当然のこと。

「スピード違反で捕まったらどうするんです」

「ワテはオババでっせ。眼ェはみえんし耳かてきこえん。ド頭《たま》もボケてる。せやから、ついアクセルを——こう泣きついたら警官も憐れんで堪忍してくれまんがな」

普段は矍鑠《かくしゃく》としているくせ、都合よく老婆をアピールする身勝手さ、得手勝手さ。

〝自分最優先主義〟とでもいいたい行動原理もまた、大阪人であることの証明だと富瀬は痛感する。そんなことを富瀬が口にすると、育枝は平然と切り返してきた。

「〝じぶん〟ちゅうのは〝あんさん〟のことでんがな。つまりは相手第一主義やねん」

そうだった。大阪弁で〝自分〟は相手を示す二人称でもあるのだ。

育枝は御堂筋との交差点の手前で堂々とクルマを二重駐車した。

「天下の往来でっしゃろ、クルマを停めてなにが悪い」

育枝は悪びれもしない。しかも老婆はボヤいてみせた。

「ふん、惜しいことに駅前から千日前までの新記録達成はなりまへんわ」

「ふ、普通ならこの倍は時間がかかるんじゃないんですか」

千日前は難波や道頓堀、心斎橋などと並ぶミナミの歓楽街として存在感を放つ。

気取らない街で、飲食から映画、ファッションとこのエリアで何でも満喫できる。なんば花月劇場は吉本系の小屋で最高峰のステイタスを誇っている。

富瀬は千日デパートの残骸をみあげた。昭和四十七（一九七二）年、一一八人の死者を数える未曾有の火災事故があった。あの惨事の後、建物は金網で外壁を囲いミナミの一等地に異様な姿をさらしたままだ。

「ここいらは江戸時代に刑場と墓場でしたんや」

育枝は、獄門台に生首がさらされ、卒塔婆《そとば》の間を火の玉がゆらゆらする情景を語った。

「しかも、千日前の地は業火につきまとわれておりましてな」

明治期に三度も大火災、戦後は例の千日デパートビル火災がそれだ。

「近いうちにダイエーが新しいデパートをこさえるちゅう噂でっけどな」


富瀬と育枝、それにラッキーは千日前通りを北へ渡り、二重の塔になった竹林寺の門前を通って法善寺へ向かう。育枝が切りだした。

「通天閣芸能社から純金のビリケン像が盗まれた事件はどないなりましてん？」

「そのとばっちりで、僕は凶悪な連中から襲撃を受けたわけです」

「刑事が八ちゃんにきて事情聴取されたんでっしゃろ？」

それは安城の知り合いの角刈りの刑事。彼は満身創痍の富瀬を疑わしそうにみた。

「袋叩きにおうた被害届は受理するけど、ビリケンは別件や。お前ら潔白なんか？」

富瀬はカーブと一緒に新世界をぶらついていただけだと弁明した。

盗難事件のあった時間には店でお好み焼きをつくっていたし、閉店後は売上金をゆあの勤める信用金庫の夜間金庫に入れた。八っちゃんのお客さんや風呂屋の番台の親父さんは、富瀬のアリバイを証言してくれるはず。刑事は富瀬のいうことをいちいちメモしていた。

「マスコミがオモシロおかしゅうに騒ぐもんやさかい、府警の偉いサンも気が気やない」

盗まれた大阪のお宝を奪還せよ——府下の警官総動員で窃盗犯を探している。

刑事はチビた鉛筆を舐めながら質問を繰り返す。

「お前のアリバイは成立するとして、落ち目の漫才師とはどういう関係やねん?」

「常連さんってとこですかね」

「ふ〜ん。安城かてこの店によう顔を出しよるらしいの」

「ありがたいことに安城さんも上顧客ですから」

「ちょっと前まで太平寺組のインケツが店先を窺うとったぞ」。あのゴリラのことだ。

「へ〜え、そうなんですか。でも僕はヤクザに知り合いなんていません」

「かくいう太平寺組はあっちこっちで大立ち回りした末に壊滅寸前の憂き目や」

刑事の独特の嗅覚は、富瀬たちとヤクザのキナ臭い関係を察知しかけているようだ。

そんなこんなの経緯を育枝に報告すると、「アパートにも刑事がきやはって、カーブはんのこと根掘り葉掘りきかれたんでっせ」と愛犬を抱きあげた。

「いずれ警察もSOP軍資金に行きあたるかもしれまへんさかい、急がなあきまへん」

「それまでには、必ずみつけだします」

2

深夜の法善寺水掛け不動に到着した富瀬と育枝はチャンスを待っている。

メンズっぽいコートを肩にひっかけた女が一心に祈っていた。合掌をといた彼女は柄杓《ひしゃく》をつかみ、ブリキのバケツの底に残った水をさらった。柄杓が大きく弧を描く。放たれた水は不動明王の胸あたりにぶつかって散り、仏像を覆う苔に染みていった。

富瀬は恨めしそうに法善寺横丁のほうへ首を伸ばした。正弁丹吾亭が看板の灯を落とした。ラッキーも大あくびをする。育枝が富瀬をはげました。

「もうちょっと辛抱しなはれ。相生橋筋に末廣鮨ちゅう贔屓《ひいき》の店がおまっさかい。あしこはネタを切り身のまんまやのうて、ひと工夫して握りまんにゃ。酒は菊正宗の生一本」

「うまそうだ、アナゴかタコを肴《さかな》に熱燗をキューーっとやりたいです」

ご褒美をちらつかされ、富瀬はついそっちに気をやってしまう。育枝はさらにいった。

「絶対、水掛け不動さんにお宝が隠してあるはずでっせ」

「そうだといいんですが」

「憎っくき家康に夏の陣でボロクソ負けて以来、ワテら大阪人は鬱屈と忍辱《にんにく》の日々を送ってきましたんや。この恨み、大阪遷都で晴らさでおくべきか」

「はあ……あれから三六〇年以上もたっていますけど」

「太閤はん全盛期、イスパーニャやらポルトガルからきた南蛮人は、日の本のキャピタールはオーサカと国王に報告してましたんや」

大阪ではいまだに家康敵視と太閤崇拝、天下の台所復活がセットで語られている。富瀬は来阪当初、自虐系のギャグかと思っていたのだけれど、大阪人はけっこうマジなのだ。

「話は変わりまっけど、五年ほど前に首都圏整備委員会で遷都論が話題になってたんは、どないなりましてん」

「第二次田中角栄内閣のときですね。その案件は国土庁で継続審議されています」

富瀬も遷都論が棚上げされないことを祈っている。

「先だって富瀬クンがいうてた、明治維新で大久保利通の大阪遷都の建白書が却下されたんがミソのつきはじめでおますわ」

「いやいや、大久保の後も何回となく大阪遷都は話題になっているんです」

だからこそ關一や祖父も大阪遷都をまじめに計画したのだ。ＳＯＰは決して、荒唐無稽な大阪の夢ではない。富瀬は歴代の大阪遷都論を一気に並べてみせた。

「明治三十二（一八九九）年には大阪商船の中橋徳五郎が大阪遷都論をぶちあげ、京都帝国大学教授で京都市長になった神戸《かんべ》正雄も大正六（一九一七）年に東京より大阪こそが首都にふさわしいと講演しています」

いずれも、明治新政府の緊急課題だった東北制圧と北海道の開発の要としての東京の役割は終わり、今後は良港をもつ大阪から「国際貿易と東南洋進出に乗りだすべき」という主張だった。

「神戸教授と同じ頃には新聞記者あがりの木崎愛吉が、そのものズバリ『大阪遷都論』って著作を刊行していますしね」

「なるほど、そんな本があんのやったら、いっぺん読んでみたいでんな」

「祖父の書棚から初版本を持ってきていますから、よろしければお貸ししますよ」

相変わらずお不動様に水をぶっかける人は途絶えない。しばらく、ふたりは大阪遷都論でもりあがった。富瀬はついでに、かねてから燻《くすぶ》っていた質問も育枝にぶつける。

「SOP軍資金がみつかったら、やってみたいことありますか?」

「ワテ、若い時分には日本画家になりとうおましてん」

富瀬は育枝の言葉を素直にうけとめた。

これまでに何度か、ボロアパートの隣にある平屋を訪れた。壁や床の間にかけられた絵画、さりげなく一輪挿しに活けた季節の花。調度品の小粋さ、食器のチョイスなどにセンスの良さがうかがえる。彼女は四畳半を書庫にしている本の虫。ご本人いわく文学少女というのだって富瀬にとっては親近感がわく。いささか癖が強く一風かわった老婦人ながらなかなかの趣味人なのだ。

「女子《おなご》が芸術の世界で自由にやっていくのはしんどいことでっしゃろ」

絵や造形だけでなく版画に写真、映像。陶芸や舞踏でもいい。場とチャンス、カネも知名度も皆無の女たちに創作の場を提供したい。熱く語る育枝は輝いてみえた。

「大掛かりなアトリエみたいなもんでんな。舞台や美術館もこさえたい」

「武者小路実篤の『新しき村』の現代版、アーティストバージョンですか」

富瀬にいわれ、育枝は皮肉な色を浮かべた。

「理想を高うしすぎたらあきまへん」、育枝はリアリストの一面を発揮した。

「絵を描こうなんて女子はワガママでっせ」

そんなんが共同生活したらワヤになってまう。自由に出入りでき、しかも心暖まる場。創作のよりどころになる母港。縛りは緩いけど絆は固い、それがええ。

育枝の話をききながら富瀬は大阪人気質を感じた。あくまで自由にのびのびと。上から命令されたり、規範を押しつけられるのは大嫌い。江戸期、武士の権威をいなし、見事な町人文化を築いた伝統というべきか。

「あとは行く場がのうなった、老いたる芸術家にも手を差し伸べたいんですわ」

無名のまま朽ちるのも仕方ない、それでも最後まで創作をさせてあげたい。一方で年齢を経てから芸術に目覚めた人も。老若、国籍を問わない芸術家の広大な創造の楽園を。

「芸術に有名も無名もあれへん。とにかくオモロイ作家と作品がてんこ盛り」

「そういうのって世界初の試みになりますね」

「日本一面積の小っちゃい大阪ゆうても、遊んでる土地はぎょうさんおますさかいに」

ナンやったら大阪港を埋め立ててもかまへん。この小柄な老婆の発想は雄大だ。

「芸術を学びたい子どもや御仁には、なんぼでも教えてあげまっせ」

「そういえばカーブさんも漫才師養成学校を開校したいといってました」

「あのオッサンのややこしい疑いが晴れたら、ワテのとこに組み入れてもよろしで」

またカーブの名前がでて、富瀬と育枝の想いは疑惑へと流れそうになる。ふたりは同時に苦笑した。富瀬は話題を元にもどす。

「さっきの創造の場ができたら、ご自身はやりたいことがありますか」

「ずっと心の底にくすぶる大作のテーマがおまんにゃ。それを思う存分に描きたい」

育枝の顔つきが今度は因業の色に染まる。

「芥川龍之介の『地獄変』、あれを一大絵巻物にしてみたいでんな」

娘が火に焼かれ悶え苦しみながら死んでいく姿を、己の作品のために喜々として写す絵師の父親——芥川龍之介が芸術至上主義の在り方をテーマにした問題作。それをビジュアルにする。富瀬は鬼女めいた育枝に圧倒された。老婆がこの作品をモチーフにするのは、もっと根深く不気味な性情が絡みついているような気がしてならない。育枝の書架の一角には乱歩や澁澤龍彦が並び『悪徳の栄え』もあった……。

「これがワテの画家デビュー作になるんですわ」

「それって凄まじいグロ……」、グロテスクといいかけ富瀬は急いでつくろった。

「グローバルな評判を呼びそうです」

3

一心に願掛けしていた女はピンヒールを響かせ千日前のほうへ去った。濃い化粧、コートの下には胸もとにフリルがついた派手なドレスをまとっている。しかし横顔は意外に童顔だった。育枝が声を低めた。

「調査開始でっせ、例のモンを着なはれ」

育枝が差し出した大きな風呂敷包みには、い、い、い、みぞおちまであるゴム製の胴付長靴が。富瀬は渋々、そいつをボブソンのボンタンジーンズの上から履いた。

「がたろちゅうて、これ着て道頓堀やら横堀の川底を漁る商売がおまんにゃ」

がたろとは川太郎で河童《かっぱ》のこと。転じて、いかき（ざる）を片手に川底の貴金属をすくう商売の名となった。「たまにダイヤモンドの指輪がみつかるんでっせ」と育枝。

ＳＯＰ軍資金が隠されているはずの水掛け不動、探索中にズブ濡れとならないよう、こんな防水仕様の格好にされてしまったが、さすがにミナミの南地では異様すぎる風体《ふうてい》だ。

「井戸で水を汲んできまっさ」

育枝が洗心水と呼ばれる井戸の手押しポンプを上下させる。勢いよく水が噴きでた。愛犬は井戸の蓋に飛びのり、かわいい鳴き声をあげ応援する。

ふたりと一匹は水掛け不動に駆けよった。育枝は持参の線香の束に次々と火をつけ、あたりをモウモウたる靄《もや》で包む。煙で富瀬の姿はカモフラージュできるはずだ。育枝は両手で印をむすび、大声で真言を唱える。

「ノウマクサンマンダー、バーサラダンセンダン、マーカロシャーダーソワタヤウンタラ、ターカンマン！」

富瀬は水掛け不動の頭のてっぺんから順に身体検査よろしく調べていく。

お不動様をすっかり覆うモスグリーンの苔は、さながらビロードのようだ。育枝は真言をがなりたて容赦なく水をぶっかけてくる。縄と剣を左右の手にもつお不動様だけでなく、がたろ姿の富瀬にも水がふりそそぐ。わざと狙っているような気がしないでもない。

「ノーマクサンマンダー、どーないでっか？」

「マーカロシャーダー、どこにもここにもあーりません！」

それでも富瀬は裏へまわった。光背をゆすってみたりもした。だがお宝はない。

再びお不動様の前へ。水がぶっかかる。額を拭う富瀬の視線が一点に集中した。

「あれ？」と富瀬。「どないしはりました」、育枝が問う。

「これって、ひょっとして」と富瀬。「お宝でっか？」、育枝が意気ごむ。

台座、そこもすっかり苔むしており石が四、五段と積みあげてあった。

その一番上、お不動様の足元と台座の部分が微妙にズレて隙間になっている。しかも台座のなかは空洞のようなのだ。台座全部のスペースがあればインゴットだって隠せる。

富瀬はバチあたりにも仏像を横から抱くと力任せに動かしてみた。

一瞬、お不動様が首を回してこっちを睨んだ――ような気がして、富瀬は「ごめんなさい！」と謝った。それでも渾身の力をふるう。かなり重い。ぐっと腰に力をこめた。

「怯んだらあきまへんで、一気にお不動様を除けなはれ！」

歯ぎしりのようなイヤな音がし、次いで石臼を引くようなザラリとした音。お不動様の尊顔と富瀬の頬がふれ、濡れタオルを押しつけられたみたいな感触がした。

育枝が柄杓を振り回しながら怒鳴る。

「もうちょっと、一〇センチでええからお不動様を横へやんなはれ！」

富瀬は顔を真っ赤にし、こめかみに血管を浮かせ眼を吊りあげ唇をふるわせた。

ゴゴゴーッ。不動明王の怒りか、いきなり立像が傾き富瀬の身体にのしかかる。

お、お、重い。富瀬は必死にこらえた。

「僕が支えている間に台座の空洞に軍資金が隠されてないか調べてください」

カラン、コロコロ。育枝が捨てた柄杓が転がる。富瀬は上下の奥歯が互いにめりこむほど力をふるった。育枝が着物の裾を端折《はしょ》って藤色の襦袢もまくる。彼女はかがんで隙間に手を差し入れた。老婆の剝き出しの下半身、みたくもない。富瀬はギュッと眼を閉じた。重い、きつい、しんどい。なんだか不動明王の重量が増していく気がしてならない。傾くお不動様を支えきれず、苔の絨毯のうえでズルッズルッと長靴の底が滑りだした。

「ギャッ！」。突然、育枝が素っ頓狂な声をあげた。

「どうしました！」、富瀬が眼をひらくと育枝が腰を抜かしていた。彼女はいった。

「な、なんか得体のしれんもんが。ニュチャッとしてヒャッとしたもんが……」

おまけに、一瞬ボーッと光りよりました。育枝は震えている。

「ひょっとしてお不動さんの魂かもしれまへん」

「まさか、そんなものがあるはずない」

だが、いまは議論する余裕なんてない。育枝は青ざめながらもいった。

「台座のなかには、あのケッタイなんのほかはなんもおまへんかった」

「わかりました。それより起きてお不動様を支えてください。もう僕は限界だ」

のろのろと育枝がたちあがる。心配した犬がくるくる彼女の周りをまわった。

そのとき、もうもうと湧く線香の煙幕を払いながら角刈りの刑事があらわれた。

「コラッーーッ！　不法侵入と器物破損で現行犯逮捕じゃ」

彼はしめしめとばかりに水掛け不動に駆け寄る。すっかりニコニコ顔だ。

「いますぐとっ捕まえたるさかい、そこを動くなよ」

「あっちゃー」。富瀬は鼻先に皺《しわ》をよせたものの、助太刀がきたと瞬時に発想をかえた。

「僕ら市民の善意の活動中ですよ、無償で水掛け不動を清掃しているんです」

「そなくらいな。刑事はん、ボーッとしてんと手伝《てった》いなはれ」

とぼける富瀬、有無をいわさぬ育枝の口調に、刑事はたちまち気勢を削がれる。

「うわっ、ドえらく重たいやないか」

ありがたいことに刑事は力持ちだった。どうにかお不動様を元の位置に安置できた。

「よかった、よかった」、富瀬と育枝は胸を撫でおろす。刑事の安っぽい背広はびしょびしょになってしまっている。彼は上着を脱ぎながら尋問口調になった。

「お前ら、台座のなかに黄金のビリケンを隠したんやないやろな」

「まさか。ご不審なら、もう一回お不動様を動かして調べてください」

「ワシひとりで？」「当然です」「お前らも手伝え」、刑事と富瀬はやりあう。

「お断りします。人手がいるなら警官を呼べばいいじゃないですか」

「そないなことより刑事さん、なんで法善寺にいてはりまんねん？」と育枝。

「お前らが挙動不審やから覆面パトで追尾してたんや」

うかつにも、全然、気がつかなかった。

「婆さん、えげつない運転しやがって。スピード違反で逮捕しといたらよかった」

「ふんッ、追いつけるモンなら追いついてみなはれ」、育枝が鼻の穴をふくらませる。

純金製ビリケンの窃盗犯人はまだみつかっていない。刑事が富瀬をマークするのは当然だろう。富瀬にとっても、あの夜の乱暴な怪力男がその後は姿をみせず、太平寺組がビリケン横取りに成功したという噂も流れていないのは気になる。しかし、これから本腰をいれるSOP軍資金探し、刑事について回られるのは大いに不都合だ。富瀬は牽制《けんせい》した。

「僕らを泳がせて尾行しても、なにも得るモンはないですよ」

「まあ、いまのところは、な」、刑事は油断なくふたりに視線を送る。

「でも、今夜のところは救《たす》けてもらいましたもんね。お礼をいいます」

ありがとうございます。おおきに。富瀬と育枝はぺこりと頭をさげた。

「じゃ無事に勤労奉仕も終わったし僕らは帰ります」

「アホ、こら、どこへいくねん」

「夜も遅いしお腹かて減った。馴染みの鮨屋で寿司でも摘《つま》みまんにゃ」

富瀬はがたろファッションの胴付長靴をパコパコいわせながら歩きだす。育枝も着物を直した。

角刈りの刑事は眼をぱちくりさせている。

「こら待て。尋問はまだ終わってへんのやぞ」

刑事のわめき声が、すっかり店じまいした法善寺横丁にひびいた。

—4

晩秋から初冬へむかう日曜日は朝からいい天気になった。

それでも空は、秋から冬へとバトンタッチするせいか、スカイブルーのうえに少し薄墨がかかったような色をしている。万博公園のお祭り広場には特設ステージが組まれ、穏やかな陽光がそそいでいた。富瀬は革ジャンを座布団がわりに敷いた。座りなよ、とゆあに眼で示す。でも、ゆあは首をふった。

「わたし、今日は富瀬さんとお揃いのジーパンやし、地べたでもかまへん」

富瀬がプレゼントしたのはキャントンという国産老舗ブランド。サイズこそ違え、ふたりは同じストレートジーンズを穿《は》いている。富瀬とゆあは腰をおろし肩を寄せた。

「僕にとって、お祭り広場といえば8・8ロックデイだから」

8・8ロックデイは、毎夏ここで開催される大阪、いや関西のアマチュアバンドの祭典だ。何年か前には、富瀬も一目置いているファッツ・ボトル・ブルース・バンドが優秀バンドに輝いた。

「マジック・サムの曲とか演らはるバンドやね」、すっかりブルーズ通になったゆあ。

とはいえ、今夏はSOP軍資金のあれこれで8・8ロックデイにこられなかった。だけど一〇〇以上もあった候補地の捜索はすすみ、かなり絞りこまれてきている。

「太陽の塔の裏側がこんなんやて、知らんかった」

大阪万博のシンボルタワーの反対側に、岡本太郎は黒々とした太陽を描いてみせた。表の造作に比べてかなり地味なくせ裏の太陽は妙に印象深い。岡本は心の暗黒面を表現したかったのか。人間模様の複雑さ、明暗は富瀬も軍資金探しのおかげで大いに学んでいる。

「あっ、恵梨香ちゃんが出てきた」


今日はアイドル発掘イベント「君こそスターだ！」が開催されている。

辰巳茂子こと恵梨香は決勝に残った。実母の幸子でさえ「まぐれかいな」と頬をつねったし、育枝は「奇跡そのもの、世も末や」と毒舌を吐いた。ステージでは恵梨香がフリル満載のミニワンピースで『イミテーション・ゴールド』をがなりたてている。チビで小太りの恵梨香は愛嬌たっぷりだが、富瀬には女の子に化け損ねた豆狸《まめだ》にみえた。

「山口百恵の曲より　〜しょっしょっ、しょじょじっ　狸ばやしがいいよね」

富瀬が正直に漏らすと、ゆあが眉をひそめた。

「失礼なことをいわんと、応援したげなアカンでしょ」

富瀬は肩をすくめた。ステージでは歌い終えた恵梨香が司会者の質問をうけている。

「恵梨香ちゃんはどんなアイドルになりたい？」

「ごっつい金持ちになりたいで〜す」

会場は失笑に包まれた。だが恵梨香は平気、図々しくも司会者のマイクを奪った。

「ぎょうさん稼いでお母ちゃ、違《ち》ごたママに贅沢させてあげたいんだも〜ん」

あけすけなコメントに審査員たちは額をよせあう。恵梨香は人さし指を頬にあてた。

「お金がぎょうさんあったら幸せやん。お金で買われへんもんなんてありませ〜ん」

「待って。恋愛や友情はお金じゃ……」、司会者がマイクを取り戻し反撃する。

「そんなんキレイ事やわ。世の中、お金があったらナンでも手にはいるも〜ん」

会場がざわめく。恵梨香はペロリと舌を出し不二家のペコちゃんそっくりになった。そのままピョコンとお辞儀をして下手へはける。彼女の毒気にあてられ、しばらくしてからパラパラと拍手がおこった。ゆあがタメ息をつく。

「恵梨香ちゃんには、お金のことをきちんというとかなアカンね」

「……でも、あの子を説得するのは簡単なことじゃない」

富瀬は腕を組んだ。八ちゃんで恵梨香はこんなことをいっていた。

「ママをみてたら、つくづく女って損やわ」

恵梨香の母は四〇歳そこそこ。戦前の生まれ、国民学校初等科在籍時に敗戦を迎えた。中学卒業と同時にミシン部品製造会社に就職。当時、中卒者は金の卵として日本の復興を底支えする労働力として重用されたのだ。高卒が中心になるのは昭和四十年代から――。

「お母ちゃん、妻子持ちの工員にたぶらかされて……会社に居づろうなってもた」

会社を飛び出し喫茶店のウエイトレスを皮切りに水商売へ。成人式前にはアルサロのホステスになっていた。恵梨香の父は愚連隊あがりのボーイで、娘が生まれる直前に行方をくらませた。母の幸子は女手ひとつ、貧困にもめげず恵梨香を育ててきたのだ。

「お母ちゃんの不平不満の原因はぜ～んぶお金や」

大きな家に住みたい、うまいもん食べたい、ええ服きたい、ふかふかの布団で寝たい。

「ママの夢はキタやミナミ、銀座でものうて駅前で自分のスナックを開店すること」

現実に押しつぶされ、小っちゃい夢しかない母。恵梨香は毒づく。

「やりたいことは山ほどあっても、お金があれへんから夢なんかもたれへんのや」

さらに、次の恵梨香のひとことは強烈だった。

「お金はあっても困れへんけど、なかったら眼もあてられん。病気でも薬、買われへん」

「…………」、富瀬は黙って恵梨香のいいぶんに耳を傾けた。

「せやけど女がお金を稼ぐってむつかしいやろ。大企業に女の社長さんゼロやん。せやから、わたしはアイドルになんねん。学歴いらんし貧乏でも関係あれへん。芸能界って在日でもスターになっとるやん。わたしなんかメチャかわいいし、日本人やねんから絶対に大丈夫やん。そうと違う？」

悪びれもせず恵梨香はまくしたてる。そして、富瀬に素朴な疑問をぶつけたのだ。

「なんで世の中に億万長者と貧乏人がおるの？」

富瀬は恵梨香の問いにうまく答えられない。貧富の差は人類最大の社会問題だ。遷都論を実践する際にもついて回ってくる。闢や祖父もこいつには手こずっていた。闢は社会民主主義的な思想を拠り所にしたが、それとて現実との間には齟齬《そご》は多々ある。

「なんで貧乏人だけババ引くん？」

こいつも難しい。教師や宗教家のまねをして恋愛や友情、体験、知恵など「お金で買えないもの」は列挙できる。だけど人間関係ですら金銭で左右する手合いは少なくない。

「わたし、勉強でけへんやん。ええ学校いかれへんし、ええ会社も無理や」

教育ママゴンは「有名校＋一流企業＝いい人生」の公式を信じ、幼いわが子を塾に通わせる。関西圏や首都圏では進学熱がいっそう高まり教育費はバカにならない。貧しい家で子だくさんなら、とても賄えないだろう。

「富瀬さんなんか、ごっつええ大学を卒業してんのにお好み焼き屋の兄ちゃんやん」

「いまのところは、まったくそのとおり」

「ほんで大阪を日本の首都にするなんてアホなことというて」

「ちょっと待ってくれよ、仲間からアホっていわれたら立つ瀬がない」

ふと、大学時代の仲間たちがどんな仕事をしているのか、充実した暮らしをしているのかとおもう。一流企業や官庁に勤める学友にすれば、いまの富瀬は人生の落伍者だろう――。

「だけど僕には大きな夢がある。それを実現するための軍資金探しって目下の課題も」

「富瀬さんって夢みる夢夫クンや。ほんで現実はわたしらと同じで貧乏人！」

富瀬の実家は祖父が大学教授、父はプラント会社のエンジニアだ。

祖父は学究に一生を捧げ収入のほとんどを書物や現地取材にはたいた。祖母は夫のことを嘆きつつも内助の功で支えた。一方、父の収入は世間一般より上だろうが、家族と離れた海外勤務の連続。あげくの果てに妻は愛人をつくり去っていった。実の息子の富瀬は父より祖父母になつき、いまもって父子の間はどこかよそよそしい。

そんな話を恵梨香にしてやると、屈託《くったく》のない功利主義者は少し考えてからいった。

「普通に結婚して子ども産んで、ええ奥さんになるなんて興味あれへん」

高校生らしいツッパリぶりだが、富瀬は幼稚だと一笑しない。恵梨香は真剣だ。

「そんなんはそこらへんの女に任せる。やさしい旦那もかわいい子どももいらん。アイドルで世の中をドッカ～ンっていわしたったら早死にしてかまへんわ」

母の幸子だって恵梨香のことは誰よりも気にかけている。

スナックが終わり八ちゃんの暖簾《のれん》をくぐる幸子は厚化粧の下に母の素顔を宿している。

「ウチの娘、ホンマはええ子やねんで」

幸子はビールをお茶のように喉へ流しこんでから、しみじみと語った。

「貧乏なうえ母親が水商売に片足つっこんでるもんやさかい、あんなことというねん」

富瀬も片親や貧しい家庭が抱える問題をあれこれ考えるようになっている。幸子は、まさにホステス風といいたくなるゴージャスにカールしたブラウンの髪をゆらせた。

「給食に補習、塾。保育園とか病院代。ほかにもぎょうさんあるけど貧乏人には福祉の補助をしてほしいわ」、幸子は独酌でビールを注ぐ。

「富瀬クンが大阪を首都にするときの目玉になんで」

富瀬は「福祉ってとっても大事なことです」と大きくうなずく。しかし、苦くて淀んだ酔いが熟女の背を撫ではじめたようだ。幸子は意地悪そうな口調になった。

「アカン、アカン。貧乏人にカネを渡したらロクでもないもんに使てまいよる」

幸子は笑いたくもないくせ無理に歯をみせた。

「安城なんか学費や病院代かて博奕してまうんや。ウチが文句いうたら、ゼニが倍になったら文句あれへんのやろっていいよるに決まってんねん」

「…………」、富瀬はビール瓶をそっと脇へやった。

「大阪が首都になったら教育や医療専用のバウチャーを発行するなんてどうですか」

それは専用チケット。現金の代用になるけれど目的のモノやコトでしか使えない。

だが幸子はすぐさまツッコんできたのだった。

「商品券や切手と一緒やん。そんなんを割り引いて現金にする店があるやろ」

富瀬は苦虫を嚙みつぶした。いいアイディアだと自画自賛していたが、確かに幸子のいうとおり。子を医者にみせもせず医療バウチャーを売り払う親だってでてくるだろう。

「ということは義務教育の間は医療と教育費は無償って制度がいいかな……」

「そんなんしたら税金がごっつかかるんと違うん？　増税は大反対やで」

またも速攻で指摘され富瀬はのけぞってしまう。欧州の付加価値税、米国の売上税といった消費税制度を研究してはいるけれど、そんなことをいったら「一〇〇円のモン買うのになんで一〇円も余計に払わなあかんねん！」と怒鳴られそうだ。

「ごめんなさい。この問題はもっと深く、広く考え直すようにします」

「そやで富瀬クン。責任もって貧乏人の幸せを考えてや」

富瀬は返事の代わりにウェット・ウィリーのＬＰをターンテーブルに乗せた。ラストナンバー『エブリバディ・ストーンド』に針をおく。哀切のブルースハープとギターが流れた。

「英語の歌詞はわからんけど、ええ歌やな」、幸子の眼がしらがうっすら光る。

「やさしく肩を抱いてくれる曲ですよね」

富瀬がそっとコップを取りあげる。彼女はそれをとめなかった。

「この曲が終わったら、娘の待ってる長屋に帰るわ」


コンテストを終え、平服に着がえた恵梨香がやってきた。

ボールが転がるように駆けてくる。赤白のストライプでラビットカラーのシャツ、白いベストと赤いミニスカはまさにアイドルの王道ファッション。もっとも今日はそんな女子がうじゃうじゃいる。

「お疲れさま」。富瀬がいうと、恵梨香は弾かれたように小躍りしてみせた。

「優勝ちゃうんが腹たつわ。けど、これ貰えたし」

恵梨香は大事そうに賞状を抱えている。無邪気な表情は意外にかわいい。

「おめでとう。審査員特別賞ってすごいわ」

ゆあも手を差し伸べた。だが、恵梨香の態度はおざなりだ。

「なんや、あんたもきてたん」

ゆあは「恵梨香ちゃんのベストショットを撮ったよ」とオートフォーカスカメラのジャスピンコニカを示す。でも恵梨香はありがとうもいわない。富瀬が陽気に提案した。

「千里中央駅まで出てお祝いのフルーツパフェでも食べようか」

「…………」、恵梨香はどことなく不満そうだ。明らかにテンションが下がっている。

「ゆあちゃん、ずっと富瀬クンと一緒やったん？」

恵梨香は探るような、それでいて敵意に満ちた視線をゆあに送る。ゆあの、切れ上がった涼しい双眸《そうぼう》が光ったものの、すぐもとの笑顔にもどった。

「わたし写真撮るのに忙しくて。富瀬さんとは別のとこにおった」

おいおい、ずっと一緒だったじゃないか。それに、カメラに入っているフィルムは、この前デートした時の余り。使わないと現像に回せないしもったいない。一石二鳥でコンテストを撮影したわけで。富瀬が口をひらきかけると、ゆあが彼の爪先を軽く踏んづけた。おまけに、彼女はすばやく半歩ほど離れてしまった。その分、恵梨香が身体を寄せてくる。

「ほな、喫茶店いこか。わたしプリンアラモードがええ」

千里セルシーで、喫茶店とレストランが一緒になった店にはいった。ダイエーの袋をさげたファミリー客で混雑し、いささか落ち着きにかける。ゆあがさりげなく席を譲ってくれたのに、恵梨香は平然と富瀬の隣に座った。でも、彼女の機嫌はかなりよくなった。

「明日からプロダクションの勧誘で忙しなるわ」

審査員特別賞というより〝審査員特に苦笑〟という感じだったが、それでもオーディション連戦連敗の恵梨香にとっては初めて認められたことになる。念願のアイドルの道は千里どころか万里の道のりだろうが、ようやく一歩前進したことに違いはない。

「デビューする前にサインを貰とかな」、ゆあがお愛想をいう。

「そうやね。ゆあちゃんなら一枚くらい書いたるわ」

恵梨香は「富瀬クンには特別なやつ」とバッグをがさごそやる。サインペンを引っぱりだすと、ノートとハンカチにミミズがのたくったような字を書いてくれた。

「恵梨香ってちゃんと漢字で書けるんだ」「当たり前やん」「難しい字なのに感心」

ハンカチは富瀬へ、そしてゆあにはノートの切れ端が手渡された。ゆあは形の整った眉をひそめることもなく「おおきに」とサインをふたつ折りしポシェットに入れた。

ただし、その声音《こわね》にはちょっぴり険が含まれている。ようやく富瀬にも事態が呑みこめてきた。恵梨香がゆあを「ちゃん」づけの同格扱い、富瀬には「クン」と呼ぶのは、恵梨香と富瀬の親密さをアピールし、ゆあを牽制しているわけだ。ゆあは気にしない風を装っているけれど……。普段はクールながら、ゆあは気性がけっこう激しい。富瀬は呑みたくもないのに、この場をしのぐため二杯目の生ビールを注文してしまった。視線はゆあと恵梨香の間をせわしなく往復する。恵梨香が芸能界デビューについて熱く語った。

「レコードとCMのタイアップは古い。恵梨香ブランドの商品開発で大儲けするねん」

もはや山口百恵は親友同然の口ぶり。すれっからしの守銭奴めいたことを並べる恵梨香と、無邪気に夢物語をふくらませる彼女、どちらも本当の姿なのだろう。プリンアラモードをアイスクリームスプーンですくいとり、母ゆずりのぼってりした唇へと運ぶ。

ゆあがコーヒーカップを置いた。

「けど恵梨香ちゃん、あんまりお金、お金っていわんほうがええんとちゃうかな」

「ゆあちゃん、きれいごとはアカン、これからはアイドルもホンネでいかな」

恵梨香は富瀬の肩に頭をもたせかけ「そう思うやろ」と甘えた声をだす。ゆあの下顎が梅干しの種のような形に盛りあがった。そんな彼女を恵梨香は横目でみやる。

「ゆあちゃんって他人のお金ばっかり勘定してるやん。どこがおもろいの？」

「信金ってそんな仕事だけやないよ」、ゆあがちょっと厳しい表情になった。

「大手都銀は地域の小さなお店や会社を相手にせえへんけど、信金は親身になって融資や経営の相談にのるんよ」

先月、八ちゃんの業務用冷蔵庫と空調機が新調されたのも信金のリース部門があればこそ。ゆあは教師然として恵梨香に説いた。それが、かえって恵梨香の気に障ったようだ。

「偉そうに。けど給料いくらやの？　わたし、ゆあちゃんの齢になったら億は稼ぐで」

「それはコンテストで優勝して、芸能界でトップになってからでしょ」

苛立ちまじりの正論をぶつけられ、恵梨香は口の端に生クリームをつけたまま、ゆあを睨みつける。ゆあは素知らぬ顔でコーヒーを呑みほした。恵梨香は思い出したように、プリンの上に乗っかっていた真っ赤なチェリーをつまみ「富瀬クン、あ～ん」と持ってくる。大きくのけぞる富瀬を一瞥《いちべつ》してから、ゆあは感情を押し殺していった。

「富瀬クンはそれ、大嫌いやから！」

5

安城と幸子が何度も振り返る。

富瀬はなるべく気にしないようにしているのだけど、やっぱり尋ねてしまう。

「あの刑事さんついてきますか?」

「尾行ちゅうより、あからさまに追跡ちゅう感じやな」

「今日、SOP軍資金がみつかっても、知らんふりしたほうがええで」

「刑事にもっていかれたらモトもコもあれへん」、安城と幸子は交互にいった。

道は傾斜がきつくなった。片側は山肌があらわ、錆びた金網が張り巡らされているものの、ところどころ破れている。ペンキ描きした「落石注意」の立て看板がひどく生々しい。

反対側はえぐれたような崖、さほど深くないけれど谷になっている。大小の岩の間を白い飛沫をあげて渓流がはしり、対岸には枯れ葉を残した樹木が大きな枝を伸ばしていた。岩の上を、セキレイの仲間が長い尾翼を上下にふりながらちょこちょこと走る。

「摂津峡なんてはじめて」、幸子がチューリップハットの庇《ひさし》をあげて周囲をみる。

「駅前におったら、高槻なんかけえへんもんな」と安城も同意する。

摂津峡は大阪北部の高槻市にあり、国電か阪急の高槻駅からバスで一五分ほど。芥川の流れが穿《うが》った渓谷を中心に豊かな自然が残っている。高槻市は大阪市と京都市の中間あたり、このところベッドタウンとして人気があり中流サラリーマンたちが多く住まう。

「こんなに風光明媚《ふうこうめいび》なスポットが大阪にあるなんて」

富瀬は両手をあげ、思いっきり伸びをした。駅前から東へ向かい、枚岡や石切あたりから生駒山にのぼるルートも自然を満喫できるが、摂津峡の川と山、岩が織りなす光景は捨てがたい。それに安城じゃないが、駅前で暮らしていると足がむくのはミナミの繁華街がメイン、あるいはキタか天王寺・阿倍野界隈になりがちなのは事実。

富瀬は今回のお宝探しで大阪を縦断できた。

「大阪って狭いようで広い。しかもエリアごとの個性が強烈すぎますよ」

大阪は京都、兵庫、奈良、和歌山に接し、浪花に河内、泉州や摂津と分かれる。

方言だって船場や島之内言葉と河内弁、泉州弁はことなる。そんな中で、大阪人はランク付けに敏感だ。ミナミでは河内や泉州が田舎扱い。駅前は河内の西端、浪花の東端に隣接しているから汽水域のようなもの。言葉だって河内弁と大阪弁に大和弁なんかがごちゃごちゃと混じっている。駅前の面々はミナミへの劣等感をにじませつつ、泉州のことになると「ガラが悪い」「敬語ちゅうのがあらへん」なんて真顔になるのだから世話がない。

泉州だって「河内こそガラが悪い」と決めつけるし、「海がない」ともいう。確かに大阪で漁師町があるのは泉州ならでは。あるいは、中世の自由貿易都市でいまもって大阪二番目の人口と規模を誇る堺の自負、岡部家十三代の居城岸和田城あらばこそか。

「僕にいわせたら、河内と泉州はどっこいどっこいだけど」

富瀬は呆れるが、大阪に微妙な優越と劣等の意識が交錯しているのは間違いない。

「摂津かてガラ悪いやん」、幸子は矛先を摂津にむけた。

「淀川の喰らわんか船ちゅうの、高槻あたりのこっちゃろ」

江戸期、京の伏見と大坂の天満橋を行き来した三十石船を相手に、酒や食べ物を供した小舟のことだ。船体がぶつかるほど近づき、「喰らわんか」と脅すように商売したというから、とてもお上品とはいえない。もっとも、河内が野卑で猥雑だというイメージはすでに全国区。一昨年だったか、ミス花子の『河内のオッサンの唄』が大ヒットして「われ」「何さらしとんど」「やんけ」なんて河内弁が改めて有名になってしまった。

「お上品を気取っても、肚《はら》ン中は真っ黒ケちゅうのがようさんおるやんけ」

安城は開き直る。富瀬もそのとおりだと思う。言葉や気風はその土地ならでは、ナンでもカンでも東京を基準にして画一化する必要はあるまい。国鉄の肩を持つわけじゃないけれど、ディスカバージャパン、各地の土地柄を再発見するのはいいことだ。

「みさき公園に犬鳴山、仁徳天皇陵。なんか知らんけどオレらの班は行楽地が多いの」

安城はヤッケのポケットに突っ込んだタオルを出して汗をぬぐう。

「お陽さんのあがってる時間は苦手や」と幸子も二日酔いでむくれた瞼《まぶた》を瞬《まばた》かせた。ふたりは「夕方まで寝てたい」「馬券、買われへん」とぶつぶついっている。

富瀬はリーダーの自覚をもって毅然といってのけた。

「候補地が最後の一〇個に絞られた時点で、公平に担当を抽選したじゃないですか」

これまでだって探索に出動したのは富瀬が圧倒的に多い。二番目は育枝だが、大阪の主だった寺社をさらってしまった途端に腰やら膝が痛い、肋間神経痛がでたと出番が激減した。恵梨香は富瀬とカップルでなきゃイヤだと駄々をこねるし、安城も幸子と組みたがる。富瀬は彼らを宥《なだ》めたり、叱咤《しった》したりして捜索へと駆りだした。ホンネをいえば、彼だってゆあと行動したいのに……だが邪念を振り払った富瀬はリーダーらしく威儀をただす。

「今日は大家さんが、明後日の日曜は恵梨香ちゃんも単独で調査してくれるんですから」

「はいはい、それはようわかってる」と幸子。安城も首を回して背中のリュックをみやる。

「オレかて鶴橋市場で買い出しして、三人分の弁当つくってきたったんやで」

なるほど、ニンニクとタレの混じった食欲をそそる香りがする。朝鮮料理だろう。

「せやけどカーブのおっさんはどないなってんねん?」、安城が問う。

「そのことなんですよ」、富瀬は痛いところを衝かれて渋面になった。


昨夜も刑事が八ちゃんに顔をだした。

「ここんとこカーブがヤサにおらんようやが、どこへいきさらした?」

「知りませんよ。あの人の番をしてるわけじゃないんだし」

純金のビリケン騒動からこっち、カーブはSOP軍資金探索本部での会合(例のメンバーが八ちゃんに集まるだけのことなのだが)の出席率が悪くなった。営業の仕事が急に増えたというのだが、カーブに対するメンバーの風当たりは日増しにつよくなっている。

「あのオッサン、カラーテレビを新調しよったんでっせ」

大家の育枝がおもしろくもなさそうに報告する。

「ソニーのトリニトロンでおました」

「それ高っかいやつや」「ゼニどないしたん」。たちまち安城や幸子が食いつく。

「日曜、千日前をケバい女の人と歩いてはった」、恵梨香は低い鼻をうごめかせる。

「水商売風のスケか?」「ママより若うてベッピンやったわ」「なんやと!」

激昂する幸子を安城がおさえる。育枝がズバリ、皆の心情を代表した。

「ビリケンだけやのうて、あれこれの騒動にもカーブはんがいっちょ嚙んでまっせ」

実際、このところ大阪では物騒な事件が続発している。しかも、その舞台がSOP軍資金の隠された候補地なのだから――。富瀬はチェリーをくわえ、火をつけずにセキレイの尾っぽみたいに上下させる。鼻の頭にタバコがちょんちょんとあたった。余談ながら、これ、意外とむつかしい小技なのだ。

「近いうちに僕がリーダーとして、しっかりカーブさんと話し合ってみます」

安城もセブンスターと一〇〇円ライターをとりだす。幸子が当たり前というように彼の煙草をつまむ。安城も当然のごとく彼女にライターで火をつけてやった。

「カーブはんは完全にあの刑事に眼ェつけられとる」、安城は煙を手で払いながらいう。

「それどころかオレらも共犯やと勘違いされとるんや」

富瀬は事件当夜の完全なアリバイがあるというのに、あの刑事ばかりか府警にまで事情聴取されている。カーブが怪しいとなればメンバーだって疑われるのは当然だろう。

「太平寺組の幹部たちの動きはどうですか?」

「サツから徹底的に封じこまれとるわ」

安城はご苦労にも、仕事そっちのけでヤクザの動向まで調べてくれているのだ。

「せやけど太融寺に久米田池、大仙公園……あいつらもSOPのお宝を探し回っとる」

「やっぱり」、富瀬はうなずく。「だけど、どこも望み薄ですから安心してください」

富瀬だって正直に候補地のリストを渡すほどバカじゃない。ＳＯＰ軍資金の眠る場所には見当違いの場所をいくつも混ぜておいた。

「どうやら、ビリケンをパクったんは太平寺組やないで」、安城は続いて報告してくれた。

「裏世界で盗品をさばく筋にあたってみたんやけど、太平寺組からは接触ないらしいわ」

「じゃビリケン像はどこにいっちゃったんだろ」

「そこや」、安城の細い眼が鋭く光った。

「金の塊を処分したいと当たりをつけてきた別のヤツがおるらしい」

「そいつが犯人ってことですね」

「けど、ここで調査も限界や。その筋の人間は口にチャックしてまう」

富瀬は火をつけていない煙草を灰皿に置く。彼はしばらく、噛んでひしゃげたチェリーのフィルターをみつめていた。

富瀬を待ち伏せして、二度も失神させた男たち。あれは太平寺組じゃないだろう。覆面をしていても声や風貌、仕草で目星はつく。片方のとんでもない怪力は、太平寺組幹部のような肥満ぎみじゃなく、かなり引き締まっていた。もうひとりの、ひどく短気な男は怪力より年かさだったように思える。しかも、あいつらは純金のビリケン像を手にできず富瀬を襲い、カーブも調べるといったのだ。

「ビリケン像を持ち逃げした主犯とカーブさんは何らかの繋がりがあるんでしょうね」

メンバー全員が固唾《かたず》をのんだ。恵梨香が落ちつきなく尻をもぞもぞさせる。

「カーブのおっちゃん、裏切り者やのん？」と恵梨香。

「あたしに吉本興業を紹介してくれるっていうてくれはった、ええ人やのに」

「あんた、吉本なんかイヤって速攻で断ってたがな」と母の幸子。

「まだカーブさんが僕らを裏切ったかどうかはわからない。でも、かなり怪しい」

通天閣芸能社の内部事情と金庫のダイヤル番号を犯人に教えたのはおそらくカーブだろう。富瀬は当初、てっきりその相手が太平寺組だと踏んでいたのだが……どうやら通天閣で将棋を指していたのは偶然、あるいはSOP軍資金探しにきていたと推測できる。

「僕を襲撃した連中だってビリケンを手にしていない」

「そいつらは俊徳連合とも違うで。経済ヤクザは強盗なんかせえへんもん」

「そらそうや」、メンバーは同意する。富瀬を痛めつけたのは餓狼《がろう》のような連中。しかも、そんな彼らの上前をかっさらう、したたかな悪党がいる。

「富瀬さんをいてこましたヤツらよりエゲつないワルってどんなん？」恵梨香が素直な意見をいった。

「こんだけマスコミを騒がせ、府警が必死に捜索してまんのに」と育枝。

「その筋が黙ってまうちゅうのは、かなりの大物やろな」、安城は煙草を消した。

「僕を襲った凶徒とカーブさん、それに強盗犯の関係はハッキリさせなきゃ」

「助太刀がいるんやったら遠慮のういうてや」

安城の申し出に富瀬は礼をいった。恵梨香の誘拐事件以来、安城への信頼度は高いし、なんとなくウマがあう。富瀬はみんなをみわたした。

「まずは残る候補地をしっかり調査しましょう」

一同に異存はない。富瀬はまた口をひらきかけた。だが言葉にはしなかった。

——一番のワルには心あたりがある。

6

摂津峡にそったハイキングコースは全長六キロほどの距離だ。

進むほどに樹々の枝の天井が低くたれこめ薄暗くなり、道は狭いうえ湿って滑りやすい。なるほど暗闇と湿気、大阪の奥地というお宝の隠し場所の要件は満たしている。

「落石注意」だけでなく「マムシ注意」という、鎌首をもたげた毒蛇のイラストつき看板が眼につきだした。富瀬は思わず足元を見渡してから地図をチェックする。

「夫婦岩や八畳岩、それと白滝あたりで探してみますか」

彼が横目で窺《うかが》うと、角刈りの刑事が一〇メートルほど離れたところでワザとらしく渓谷を覗きこんでいる。三人とひとりの奇妙な一行は等間隔で進んでいく。富瀬たちが渓谷へ降りると、刑事もズボンの裾を汚しながらついてきた。富瀬たちは水しぶきをもろともせず、岩の隙間や大木の洞《ほら》をさぐったがお宝はみつからない。

「そろそろ昼飯にしよ」

安城の提案に異議はない。少し下流の川原が広々としたところでレジャーシートを敷き、安城お手製弁当のタッパーを次々にひらく。富瀬は歓声をあげた。

「韓国風のり巻きに甘辛の鶏のから揚げ、こっちは豆もやしとほうれん草のナムルだ」

「海苔巻きがサムギョプサルキンパ、唐揚げはヤンニョムチキンちゅうんや」

別のタッパーには白菜だけでなく大根、キュウリのキムチ。ニンニクや香辛料、ごま油なんかが混然とした香りが鼻をくすぐる。富瀬の腹がグウ～ッと鳴った。

「この人のこさえる料理はおいしいんやで。恵梨香かてママより上手やていうてるわ」

どうやら安城と年上の熟女、それに娘の関係は良好のようだ。富瀬もリュックをあけた。

「僭越《せんえつ》ながら、僕もプロのお好み焼き屋としてチヂミをつくってきました」

再び歓声があがる。うまいものがあれば人間の顔は自然とほころぶ。

刑事はぽつねんと岩に座り、アンパンらしきものを頬ばっていた。彼は川原の石を食《は》むような顔つきをしている。

「料理だけやのうて、空気も駅前より断然おいしいわ」

幸子は両手をひろげて深呼吸する。ボインな胸がいっそう大きくなった。

「だけど、このおいしい空気も吸えなくなっちゃうかもしれません」

「公害問題かいな」

關や祖父が遷都論をまとめた頃の大阪は大気汚染が深刻で、商都や水の都ならぬ煙の都だった。工業地帯では一〇〇メートルと視界がきかず、洗濯物を干せば煤汚《すすよご》れしたという。

「關さんは日本で初めて煤煙防止規制の法制を整備しました。大阪を白都（ホワイトシティ）にすると明言したんです」

「高度経済成長の置き土産で日本中が公害でわやくちゃやもんね」と幸子。富瀬の大阪遷都論でも公害問題に対処するため煤煙や排気ガス、工業廃棄物の規制と排煙脱硝技術の促進を盛りこむ予定でいる。彼はのり巻きをぱくつきながらいう。

「二一世紀には環境問題が深刻になりそうなんです」

彼が読んだ鈴木秀夫の『氷河時代』や根本順吉の『氷河期が来る　異常気象が告げる人間の危機』などは地球がどんどん寒冷化すると警告していた。その一方で、少数ながら欧米の気象学者は温暖化が進むと正反対のことを力説している。

「冬にぬくいいんはけっこうなこっちゃ。外まわりの仕事が楽になる」と安城。

「その程度ならいいんですが、このまま石油やプラスチックなんかをバンバン使っていると、二酸化炭素が増えすぎちゃうし、フロンガスのせいでオゾンホールがあくらしいんですよ」

「なに、それ?」。安城と幸子が問う。富瀬は空をみあげる。

「クーラーやスプレーなんかに使うガスが悪さして、あそこにでっかい穴があくんです」

「お天道さんが落ちてくるやん」と笑う幸子に富瀬はマジメな調子でいった。

「紫外線が降りそそぎ、暖かいどころか猛暑でバタバタ人が倒れ、四季の境がなくなっちゃって作物の大凶作。強烈な台風は発生するし、南極の氷まで溶けて大洪水ですよ」

「まさか。それ、ホンマのことなん?」、「恐《おと》ろしい」安城と幸子は声を曇らせた。

「日本やアメリカがどんどん石油を使っていますが、いずれ中国はじめアジア、アフリカ諸国も使うようになります」

国を富ませ民が豊かになるのはいいことだが地球の氷河化、温暖化は困る。

「プレート理論的には、日本ではいつ、どこで大地震が起こるかわからないですしね」

小松左京の大ベストセラーSF小説『日本沈没』では京都、東京の順で大地震に襲われ富士山が大爆発してしまう。

「大災害で怖いのは医療体制の崩壊。そこに疫病の流行が重なると最悪です」

「オレが小学生のとき、アジアかぜをこじらせて親戚のおっちゃんが死んでしもた」

安城がしんみりした。インフルエンザは一〇年前にも香港かぜが猛威をふるっている。

「SOP軍資金はそういう方面の研究や啓蒙にも使いたいんです」

「いっぱしの政治家みたいなことをいうやんか」、幸子がまじまじと富瀬をみつめる。

「富瀬クンはSOPのゼニを本気でそういうのに使うつもりやで」と安城。

「天変地異やら凶作は、地球のことを考えへん人間にバチがあたるちゅうこと？」

幸子がなんだか殊勝《しゅしょう》なことをいった。


モズの鋭い鳴き声が渓谷の空気を裂く。

スズメより大きく丸っこい身体に黒、オレンジ、濃淡のグレーの色合い。この小鳥は攻撃的で食いしん坊、おしゃべりでもある。大阪の鳥に選ばれているだけのことはある。

なんとなくモズっぽい幸子が、割り箸の先で一〇人ほどの集団をさした。

「あの人ら、なにをしてはるんやろ？」

一〇人ほどの一団が渓流に点在する巨岩、奇岩をさわったり川原を這《は》うようにしている。

「財布でも落としたんか」と安城。富瀬は箸をおいた。

「地学好きや岩石マニアじゃないかな」

摂津峡はかなり古い地層だ。地質学ファンにとっては垂涎《すいぜん》のスポットで、いろんな岩石がみつかる。水晶やガーネット、翡翠《ひすい》の珍品を手にすることもできるらしい。

「ガーネットやて？　ウチ、それが欲しい」

幸子は愛人お手製のうまい料理をほっぽりだし駆けていく。ちゃっかり石探しの一群に割りこむと、中腰になって見事なヒップの双丘を揺らした。

じっと様子を窺っていた刑事が事態急変とばかりにこっちへきた。

「こら、八ちゃんの兄ちゃんに安城。あいつらもお前らの仲間か？」

「あんな人らのこと全然、知らん……」と安城がいいかけるのを富瀬は強引に被せていく。

「そう、僕らの別動隊です。川上から順番に捜索してるんです」

「なに、この川原に純金のビリケンが埋まってんのやな」

刑事は短足をメいっぱい広げて駆け出す。二度、三度と石に足をとられ転げかけたが、なんとかふんばった。そんな刑事の乱入で石探しの一団に大きな波紋が生じた。安城が幸子に「帰ってこい」と大きく腕をふる。幸子は器用に人の輪をわけ、大きなおっぱいを揺らせながら小走りに戻ってきた。

「アカン、宝石なんか転がってへんわ」。狩りに失敗した牝ライオンみたいにボヤく。

刑事は命令口調で採石隊の荷物検査をやらかそうとしている。安城が気の毒がった。

「富瀬クンあんなこというて、石探しの人らがえらいメェにあうんとちゃうか」

「大丈夫、学者って学問の領域を侵されると徹底的に抵抗しますから」

なにしろ祖父ばかりか自分も学究の徒。学者という種族のことはよくわかっている。普段はヤギのようにおとなしく読書しているが、本をとりあげられそうになると黒ヤギの頭を持つ大悪魔バフォメットにだって変身してしまうのだ。

富瀬は笑いながら「さ、僕らはランチを終えて先へいきましょう」と促す。

案の定、リーダーらしき地味な風体で痩せた老人が、えらい剣幕で刑事にくってかかりはじめた。リーダーの眼鏡のレンズが光るたび、「大阪群層と花崗岩《かこうがん》」「地層の不整合」「タカツキワニの化石」なんて言葉がきこえてくる。メンバーたちもハンマーやタガネ、ピッケルなんて凶器になりかねない採石道具を手に刑事をとりまく。

背の低い刑事はすっかり一団のなかに埋もれてしまった。

一揆の農民たちに取り囲まれる郡代の木っ端役人という感じだ。

尾行者をうまく置き去りにしたものの、肝心のSOP軍資金はみつからない。

「摂津峡もアカンかった。候補地はもう残り少《す》けないやん」

「秀才の富瀬クンをしても、どうも謎解きがあっちゃこっちゃになっとる」

幸子と安城はぶつぶついう。「あっちゃこっちゃ」という大阪弁には、「あちこち」という意味のほか「あべこべ」の語義もある。現状では探す手立て、場所とも順序や方法が食い違ってしまっているのは歴然としている。

だが富瀬は、かまびすしくしゃべるふたりのかたわらでめっきり無口になっている。

「富瀬クンどないしたんや?」、安城が気づかう。

「信金の彼女と一緒やないから、ふくれてんのかいな」と幸子も気をまわす。

「ゆあちゃんか。あの子もいつの間にかメンバーの一員になったしな」

富瀬はなにをいわれてもむっつりしている。高槻駅に向かうバスでは、とうとう、えらく小さなカセットレコーダーを取り出しイヤフォンをつけた。ＡＩＷＡとメーカー名が入っていて、縦横はハヤカワポケットミステリーくらいのサイズ。ただし厚みはドカ弁さながら五センチほどもある。カセットテープには彼の字で『フィルモアライブ』と書かれていた。

幸子は「なんや感じ悪いで」と呆れる。だが安城は「富瀬クンが真剣に考えごとするときは、いっつもこうなんや」と請けあう。

「カセットテープは、いつも八ちゃんでかかってる洋楽かいな」

「それや、それ。あれがないと考えごとが進めへん体質らしいで」

「恵梨香もそうやけどきょうびのヤングは、ながら族やな」

帰りは阪急電車に乗って梅田へ。動く歩道を使って国電の大阪駅へでる。

安城と幸子は高架下に酒の香が漂い、関東炊きや揚げ物なんかの店が一〇〇近くも軒を連ねる新梅田食堂街で一杯ひっかけるつもりだったが——なにしろ富瀬が唇をへの字に結んだままどんどん先にいってしまう。ふたりは顔を見合わせ小走りで追いかけるハメに。

国電の大阪駅へでて環状線の外回り、オレンジ色の車両に乗りこむ。

天満駅から大川を渡って桜ノ宮、京橋駅。ここで京阪電車と片町線に乗り換える客がかなり降りた。三人はシートに腰かけたものの、富瀬は腕を組んでむつかしい顔のまま。

京橋を出て寝屋川にかかった鉄橋を過ぎたら大阪城の偉容がみえはじめる。安城は幸子の肩をつつき、向かいのおっさんがひろげる新聞の派手な見出しに注意をむけた。

——大阪城にも盗賊あらわる　黄金のビリケンに続きご難！

「ウチの娘もちょこっと夕刊紙に載ったんやで」

恵梨香のコンテストでの発言がけっこう話題になり、幸子はその記事を大事にファイルしていた。それはともかく、この時間、サラリーマンはたいてい夕刊紙をひろげている。

電車で読むものといえば会社員は新聞か週刊誌、受験生が青春出版社の『試験にでる英単語』こと〝しけ単〟、大学生になったら少年漫画と相場が決まっているのだ。向かいの座席の中年男も夕刊紙にみいっている。

ただ富瀬の眼には常識外れに大きな活字の見出しが、まったく入らないようだ。

安城と幸子は、富瀬をそっとしておくことにして、ふたりでいいかわした。

「梅田の地下街の丸柱にもぎょうさん夕刊紙が貼ってあったわ」

「うん、どの新聞も怪盗騒動でえらいこっちゃ」

大阪キタの地下街では、昼過ぎになるといっせいに夕刊紙が貼りだされる。

この地には大阪新聞や大阪日日新聞に新大阪、新関西をはじめ、夕刊フジ、大阪スポーツと夕刊紙が乱立している。たいていが芸能ゴシップにエロ、ヤクザの動向とギャンブルなんて下世話ネタが満艦飾《まんかんしょく》でならぶ。毎日、号外を配っているようなものだ。

——大阪の秘宝が狙われる！　国際窃盗団の仕業か？

このところ各紙の一面は、新世界での盗難事件を皮切りに四天王寺や南北の御堂、難波神社といった寺社の宝物が連続して賊《ぞく》の被害にあっている事件でもちきりになっている。

「あの刑事かてウチらがその一味と誤解しとるわけやろ」

「そうなんや。被害におうてんのが、きっちりＳＯＰのお宝の候補地と重なっとるし」

「ウチらも寺もえらい迷惑やんか」。幸子は憤慨しつつ、こそっとつけ加える。

「せやけど古い仏像なんかいらん。ウチは断然、現ナマか宝石がええわ」

森ノ宮駅へと電車はむかう。車窓からみえるのは、大阪の人たちの憩いの場の大阪城公園。その中心に大阪城がそびえる。五層の天守閣は青銅色の瓦と無垢《むく》の白さの漆喰《しっくい》、要所にきらめく黄金が配され偉容を誇ってやまない。幸子と安城はおしゃべりをやめない。

「大阪が首都になったら、総理大臣は大阪城で仕事したらええねん」

「お札や小銭のデザインにも大阪城を使《つ》こてもらわな」

安城と幸子が、少しずつであっても首都大阪を意識するようになったのはＳＯＰ効果といえよう。だけど、張本人の富瀬は眉間に皺を寄せたまま。

彼が沈思黙考していなければ、こうまくしたてるはずだ。

「大阪城は昭和六（一九三一）年に再建されました。この大計画を実施したのが關一大阪市長です。費用はすべて大阪の人たちの寄付なんです！」

その大阪城から兜や刀がごっそり盗まれたのだから穏やかではない。

「しかも、相当に荒っぽい仕事らしいで」

「防犯カメラみたいな便利なモンがありゃあ、人の出入りを録画できんのやろけど」

「あっても値ェが高いやろし、そんなんがあったらオレの仕事かてやりにくうなるがな」

「あんたの保健所のほうからちゅう仕事も詐欺みたいなもんやからな」

「なにいうてんねん、事故現場特殊清掃ちゅうのは世のための仕事やで」

仁丹の看板が車窓にうつり玉造に近づくにつれ、街の様子は大阪の下町らしいごちゃごちゃと猥雑なムードを帯びてくる。玉造から鶴橋、桃谷はほとんど地続きだ。駅と駅の間には商店と飲み屋が連なり、ピンサロや連れ込みホテルも点在している。

「この前も酔っぱろうて、あんたとこのへんをうろちょろしたな」

幸子が思い出すのを安城がニヤリと応えたそのとき、いきなり富瀬が叫んだ。

「わかりました！」

あまりの大声に幸子が富瀬の袖をひく。安城が周囲に「すんまへん」と頭をさげた。

「SOP軍資金は紙幣でも株券でも金塊でもない！　きっとアレなんですよ、アレ！」

富瀬の興奮はおさまりそうにない。安城と幸子は面食らうばかり。

「悪党のこと、軍資金の隠し場所もほぼ特定できました！」

「シーッ！　どこで誰がきいてるかわからへんがな」

安城が強い調子でたしなめる。

次の駅につくや、三人は乗客の好奇の眼から逃げるように電車を転がり降りた。

第七章「ダイヤモンド」

1

富瀬はむんずとバーベルをつかんだ。

住吉大社の太鼓橋を逆さにしたかのように、これ以上は反りかえられないほど背中でアーチを描き、同時に尻を突き出す。

「ウッ、ウッ」。くぐもった声が漏れる。頬はフグのようにふくらみ、眼玉が飛び出さんばかりになった。こめかみに血管、首には筋が浮かぶ。左右あわせて一〇枚の青いプレートをつけたバーベルは意地でも動かぬつもりのようだが、富瀬の渾身の力がそれをひきはがす。

シャフトが竿竹のようにたわんで浅いU字のカーブとなった。床と並行のポジションにあった背中が起きあがっていく。なんと、二二〇キロのウエイトが数センチ浮いた。

「ウッ」、「ドリャーッ」。富瀬が咆哮《ほうこう》する。シャフトが脛にそって膝、さらに腿まで挙がった。

富瀬は完全に身体を起こし直立する。全身が小刻みに震えた。

「これぞ完璧なデッドリフト！」、カーブが叫ぶ。あちこちから拍手と歓声がおこった。

富瀬はボディビルジムにいる。体臭と汗、バーベルに浮かぶ鉄錆のにおいが鼻をつく。

とうとう熱球カーブをつかまえ直談判——といいたいところなのだが。

「まさか筋肉鍛錬の虎の穴、我が難波ボディビルジムに富瀬クンが現れるとは」

カーブは驚き半分、残りはバツの悪さをにじませながらも持ち前の調子のよさと話術で富瀬を丸めこみにかかった。おかげで、富瀬は彼の御指南と声援をうけ二〇〇キロをこす鉄塊を相手に奮闘するはめに……。

「富瀬クンはチャンピオンを狙えまっせ。ボディビルやりなはれ」

カーブは「杉田茂タイプやないけど、須藤孝三ばりのキレとプロポーションは手に入る」と絶賛してくれた。杉田、須藤とも世界で認められたビルダーらしい。かくいうカーブはボディビル大会で入賞経験がある。カーブは筋肉界でもちょっとした顔役なのだ。

「敗戦後まもなく、アメリカからこのすばらしき筋肉育成術がやってきたんですわ」

それ以来すっかりはまったのだという。カーブはランニングシャツの襟ぐりからのぞく分厚い胸板をピクピクしてみせた。

「民放テレビが開局した昭和三〇年頃にはボディビル番組が大人気でしたんや」

男は筋肉美で女子が八頭身、これが美男美女の理想像。だが富瀬は、汗で前髪がへばりついた額を手で拭いながらボディビル史の講義をさえぎった。

「今日こそお話があるんです。少し付きあってください」

いよいよＳＯＰ軍資金の隠し場所は絞りこまれてきた。軍資金がどんなかたちで眠っているのか、総額がいくらなのかもメドがついた。そして、富瀬を襲撃した連中や大阪の名所からお宝を盗む悪党たちをめぐるカラクリも……。だがカーブは話を逸《そ》らしにかかる。

「次はベンチプレス、どないだ？」

「トレーニングはまた後日に」。それより大事なのはカーブのかかえるうやむやをハッキリさせること。富瀬の語勢が強いせいでカーブは媚《こ》びるような笑いをうかべた。

「富瀬クン、おとろしい顔せんといて。すぐに着がえてくるさかい」

彼は更衣室に消えた。まさか窓や通気口から逃げ出すことはあるまい。富瀬はジムをみわたした。むくつけき男たちが一心不乱にトレーニングしている。バーベルやダンベルが愛しい恋人のように、あるいは憎っくき恋敵のように。富瀬は、ボクシング部時代を懐かしく思い出した。こういった殺風景だが無骨なムードは嫌いじゃない。

再びロッカールームをみはる。背後でドスンドスンと荒々しく友好的とはいえない足音がした。振り向くと、挑みかかるような表情をした男がとがった声をかけてきた。

「二〇〇キロやそこらを挙げたちゅうてええ気になんなよ」

富瀬より背丈は少し低いけれど充分に長身だ。ウエイトは、ウエルター級だった富瀬よりかなり重そうで一〇〇キロ近くありそう。男は細く整えた眉にかかる前髪を払った。

「ニイちゃん、オレはお前よりずっとええカラダしとるんや」

明らかに年下、しかも初対面の彼にニイちゃん呼ばわりされる筋合いはない。

富瀬は、眺める気はなくとも、イヤでも飛びこんでくる無礼な若者の肉体をみつめた。

程よさを無視して発達した三角筋と大胸筋が、白い、おそらくヘインズ製Tシャツの生地をぱんぱんに盛りあげている。半袖からのぞく上腕二頭筋とその裏の三頭筋もしかり。太い頸《くび》は僧帽筋にめりこみかけていて、わざわざ回れ右をしなくても、後背部が生駒山を逆さにしたようなシェイプだとわかる。筋肉美というより、禍々《まがまが》しく凶器めいた肉体だ。

「ジムに入会するんやったら、まずオレに挨拶せい」。彼は唾《つば》を吐くようにいった。黒味のまさったドングリ眼《まなこ》には激しい敵意があった。こんなヤツにかかわりたくない。富瀬は脇へよけた。でも軽くジャブを放つのだけは忘れない。

「お好み焼きのヘラより重いのを持ったことがなくて。まだ腰のあたりが熱っぽいよ」

「サロンパスでも貼っとけ」

「それなら湿布を貼るの手伝ってもらおうかな」

非礼には相応の返礼を。ひとこと多いのはわかっていても、いわずにいられない。男はわざと肩を押しつけ更衣室へ歩をすすめる。富瀬は圧を受けながらビクとも動かない。

「あン？　やんのかクソボケが」

「みぞおちやレバーは筋肉の鎧《よろい》で守れても顎《チン》、こめかみは鍛えようがないよ」

富瀬は右の拳をつくり左手でさする。遠巻きにしていたビルダーの中から、数人の二〇代の男たちが駆け寄ってきた。仲裁ではなく加勢にきたようだ。ひとりがいった。

「大山はん、このアホを表に叩き出しましょか」

富瀬は苦笑しながら握った拳をひらいてケンカ腰の連中へ向けた。

「君たちにつまみ出されなくても、待ってる人が着がえたらとっとと出ていくから」

このタイミングをはかったかのように更衣室の扉がひらいた。カーブのことだから、ずっとドアの隙間から様子を窺っていたのかもしれない。

「富瀬クンお待っとうさん。ほな、うまいコーヒーでも呑みながら打ち合わせしまひょ」

カーブはカニのように横幅の広い身体を肉体派の若者たちと富瀬の間に割りこませた。

大山と呼ばれた無礼な男は、富瀬だけでなくカーブにもナイフのような視線を突き刺してから、チェッと大きく舌打ちした。


季節はめぐり一二月になった。あと数週間でクリスマスだ。

とはいえ、サンタがプレゼントを背負ってやってくる聖夜は子どもたちのための日。デパートや玩具店は手ぐすねをひくけれど、こぞって街中が商戦ムードというわけでもない。むしろ、大人は師走の掛け取りや支払いの算段で気もそぞろだ。富瀬だって、駅前の洋菓子店やパン屋がバタークリームこってり、スポンジはパサパサのケーキを店頭の長机に並べる頃になって、ようやくクリスマスを実感する。

「あのケーキはうまかった試しがないもんね」

季節は冬だというのに、今日の大阪はなんだか暖かい。難波界隈には、コートを羽織らず、紺ブレに細かいチェックのスカート、トックリのセーターというニュートラファッションの女の子が目立つ。そしてカーブは、紅白のストライプのジャンパーにスカイブルーのズボンといういでたち。仏国旗のトリコロールさながら、街をゆくヒョウ柄の派手なオバハンまでが「えらい格好やな」とびっくりしている。

電車の高架下にあるボディビルジムを出たふたりは、カーブいきつけという純喫茶に入った。この店もまだツリーを飾ってはいない。客はまばら、奥のテーブルがあいている。

「大山ちゅうのはナンギでんねん」、カーブは熱いおしぼりで首筋をぬぐった。

「あンくらいの齢で、あンくらいの身体になった頃がイキりたい盛りですわ」

「脳ミソまで筋肉っていうタイプでしたね」

「それ、ボディビルダーには禁句でっせ。ムキムキもいうたらあかん」

「失礼。でも総論でビルダーをバカにしたんじゃなく、彼にだけ当てはめた各論です」

富瀬は運ばれてきたキリマンジャロのカップを手にする。この店はサイフォン、八ちゃんでいれるネルのドリップより抽出の色合いは濃いものの味わいはマイルドだ。しかし、これからの話は、コーヒーほどあっさりとしたものになりそうもない。富瀬は切りだした。

「近いうちに大本命の候補地へ乗りこみます」

「ほほう、いよいよでんな」。カーブはウインナーコーヒーのホイップクリームを全部すくって口に放りこむ。今回の探索はこういうふうに大胆にやらねばならぬ。だが、このように無謀なやりかたで成功するわけがない。度胸と緻密さ、そして幸運まで必要なのだ。

「で、いったいどこへ踏みこむんでっか?」

「…………」

「最終決戦とあらば、ワシも万難を排して駆けつけまっせ」

「…………」

「暗闇。横穴。湿気。奥の奥。へてからに大阪名所で再挑戦がヒントでしたな」

富瀬は返事するかわりに眼を細くしてクセモノの芸人をみつめた。イガイガした目線を受け止めているようだが、初老のすれっからし男はナンにも感じてなさそうにいった。

「皆で手分けして苦労してきた甲斐があったというもんでんな」

ろくすっぽ探索に協力しなかったくせに。富瀬はそれを口にしかけたけれど、ぐっとこらえた。

メンバーからは、カーブを除け者にしようという声さえあがっている。富瀬も、彼がSOP軍資金を狙う黒幕と内通しているのではないかと疑ってはいる。でも無下に仲間から外す気になれない。育枝はそんな富瀬を「お人よし」と評した。たぶん、彼女のいうとおりなのだろう。しかし、いわばカーブは憎み切れないろくでなし。富瀬と黒幕の間でずるずる二股膏薬《ふたまたこうやく》を続けさせるのではなく、こちらの陣営に引き戻したい。幸子から「あまい!」と毒づかれたが、ひとりとて仲間を欠きたくはない。SOP軍資金の向こうには大阪遷都がそびえている。それを見据えたら、悪縁奇縁で集まったとはいえ、数少ないメンバーを束ねられずに一世一代の大事業なんかやり遂げられるわけがない。

「大本命の候補地探索は僕とカーブさんで担当したいんです」

富瀬は本題を持ち出した。カーブはスタイリストが持つような大きなショルダーバッグのファスナーをひらいた。バッグにはr、e、n、o、m、eのロゴ。千日前の「マルエイ」あたりで買ったのだろうか。マルエイに限らず、店頭での叩き売りはミナミの名物。

富瀬は啖呵売《たんかばい》のやりとりを思い出す。

「このバッグ、正規で買うたらナンボか知ってまっか?」

バッタ屋の大将はスーツ姿でねじり鉢巻き。レノマならぬレノメのバッグをハリセンで指し示す。客たちは二重、三重に取り囲み、最後列は背伸びしている。最前列の客がいう。

「三、四万円はするんやろな」

「四万円は去年の値ェや。これ、えらい人気で今年の輸入価格は倍になってまんねん」

「そないに高いいん？　ウソいうてんのとちゃうの」

「私はウソは申しません！　なんでかいうたら、この土地一坪ナンボかしってまっか？　金一升の値打ち、五五〇万円はする。全国でも有数の高い地ベタや。いざとなったらこの土地、売ったらメシ食えんねん。わざわざウソついてモノを売ろうなんて、こっすいこと考えへん。足かけ三〇年、誠実一路で商売やってまんねん」

「けど、このバッグ、レノマやのうてレノメやんか」

「兄ちゃんみたいにオツムの弱い人はすぐそんなこというう。けど、頭のええ人はちゃんとみてるで。これがレノマなら八万円。けど縫製ミス、それも些細《ささい》な一文字だけの間違いでナンと五〇〇〇円ちゅうワヤクチャな値ェになってまんのや」

「せやけどパチモンやろ」

「アホなこというたらアカン！　このチャックを御覧じろ。ＹＫＫ製や！　開け閉め自由自在、使って安心、正真正銘の国内一流メーカー品を使てんのや」

「……なんかダマされてるような。けど五〇〇〇円は高い」

「うーーーん。ほな四〇〇〇と三〇〇〇円でどや！」

富瀬はつい、ふふっと笑ってしまった。その間にカーブはレノメのバッグから予定表をとりだす。だが富瀬は急いで笑顔を収めピシャリといった。

「大事な計画を誰がきいてるかわからない。メモせず頭に刻んでください」

カーブはなにかいいたそうだったたが、それでもスケジュール帳を閉じた。

「ＳＯＰ軍資金はきっとここに隠されています」

富瀬は声をひそめる。場所は、大阪城ひいては太閤秀吉とゆかりの深い地下の穴ぐらだ。

「太閤背割《たいこうせわり》といいましてね。一六世紀末に掘られたんです」

太閤背割は都市生活に欠かせぬインフラの下水道。秀吉は大阪城建造と城下町整備に際し、メインタウンの船場で幹線道路のみならず下水溝まで整備した。大きなものでは二間（約三・六メートル）の幅を穿《うが》ち、生活排水を東西の横堀川へ流れるように工夫されている。秀吉の都市開発プロジェクトのなかでも現代に通用する画期的なものだ。

太閤背割は秀吉存命中のみならず、江戸時代にも改良を加えられ天下の台所・大坂を裏で支えた。それどころか昭和になって五〇年以上たった今も現役なのだ。

「さすがは秀吉、彼の都市計画は学者からも高く評価されています」

あの關一もきっと先見の明に感化されたはず。富瀬だって大いに感心している。

「下水の維持管理を町衆たちが担ったというのも大阪らしい。浪花っ子の誇りです」

カーブは自分が褒められたみたいにテレてみせる。大阪人は大阪のことをよくいわれたら、たちまちとろけてしまう。

「しかも、ここだけの話ですが――」、富瀬はカーブにおいでおいでと手招きする。

「なんでんねん？」、カーブがテーブル越しに顔を寄せふたりの額がくっつきかけた。

「太閤背割にはでっかい横穴があって大阪城に通じているんです」

豊臣秀頼や淀君がこの横穴から太閤背割をとおって城外へ逃げ出したという伝説もある。

「ホンマでっか！　そこに絶対、ＳＯＰのお宝が眠ってまっせ」

ニヤけるカーブに富瀬は強い調子でいった。

「明後日の深夜、太閤背割に侵入します」

「けど下水の全長はどんくらいでおます？　とても一夜で端から端まで探せませんやろ」

「その点はご安心を」、富瀬はわざとらしく目配せしてみせる。

「闘さんが残したキーワードにぴったしカン・カンのポイントがあるんです」

「その、ホニャララの場所はどこでんねん？」

富瀬の断言にカーブは油断なく話を詰めてくる。富瀬は逆三角形をしたステンレス製スタンドから薄紙のナプキンを取りだし、地図を描いてみせた。

「ふむふむ。東区の、淡路町いや瓦町のあわいさ、農人橋の近所かいな」

「地下鉄の谷町四丁目駅の近くです」

ＳＯＰ軍資金の隠し場所、その本命の地点はここだ！　とばかりに富瀬は何重にも「〇」で囲んだ。カーブはニタリとする。

「さっきいわはった、大阪城と結ばれた秘密の横穴があるんでんな」

水戸黄門に出てくる悪代官さながらのずるがしこそうな顔つきだ。カーブはうなずきながらナプキンに指を伸ばす。

だが、富瀬は素早く摘《つま》みあげるとクシャクシャに丸めて灰皿に置いた。

「こいつが万が一にも敵の手にわたったっちゃたいへんですからね」

富瀬は店のマッチをすると地図を燃やしてしまった。ボッとあがった焔《ほのお》にふたりの頬が照らされる。カーブは小さくうめいてから、憎たらしそうにいった。

「軍資金をどう山分けするか、それもこの際やからハッキリさせせんとあきまへんで」

富瀬は返事のかわりにコップのお冷やを灰皿に注ぐ。ジュッ。燃え尽きようとする地図は断末魔をあげる。カーブも無言のまま、おもしろくもなさそうに鼻をならした。

—2

富瀬がＳＯＰ軍資金の詳細に関して、ひらめきを得たのは高槻の摂津峡だった。考えあぐね、何度もスカを喰らい、的を外して「あっちゃこっちゃ」とまでいわれた、大阪遷都計画の軍資金の核心部分。ようやくそこに光がさしてきたのだ。

渓谷の川原で石を探す地学マニアが大きなヒントになった。富瀬はまず、摂津峡に同行した安城と幸子を相手に息せき切って語りだした。「エウレカ！」と叫び裸のまま街へ駆けだした哲学者さながらの勢いだ。そこが国電のホームだっただけに、人目をはばかった安城と幸子は彼の口に手をあて、いちばん端のベンチまで連れていかねばならなかった。

三人は富瀬を真ん中にして腰かけた。頭上には「奈良・大和路めぐりは関西線 快速急行でお出かけください」の看板、足元に吸い殻、痰、へばりついたガム。富瀬はいった。

「軍資金は札束じゃなく金塊でも小判でもない。もっと小さいものです」

暗闇。横穴。湿気。奥の奥。大阪名所に再挑戦。これら六つのヒントにばかりこだわって、大事な七つ目のキーワードを蔑《ないがし》ろにしていた。

「もうひとつ、謎のアルファベットがありました——ａｄａです」

育枝は「仇」と読んだし、幸子だと「婀娜」がぴったり。ヤクザや凶徒、刑事ら行く手を阻む連中なら「寇」、これまでの無駄骨になった探索は「徒」といわれても仕方がない。

「そんなじゃなかった、石ですよ石！　adaには続きの綴りがあったんです」

英語のadamantはギリシャ語に由来する。〝征服されざる〟という強い意味を背負う宝石だ。富瀬は叫んだ。

「軍資金はダイヤモンドに違いない！」

「そういうこっちゃったんか！」。安城と幸子も大声をだす。ことに幸子は、ダイヤときいて眼の色だけでなく顔色までかわった。だけど、うまいぐあいに電車がホームに滑りこんできて「ダイヤモンド！」の雄叫びはかき消された。

富瀬はこのところ祖父が残した資料を洗いなおしていた。うれしいことに河地ゆあも協力してくれた。彼女からはすでに、お宝が有価証券やインゴットのようにかさばるモノじゃないと指摘されている。今回も彼女のひとことが謎解きのきっかけになった。

「ふ〜ん、日華事変から太平洋戦争にかけて金物だけやのうて宝石も供出したんやね」

「あの通天閣の鉄骨も吉本興業が軍部に提供したんだよ」

「ほら、ここ。おじいさんは宝石類までもっていかれるって書いてはる」

ゆあは祖父の日記の一ページを示した。富瀬もゆあの肩から覗きこんで日記を追った。そこには、家庭の鍋釜ばかりか貴金属、果ては渋谷のハチ公像まで差し出され、溶かされて兵器に転用されたことが、かなり皮肉な調子で書き残されている。

このシーンを回顧しながら、富瀬はホームの片隅でまた咆哮した。

「かなりの量のダイヤモンドも供出されたんです！」

祖父が記し、ゆあが再発見してくれた一文。それが摂津峡でようやくSOP軍資金と結びついた。なぜ、ゆあといたあの時に気づかなかったのか。富瀬は「僕のアホアホアホ」と己の頭をぶん殴りたい気持ちだった。彼はパンチを放つかわりにベンチに座りながら何度も自分の膝をうってみせた。

「ダイヤなら高額のくせ、それほどの量じゃなくていいから隠しやすい！」

戦前、富裕層ばかりか一般市民からも提供された貴金属の王様は「接収ダイヤ」とよばれた。しかし実際は実用に供されなかった。敗戦直後の大蔵省の金庫には一五〇万個、なんと一六万カラット相当のダイヤがうなっていたらしい。生前、しかも急逝直前の闕は、大阪で掻き集めた遷都のための軍資金をダイヤで保管することを伊志田に命じた。

「ひ、一五〇万個もかいな！」と幸子は白眼を剝いた。安城が唾《つば》をとばす。

「ホンマはもっとぎょうさんやったはずや。軍人やら進駐軍の連中がダイヤをちょろまかしよったに決まっとるわ」

富瀬はヒートアップするふたりを、大阪遷都のために奔走した昭和初期に引きもどす。

「闕さんは国際連盟脱退や満州国の動きをみて大戦勃発を覚悟したのでしょう」

闕の懸案は、大阪遷都のための膨大な篤志《とくし》をどう安全に保管するか。そのことを十全の信頼をおいた金庫番の伊志田三也と何度も協議したはず。

「闕さんが金庫番に任じた伊志田さんは凄いキレモノでした」

これは生前の祖父が常々いっていたことだ。幸子が質問する。

「ダイヤにしたんは闕はんの意見やったたん？　それとも金庫番かいな」

「それはわからないけれど、ふたりはダイヤ案で合意したはずです」

決め手は国際価格が高値で安定しているうえコンパクト——闞はダイヤの隠し場所のヒントを愛用した黒革の手帳に記した。篤志は宝石に、まさしくお宝となったのだ。

「闞さんが生きている間にダイヤにしたのか、それとも亡くなってからダイヤに買い替えたのか。それだってわからないけど、金庫番の伊志田さんは動いたはずです」

仮に闞の死後だとしても——伊志田は役所から軍部の主計畑へ転出し才能を発揮している。接収ダイヤと関わりがあったかもしれない。富瀬の推理に安城も細い膝をたたく。

「戦争になってから、どうせお上にダイヤを召し上げられるんやったら大阪遷都のために使《つ》こてくれっちゅう人もけっこうおったはずや」

「ウチやったら絶対に差し出せへん」、幸子は彼女らしい注釈をいれてから疑問を口にした。

「せやけど軍資金の総額はどんなもんやろ?」

これもまた富瀬を悩ませる課題だった。でも、環状線の車窓から大阪城をみるとはなく眺め、これまたピッカリときた。富瀬は両手を頭のまわりでクルクル回してみせる。

「それ一休さんのとんちポーズやないの。娘がアニメようみてるわ」と幸子。

「ひらめきました! 闞さんが大阪のために残した偉大な実績、それが大阪城再建です」

天守閣の建築費は一五〇万円の寄付で賄われた。闞にすれば、浪花のシンボルを再び現出させた事績、民意の浄財は深く心に刻まれたはず。いや、事実そうだったのだ——。

「祖父もこのことをよく僕に話してくれました」

ゆあと調べた彼の日記はもちろん、大学での講義録にも何度かこのエピソードが登場しているし、雑誌に寄稿した「太閤の夢、闘さんの夢」というエッセイも残っていた。いずれも、大阪の人たちが貴重な財貨を持ち寄ってくれたことに対し、闘は感慨無量だったと記している。たとえばこの文章——。

「闘さんが、うまい酒を聞こし召すと決まって、市民からの一五〇万円もの寄付金のおかげで大阪城天守閣を再建できたという話になった。そんなときの闘さんは破顔大笑した後、しんみり感動と感謝の涙を浮かべるのだった」

ちなみに闘は大の左党で、ミナミは太左衛門橋の北にあったお茶屋の太和屋が贔屓《ひいき》だった。闘と祖父もここで道頓堀川に映る赤い火、青い灯を肴《さかな》に大いに気炎をあげたようだ。

「ならば、闘さんの意を受けた伊志田さんが大阪遷都のための軍資金の目標額を一五〇万円に設定したと想像してもいいんじゃないでしょうか」

もっとも、富瀬はチョロッと舌の先をだしてみせた。

「こじつけっていわれたら、反論のしようがないんですけど」

「オレもお城がみえたとき、富瀬クンなら再建の話を持ち出すやろとおもた」

安城は「無理無理の理屈やろけど、それがひらめきっちゅうもんや」と肩を持ってくれた。幸子は富瀬へグググッと身を寄せてくる。豊満な乳房が腕に押しつけられた。見咎《みとが》めた安城が「コホン、コホン」と空せきを放ったので幸子はあわてて少し間をあけた。

「一五〇万円って今の値打ちでどんくらいやの？」

「う〜〜ん。貨幣価値の変遷って難しいんです」、富瀬は電卓を叩くまねをする。

「だいたい二〇億円くらいじゃないですか」

「な、な、なんと！」安城が泡をふいた。

「庶民の夢の、た、た、宝くじの一等賞金が二〇〇〇万円、前後賞あわせても三〇〇〇万円やのに」

「会社員の平均年収のざっと七七〇倍。王貞治の去年の年棒が球界最高で六三〇〇万円、ゴルフの賞金王のジャンボ尾崎は三五九三万円でしたっけ」

富瀬はこう付け加えてから、おもむろにいった。

「本気で大阪遷都を実施するなら、天守閣がひとつどころか一〇個分の予算が必要でしょうけどね」

「に、に、二〇億円の一〇倍！」

幸子は卒倒しかけてゴチンと後頭部をベンチの背に打ちつける。

タイミングよく反対側ホームに電車が到着した。ブレーキが怒鳴り、ドアの開閉音は特大のゲップさながら。おかげでＳＯＰ軍資金の額は誰にきかれることもなかった。

もっとも、向かいの電車の何人かの乗客が、妙にはしゃぐ三人組を不思議そうにみつめていたのだけれど。

3

真冬の深夜、吐く息は白い。黄土色した暈《かさ》が月にかかっている。カーブが「明日は雨かもしれへんな」と手をこすりあわせた。富瀬とカーブが佇《たたず》む狭い路地では、両脇の家々の電灯がようやく消え、テレビのけたたましいコマーシャルもきこえなくなった。

まっすぐに伸びた路地の向こうには、大阪万博が開催した直後に移転してきた南大江小学校の学舎が、これから太閤背割に侵入しようというふたりを静かにみつめている。

「別に悪いこと、するわけやあらへん」。カーブの独り言は、どこかいいわけがましい。

高速道路を疾走するクルマのヘッドライトが、垂れさがった夜の帳《とばり》の裾を照らす。地下鉄の駅は近いけれど、もう最終電車は出てしまっている。小学校の前に長い人影が伸び、マフラーで顔をうずめた学生風の男が足早に歩いていった。

富瀬とカーブはどちらからともなくうなずく。マンホールの蓋に、先が曲がった金属棒、土木業界で〝マンホール用取っ手〟と呼ばれる道具を差しこむ。ふたりが力を込めると、分厚い蓋が意外と簡単にもちあがった。

富瀬、カーブの順で地下へ降りていく。軍手をしていても金属製のタラップがひどく冷たい。太閤背割は幅、高さとも二メートルほど。富瀬の背丈でも身を屈《かが》める必要はない。

「えろう広おまんな」。カーブの漏らす小さな声が大きく響いた。

富瀬はオーバーオールのジーンズの胸ポケットから懐中電灯をだし行く先にあてた。

「SOP軍資金、接収ダイヤが眠っているのはもっとあっちのほうです」

富瀬はビッグジョンのワールドワーカーズを穿いてきた。足元はゴム長。法善寺の水掛け不動探索で使った、がたろ御用達《ごようたし》の胴付長靴は悪目立ちがすぎるので置いてきた。

下水の溝床はコンクリが打たれ、壁をモルタルで上塗りしてある。とはいえ太閤時代の遺物かと思わせる石垣があらわな箇所もあって、地下の道に流れる長い歴史を感じさせる。

「下水っていうから、もっとえげつないところかと思てたら」

カーブがいうとおり。人々が寝静まった時間帯だからか、水量は膝下よりかなり低く、汚物がプカプカと浮かんでいるわけでもなかった。富瀬は仕入れてきた知識を披露する。

「確かにウンチは下水を流れていきますが、そのままのリアルな形じゃないそうです」

それに大阪市の下水は台所や風呂の生活排水、雨水が一緒になっている。だから、かなり薄まっているわけだ。それに大阪の水洗化は万全ではなく、駅前周辺はもちろん大阪市内でもバキュームカーが健在。これで汲み取った分は屎尿《しにょう》処理施設へ直行する。

「とはいえ、そっちのクサいんとはまた別のけったいなニオイがしまんな」

ドブや生ごみ、それに腐った卵のような悪臭が混じりあっている。

ふたりは顔をしかめマスクをつけた。懐中電灯のあかりの先を黒いものが走る。富瀬が思わず身がまえたら、そいつは丸々と太ったドブネズミだった。

ヤツは不敵そのもの、「なんだ人間か」といわんばかり立ち止まり丸い眼を光らせた。

「あのくらいの大きさのダイヤやと何カラットくらいおますのやろな」

「宝石には縁がないんで……でも鴻池や住友の財閥ばかりか、田中市兵衛に松本重太郎なんて大阪の実業家の子孫たちも、でっかいダイヤをもってたはずです」

「田中はんは銀行や商船、紡績と事業を興し、松本はんが元祖鉄道王でんな。大阪が首都になるため、闕はんのためならタドンくらいのダイヤを寄付しやはったでっしゃろ」

「ダイヤって一カラットがたった〇・二グラムしかないのにえらい値段ですから」

「へへへッ、どんなけ大けなダイヤが隠したぁるか愉《たの》しみでしゃーない」

下水の流れに沿ってバシャバシャと歩く。沈殿したヘドロのせいで滑りやすい。カーブは何度かつんのめりかけ、富瀬が手を添えてやらねばならなかった。

「よし、もうそろそろのはずです」

先日、富瀬は純喫茶で薄葉紙のようなナプキンに軍資金の在り処《あか》を○で囲んだ。

地上で路地の向こうにみえていた小学校の真下あたりだ。

懐中電灯が放つ一条の光を頼りに太閤背割をいく。

下水は暗渠《あんきょ》になっている。蓋の隙間から光は漏れているけれど、深夜のうえ曇天なので星あかりは差しこまない。あたりは暗闇といってよかった。視覚がきかないと耳と鼻が敏感になってくる。とはいえ、きこえるのは汚水の流れる音だけ。悪い冗談ではなく、これだけを耳にしているとせせらぎのようだった。

その一方で不快な悪臭はマスク越しにもさっきより強くなっている。

富瀬は立ち止まるとライトを両側の壁にあてた。富瀬の頭の位置にある小さな横穴から、ちょろちょろと水が流れおちている。汚水の溝はU字型、両サイドの〝岸〟は大人が腰かけられるくらい幅があり、グリーンの布をかけたかのように苔が生えていた。

「ほな、さっそくSOPの軍資金をいただくとしまひょか」

カーブは富瀬の懐中電灯に手をやり、「ワシが照らしまっさかいにダイヤを探しなはれ」とせっついた。だが、富瀬は彼の手が届く前にライトを消してしまった。悪臭が靄《もや》のようにたちこめる暗黒の世界で、カーブはおどろきと怒りが混じった声をたてた。

「なにをしまんねん。早よ懐中電灯をつけなはれ！」

ピチャ。富瀬は汚水の中をカーブに近寄った。

「まだメンバーが揃ってないんじゃないんですか」

富瀬は声を押し殺していった。マスクで顔は半分隠れているがカーブの表情は想像できる。案の定、彼は動揺を隠しきれない様子で口早にまくしたてた。

「な、なにをけったいなこというてまんねん。メンバーって大家はんとか安城がきまんのか。それとも、お色気むんむんオバハンとぶっさいくな小娘でっか?」

「おとぼけはよしてください」

富瀬の声音《こわね》がきびしいものにかわる。気圧《けお》されたカーブは数歩、後じさった。富瀬は遠慮なくカーブとの間合いを詰めた。

「ここで探すのはSOP軍資金じゃなくて、僕らを邪魔する困った人たちなんです」

カーブは意味がわからないといいたげだ。富瀬はじれったくなったけれど、太い息を吐いて気持ちをおさえた。だが、胸のうちで燃える怒りの種火までは消えない。それはSOP軍資金を脇から狙っている連中に向けられている。しかもヤツらはカーブを利用するだけでなく、大阪の名所旧跡からお宝を奪った盗人《ぬすっと》かもしれないのだ。あいつらに好き勝手させない。カーブは内股膏薬《うちまたごうやく》かもしれないけれど、この機会にメンバーの側へ引き戻し、二度と剝がれないようぴったり貼り直してみせる。

そのためにも、正体をはっきりさせなければならないヤツらがいる。

このとき、ふいに太閤背割をつつむ黒い靄が動いた。

どす黒いカーテンの布の間を割るように人がぬっと現れた。生ぬるく不快な邪気めいたものまで漂ってくる。富瀬はすばやくライトをつけた。相手は光のつぶてを手で防いだ。

「やっぱり、あなただったんですね」。富瀬はマスクをさげ鋭くいった。

オレンジ色の光の輪にうかんだのは、ひとりの小柄な老人――橋場秀喜だった。

「コラッ！　太閤も使《つ》こたちゅう横穴なんかどこにもあれへんやないか」

橋場の声はしわがれ、ひどく耳障りだった。

「せっかくワイが先回りしたちゅうのに、軍資金がみつかれへんのじゃ」

白くまばらな髪をオールバックに撫でつけているせいで、額に走る深い横皺《よこじわ》が目立つ。眼つきは厳しく、あくまでも険悪だった。小狡《こずる》そうな鼻、酷薄さを物語る薄い唇が不機嫌そうに、への形になっている。鼻の両脇から口もとにかけて鑿《のみ》で彫ったかのように、ほうれい線が走っていた。峭刻《しょうこく》な面持ちばかりか、肉を削いだように痩せた身体も狷介《けんかい》さを強調している。橋場のことを、とても好々爺《こうこうや》とはいえない。ライトに照らされているのは、一匹の老鬼にほかならなかった。富瀬は老人にいった。

「横穴のことまで知っているということは――」

「そこの落ちぶれ芸人がチクってくれよったわい」

カーブが身体をぴくっとさせる。橋場はせせら笑い、ざらついた声を大きくした。

「闘がワイに集めさせた大金はどこに隠してあんのや？」

橋場は外見こそ老いているものの、獲物を追いこんだ山犬のように殺気だった生気に満ちている。だが富瀬は橋場の餌食になるつもりはない。遠慮せず口をひらいた。

「しばらく逢わない間にえらく悪相になりましたね」

「しょーもないことを」、橋場はこういってから吐き捨てた。

「いらんこといいいいめ」、そして彼は思い出したようにいった。

「お前の爺さんかて、ひとこと多かった。ロクでもないところは似るんやな」

「減らず口だけじゃなく、けっこう正義感が強いところも遺伝したみたいですね」

橋場は汚水の中を近づいてくる。富瀬は彼に向けていた懐中電灯をカーブに振った。

「カーブさん、どうします?」。こう尋ねてライトを再び橋場にあてる。

「この際だから、カーブさんにはどっちの側につくかハッキリしてもらいます」

「どっちなと好きにせい。ワイは大金さえ手に入ったらそれでええんや」

橋場はもう富瀬の手が届くところまできている。光がまたカーブにかかった。一瞬、彼の眼が泳いだようだ。さすがに動揺は隠せないのか——だが、すれっからしのベテラン芸人はこれまで何度も修羅場をくぐりぬけている。すぐ抜け目のない笑いをうかべた。

「富瀬クン、たいがいにしといてや」

「それは僕の台詞《せりふ》です。あっちなのか、僕らのほうなのか覚悟を固めてください」

富瀬は太閤背割をステージにトラップを仕掛けた。

ハナからここにSOP軍資金があるとは思っていない。

摂津峡でひらめいた場所は別のところに目星をつけてある。富瀬は両側の壁へゆっくりと光をまわす。橋場が闕の愛用した黒革の手帳から破りとったメモ。書き残されたヒントの暗闇に湿気、大阪の名所には符合するけれど横穴めいたものは、脇水のように生活排水が流れでる細い水管くらいしかない。

それでもカーブを相棒に織豊時代からつづく下水道に潜ったのは、行方をくらませた橋場をおびきだすため。ここで彼の鼻をへし折り、大金を懐にいれる夢を断念させたい。おまけに老人は悪党とかたらってＳＯＰ軍資金候補地の大阪城をはじめ寺院や文化施設で狼藉《ろうぜき》を働いているはず。富瀬としてはカーブをメンバーに引き留め、橋場が一党を引き連れてきたら一網打尽にしてやるつもりだ。

この作戦があたったら一石二鳥どころか三鳥、四鳥にもなる。富瀬はいいはなった。

「軍資金には闕さんと祖父だけでなく伊志田さんの熱い想いがこもっている！」

そして、彼らの宿願は富瀬が人生を懸ける大プロジェクトに昇華した。

「あのお金は大阪遷都のためにあるんだ！」

—4

使い捨てられた汚水、放《ひ》り出された汚穢《おわい》がさざめきあって流れていく。

ふてぶてしいネズミだけが棲《す》む地下の国。男たちはそこで睨《にら》みあっている。

まとわりつく悪臭と闇のなか、富瀬の正面に橋場、無防備な背後にカーブがいる。敵に前後を挟まれたのか。それとも心強い味方が控えているのか。これはかなり微妙だ。富瀬はまず敵の総数を確かめた。邪悪な老人の背後の天井から両壁、足元と光線を往復させる。

「どうやら、たったひとりで太閤背割にひそんでたようですね」

物騒な男たちはいない。橋場としては悪者たちをも欺《あざむ》き、ＳＯＰ軍資金を独り占めするつもりなのかもしれない。

「ワイはここで勝負を決めるつもりやで」

橋場がジャンパーのポケットに手を入れた。ナイフ、ひょっとしたら拳銃かと富瀬はすばやく間隔をあける。玉突きのようにカーブも少し退いた。

「びびらんでもええわい」

橋場が小バカにしたように笑う。彼もまた小さな懐中電灯を取りだしたのだった。橋場の放つ光が反対に富瀬を照らす。

「ややこしいことは抜きじゃ。さっさとダイヤを差し出せ」

「ダイヤモンドだって？」

案の定というべきか。軍資金がダイヤという情報は、カーブを通じて橋場に筒抜けとなっていたようだ。それでも富瀬はカマをかけてみる。

「あんたが失敬した、闞さんの黒革の手帳にダイヤのことが書いてあったのかな」

「黒革……ふん、あの手帳かい」、老人はおもしろくもなさそうにいった。

「手帳の中身で使えんのは軍資金の隠し場所の暗号だけじゃい」

あとは買った本やレコード、演劇や音楽会のことなどがメモ書きしてあったらしい。

「闞め、肝心の銭やのうて、しょーむないことばっかり書きやがって」

橋場は太閤背割の暗がりのなかで毒づく。富瀬にすれば、闞が書物や音楽にどんな感想を持ったのか興味津々だが、この老人には二束三文の値打ちもなかったようだ。

「なんとなく、橋場さんの人となりがわかってきたよ」

こういうタイプとは仲良くなれそうもない。富瀬は憎まれ口を叩いた。

「お金のことしか眼中にない人生なんて僕には信じられない」

「えらそうなことを抜かすな。若僧が知ったようなことというんは一〇〇年早いんじゃ」

富瀬も負けずに不敵な笑顔をつくった。

「太平寺組をそそのかしての恵梨香ちゃん誘拐事件。ヤクザを見切った後は、別の悪人たちと結託して大阪のお宝を盗んだ。あんたの罪は絶対に許せない」

富瀬は橋場に懐中電灯を突きつけた。

「おまけに乱暴な男たちを使って僕を叩きのめしてくれた」

次いで彼はベテラン芸人をチラッとみる。

「カーブさんを操り、いいように使ったことも気にいらない」

「黙れ！　ダイヤはワイがもらう。そうせな、生きてる甲斐がのうなるんじゃ！」

橋場は蒼白になった。怒りで眼はつりあがり、唇の端に唾がへばりつく。

富瀬はその醜悪さにたじろいだ。ボクシングの経験で、相手の敵意が強くなるほど血色も失われていくことをしっている。カッとして赤くなり浮き足だった相手のほうが扱いやすい。橋場は悪感情に支配された妖鬼。ダイヤを手にするためなら、どんな汚い手だって使うだろう。これは、たかが爺さんと侮《あなど》るわけにいかなさそうだ。

橋場は、富瀬が口をつぐんでいるのをいいことに毒を吹きかけてきた。

「ワイは、お前みたいに苦労なしで大きなった若僧がいっちゃん嫌いなんや！」

橋場の鬼面はいっそう迫力を増した。富瀬は圧倒されるばかり。

「ええか若僧。冥途のみやげにワイのことを教えたるから、ようききさらせ」

橋場は薄く笑い、富瀬とカーブは沈黙している。老人はふたりをみやると、蒼白い頰のまま、ひとり語りをはじめた。

「ワイには学歴も血筋もコネかてあれへん。役所の小間使いが精いっぱいやった」

これは卑下あるいは韜晦《とうかい》でもなさそうだ。まして尊大の衣をかぶった謙遜のはずがない。むしろ、積年の腐臭にまみれた怨念といえそうだ。

「ワイは河内のど田舎、どないもこないもいかん小作人の子や」

橋場は明治生まれ。ものごころがついた頃、大正の御代となった——ということは、もう七〇歳をいくつか過ぎているわけだ。出征の経験もあるだろう。

「貧乏人の子だくさん、小学校もろくに通わせてもろてへん」

口べらしで幼くして丁稚にやられた。奉公先の薄給と重労働。過酷な職環境のみならずイジメや面当《つらあ》て、奉公人同士の足の引っぱりあい。

「おかんが恋しゅうてならんかった」。彼は夜ごと、せんべい蒲団のなかでむせび泣いた。

「使いに走った帰り、屋台のチョボ焼きを喰うんだけが愉しみやった」

橋場は少年から青年へと移ろう頃、役所にもぐりこんだ。

「せやけどワイは雇傭人《こようにん》。しょーむない仕事しかさせてもらわれへん」

役場で働くといっても〝天皇の官吏〟たる公務員と雇傭人は別枠。橋場は非正規雇用者という立場に屈辱と蔑視しか感じなかった。

「ワイは犬コロ同然や。オイッと呼ばれたら尾っぽをふって駆けつけなアカンのじゃ」

橋場は、まるで役人たちがそこにいるかのような口ぶりになった。

「ワイの気持ち、役所のどいつもわかろうとせえへんかった」

天は人の下に人をつくる。下働きの橋場に反論は許されず、意見をいうと鼻で嗤《わら》われた。仕事で工夫を凝らせば生意気と嫌われる。牛馬のように仕事をこなすしかない。

「役人どもがそうなったんは、親分の闘と経理の大将やった伊志田のボケのせいじゃ」

橋場はいろをなした。ますます怒りがヒートアップする。

「そのくせ、どんなけ身を粉にして働いても出世できへん。給金もあがらん」

橋場は雑用ばかりか汚れ仕事、面倒ごとまで引き受けてやった。おかげで役人どもは、のうのうと日々を送り、地位のうえにあぐらをかけた。

「あいつら、おおきにというた試《ため》しがない。イヌには感謝せんでええもんな」

富瀬ばかりかカーブだって身じろぎもしない。前後の列になって立つ彼らの足元で汚水の流れが小さな渦をまいた。小さな堤のようになった片脇をドブネズミが流星のように駆け抜けていく。ライトを反射させる橋場の瞳は乾ききり、草木の生えぬ砂漠のようだ。

「惚れた女子《おなご》もおったが所帯はもたれへんかった……」

恋しい女の面影が浮かんだのだろうか、橋場は少しいいよどんだ。しかし恋慕《れんぼ》の甘美な想いも剝き出しの憎悪が吹き消してしまった。

「アメ公が進駐して民主主義ちゅうのになっても人生はなんも変わらんかった」

敗戦から三十余年、華やかなステージにあがることなく中年となり老境を迎えた。

「戦後は役所に戻られへんかった」

そこにも怒りがにじむ。しかし、それだけ不満たらたらの役所になんの未練があったのだろう。

刷新された世の中で心機一転、第二の人生を歩めなかったのか。

「小学校もろくに出てへん、手に職のない四〇男にどんな仕事があんねん？」

だけど橋場は二度とイヌ扱いの下働きはしたくなかった。踏みつけられるのはごめんだ。どうせなら人の上にたちたい。上目づかいでみられたい。ちやほやされたい。

「せやからワイは愚連隊に混じって駅前やら鶴橋の闇市で顔役になったんや」

この頃に太平寺組はじめヤクザとの縁ができた。それが今も生きている——富瀬は橋場をめぐる裏社会との繋がりがようやくわかった。しかし、この小柄で痩せた老人が壮年だった頃を想像してみても、とてもじゃないが愚連隊のトップだった姿はうかんでこない。抜群に頭がきれるわけではなく、とてつもない腕力自慢でもない。短絡的で思慮に欠ける中年男を信用する親分はおらず、付き従おうという子分もいなかったはず。大言壮語はしても、小狡くて抜け目のないだけのチンピラだったのだろう。

なにより橋場のド外れた倨傲《きょごう》、本人すらコントロールできないプライドが人望どころか人生の幸福まで遠ざけていた……富瀬はそう考えざるを得なかった。

だが、富瀬の胸のうちを知らぬ橋場は一気呵成《いっきかせい》にぶちまける。出生、学校、勤め先、門閥という切符がなければ特等席にすわれない、と老人は嘯《うそぶ》いた。

「町工場、小っちゃい商店。日給月給の販売員に足を棒にする営業マン。ほてから若僧、お前みたいなしょーむない食べモン屋。そんなん、ちまちまとやっととられるかい」

橋場ならではの暴言だ。彼は調子にのって、いわずもがなのことまでいってのけた。

「学歴不問の履歴書いらずといえばパチンコ屋があるわい。せやけど、ふんっ、とろくさい。何が哀しゅうて他人が博奕《ばくち》してる横で汗かいて働かなあかんねん」

しょせんは半端者でしかなかった橋場。彼はどん底でうめきながら生きてきた。

「金持ちになれず、誰にも敬うてもらえんまま独り身で死んでいくんや。もみない飯を喰い安もんの酒のんで、しょーむないテレビみて一日が終わる。ワイの一生、なんのええこともないまま終わるんじゃ」

貯金はないし年金はスズメの涙。贅沢はしたくてもできない。日々若さは失せていき健康の心配だけが募っていく。ここで橋場は思い出したように声をはりあげてみせた。

「米櫃《こめびつ》の心配なしにゼニを使いたい。皆にヘコヘコされたい。べっぴんを抱きたい！」

同様の愚痴めいた願望は駅前のあちこちでも耳にする。恵梨香だって金銭への執着を隠さない。だが、彼らと橋場には決定的な違いがある。恵梨香には幸子がいて、母子は強く結ばれている。そして恵梨香はアイドルという夢をもって生きている。

駅前の商店街は小商いばかりだが、仕事に生きがいと誇りを感じているはずだ。

一方の橋場は孤独。愛する人、気のおける人がいない。そのうえ仕事に誇りを持てず、人生に泥をぬたくっているのだ。それでも橋場は呪詛《じゅそ》をやめない。

「神も仏もあったもんかい！　来世も極楽もあれへん。あんのは生き地獄だけじゃ」

一転して彼は、道端で光る硬貨をみつけたように快活になった。

「世の中オモロないことばっかりやが、あの事件は久しぶりにスカッとしたで」

なんのことだ？　富瀬が問いかける前に老人は醜悪としかいえない表情になった。

「毒入りコーラ事件や」

それなら富瀬の記憶にも新しい——ここ大阪、その前は東京でおこった無差別殺人事件だ。電話ボックスや路傍に置かれた劇薬の青酸化合物入りのコーラを口にし、学生やサラリーマンが被害にあった。連日マスコミが大騒ぎしたものの犯人は検挙されていない。

「犯人は、オコレル ミニクイ ニホンジンニ テンチュウヲ クタス（驕れる醜い日本人に天誅を下す）というたんや。金持ち、社長に議員、弁護士、医者。クソ生意気な若モン。忌々しい役人、めかした女……いきっとるヤツらは毒入りコーラで皆殺しや！」

老人のぶつける瘴気《しょうき》を全身に浴びながら、富瀬の心はまたざわついていた。

不遇なまま独居老人になってしまった橋場。こんな境遇を余儀なくされている層は確実に存在する。彼のように世を恨み捩《ね》じくれてしまったケースは少なくないかもしれない。大阪遷都、日本の未来、あるべき社会。富瀬が掲げるテーマこそ壮大だが、橋場のような老人を救えずして理想は貫けるのか——。

「橋場さんのいいたいことはきかせてもらいました」

富瀬はようやく口をひらいた。だが、老人との妥協点を探ろうという生半可な気持ちが、かえって怯みとなってしまった。橋場はそれをみのがしたりしない。

「お前みたいに、けっこうな暮らしをしてきた若僧になにがわかるんじゃ！」

老人は富瀬の差しだしかけた手をぴしゃりと拒否した。

「歳をとる怖さを知っとんのか。犬コロのまま死んでいく気持ちを想像でけへんやろ」

老いはこちらから近づいていくのか、それとも向こうからやってくるのかわからない。しかし五〇代、六〇代、七〇代……歳がかさむにつれ希望の光が輝きを失っていく。

「寝るときは勝手な夢をみることができんのやからええわい。けど朝は大嫌いや。眼が醒《さ》めたときは最悪やぞ。蒲団のなかで身を屈めてるんは、間違いのう現実のワイなんや。小汚いジジイの切ない一日がまた始まってしまうんじゃ」

橋場は懐中電灯をやみくもに振りまわした。光線が富瀬のライトと交錯するばかりか、狂ったように陰気な地下の空間を走る。バシャっと水面を叩く音がした。興奮のあまりか老人は電灯を壁に叩きつけたのだ。転がった円筒はそのまま汚水のなかに沈んでいく。

「ようようワイにも運がむいてきた。SOP軍資金はワイがいただく」

橋場は己に語りかけるようにいい、深く何度もうなずいた。

「あのゼニ、全部を使いきったる。ワイひとりで贅沢の限りをつくしたるわい！」


太閤背割の灯は再び富瀬がもつ光源だけになった。橋場はダミ声でいう。

「おい、お前もワイと同ンなじ想いやろ」

なんだか親しみが感じられる言葉だった。だが、それは富瀬の肩をとおりこしカーブに向けられたものだった。それまで静かにしていたカーブが富瀬を押し分けて前に出た。

「橋場はん」──、呼びかけたカーブの背中が丸みを帯びた。頬をゆるめているのがわかる。揉み手までしそうな気配だ。カーブは橋場に与《くみ》するつもりなのか。富瀬は油断なくふたりをみやる。そんな彼を背に、練達のお笑い芸人は軽い調子で切りだした。

「あんさんとワシを一緒にせんといてほしいんですわ」

「なんやと?」「えっ?」、橋場と富瀬は同時に漏らした。カーブは絶妙の間合いでふたりの反応をすくいとった。

「ワシは芸人でおまっせ。そこをお忘れいただくとゴテでんねん」

「ゴテって、なんのナンギがあるっちゅうんじゃ」。橋場の声がまたとがってきた。

「橋場はんかて、悪いことばっかしやなかったんと違《ちゃ》いまっか」

「カーブ、なにがいいたいねん」

「デヘヘへ、ワシはあんさんの片棒を担がせてもらいました」

カーブはしれっといった。やっぱり。富瀬はがっかりしたけれど、カーブが親切に傷の手当をしてくれたことは忘れられない。ここは気落ちするより海千山千の芸人を信じよう——富瀬の気持ちをすっくり汲んだみたいに、カーブはこんこんと説きはじめた。

「たんと悪さして懐が温《ぬく》うなって、これで充分でんがな」

「ほう、落ちぶれ芸人がワイに説教すんのか、そんなん明後日にしさらせ!」

「ワシは芸人。人を笑かしてナンボの男ですわ。せやけど人に嗤われては仕事になりまへん。橋場はんは世間様に嗤われたそうでっけど、ワシはそんなんやおまへんねん」

「芸人風情が偉そうに、なにをほざいてけつかる」

「橋場はんは人間を軽うみられて嗤われた。けどワシは話芸で人を笑わせまんにゃ」

「な、なにを抜かす、この落ちぶれ芸人が!」、橋場は侮蔑する。

「それをいわれるとツラおます」、カーブはやんわりと受け止めた。

「テレビちゅうのは売れっ子が天国、人気がのうなったら地獄」

まさにワシなんぞは地獄の八丁目あたりをうろついとりまんな。カーブはそんな自分がおもしろいのか、くすくすと笑った。

「テレビちゅうのはナンでも呑みこみまんねん。あしこで芸なんかいりまへんのや。知名度さえあればええねん。それがタレントちゅうヤツらでんな。昨日までバット振ってた野球選手でもモデルさんでも弁護士も医者もすぐタレントになれまんねん」

だが芸人は違う。カーブは断言してみせた。

「地獄の沙汰も腕しだい。芸さえあれば、このワシみたいにテレビの仕事がのうなってもナンやカンやとおまんまが食えまんにゃ」

カーブのカニのように幅広い、筋肉がせめぎ合う背中はさっきより凄味を増したようだ。富瀬は裏切りを云々するより彼の話に耳をかたむけるべきだと思った。

「それに芸人は俳優や歌手やあれへん。あれは芸能人や。ワシらに〝能〟はいりまへん」

カーブの言葉は、ここでいっそう力のこもったものになった。

「芸人はアホでつとまらず、賢《かし》こすぎてもあきまへん」

能ある鷹はなんとやら。芸人は能を隠して笑わせる。アホのふりして油断させ、ちゃっかり、しっかりと世の中に石を投げつけてやるのだ。

「二代目平和ラッパ師匠は〝先祖代々過去帳一切の混じりっ気のないアホ〟でおます。新喜劇の藤山寛美クン、それに吉本で売り出しよったアホの坂田利夫しかり。皆、アホを纏《まと》うて世の中のホンマのアホを燻《いぶ》りだしてまんねん」

「うるさいわい、ごちゃごちゃとアホな御託を並べんな」

「大阪でよういいまんがな――アホにアホいうもんのほうがよっぽどアホや！」

ボンレスハムを埋めたようなカーブの肩が揺れる。さすがに口の達者さではひねくれ老人の上手をいく。橋場の薄い唇がめくれ黄ばんでいるうえに金属を嵌《は》めた歯がみえた。

「アホんだら、落ち目やからこそワイの誘いにのって若僧を裏切ったんやろが！」

「へへっへへっ」、カーブは首を回して富瀬の眼をみつめた。富瀬のかざすライトの輪の縁に芸人の面差しがうかぶ。舞台にあがる前のような緊張と凄味が宿っている。

「富瀬クン、ここはワシに任しといてもらいまひょ」

カーブは首を戻すと再び橋場に語りかけた。

「芸人みたいなモン、自分でいうのもナンやけどマトモな人間やおまへん」

カーブは両脇の小さな堤《つつみ》、それを左から右へと指さした。

「笑いの芸に憑《つ》かれた瞬間から、こっちゃの堅気《かたぎ》の世界やのうて、広うて深い川をわたったところ、あっちゃのマトモな人間の棲《す》まれへんとこで暮らさにゃあきまへんのや」

カーブは「川原乞食とはよういうたこっちゃ」とつぶやいた。

だが、そこに卑屈はない。むしろ矜持《きょうじ》のようなものを富瀬は感じとった。

「橋場はんが万札ぶらさげて、こっちの水は甘いといわはったら、ワシらそれこそ犬コロみたいにシッポをぶんぶん振って駆け寄りまっせ」

「そらそやろ」、橋場は我が意を得たようだ。しかしカーブがいい返す。

「あんさんは黄金のビリケンを売って大枚をほとんどぽっぽにないないしやはった」

「なにをいうねん。お前みたいな使い走りには過分なゼニをくれてやったやないか」

橋場は「お宝を盗み出したんはワイやぞ」と凄む。カーブは富瀬の動向を教えただけで窃盗の実行グループには加わってないらしい。とはいえ、ちゃんと分け前はもらっていた……大家の育枝がいっていた高級カラーテレビはそれで買ったのだろう。

「せやから、これからもワイのいうこときいてたらええんや」と橋場。

「それが、そうはいかへんのですわ」。カーブはぬけぬけといった。

「なんやと?」

「あんさんと一緒にやっていくのんがアホらしゅうなってしもた」

「われ、なにをぬかしとるんじゃ」

「橋場はんはご自身だけよかったら、そんでよろしおまんのやろ。あんさんにお山の大将ほどの値打ちもおまへん。その点、富瀬クンは仲間を大事にするし、大阪をみてはる」

「ごてくさぬかすな、われはこの小便《しょんべ》たれと乳繰りあえ!」

ひねくれ老人は富瀬が若いというだけでゆるせないのか。ついでに、きつい天然パーマの髪の毛が長いのもゆるしたくないのかもしれない。カーブはもったいをつけた。

「そら富瀬クンは青二才ですわ。正直すぎて融通がききまへん。水清くして魚棲まず、もそっと世間の汚いところもみていかなアカン」

カーブに指摘され富瀬はきまりが悪い。駅前で何年か暮らしたおかげで少しは擦れたし枯れもして世間ってものを学んだつもりだったのだが。

「けど、今はきれいな水くらいのほうがよろしおまっしゃろ。橋場はんみたいにドブみたいになってしもたらワヤやがな」

「クソッたれ、ワイが腐っとるというんか！」

「そうでんがな。あんさんの性根、土台からすっくりワヤになってまっせ」

「この裏切り者！」、橋場は激昂する。だがカーブは平気だ。

「せやからいうてまっしゃろ。芸人を世間のモノサシで測ったらあかん。ワシらはオモロいことが好きでんねん。オモロかったらそれでええんですわ」

カーブはいったん言葉をきると、たっぷりの思い入れをこめていった。

「大阪遷都！　大阪があらゆる面で日本一になれるんや。大阪が日本をつくり変えるんでっせ。これ、ごっつオモロいやおまへんか」

「大阪遷都みたいなもん、一万年かかってもでけるわけがないわい！」

橋場は駄々っ子のように足をふりあげ汚濁した水をカーブにぶっかける。カーブは身体のいたるところに汚水を受けながらも厳然としている。

「ほな、これでサイナラですわ」

カーブはもう一度首を回して富瀬にいう。

「そういうこってすねん。改めて、富瀬クンよろしゅうお頼み申します」

カーブは自然体のうえ飄々《ひょうひょう》としている。富瀬は思わず、アハハと大笑してしまった。

「大阪遷都のためにも、この場でしっかり決着をつけなきゃいけませんね」

「漫才師にかって、東京の一極集中がええことないっちゅうのはわかりまっせ」

富瀬はカーブと入れ替わり、彼にライトを渡した。

「橋場さんの無念はすべて否定しません。だけど、犯罪をおかす理由にはならない！」

老人の細い腕をとる。彼は身をよじり、歯を剝きだして逃がれようとした。だが若者にかなうわけがない。頭ふたつ分は小さな橋場はすっぽり富瀬に抱かれる形になった。

「カーブさん、いま何時ですか?」

カーブは電灯を腕時計にかざした。かれこれ太閤背割にもぐりこんで一時間ちかくがたっている。しかし、それも富瀬の計算どおりではあった。

「そろそろ例の刑事さんが駆けつけてくれるはずなんです」

「ポリ公やと、クソッ!」

橋場は腰を落としたり振ったり、富瀬の足を踏んづけたりとあがく。それでも富瀬の腕はがっちりと老人をホールドしている。

「おおっ、あっちから人が走ってきまっせ」

カーブの指摘を待つまでもない。わざと蓋をずらしておいたマンホールから、予定どおりに角刈りの刑事たちが捕物にやってきた——。

5

ドーーンッ!　富瀬はカーブの体当たりをまともに受けた。

スタン・ハンセンのウエスタンラリアットを束にして喰らったようなすごい衝撃。橋場を捕まえたまま前のめりに倒れこむ。闇に星が飛び散った。すっかり汚水にまみれた老人が富瀬の腕から逃げだした。富瀬の上には岩石みたいな肉体のカーブがそっくり乗っかっている。富瀬は腕立て伏せの態勢になって必死に顔が下水に浸かるのをこらえた。

「カーブさん、また裏切ったんですか！」

「ひ、人聞きの悪いことといいなはんな。どなたか知りまへんが、えらい力でワシに衝突してきたんですわ。まるでクルマにぶつかられたみたいでおまっせ」

「それって……刑事さんたちじゃないのか……」

間抜けな会話をしているうちに富瀬の背中が急に軽くなった。水の滴《したた》る音がするのは、カーブがなんとか立ちあがったからだろう。

だが、すぐ富瀬の身体もクレーンに吊るされたように軽々と浮いた。この感覚、いつかどこかで味わったことがある。そうだ、八ちゃんで覆面の連中に襲撃を受けたときの——。

「遅かったやないか！」、まさに濡れネズミとなった橋場が声を荒だてる。

「じゃかましいわい。救《たす》けてもろた礼を先にぬかせ」

ガラのわるい口ぶり、喉の奥に何か詰まったかのような声。富瀬のなかで、乱暴を受けた時の不快な記憶と数日前のシーンがぴったり重なった。

「うどん屋でほかの客とモメて、そいつをシバいてたら遅なってしもたんじゃ」

カーブが懐中電灯を構え、富瀬と彼を抱き掲げる男に当てた。カーブが「お、お、や」と発するのを制するように富瀬がいった。

「やっぱりお前か、大山っていったっけな。早く僕を降ろせ。ただし、ゆっくり」

ボディビルジムで喧嘩を売ってきた無礼なヤツだ。大山は注文を無視して富瀬を放り投げた。

富瀬は宙でバランスをとって足から着地する。汚水が派手にはねあがって無頼漢を直撃した。大山が顔をぬぐう隙にカーブが背後を襲い、太い腕をヤツの首にまわした。

富瀬もヘドロでぬかるんだ足元にめげずステップを踏み、大山のボディへワンツーを打ちこむ。チンやテンプルにアッパーかフックを見舞いたいけれど、カーブが後ろで取り押さえているからクリーンヒットは難しい。大山は眉をしかめ唸った。富瀬はいったんバックステップしステップインのためのスペースをとる。次は必殺のレバーブローだ。

「あんたへの礼はまとめてさせてもらうからな」

富瀬がいうと大山は眼を怒らせる。ふてぶてしい顔つきがいっそう強調された。

富瀬が身体を捻り体重を右半身に乗せ、フルパワーで右腕を振りだそうとした瞬間だった。「ドリャーッ」と怒声がして、筋肉饅頭みたいな大山の上半身がいきなり前屈した。

「ヒエーッ」と悲鳴がして、筋肉蒲団《ぶとん》みたいなカーブが投げつけられてきた。大山の怪力、おそるべし。とっさに避けようとしたが、とても躱《かわ》せるもんじゃない。

「ム、ムググググッ」

富瀬とカーブはうめき、下水に横たわる。富瀬の眼の前にはカーブの股間があった。グンッ。とてつもない圧がかかる。同時にヒキガエルが絞められたような「グヘッ、うわーッ」という情けないカーブの悲鳴。それでも富瀬は声を張りあげた。

「ここにＳＯＰ軍資金なんかない！」

ニセ情報を流したのは橋場とカーブの関係をハッキリさせるため。

「お前らはまんまと騙されたってことだ」

「ウソをかまされてオレが黙ってると思ってんのか！」

大山はカーブの腹を力いっぱいに踏んづけた。ヤツは心持ち顎をあげ、いかにも見下げたような口ぶりになった。

「ええザマやないか。クソボケめ、ふたりともド頭《たま》かち割ったるからな」

富瀬はぬるぬるした下水の底で肘をたて、なんとか立ちあがろうとする。だがカーブはほとんど戦意喪失のようすだ。

大山は富瀬とカーブをまたぐと、太閤背割での活劇を傍観していた老人をどやした。

「クソじじい、ダイヤをオレに渡さんかい」

「アホなこというな。富瀬の孫のいうとおりでダイヤはあれへんかったんじゃ」

「クソボケ、ビリケンのときみたいに独り占めさせへんど」

やはり――これで大山が老人の一味だとはっきりした。銭湯帰りの富瀬を襲った片割れも大山に違いない。富瀬はいってやった。

「仲間割れもいいけど、もうすぐ警官隊が押しよせてくるから」

「なんやと？　そらホンマかい」

クソボケめ。大山はガラが悪くて不快な口癖を連発する。そこへ橋場が、急に情けない調子で懇願した。老人のしゃがれた声からあきらかに勢いが失せている。

「すまんがワイをおんぶして連れていってくれ」

「ジジイ、おんどれの足があるんやからオレと一緒に走らんかい」

「そ、それがアカンねん。頭がずきずきするだけやのうて、くらくらしよる」

富瀬は汚臭のする暗闇になんとか眼がなれてきた。橋場はうずくまっている。そのまま下水の土手に顔を埋めるようにして嘔吐をはじめた。

「おい、硫化水素中毒の兆候かもしれないぞ」、富瀬はカーブを押しのけ立ちあがる。

「なんじゃ、それは？」と大山。

「卵の腐ったような悪臭は硫化水素って猛毒、このままだと死んでしまう」

大山は筋肉が詰まった脳ミソを必死に働かせている。彼は舌打ちしてからいった。

「お前をズタボロにするつもりやったが、それはこの次じゃ」

大山は、しゃがみこんだまま動こうとしない老人を軽々と肩に担いだ。下水をバシャバシャと蹴散らしながら去っていく。富瀬とカーブは汚水でびしょびしょになった身体を起こし乱暴者と僻《ひが》み老人の後ろ姿を見送ることになった。

「万事休すですね」

「いやいや悪党とはいえ人命第一ちゅうことで」

「僕らも硫化水素にやられるかもしれない。ここに長居は無用です」

強烈に臭う身を持て余しつつ、富瀬とカーブは蓋を開けっ放しのマンホールへと急ぐ。

遥か後方でいくつもの光の輪が乱れ、大勢の足音と声が交錯した。

「やれやれ、今度こそ、ようやく刑事さんのお出ましだ」

角刈りの刑事には場所だけでなく時間まで指定したというのに。彼らはとんでもなく見当違いのところから太閤背割に入ってきたらしい。

「大阪の警察っていつもこんなふうにトンチンカンなんですか」

「そやおまへん。あの刑事はんが特別にビビンチョなんですわ」

富瀬とカーブは長くて暗い太閤背割を走り続けた。

第八章 「幻の仮梅田駅」

—1

列車が揺れるたび、富瀬肇の肩に河地ゆあのサラサラの黒髪がふれる。

ふたりはやさしく視線をかわす。ゆあは微笑むとそのまま頭を富瀬にあずけた。

いよいよ師走が押しつまってきた週末、大阪市営地下鉄御堂筋線の梅田方面いき最終列車はオンタイムで運行している。床がグレーに濡れているのは久方ぶりの雨が降ったから。だけど、午後七時から二時間あまりがピークで、もうこの時刻は傘をささなくてもいい。

富瀬とゆあが身を寄せあう両端は、それぞれひとり分のスペースが空いていた。とはいえガラガラということはない。ドア脇の手すりに身を預け「少年ジャンプ」を読む大学生風の男、つり革につかまり車窓に映る自分の顔をまじまじとみつめる若い女もいる。

淀屋橋で一〇人ほどが降りた。京阪電車に乗り換えるのか、足早に改札への階段をのぼっていく。乗ってきたのはその半数くらい。老婆と孫らしい娘もいた。彼女たちは富瀬とゆあに眼もくれず、この八号車両の一番後ろのシートに座りこんだ。

富瀬の前には銀色のメタルフレームのメガネをかけた痩せた男。縦三つに細ながく折りたたん

だ夕刊紙にみいり、チビた赤鉛筆をはしらせている。一面には「直前予想！　阪神大賞典」のでっかい活字が躍っていた。

「列車がカーブを通過します。ご注意ください」

アナウンスが流れると、運転室にいちばん近い席で居眠りをしていた恰幅のいいオッサンがスタンションポール、縦手すりにゴチンと頭をぶっつけた。オッサンは「アタッ」と額に手をやり、冬眠中に起こされた熊みたいな顔つきでゆっくり車内をみわたす。

ずいぶん大きな声だったが、車内の客はだれも彼のことを気に留めてもいない。

梅田につくまではあと二回ほど大きなカーブがある——富瀬はそう思った。


「おバアちゃん、どないしたん！」

悲鳴が列車の安穏とした空気を切り裂く。

富瀬とゆあだけでなくほとんどの乗客が先頭車両の最後尾に顔をむけた。さっき乗車した老婆がシートに身を横たえ震えている。孫娘は立ちあがって祖母を激しく揺らした。急病人のようだ。車内はたちまち騒然となった。

「だれか、お医者さんいてへんの！」、孫娘は怒鳴った。

客たちは互いの顔をみあわす。ホステス風の女が身悶え苦しむ老婆に駆け寄った。

「アカン、これは死んでまうで」

厚化粧の女がコートを脱いで老婆にかける。それがスタートの号砲になって乗客たちが続々と声高になった。「どないしゃはったん？」「持病があるんかい」「心不全や」「ほな人口呼吸せな」。

大阪人はとてつもなく世話焼き。見知らぬ者でも寄ってたかって心配してくれる。富瀬とゆあも人ごみをかき分けた。彼は背筋をピンと伸ばす。

「僕、医者です。えっと、ある駅前にある武医院に勤めております」

乗客から安堵の声が漏れた。だが隣のゆあが小声で叱責《しっせき》した。

「富瀬さん、駅前の武医院って産婦人科やよ」

「あっ、そうだった。でもまあいいや」。富瀬はチョロっと舌を出し老婆の脈をとる。

「同じ病院の看護婦です」

ゆあは気を取りなおし、指先を赤いセルのメガネのブリッジにやった。短く揃えられた形のいい爪は、さくら貝のような色をしている。

「おバアちゃん、死んだらあかん」と孫娘は泣いた。涙が老婆の皺だらけの顔に落ちる。

孫娘と富瀬にゆあ、ホステスがしゃがみこんで老婆を覗きこんだ。他の乗客たちは四人にブロックされた形になった。


八号車は梅田へ向かう先頭車両だ。

老婆の卒倒騒動がおこったのはこの車両と七両目との連結ちかく。その反対方向、いちばん運転席に近いシートにいたオッサンが立ちあがった。彼の前に、さっきまで競馬予想に夢中だった三〇代半ばの痩せた男がやってきている。

ふたりは互いにうなずいた。

銀縁メガネの痩せた男が背中のナップサックから鍵の束をとりだした。やおら、しゃがんで運転室と客車を隔てるドアを開錠にかかる。オッサンはその姿を隠すため仁王立ちになった。やたらガタイがいいから屏風《びょうぶ》のようだ。

メガネの男は馴れた手つきで鍵を操る。三本目の鍵を穴に突っ込んだところでガチャンと音がした。だが、それは地下鉄の走行音にかき消された。

メガネに代わってオッサンがドアを開ける。ぬっと現れた珍客に運転手が息を呑んだ。

「こらこら、勝手に運転席にはいってきたらアカンがな」

「えらいことですねん。お客さんが倒れましたで」

「そんなことより、どないしてドアを開けたんです？」

「客の命が危ないっていうてまんのや。とっととブレーキかけなはれ！」

というが早いかオッサンは、金属に木製の柄がついたレンチみたいな器具を思いっきり回した。

これが列車のブレーキなのだ。

「コラッ！　な、な、なにをさらすねん！」

運転手が叫び終わらぬうち、大阪の主要スポットを南北に繋ぐ大動脈、赤みの強い臙脂色《えんじいろ》のラインカラーの列車がつんのめるように急停車した。ブレーキと線路がいがみあって激しく軋み、
運転手どころかおっさんまで窓に額をぶっつけた。

「痛〜〜っ。今日はでぼちんえらい災難や」

とんでもない悲鳴が先頭から最後尾まで全車両を駆けめぐる。終電に乗りあわせた客がことごとく、すってんころりん、横倒しとなったりシートから投げ出された。

「このずっこけぶり、吉本新喜劇よりえらいこっちゃ」

ふり返って車内をみやったオッサンが額を撫でた。ドアの縦枠にしがみついていたメガネが体勢をたてなおして車内電話をとる。

「車掌さん？　客が泡ふいて倒れてん。すぐ運びだすからドアを開けてんか」

「そんなことより、この急停止はなにごとや？」

「ごしゃごしゃいわんと、さっさと開けんかい！」

「……もしもし、あんたどなた？　運転手の杉原はんとちゃうやろ」

「早よせいっちゅうてんねや。客が死んだらおんどれの責任やど！」

車輪とレールの軋轢《あつれき》は耳をつんざく絶叫となり黄色い火花を散らした。乗客のだれもが悲鳴をあげ、八両編成の車両がもろともアコーデオンみたいに縮んだと感じた。いつもは「まもなく梅田駅に到着」というアナウンスを聞きながすのに、今夜は梅田が江坂や我孫子より遠くなってしまった——。

卒倒した老婆をとりまいていた客はことごとく転び、なにが起こったのかわけがわからず呆然としている。そんな状況を尻目に、まず富瀬が開いたドアから飛びおりた。スカートの裾を直したゆあも立ちあがる。ポールにつかまっていた孫娘がVサインをつくった。

ちょこっと首を起こした老婆がいった。

「ミニミニやけど阿鼻叫喚《あびきょうかん》でんな。地獄絵のええ参考になりまっせ」

「しっ。大家さん、あくまでも重病人なんですから」、ゆあが唇に指をあてた。

ゆあに支えられた育枝は富瀬が抱きとめて線路へ。次いでゆあが腰をかがめると、富瀬は彼女の細身の身体をやさしく受けとめてみせた。たちまち孫娘が頬をふくらませる。

「なにそれ、お姫さまだっこやんか。ゆあちゃん、めちゃ厚かましいで」

孫娘、いや恵梨香はドアから覗きこむ。ホームがないぶん線路までの高さは半端ない。恵梨香の背後では転倒していた乗客たちが次々と起きあがっている気配。線路からは他の車両から外へ出た人たちの声や足音がきこえてくる。

「ほな、いくで」、恵梨香は眼をつぶると、両手をひろげ大の字になりカエルみたいにとびついた。だが恵梨香を待っていたのは富瀬ではなく岩のように厚いカーブの胸板だった。

「おっちゃん、なにをしてんの！　というか、いつの間にきてたん」

恵梨香はカーブの首に巻きつけた腕、腰にまわした太腿を急いで外した。

うす暗いものの視界はきく。富瀬はメンバーを確認した。名演技の育枝は興奮がおさまらぬ様子で、線路の脇にも敷き詰められた砕石をジャリジャリいわせながら歩き回っている。地下鉄を急停車させた安城とカーブは、どんなもんだと鼻高々。ちなみに、安城が使った鍵の束は事故現場特殊清掃の本業で役立っているらしい。

「事故のあった部屋にはいっちゃん先に入らんとアカンからな」

ヤバい現場にいち早く侵入し金品を物色するとき、この小道具が活躍するのだ。

「運転手さん、若かったさかいにワシのこと知らんみたいでしたわ」

カーブはちょっと悔しそう。だが気を取り直したのか、ぼそりといった。

「しばらくテレビに出てへんおかげで顔バレせえへんねから、ええとせんならん」

いつもはクールなゆあも、さすがに上気している。

「大騒動になってしもたけど、ごっついスリル。クセになりそう」

たちまち育枝やカーブから「可愛《かいら》しい顔して怖いことという」「こんなん何回もゴメンや」とツッコまれ、ゆあは小さく肩をすぼめる。富瀬も苦笑しつつ、皆に注意を促した。

「線路の横にもう一本ある給電用レール。凄い電気だから絶対に触れないよう！」

恵梨香がドアをみあげ「あとはママだけや」といったその時、魁偉《かいい》な巨体が身を乗りだした。

「クソボケ待たんかい」

大山だった。太閤背割では気づかなかったが、鼻の下と頬、しゃくれ気味の顎にかけて薄っすらヒゲが生えている。おとな三人前くらいの肉体のくせ、意外に幼い顔つきをごまかすつもりなのか。ヤツは那智黒《なちぐろ》みたいな丸い眼をギョロリと剝き、海苔がへばりついたような顎を突きだす。おかげで滑稽なほど生意気さが増した。

「今日こそダイヤをいただいて、お前をいてこましたる」

「それより、なんでここにいるんだ？」、富瀬は忌々しさを隠さずにいう。

「難波からおんどれらを見張っとったんじゃ」

作戦完遂にばかり気をとられ、無礼な筋肉饅頭が乗りこんだのを見逃していたとは。

「橋場のジジイから黒革の手帳をぶんどった」、大山は自慢げにいい放った。

「古い梅田駅のことがメモってあって妙に気になったんじゃ」

「お前が、あの手帳を……」

しかめっつらの富瀬、得意満面の大山。やおら筋肉饅頭は前かがみになり、胸の前で力いっぱい両方の拳を突きあわせた。ドングリ眼が飛び出し、唇はタコになった。僧帽筋や三角筋、上腕の諸筋が迫《せ》りあがりセーターが破れんばかりだ。

「いくど！　そこで首を洗うて待っとけ」

大山が悪たれ口を叩いた直後、だれかが後ろから彼にしがみついた。

「痴漢やチカン！　あんたら転《ころ》こんでるヒマあれへんで、痴漢を捕まえて！」

幸子だった。彼女は金切り声で「痴漢、ちかん、チカン！」とわめき散らす。

「どけ、クソボケ。オバハン手ェ離せっちゅうとんじゃ」

さっきまで育枝の心配をしてくれた乗客たちが、今度はホステス風熟女の騒ぎに興味津々となった。「どさくさに紛れておいど触りよったんか」「このムキムキ、女の敵やで」「オバハン、えらいボインやさかい乳もいろたやろ」と口々に大山を糾弾《きゅうだん》する。

「じゃかあっしわい！　痴漢なんかせえへん」、大山は怒鳴りながら幸子を突き飛ばした。

「きゃーっ」、叫びと一緒に幸子が列車から振り落とされた。

すわっ、とばかりに安城が豊満な肉体を引き受ける。だが、細っこい彼は無残にも肉弾にふっとばされ、坑道の鉄柱にぶつかった。安城は鉄柱に打ちこんである奈良の大仏さんの頭髪みたいな鋲《びょう》をさすりながらいった。

「この柱がなかったら、あっち側の天王寺いきの線路にいってまうところや」

列車では大山と乗客がやりあっている。痴漢したうえ被害者を放り出したのだから、おせっかいな大阪人が黙っているわけがない。やいの、やいのと大山は詰め寄られている。

「クソボケども、オレにかまうな。いてまうど」

過剰な筋肉の塊《かたまり》の咆哮《ほうこう》がとどろいたところで、列車の床がゴロゴロと鳴り、車体を貫く臙脂色のラインが小さく揺れた。エアコンプレッサーが作動し、いきなりドアが閉まった。大山の暴慢な顔がガラスにムギュッと押しつけられた。幸子が憎々し気にいう。

「ふん、つぶれた肉まんみたいになっとるわ」

地下鉄御堂筋線は何ごともなかったかのように粛々と梅田駅をさして動きはじめた。

SOP軍資金を探すメンバー全員が揃った。育枝やカーブたちはしてやったりと互いに笑顔をかわす。

だが、富瀬だけが安城がつかまっていたリベットを打ちこんだ鉄柱をみつめている。

2

クリスマス直前、師走の大阪を攪乱《かくらん》させる傍迷惑《はためいわく》な騒動。

首謀者の富瀬は一点を注視したままだ。それに気づいたのはゆあだった。

「富瀬さん、ひょっとしてダイヤモンドはここらへんに隠してあるの?」

残る五人の緩んだ頬がひきしまった。富瀬はうなずくと鉄柱を指さした。

「幻の梅田駅のホームがあったのはここのはずだよ」

御堂筋はキタとミナミを縦走する大阪のメインストリート。地下鉄御堂筋線はその道筋を忠実になぞるように敷設《ふせつ》されている。

富瀬は鉄柱から視線を外すと、遠くをみつめる眼つきになった。

「闕一さんが都市計画の泰斗《たいと》と呼ばれるようになったのは、まさにこの事業のおかげだ」

昭和五(一九三〇)年一月二十九日、地下鉄御堂筋線は平野町で着工式を挙行した。

シャベルをいれたのはもちろん關。二十四間幅（約四三・六メートル）という日本有数のスケールを誇る道路、御堂筋通りだけでも大阪人は胸を張れるというのに、その地べたを掘って電車を走らせる。東京にあって大阪にはなかったメトロ。大阪人の期待が増すのは当然のことだ。しかも御堂筋線は日本初の公営地下鉄だった。

工事は北から南へと進んでいった。浪花は八百八橋――堂島川、土佐堀川、長堀川、道頓堀川など都市をシンボライズする河川が横たわる。關はそれらの川底を穿《うが》つ方策をとった。これが難工事だったのは想像にかたくない。

長堀川の工事ではトンネルが浸水し、泥水は完成目前の本町停留所にまで及んだ。

「梅田停留所では基礎が崩れて二名の工夫が死亡したという記録も残っている」

メンバー全員が粛然となった。誰いうともなく七人は頭《こうべ》をたれ合掌する。

「それでも御堂筋線はいたるところに先見の明が光っているんだ」

梅田停留所や淀屋橋、心斎橋など西洋の宮殿を意識したドーム型の高い天井。モダンでハイカラな建築デザインはいっかな輝きを失わない。富瀬はうっとりしてみせる。

「梅田駅の和風シャンデリア、円柱や壁面を飾るタイルのセンスのよさは特筆もの」

「そうそう、ワシも覚えてまっせ。梅田駅の階段のいっちゃん上からホームをみおろすと、そらもう西洋の宮殿みたいでした」。カーブは眼を細めた。

ホームのスケールだって大きい。開業当初はたった一両で運行したものの、追って編成を増やし昭和三十八（一九六三）年には八両となった。それでもホーム延長の必要はなかった。将来的に一〇両編成となっても余裕だ。今度は育枝がいう。

「市議会が、こないに長いホームはいらんと進言したんやけど、關はんは毅然といわはりましたんや——五〇年もしたら一〇両編成でも足らなくなる」

「エレベーターが早くから設置されていたというのも忘れちゃいけませんよ」

富瀬がプラスする。恵梨香は芝居がかった仕草で肩をすぼめた。

「富瀬クンは昔のことに詳し過ぎるで。いったい何歳《いくつ》やのん？」

「ウチはそんなん全然知らん。みたことない。今の地下鉄しか知らへん」

幸子がとぼける。メンバーは大笑いしてから改めて地下鉄のトンネルをみわたした。關による大胆かつ大規模な都市改造の成果がここにある。

「梅田‐難波間の完成は昭和十年十月三十日、着工から五年九か月かかった」

キタとミナミが地下の鉄道でも繫がった。工費はキロあたり五〇〇万円以上と超のつく破格。だが、それは關も折りこみずみのこと。このおかげで世界恐慌や凶作、軍部の中国進出などによる不況と失業者急増に対応することができた。富瀬の話に熱がこもる。

「やっぱりインフラ整備は効果が大きい。大阪でも将来的には大空港や埋め立て地の造成、鉄道新線や道路新設が必要になる」

「阪神が難波まで伸びたり、京阪が梅田へいったりして大阪の私鉄と地下鉄がぜーんぶ繫がったら、大阪と神戸それに京都や奈良を行き来すんのメッチャ便利になるのに」

恵梨香の意見に、富瀬は「なるほど」と眼を輝かせる。育枝も相づちをうった。

「大阪遷都ができたら、その調子で大阪と日本国中が結ばれるかもしれまへんな」

「そうなんです！　關さんの地下鉄に負けないスケールで取り組まないと！」

富瀬の声に力が入る。ゆあはそんな彼を頼もしそうにみつめた。でも、彼が大阪遷都を語りだすと夜が明けてしまう。ゆあはそっと富瀬の腕に手をやった。彼はうなずいた。

淀屋橋、梅田の両方向から、ただならぬざわめきがきこえてくる。運転手や車掌はもう通報しているはず。それに最終列車のあとも保守点検や工事のために地下鉄は眠らない。スタンバイしていた職員は動きだしているだろう。

富瀬たちの他にも列車から何人か降りたが、彼らは梅田駅へ歩いていったようだ。

富瀬はいよいよ本題にはいった。

「ＳＯＰ軍資金は梅田仮停留所に隠された」

「梅田駅はキーワードのすべてに符合するんです」。ゆあがフォローしてくれた。

カーブが、なるほどと納得する。

「そやさかいに、大山のいうてた手帳にもここのことが書いてあったんでんな」

「きっと、そうでしょう」、富瀬は答えてから語気を強めた。

「二〇億円近いダイヤモンドが僕らを呼んでいる」

すると恵梨香がまた顎に手をやり、首を捻るという取ってつけたジェスチャーをする。

「暗闇。横穴。湿気に奥の奥。しかも大阪名物はええけど再挑戦は？」

「梅田駅には初代のホームがあった。今のは再挑戦というべき二代目ホームなんだ」

富瀬の目配せで、ゆあはショルダーバッグから一枚のセピア色の写真を取りだした。富瀬は太閤背割でも重宝した懐中電灯をあてた。

「これが初代、梅田仮停留所といわれたホーム。おじいちゃんの日記に挟まっていた」

正面に大阪地下鉄の初代車両。その前方に、シャツ姿の工夫や軍人調の制服に制帽の男たち。背広にネクタイ、メガネの人もいる。右にはレールから一五〇センチ以上はあがったホーム。それが梅田仮停留所で、手すりや床は木製のようだ。ホームから工事の様子をみつめる乗客も写っている。

「梅田仮停留所から北側へむけて本来の梅田停留所に繋げる工事の写真らしい」

育枝がしたり顔になった。

「そや、御堂筋線は昭和八年五月二十日にまずは梅田と心斎橋の間で開通してまんにゃ」

東京地下鉄の銀座線に遅れることすでに六年。いらち、のうえ東京に負けるのが大嫌いな大阪人は、難波までレールが敷かれるのを待ちきれなかったばかりか、始発駅の完成も「遅い！」とうっちゃり仮駅で営業を開始してしまった⁈　富瀬が続いて解説する。

「それはこっちに置いといて――梅田本駅が完成するまで昭和八年から十年までのたった二年間、梅田仮停留所が使用されたわけです」

仮停留所は現在の新大阪方面の線路のうえに設置された。富瀬はまずトンネルの上を指さし、ゆっくり指を線路に向けてさげた。

「それが新阪急ビルの地下、つまりこの場所あたり」

富瀬は何度も御堂筋線で梅田‐淀屋橋間を行き来し写真の場所を確認した。

彼は写真の一部分に電灯をちかづける。ホームと線路を分けるようにしてリベットを打ちこんだ鉄柱が等間隔で並んでいる。

「幸子さんを受けとめた安城さんがぶつかった鉄柱、それがこれなんです」

富瀬はさらに写真と現場を照らし合わせた。祖父が残した一枚によれば、仮駅の壁に広告看板用の枠があることもわかる。それもトンネルの壁面にちゃんと残っているのだ。

「しかも写真の裏にはおじいちゃんの字で、伊志田氏より提供って書いてある」

富瀬の最後のひとことでメンバーたちは低くうめいた。金庫番の伊志田がSOP軍資金の在《あ》り処《か》を富瀬の祖父に託したということでは？　もっとも祖父は写真に重大な秘密が隠されていることにまったく気づいていなかった……。まして祖父は鉄道ファンでもない。

こいつが挟んであった日記のページには、そっけない文章が記されているだけだ。

「闕さんの偉業のひとつ梅田と心斎橋間の地下鉄開通から十年の記念日。

伊志田氏から久々に封書来たり。『秘蔵の写真』を同封せり。梅田仮停留所から北へ向けて工事をする様子。十年前、小生も闕さんたちと開通記念式典に参列したり」

このあと、祖父は戦局について長々と書いた。

「おじいちゃん、もうちょっと深読みできなかったの？」

孫としては歯がゆくてならない。けれど当時は太平洋戦争の最中、ニューギニアやガダルカナル島で日本軍全滅という惨状にみまわれていた。祖父がしばし感慨にふけったものの、すぐ目下の政局や生活に意識をやったのはしかたない。さらに伊志田が写真を送った二年後、大阪大空襲で彼が死んでしまうことだって神ならぬ身の祖父は予見できなかった。

「せめて伊志田さんがSOP軍資金と幻の梅田駅との関連を明示してくれてたら」

いいや、それだってかなわぬ愚痴でしかない。だが、富瀬たちにとってこの写真は重大すぎる意味をもっている。ようやく安城が口をひらいた。粘りつくような調子だ。

「早いことダイヤモンドをみつけて、どさくさに紛れて逃げるんや！」

3

全員で幻の梅田駅の痕跡をもとめて線路から壁面までをくまなく探す。

仮駅のホーム全長はわずか四五メートルほど。その間を七本の懐中電灯の光の輪があっちこっちとせわしく行き来した。

地下トンネルならでは、真冬でも地上ほどの寒さを感じない。それでも富瀬は足元から震えがあがってくるのをこらえきれない。武者震いというヤツだ。でも、こんなことになっているのをメンバーに知られたくはない。

落ちつかなきゃ。ゆっくり一、二、三……とカウントする。

「ん？　むむむ……ん？」。富瀬は眼をすがめた。

梅田に向かって大きくレールが湾曲しているところ、その壁面にはさっきメンバーに説明したばかり、仮停留所にあったはずの広告枠の四角い跡が窪んで残っている。枠の上では電灯が設置されまぶしい光を放つ。富瀬は懐中電灯をリーバイス５０１の尻ポケットに突っこんだ。電灯の下には壁伝いに延々とシールドされた電線がとおっている。

「むむ？　んんん……ん？」。富瀬は吸いこまれるように顔をよせた。

電線からさらに下がると横に深い割れ目がある。亀裂というわけではなく意図的に人の手で穿《うが》った横溝だ。そして枠の跡の左右をみてもまったく同じ形状なのだが、どうもここだけ気になる。富瀬はまた懐中電灯を引っぱりだして横溝のなかをくまなく照らした。

念のため両隣の横溝も調べる。おかしい。いかにもヘンだ。最初に眼をつけた広告枠の跡だけなぜか溝が浅い。あやしい。育枝が富瀬の異変に気づいた。

「どないしやはりました？」

「この溝もっと深いはずなのに、どうも何かで埋めて蓋をした感じなんです」

「どれ、ワテが仔細を検分してみまひょ」。育枝は信玄袋から小さな箒《ほうき》をとりだす。

「これおくどはん（かまど）を掃除すんのに使う荒神箒《こうじんぼうき》といいまんねん」

全長二〇センチほどのミニミニサイズだ。稲藁《いねわら》の芯、稈心《みご》でこさえてあるらしい。背の低い育枝はつま先立ちして荒神帚をつかった。ゴミや埃《ほこり》がごっそり飛び出した。

富瀬がきれいになった溝をのぞきこむ。

「やっぱり漆喰《しっくい》みたいなので埋めてあります」

「ほなオレが溝の外側のコンクリを剝がすわ」。今度は安城がやってきた。彼が摂津峡でも使っていたナップサックを探ると、鍬《くわ》のような斧みたいな奇妙な工具が。

「小型の釿《ちょんな》やがな。これもオレの本業でときどき世話になんねん」

合鍵キットでも開かないドアは、けったいな道具でぶっ壊してしまうらしい。

「まさか御堂筋線にツルハシやらスコップやら大ハンマーを持ちこまれへんもんな」

安城が釿を振りかぶろうとしたら、カーブが駆け寄った。

「力仕事はワシに任せなはれ」

コンクリと金属の刃が激しくぶつかる。カーブは何度も釿を振りおろす。溝が砕けて幅がずいぶん広がった。カーブは鉇の上下を反対に持ちかえ、柄の部分で漆喰めいた部分をこづく。作業を見守る富瀬がいった。

「さっきと音が違いますね。やっぱり下は空洞になっているみたいだ」

カーブばかりか安城も息をのんだ。ゆあと幸子、恵梨香も集まってきている。皆、固唾《かたず》をのんでパワー自慢の芸人の繰り出す攻撃に注目する。

ボコッ。鈍い音がしてドームの天井が割れるようにぽっかりと穴があいた。

とうとう、四〇年ちかい深き眠りからSOP軍資金がめざめる時がきた。

七人の熱い視線が一点に集まる。誰に背中を押されるわけでもなく、富瀬がカーブの脇から溝に腕を入れた。ズボッと肘の手前まで入ったところで底になった。

そこから手を横に伸ばしていく。

地下鉄御堂筋線幻の梅田駅はSOP軍資金の隠し場所の最後の候補地。

一〇〇近い場所を探索してきただけに、どうしても、ここにお宝があってほしい。いや、きっとある。でなければ、なんのために金庫番は、闘が逝ってから疎遠になっていた祖父に写真を送りつけてきたのだ。

湿気《しけ》た暗闇の奥の奥、再挑戦にいたった大阪名所——地下鉄御堂筋線の幻の梅田駅の横穴にダイヤモンドが眠っている。


トンネルの前後、いや富瀬からすれば左右がいっそう騒がしくなってきた。

さっきまでバラバラにもつれていた、大阪市営地下鉄の職員と警備員たちのかざす光が、目標を定め、一本のサーチライトのようになっている。「あっちや」「こっちやで」の声も。

富瀬が注意する前にメンバーたちは手にする懐中電灯を消した。

「マッポ（警官）がきとるかもしれまへんで」とカーブが顔をゆがめる。

富瀬はもう一度、深く呼吸をして探索を再開する。六人は息をこらす。その心の声や想いが凄まじいプレッシャーとなって富瀬を襲った。

「ギャッ！」、いきなり彼が叫んだので六人は一斉に二、三歩とびのいた。育枝が問う。

「法善寺の水掛け不動さんみたいに、青白う光るニュルッとしたもんでっか？」

「ち、違います。小さな動物みたいなのが手のうえを走っていった」

「そらネズミでおまっしゃろ」とカーブがいう。

「暗うて湿気のある横穴にチュー吉はつきもんでんがな。むしろでんな、怖いガスがあれへんだけでもめっけもんでっせ」

「いやはや失礼、カーブさんのおっしゃるとおり」

富瀬は冷や汗をかきつつ腕の中ほどまで伸ばした。今度は袋らしき手応えがあった！

「これだ、間違いなくＳＯＰ軍資金だ！」

袋はヌバックのように起毛した革のような手ざわりだった。幸子が怒鳴った。

「富瀬クン、しっかりつかみや。大ネズミが手ェにかぶりついても絶対に離すんやない」

誰が号令するわけでもなくメンバーたちが富瀬の肩やら腰、脚まで引っぱる。

「待って、痛い、腕がちぎれちゃう」

富瀬は顔を横むけた。ゆあを除く五人が眦《まなじり》を決し、鼻の穴をふくらませている。

「綱引き大会じゃないんですから、僕ひとりで大丈夫」

ゆあと眼があった。彼女は黙って小さく顎をひいた。この所作で富瀬はいっそう力を得た。彼は五本の指を全開にしてからグイっと力いっぱいに閉じ、袋に指先を食いこませた。革ごしにゴツゴツごろごろした石っぽい感触がする。富瀬の背筋に歓喜の電流がはしった。

革袋は細長いようだ。サザエのつぼ焼きの肝を引き抜くつもりで慎重に。力加減を調節しながら腕を微妙に捩《よじ》りつつ……穴から肘、次いで前腕部が現れた。

富瀬はここから一気に腕を抜きだした。

勢い余って少しよろける彼をメンバーが抱きかかえるように支える。

富瀬は長々とした革袋を手にしてみせた。古びて汚れた革袋に新しい酒はふさわしくないが、金剛石なら四〇年近く眠っていても不滅の輝きを失わない。

彼は白い歯をみせた。腕を高々と掲げて、大魚を射止めた釣り師のようなポーズをとる。それは秋まで「月刊プレイボーイ」誌に連載されていた、開高健のアマゾン釣り紀行の鮮烈なビジュアルそっくり。

「どないや！」、思わず大阪弁で自慢してしまった。

実際に革袋の中身は大物中の大物！　作家が渾身の跳躍と不屈の闘志で釣りあげた黄金に輝く怪魚ドラードにも匹敵するのだ。

「オーパ！」、富瀬は敬愛する作家を真似、ブラジルのやりかたで感動をあらわした。

「ビーバ！」、ゆあがポルトガル語で「万歳！」と祝ってくれた。

南米の釣りも外国語も知らないはずの育枝やカーブたちだって喜色満面。トンネルの薄暗がりでもみんなの頬に紅色の潮がうずまいているのがわかる。

お宝が眠っていた壁面をみやれば、闕さんや祖父、伊志田さんたちの笑顔が浮かんだような気がした。

「この袋に二〇億円のダイヤが詰まっとんのか！」

安城が愛しい女を抱きしめるかのように力強く、でも思いっきりやさしく手を差しのべる。そこへ幸子が「そうはいかん」と、男の浮気を封じる気迫で艶冶《えんや》な肉体を横滑りさせた。たっぷりぬたくった化粧品、ふりまいてきた香水にねっとりした中年女の体臭。おまけにミもフタもない欲気が混じり、思わず富瀬は顔をそむけた。

安城と幸子がもみ合ったおかげでダイヤのはいった細長い革袋が大きく揺れた。

「あんたらの好きにさせまへんで！」

育枝がせっぱつまった勢いで、老婆の愛犬が餌皿へ突進するみたいに前へ出た。するとカーブも負けじと先んじた三人を押しのける。育枝がよろけ、恵梨香はそれを本物の孫娘さながら「おばあちゃん！」と支えた。育枝は「おおきに」と短く礼をいったものの、すぐさま砕石を踏みしめ足元を確保、またもやダイヤに突撃する。

地上にそびえる阪急百貨店うめだ本店、あるいは阪神百貨店梅田本店のバーゲンさながら。安城に幸子、カーブと育枝の八本の手が革袋に殺到し、防戦にまわった富瀬の二本の手があわさる。ダイヤモンドに眼がくらみ——勃々《ぼつぼつ》たる欲得は暗闇で情けなくもふくらみきってホンネ丸出しの醜態となった。

「ええ加減にしてください！」

ゆあが凛とした声でたしなめ、恵梨香はやれやれとばかりに大人どもをみやる。

「こないに手ェのぎょうさんある仏さんがおったなあ」

奪おうとするメンバー、死守せんとする富瀬。彼が長いリーチで袋を高く頭上にさしあげる。負けずに手に手が伸びた。また恵梨香がつぶやく。

「現国の教科書に載ってた、極楽からおりてきた一本の糸に群がる地獄の亡者や」

富瀬がひっくり返りそうになり、ゆあに向かって袋をかざし悲鳴をあげた。

「そっちに投げるから受け取って！」

ゆあはパスを待つバスケットボール選手よろしくＯＫの合図を送った。

たちまち恵梨香が反対サイドから文句をつける。

「ゆあちゃんなんか頼ンない。富瀬クンわたしに放って」

ピンク・レディーみたいに大股をひらいたうえ両手を広く構える。ちんちくりんで小太りの恵梨香は、生駒山遊園地の鬼泣かせ、ボールが命中したらガオーッとうなる赤鬼そっくりだ。富瀬は彼女のほうへ腕をしならせた。恵梨香はゆあを横目にとらえ「ざまあみろ」。

だが、富瀬はまたまた身体を回転させ、ゆあへダイヤが詰まった革袋を投げた。

彼の「それっ」に、ゆあは「はいっ」と呼応する。幸子たちが首を左右させ「おりゃっ」「うわっ」、恵梨香は腹立たしそうに「なんでやねん！」。

細長い革袋は照明と照明の間、ちょうどいちばん暗いところに放物線を描く。

カーブが安城を突き飛ばした。幸子は隣にきたカーブのメロンのような肩に手をやり、ジャンプする。乳房はたっぷんと上下に揺れた。精いっぱいに手が伸びる。

脂ののった白い肌が袖から露出し、真っ赤なマニキュアの長い爪が――。

―4

二〇億円のダイヤモンドを詰めこんだ古い革袋が宙を泳ぐ。

それは浪花の夏のうまいもん、ハモをおもわせた。

こいつの土手っ腹に鬼女さながらの鋭い爪先が食いこむ。富瀬とゆあばかりかメンバーたちも、そのシーンをストップモーションでとらえた。

革が裂かれる鈍くて重く不吉な音。それも全員の耳にしっかり、はっきりときこえた。

バラバラ。その次はボロボロ。すぐにコロコロ……小さなダイヤモンドが、破けた革袋からこぼれ落ち足下に散らばる。富瀬はあわてて懐中電灯を向けた。

精緻にカットされた数々のダイヤはライトをまばゆく反射させた。黒ずんだ砕石の間にうずくまった金剛石たちは、まさしく夜空にきらめく恒星。メンバーもそれぞれにライトをあてる。ダイヤはさまざまな角度の光を強く反射するだけでなく、内部から七色に変化する高貴な輝きを放った。

「うわぁ。万華鏡みたいや」。恵梨香はつぶやき、そのまま口をポカンとさせる。

富瀬はついピンク・フロイドの名作『狂気』のアルバムジャケットを思い出した。

けれど、今はそんなことをいってる場合じゃない。育枝が信玄袋の口をひろげ、ダイヤを拾いはじめた。幸子も眼を吊りあげ、しゃがみこもうとする。

「アホんだら！　なにをさらすねん」

安城が幸子の肩を荒々しくつかみ、激情に駆られ手をあげる。富瀬はすばやく制した。

「惚れた女《ひと》を殴るなんて最低の男のすることですよ」

安城は富瀬を振りほどきかけたものの、すぐ力を抜いた。

「すまん……けど、こいつが……」

「なんやのん！　あんたがダイヤを独り占めしようとするからや」

幸子は半泣きになった。富瀬は、彼女がデヴィッド・ボウイの問題作『ダイヤモンドの犬』のジャケットに描かれた人面の牝犬にそっくりだと気づいた。でも、これまたそんなことで感慨にふけるわけにいかない。場違いな想いにかられる富瀬をよそに安城はいった。

「二〇億円のダイヤ、ちょこっといらわせてもらおと思ただけやないか」

「うん、それは僕もわかっていました」

富瀬はすかさずいい添える。安城は盟友と感動を分けあいたかったのだ。だから富瀬も革袋を渡すつもりだった。なのに幸子がわっと押しよせ、連鎖反応で育枝やカーブまで。

「けったいな勘違いしくさって」

「あんた、ウソやろ……」

「このダイヤには大阪の未来がかかっとる。そんなことさえわからんようになったんか」

安城は忌々しげに線路へ唾《つば》を吐く。白いかたまりが育枝の手元へとんだ。

「なにをしまんねん！」

老婆はちょうど、線路に敷き詰められたバラストの間から小粒のダイヤを摘《つま》んだところだった。

恵梨香が育枝にいった。諭すような調子だ。

「おばあちゃん、早よ逃げなアカン。わたしら全員、つかまってまう」

「あちこちにダイヤがこぼれてまんにゃ」

「こないにぎょうさんのダイヤ、どないやって全部を集めんの。ひと晩かかるで」

恵梨香は育枝の横に腰をおろす。彼女は輝く小石を指に挟むと信玄袋に落とした。

「これであきらめよ。ホンマにマジで逃げなやばい」

富瀬は恵梨香の言葉に胸が詰まった。以前は橋場のチャリンコをパクり、育枝の愛犬ラッキーまで連れて帰ってしまい、金銭に固執《こしつ》していたはずの彼女が……欲に翻弄される大人たちに訓戒《くんかい》をたれている。

少女に感化されたのか、カーブが頭を左右にしながら声を落とした。

「恵梨香ちゃんのいうとおりでっせ」

安城が落ちた革袋を慎重に拾いあげた。今度は幸子、育枝、カーブも眼で追うだけだ。安城は袋をふたつ折りにして富瀬に渡した。

「残念やけど半分になってしもた」

富瀬は太い息をつく。ゆあが横にきてショルダーバッグのチャックを引いた。

「ええ具合にすっぽり入るわ」

無理に笑う彼女の気づかいがうれしいし、ありがたい。富瀬は声を大にした。

「ここにいちゃ危ない。こぼれたダイヤのことは後で考えよう」

だけど——妙案など浮かぶ自信はない。転がった一〇億円のダイヤは市営地下鉄の職員に回収されるに決まっている。当然、なぜ莫大な価値の宝石がここに散らばっているのか、その理由が穿鑿《せんさく》されるはず。今さらだが、御堂筋線の終電を緊急停止させた件も捜査の対象になる。富瀬たちは文字どおり追われる身となるのだ。

富瀬は唇を嚙んだ。ごめんなさい闞さん。ごめんなさいおじいちゃん、伊志田さん。

「富瀬さん、わたしらはどっちに逃げたらええの？」

ゆあはメンバーにもきこえるように問いかけてから、そっとささやいてくれた。

「あきらめたらアカン。そんなことしたら大阪遷都の夢がここで終わってしまう」

そうだ。大阪遷都論は先達の理想、富瀬の夢。半分ながらも資金は確保した。それだって一〇億円、贅沢すぎる資金なのだ！　彼は前を向いた。

「まず大家さんと恵梨香ちゃんはゆっくり梅田駅へ」

一時は危篤になった老婆と孫娘。ふたりがのろのろとトンネルを彷徨《さまよ》っていても不審はいだかれまい。とにかく最初に出逢った人、それが地下鉄職員であれ警官であれ助けを求める。富瀬とゆあは淀屋橋へ戻ることになっている。安城が富瀬をうかがった。

「富瀬クンらはポリ公に尋問されたらどないするんや？」

「地下鉄のトンネルでいちゃいちゃして避難が遅くなったとでもいおうかな」

いわずもがな、ゆあと残ったダイヤモンドは守り抜く。

「それより問題は安城さんとカープさんです」

両人は地下鉄を停めた張本人。緊急事態のとっさの行動だと抗弁する手はずだが――。

幸子がおずおずとハンドバッグを差し出した。

「ウチ、ええもん持ってきてん」。バッグからウイッグが。しかも金髪と赤毛だ。

「これ被ったら新地のオカマちゅうことでいけんのと違う？」

安城とカーブは顔をみあわせた。ゆあが「ほなさっそく」とショルダーバッグからパフをとりだす。恵梨香は「オモロイ、さすがはママや」と大笑いする。富瀬も白い歯をみせた。幸子やゆあ、恵梨香に育枝らが安城とカーブに即席メイクを施す。

時間があれへん、急がなあかん、メチャメチャや——女性軍はかまびすしい。

「オカマやからゆうて化粧が適当でええっちゅうわけでもおまへんのやが」

「いやいや、駅前にもこんなバケモンみたいなオカマちゃんがおるで」

「おっちゃんら癖になってしまうかも」

最後はゆあが「意外にべっぴんさんやわ」と締めくくった。富瀬もいう。

「いざとなったらカーブさんの話芸と幸子さんのお色気で切り抜けてください」

銀縁メガネのレンズの奥にブルーのアイシャドー、カツラと同じ深紅のルージュを薄い唇から大きくはみ出させた安城が富瀬を正面にとらえた。

「よっしゃ。ほな、どんなけ遅うなっても八ちゃんに全員集合や！」

「必ず、このメンバーが残らず！」

富瀬は彼の手を強く握った。安城も負けずに力をこめる。

メンバーは二手に分かれた。それでも後ろ髪をひかれる想いはつよい。醜い争奪戦を繰りひろげた面々はもちろん、富瀬とゆあ、恵梨香だって二〇億円の半分の宝石がこぼれおちた線路を何度も振りかえった。

幻の梅田駅ホームで、ダイヤモンドは彼らを嘲笑《あざわら》うかのようにいっそう輝きを増した。

第九章

「ラストチャンス」

大音量のレコードが終わった。

ターンテーブルからトーンアームが上がり、ゆっくりアームレストに戻った。

富瀬はグラスを片手にぼんやりしている。かけていたのはレイナード・スキナード、タイトルは『ナッシン・ファンシー』。しかしトリプルリードギターの野太いサウンドは、空疎に右の耳から左の耳へと抜けていくばかり。富瀬はつぶやいた。

「ホント、愉《たの》しいことなんてなんにもない」

正月休みが終わり世間は活気づいているというのに——富瀬は早々に八ちゃんの暖簾《のれん》をおろし、カーテンを閉ざしてしまった。

世間はまだ宵の口、二条小路は人どおりが絶えない。家族づれや友人同士、二軒目へむかう酔っぱらいたちの声高なやりとりが八ちゃんに流れこんでくる。

富瀬は空になったコップを右手から左にやった。

剣菱の冷や酒は黄金色で古武士のように力強い呑み口。普段の富瀬ならうまいと唸り、くいくいやるはずだが……つい持て余してしまう。

「新年に来てくれたお客さんにふるまおうとワンケース仕入れたんだけど」

淡いグリーン色の一升瓶は店の隅でうすく埃《ほこり》をかぶっている。

壁面を掻くような音がして、飾ってあった商売繁昌の福笹《ふくざさ》が落ちた。

「縁起でもないなぁ」。ボヤきはしたが拾おうともしない。これは、駅前名物の十日えびすの縁起物。数日前にお詣りしたのだけれど、ごった返す社殿の後ろのほうで手を合わせただけだった。神社の近所にある、旅館みたいな佇まいの太平寺組本部は取り壊しが決まったそうだ。でも、それを耳にしても特別に感慨はおこらない。

しょんぼり落とした肩に福笹をかついで富瀬は帰ってきた。そんな彼をみかね、常連客のひとり、梅町通りのくだもの屋のオバハンはヘンなところに気をまわす。

「信金のカノジョとうまいことといってへんのかいな」

「……………」

ゆあと不仲になったわけじゃない。

だが、あの日のことは戦意を損なうのに充分すぎるショックだった——。

1

SOP軍資金の半分は地下鉄御堂筋線の幻の梅田停留所跡にばらまいてしまった。

「それでも、もう半分は僕らの手にはいった」

ホンネをいえば二〇億円が一〇億円に大きく目減りしたのは痛い。さすがに意気揚々とはいかない。だけど、富瀬は強気の姿勢を崩さなかった。ゆあにアドバイスされたとおりで、リーダーたるもの常に前を向いていなければ。それに、残してきたダイヤをどう回収するかも考えなきゃいけない。彼は腕を組み、頭を捻るのだった。

「ダイヤをどこで管理するかは早急の課題だし、換金方法も検討しなければ」

そして、主なるメンバーたちがいちばん期待している論功行賞も。

「ダイヤはぜ〜んぶ大阪遷都のために使い切る！」

こう断言してしまえばいいものの、じつのところは強行できないムードが濃厚だ。

しかし、幸子たちのトンネルでの醜い行いは見過ごせない。ご褒美どころか仲間から外してしまうべきなのかも。

「とはいえ、ナンだカンだといいながらここまで一緒にやってきたのも事実」

富瀬は己のやさしさが弱点になることをよくわかっている。時には心を鬼にしなければ、遷都計画なんて実現できるわけがあるまい。性善説もほどほどにしないと。

「それでも、なあ……」

幸子なんかは安城や娘から叱責《しっせき》され、すっかりしょげてしまった。育枝とカーブも上目づかいで遠慮がちにものをいう。そんな彼らをみていると、つい許してあげたくなる。

「人間は変わることができるはずだし、変わるチャンスは与えてあげないと」

やっぱりお人好し、元の木阿弥《もくあみ》の富瀬なのであった。

八ちゃんに全員が集まったのは正月が明けて四日目。仕事始めの日のことだ。

鉄板プレートを仕込んだテーブルの上に新聞紙を敷き、SOP軍資金のダイヤモンドを一粒のこらず広げてみる。戦火を逃れただけでなく、政府に接収されることを拒み、闕一の大阪遷都計画のために捧げられたダイヤモンド。蛍光灯のあかりの下、金剛の光はまばゆいばかりだった。照りかえす輝きがメンバーの頬に映える。

「ほう……」、富瀬はもちろん皆が大きく太く息を吐き、眼を細めた。

「意外に小っこいのばっかりやな」

「そやからこそ、庶民の想いちゅうのがこもっとるんや」

「指輪にネックレスがあれへん。あれプラチナやら金、銀製やのに」

「そういうんは金庫番が売っぱらいよったんかいな」

「たかが輪っかや紐でっしゃろ。ダイヤの石のほうが値打ちありまんがな」

安城に幸子、カーブや育枝たちは毎度のことながら騒々しい。

八ちゃんのガラス戸がガラリと開いた。全員、ギクッと振り返る。とっさに恵梨香がモモンガみたいな恰好でダイヤの上に覆いかぶさって隠す。

「なんだ、ゆあさんか」

富瀬ばかりか皆が「びっくりさしな」と肩の力を抜き、ゆあを取り囲んだ。恵梨香も起きあがって「ダイヤの敷布団のうえに寝たった。ジュリーでもこんな経験ないはずや」と丸い小鼻をうごめかす。そして、全員の声が見事なハーモニーとなった。

「ゆあちゃん、どないやった?」

ゆあは駅前にある質屋の「寶頼屋《ほうらいや》」へダイヤモンドの鑑定にいってくれたのだった。
○・五カラットほどのダイヤをいくつか質屋の親父に差し出した。
「ある鉄工所から資金融資の担保ということで預かったんです」

この質屋は駅前で手堅い商売を続け、梅町や桜町のアーケード街に宝飾店があるにもかかわらず、貴金属の鑑定では一目置かれた存在なのだ。信金でもお世話になっている。ちなみに安城も仕事の余禄で宝石をゲットというか失敬してきたときは、こちらに持ち込むことが多いという。

彼はうなずいた。

「おう、寶頼屋やったらよう知ってる。おやっさん、えらいしぶちんやぞ」

店主は綿入れの甚平さんの紐を結び直すと、おもむろに白い手袋をはめ、ビロードの布を敷きダイヤを並べた。西ドイツはカール・ツァイス社製の鑑定用ルーペをとりだして覗きこむ。

「鑑定書はおまんのか?」。店主は片眼となり仔細にダイヤを吟味しながらいう。

「それが、ないんです」

店主は眉をすっとあげてルーペを置いた。慎重に小さいけれどきらめく宝石を並べる。彼はため息をついた。

「なんぎなこっちゃ。全部ニセもん、巧妙なガラス細工に合成モンでっせ」

絶句するゆあに、店主はやさしく語りかけた。

「ホンマによう出来たァる。なまじの宝石店や質屋やったらダマされまっしゃろな」

ゆあの報告に、今度は富瀬たちが絶句してしまった。ようやく幸子が喉をしぼった。

「ニセモノって、ホンモノやないって、全部パチモンって、こと、かいな」

ゆあが申しわけなさそうにうなずく。幸子と育枝が腰を抜かしたようにしゃがみこんだ。カーブはテーブルの上のダイヤ、いや模造ダイヤを寄せあつめて小山をこさえた。

「こんだけぎょうさんあっても、ナンの値打ちもおまへんのか？」

「マジかいや、たまたまゆあちゃんが持っていったんがニセモンやったとか」

安城がハスキーな声でいう。恵梨香は偽ダイヤの粒を指で弾いた。きらきらの石が勢いよく跳んで、青のりと鰹節の削り粉が入ったステンレス容器にコトリと落ちた。

富瀬が頬を引きつらせながら口をひらいた。

「道理でマスコミが御堂筋線終電事件のことを報道してないわけだ」

彼はあの翌日から、手に入るかぎりの新聞を隅から隅まで読んだ。クリスマス直前の土曜日の終電が緊急停止した事実を報じたのは数紙だけ。

「どれも急病の乗客がいて停車した、としか書いてなかった」

一行たりとも、ダイヤモンドが散乱していた件には触れていない。警察だって動いている様子はなく、あのスカタンの刑事も八ちゃんに飛びこんできていない。

「ということは——残してきたダイヤも偽物ってことだったんだろうな」

むしろ、こんなに多量の模造品を誰が、なんのために御堂筋線のトンネルにばら撒いたのか、そっちの方に捜査の矛先が向いているのかもしれない。

ゆあは、鑑定してもらった精緻な模造ダイヤの粒をそっと新聞紙のうえにのせた。それぞれ小さなビニール袋に包まれ番号がふってある。

「ご主人の話やとこっちは合成サファイア、そっちが合成スピネルっていうらしいです」

残りふたつ「三番がクリスタル、つまり水晶」、もう一個は「ガラス細工やといわれました」。

イミテーションのダイヤモンドをつくったり売ったりするのは犯罪ではない。実際、このところは人工ダイヤのキュービックジルコニアがかなり流通しているらしい。

育枝が納得いかぬという風情で食い下がる。

「そいでも、まったく価値があれへんわけでもおまへんのやろ?」

「……ご主人は四つで一〇〇〇円くらいって。同じダイヤのそっくりさんやけど天然宝石のジルコンやったら、もうちょっと値はあがるそうです」

一〇億円相当のはずが——八ちゃんは深いため息で満たされた。

安城は憎たらしそうに舌打ちする。

「よそへもっていったらもっと高うにさばけるはずやで」

「せやけど、こないにぎょうさんの偽モン、どないして売っ払うの?」と幸子。

「いっぺんに一か所ちゅうのはヤバい。足元もみられてしまう」。安城はこたえた。

富瀬は眉を八の字にして新聞紙のうえの堆《うずたか》く輝く山をみつめる。ゆあが付けくわえた。

「それと、ご主人がホンマもんのダイヤは油脂にえらい弱いって」

ゆあは新聞紙の端をもち上げる。毎日お好み焼きをジュウジュウやっている鉄板の上に敷いただけに、新聞紙には油が染みていた。

「こんなことしたらダイヤは一発でアウトやけど、ガラスや模造品は平気」

カーブが無理に明るくふるまってみせた。

「ニセモンは油に強うおまんのか、それは不幸中のさいわいでんがな」

だけど、富瀬どころか誰もしあわせな気持ちになれなかった。

3

結局、パチモンのダイヤの処分は安城に委《ゆだ》ねられた。

「裏のルートはなんぼでもあんねん。なるたけ高い値ェで売ってくるわ」

富瀬は了解した。他のメンバーも異存がない——はずだったのだけれど。

富瀬は人間のもつ難しさに直面してしまった。満場一致は見解不一致と裏表、多数決は無責任。みんな場の空気を読んで意見を引っこめる。あるいはでかい声に圧倒されてしまう。だから議決はされても誰ひとり責任をとりたがらない。そのくせ、決まってから陰でごちゃごちゃと文句をたれるのだ。富瀬は大いにボヤいた。

「こういうのが日本人の悪いところなんだ」

育枝は愛犬のラッキーを連れて八ちゃんに顔をだした。

「春の七草でっせ、今夜はお粥さんをこしらえなはれ」

セリ、ナズナ、ゴギョウ、ハコベラ、ホトケノザ、スズナ、スズシロをタッパーに詰めて持参してくれた。だが、模造ダイヤの処分のことになると、育枝は「あの御仁、いくらかちょろまかすんと違《ちゃ》うか」と疑念を隠そうとしない。

富瀬は老婆個人の猜疑心《さいぎしん》というより、人の心に巣くっている貧しさが哀しかった。

「仲間を信じられないんですか」

「そないなことというたかて……」、育枝は言葉をにごした。

「いいたいことがあるんなら、ここで全部いってください」

育枝はじっと彼をみつめた。老婆の瞳にうずまいているのは、決して単純なものではない。富瀬もそれがわかったからこそ、さらに一歩踏みこんでいった。

「処分したお金はきっちり頭わりします。端数がでたら、そうだなジャンケンで勝った人に進呈しましょう。僕はそこから外れます」

育枝はもごもごと皺《しわ》の寄った唇を動かしたけれど、富瀬にはきこえない。安城への嫌疑と差別を悔悟《かいご》したのかもしれなかった。だが、富瀬にはふてくされているように映った。

「これでも、まだ不満ですか？　いったい、いくら欲しいんだ」

つい彼の語気は荒くなる。こんな調子で迫られたら育枝だっておもしろくない。すぐさま乾いた頬が強《こわ》ばり、ブドウのような色になった。老人が機嫌を損ねると扱いにくい。

「しょせん日本人やないんやし」

「それは、いっちゃいけないことですよ！」

だが、育枝のように大阪土着、それも駅前で生まれ育った人間にとって、差別意識は肌身に染みついている。なにか折にふれ、そいつは猛々《たけだけ》しく、あるいは陰湿に顔をだす。

「あの男はえげつない。死体から追いはぎしとるんでっせ」

育枝は速射砲のように悪口を並べたてた。

「あの国のモンはこすっからいし、ニンニク臭うてかなわん。不良もヤクザもあの国のはぐれモンばっかし。ほんで、なんや都合が悪うなると日本のせいにする。そのくせパチンコで大儲けして金持ちになってまんがな。日本にいるんが嫌なら国へ帰ったらええんや」

老婆はさらに敵意を剝きだしにして咬みついてきた。

「北側の帰国事業で、日本人妻が悲惨なことになってはるらしいでっせ」

「でも、それは安城さんの責任じゃありませんよ」

「えらい肩入れするんでんな」

「だって仲間なんだから」

「ワテがいいたいんは信用ならんちゅうことや」

「そりゃ安城さんだって完全な人間じゃないし、悪いところもあります。でも、それは僕や大家さんだって一緒じゃないですか」

「ふんっ、あんさんらと同《お》ンなじにせんといてんか！」

育枝は肩をふるわせながら春の七草が入ったタッパーを風呂敷に包み直した。それを持つと「さいなら」もいわず、ラッキーを引きずって帰っていった。


安城が奔走《ほんそう》してくれたおかげで偽ダイヤは売り払うことができた。

「すまん。五〇〇個近《ち》こうもあったのに――二〇万円ちょいにしかなれへんかった」

安城は数枚の計算書を並べた。いずれも異なる紙に違った筆跡、筆記具で数字が記されている。乱暴な筆致だがサインしてあるのもあった。

「これは新世界、こっちは日本橋の五階百貨店のねき、そっちは千日前。えっと、十三のオバハンとこのもあんで。どいつもこいつもヤバい連中や」と安城は説明した。

「証拠になってまうから故買屋の連中は、こんなん書くのごっつイヤがるんやけどな」

「お疲れさまでした」

これで育枝ならずとも納得してくれるだろう。いや、なおも勘ぐるだろうか……。それでも富瀬は安城の奔走に深く感謝した。わざわざ計算書の件を粘り強く交渉してくれたのは、やはり安城もネコババしてると思われたくなかったからだろう。

「ヘンないいかたですけど、安城さんじゃないと捌《さば》けないです」

「それ、オレを褒めてくれてんのかいな？」

「う〜ん微妙なところだな」。富瀬がホンネで答えると安城はニヤリとした。

「法律スレスレちゅうより、ハッキリゆうて手ェが後ろに回ってまうからのう」

故買商たちは独自ルートで転売するのだという。もちろんイミテーションとしてではなくホンモノのダイヤモンドとして。値段だって数十倍になるわけだ。理不尽だし、詐欺の片棒を担いでいるような気もしないではない。だが、こればっかりは致し方ない。

「どっちにせよ、あんだけの数や。しばらく大阪の闇市場はダイヤだらけやで」

「駅前のアーケード街にある宝飾店にも並ぶかもしれませんね」

「それはどないやろ。訪販とか露天商、ホステス相手の出張宝石店なんかが怪しいな」

「幸子さんもダマされて買ってしまうかも」

安城は大笑いしてからセブンスターを引き抜いた。富瀬はテーブルの徳用マッチを擦ってやり、自分もチェリーを出した。しばらくふたりの間に、煙の輪っかが浮かんで消えた。

「五で割ると四万円か。端数は交通費ということで安城さんがとってください」

「五って、ふたりも抜けたんか?」。安城はいってから、ハッと気づいた。

「富瀬クンとゆあちゃんの分かいな、それはアカンで」

「いいんです。彼女とも話し合って決めたことですから」


ゆあは途中から富瀬との恋仲もあって参加した。彼女のメンバー入りは諮《はか》ったわけではなく、なし崩し的だった。富瀬がゆあに、模造ダイヤの分け前は辞退したいと相談したら、いかにも彼女らしくクールに理解を示してくれた。

「わかりました。わたしはそれでええよ」。さばさばしたものだった。

「富瀬さんとデートできたし、年末にはちょびっとやけど信金のボーナスもろてるし」

富瀬がうれしかったのは、ゆあがメンバーたちのことを慮《おもんぱか》ってくれたことだ。

「大家さん、信金に来てくれはったんやけどラッキーちゃんを連れてへんかった」

「…………」。富瀬は口論してから育枝とあっていない。

「ラッキーかわいそうに自転車に轢《ひ》かれてしもたんやて。命は大丈夫やけど動物病院に入院中っていうてはった。わたしらの分が治療費の足しになるわ」

「そうだったんだ。骨つきの肉でも買ってお見舞いにいこうかな」

「カーブさんは春モンの新しい派手なスーツを作りたいっていうてたし。恵梨香ちゃんはボーカルレッスン受けれるもん」

「安城さんだって競馬に競輪、競艇で分け前を何十倍にするかも」

「そのときは遠慮のう、鶴橋でおいしい焼き肉をおごってもらえばええやん」

富瀬は安城に育枝の一件までも打ちあけた。彼はじっと話をきいている。

「富瀬クン、あんまりオレのことで気にせんでええ」。彼は力なく苦笑してみせる。

「朝鮮人ていわれんの、小《ち》っこい頃から馴れてるから」

安城にいいたいことは山ほどあるだろうし、声を荒げたくもなるはず。セブンスターがじりじりとフィルターの近くまで焼け、指を焦がしそうになった。「あちち」、吸い殻を灰皿に弾き、ことさら軽い調子でいった。

「ほな、オレも山分けの件は辞退しよか、ちゅうか今回の電車賃だけもろとこかな」

「いやいや分け前は受け取ってください。交通費は別に出します」

「富瀬クンも自腹でぎょうさん探しにいったやん。お前こそ電車賃もらわな」

富瀬は首をふった。それに——このことを口にすべきか迷ったものの、やはり安城にはいっておこうと告白した。

「不思議な縁で集まった面々が大阪遷都計画にいっちょ噛んでくれました。このことが僕にはうれしかった」

富瀬はチェリーを灰皿におしつけ、背筋を伸ばして頭を深くさげた。

「おおきにって、いわせてください。ホンマに、ごっつ、おおきに……です」

闕一が発案し祖父も参画した大阪遷都計画。富瀬は祖父をこよなく敬愛し、その祖父は孫を闕とおなじ「はじめ」と命名した。富瀬も祖父にならって都市計画、開発を学び、闕への想いを募らせていった。はじめは、学問上の研究テーマだった大阪遷都計画。それが、いつしか――。

「僕のやり遂げたい夢になった。みんなと一緒に軍資金探しもスタートした」

なにがどうやって、こうなったのか。ひとつの出来事が仲間を呼び、仲間が次の仲間を、さらに新しい出来事を呼びこんでいった。だけど偽ダイヤですべては水泡に帰した。

「おいおい、ちょっと待たんかい！　それって、もう解散するみたいやないけ」

「ゲームセットです」。富瀬は唇を噛んだ。そうしなければ涙があふれそうになるから。

「おおきに……おおきに」。ズズッと富瀬は鼻をすすった。

「いい言葉ですよね、おおきにって。大阪弁でいちばん好きな言葉です」

ダメだ。こらえようとしても下瞼《まぶた》の縁から涙がこぼれ落ちてしまう。それを安城が見逃すわけがない。銀縁メガネ越しに彼の細い眼が大きくみひらかれた。

「あかん！　縁切りやなんて勝手に決めたらあかんぞ。あかん、あかん、あかん！」

安城はメガネを震わせ、いいつのる。富瀬は両手で顔を覆った。安城とは生死の瀬戸際をくぐり抜けてきている。駅前ならではの差別問題もさることながら、いや、こういうややこしい難題が横たわっているからこそ、富瀬は彼を信じたかった。

そして、安城は揺るがぬ友情で接してくれたのだ。

もう止めどが効かない。富瀬は男泣きに泣いた。

困ったのは安城だ。テーブルを挟んでいた彼は中腰になったり、また座り直したりを繰り返す。

泣く女も扱いにくいが、男はもっと始末に悪い。

「泣くのん止めって。ゆあちゃんにみられたら、めっちゃカッコ悪いど」

とはいえ、いったん泣き出してしまうと、あれこれと想いが押しよせてくる。涙がフィードバックして感情を揺さぶり、次の涙をどんどん後押しする。

「せっかくの軍資金がすべて模造ダイヤとは」

「パチモンやったんは富瀬クンのせいやあれへんがな」。安城は気づかってくれた。

「オレら揃いも揃ってがめついよってにバチあたったんかもな」

「天罰が下ったんだとしたら、僕がリーダーとして頼りないからです」

「いやいや金庫番のオッサンもダイヤに眼がくらんでしもたんかもしれんで」

安城はいってから「すまん、オレらと同じレベルにしたら怒られるわ」と苦笑する。

それにしても。なぜ伊志田はあんな手のこんだ悪ふざけをしたのだろう。祖父が語ったこと、書き残したものを信用するなら、伊志田は闘の懐刀《ふところがたな》。決して裏切るような人物ではないはず。

安城はまたタバコに火をつける。

「これはオレの独りごとやで」、彼はうまくもなさそうに煙をくゆらせた。

「なんで大山が御堂筋線の終電に乗ってやがったんか、そこが引っかかるねん」

「えっ?」、富瀬は紙ナプキンをとって眼を拭いた。ついでにチーンと鼻もかむ。

「だって、黒革の手帳を詳しくみたっていってたじゃないですか」

「あんなヤツに、そないな深読みできるやろか」

「……………」。幻の梅田駅作戦はメンバーだけのマル秘事項、箝口令《かんこうれい》がしかれていた。

「仲間の誰かが洩らしたんかもしれへんで」

富瀬の脳裏にベテラン芸人がぬーっと現れてくる。富瀬はそんな夢想を否定しようとした。でも、カーブは片手をかざし拝むようにしながら「すんまへんな」と謝った。

「まさか、またあの人が」。富瀬はうめき、安城が長～くて深～いタメ息をつく。

「このことで丁半博奕《ばくち》したら」

彼は「カー」とまでいってから「いやいや」とあわてていい直した。

「カーブはんがホシのほうに張りとうない、仲間を疑うたらいかん」

いきなり、ボッと音がして石油ストーブが消えた。灯油がなくなったようだ。ストーブの芯が燻《くすぶ》って黒く煤《すす》けた煙をあげる。それは狼煙《のろし》のようにもみえた。凶事あるいは吉祥いずれの知らせなのか——。

ほどなく、寒気がふたりの足元を這《は》いあがってきた。

—4

噴水は勢いよく高く水柱をつくり、真冬の冴えた陽を反射させている。

だが噴水の周りに近づく者はいない。スズメやハトさえ、後ずさるように羽ばたいて飛沫がかかるのを避ける。富瀬は赤と黒のリバーシブルになった、大判のマフラーを鼻のところまで引っぱった。お揃いのマフラーのゆあは、反対にそれを首筋までさげる。

「三寒四温ってよういうたもんやわ」

「うん。今日は暖ったかい。でも噴水はいただけない。みてるだけで寒くなっちゃう」

富瀬とゆあは駅前にほど近い公園にきていた。広い園内には立派な噴水ばかりか、ジャンボ滑り台があって、手軽なスリルを楽しむ子どもたちの歓声が絶えない。気候がよくなればベンチで将棋に興じるオッサン、ジイサンも眼にする。

「十日えびす、四天王寺さんのどやどやも終わったね。あとは東大寺さんのお水取りまで、寒いのんをちょっとガマンしたらええだけ」

「まだまだ冬が終わらないなんてうんざりだよ」

ゆあは明朗というより沈着冷静なタイプだが、決して物事を悪くは考えない。毅然と胸を張って前を向く。それに引きかえ――このところの富瀬は、どうにも気勢があがらない。いじけた仔犬みたいに胸の内の小屋にすっこみ、暗い眼をしてうずくまっている。

「富瀬さん、ええ加減にせんと」

「だって寒いの苦手なんだもん、仕方ないじゃん」

ふたりは噴水を離れ公園の外周をまわる小径《こみち》をいく。いろんな種類の低木が生垣のように並ぶ。冬の風に揺れているものの、葉や枝は春の色合いを帯びてきたようだ。やがてテニスコートがみえてきた。白いウエアの若者たちがラケットを振っている。

「わたし富瀬さんにいいたいことがあって誘ったん」

有給休暇の今日、ゆあは駅前の美容院にいく前にわざわざ富瀬を呼び出した。

「お小言をくらうんだろうなって覚悟してるさ」。富瀬だって己の停滞はわかっている。

「それやったら、話は早いわ」。ゆあは微笑をひっこめマジメな表情になった。

「富瀬さんって、いま流行りのモラトリアム人間やないの？」

フロイト研究で有名な小此木啓吾の『モラトリアム人間の時代』が話題になっている。大人になるための社会的責任を負わないですむ猶予期間がモラトリアム。大学時代はモラトリアムの典型——専門課程の勉学にバイトや部活、交遊関係の広がりを経験し、「己とは何者か」を考え、どの仕事に就くかで悩む。

「そういえば大学時代は〝アイデンティティ〟ってのが流行ってた」

モラトリアムはティーンエイジから大人への過渡期といえよう。だが、昨今はやたらとモラトリアム期間の長いヤングが急増している。富瀬たち七〇年代の若者は、シラケ世代とか無気力、無関心、無責任の三無主義と指弾された。三無どころか無知やら無感動、無作法まで加える声もあった。戦時中から敗戦後の厳しく貧しい時代を生き抜いてきた世代からみれば、富瀬たち戦後世代はなにかと物足りない存在なのだった。

日本の経済力が世界有数になり、若者は大人になるまでの助走期間をやたらと延長させ、社会もそれを容認している——。

「つまり、僕が大人になりきってないっていいたいわけ？」

「童話でいうたらピーターパン、ネバーランドで子どものまんま」

ゆあは、コートでボールを追いかけるテニス選手より強いサービスを打ちこんでくる。

「なんやかんやいうて、現実から逃げまわってるでしょ」

「そうかな……そんなつもりはないんだけど」

「白黒を先延ばしにしてへん？　おまけに、そういうモラトリアムな自分に甘えてモラトリアムを特権にしてもうてる」

「キツイなあ……」

「大阪遷都論だけやのうて大家さん、カーブさんらの扱いにもそういうとこがあるよ」

やれやれ。富瀬は肩をすくめたい気分だ。

「富瀬さんにとって大阪遷都計画は人生を懸けた一大事業なんでしょ？」

それは間違いないし、何度も話したはず。なのに、なぜ蒸し返すのか——。

だが、ゆあは容赦ない。

「ホンマにそうなん？　わたしは富瀬さんが歯がゆうてかなわん」

「そこまで、いう？」

「大阪遷都計画みたいなごっついモンには一生に一回しかであえへん。出てくるわけがあれへん。間違いのう人生をぶつける値打ちのあるプロジェクトやん！」

珍しくもゆあは声を荒げた。脇を通った、自転車にふたり乗りの小学生が急ブレーキをかける。自分たちが叱られたと勘違いし、荷台の子が飛びおり全力で逃げていく。ハンドルを握っていた子もゆあをチラッとみてから、立ち漕ぎになって仲間を追いかける。

「富瀬さんも急がんと。ＳＯＰだけやのうて、メンバーまで失うてしまう」

「ゆあさんにいわれるとこたえるよ。倍はキッい」

「こんな性格ってわかってるくせに」

ふたりめがけ、風をきってボールが飛んできた。金網を揺らすどころか網目に食いこむほどの勢いだ。とっさに富瀬はゆあを抱きよせ上半身を反らせた。次の瞬間にはサイドステップを踏み脇へよける。サーブをとんでもなくアウトさせた選手は「すんません！」と怒鳴るように謝ったが、むしろ富瀬の軽快なフットワークに驚いている。

「おおきに」。ゆあはクスッと笑った。息の温かさを直に感じる距離だ。富瀬は少しずれた赤いセルのメガネを直してやる。

しばらくみつめあった後、ふたりは大きな滑り台のほうへ向かう。富瀬は歩きながら考えた。祖父のいったこと、書き残した文言。金庫番が仕掛けたトラップ。

「もう一度、伊志田さんのことをあたってみるよ」

「うん、わたしもそれがええとおもう」、ゆあはすっと眉をあげた。

「伊志田さんって律儀な人と違うやろか。大阪遷都計画を実現させることを願って、きっとどっか別のとこにダイヤを隠してはるはずやわ」

「……やっぱり、そうなんだろうな」

「他人のお金を扱う仕事をしてるモン同士、わたしは伊志田さんの律儀さを信じたい」

なるほど、と富瀬は同意した。同時に、彼は早くも次の作戦におもいを馳せた。

「役所にいけば古い職員簿が残っているはずなんだけど」

そこから彼の経歴がわかる。これをヒントに伊志田が本当にＳＯＰ軍資金を隠した場所を再考してみる。闢さんが残したメモに該当するところもあたり直しておくべき。

「だけど、子や孫でもないのに、おいそれと名簿が閲覧できるかな」

新聞記者とかマスコミ関係者なら個人情報の壁も突き崩せるかもしれない。でも、そんな知り合いはいない。ところがゆあはアドバイスをくれた。

「恵梨香ちゃんに任せたらええんと違うかな」

現役の高校生が社会科の自主研究で闢一をテーマにする。闢をとりまいた重要人物のひとりなのだから、伊志田のプロフィールを調べるのも当然のこと。

「じつは、わたしも高校時代に〝河内の木綿産業〟ってレポート書いたことあんの」

そのときは市役所や図書館、地域の人たちが全面協力、惜しみなく秘蔵資料を開示してくれた。手慣れたマスコミの取材より、素人の素朴な疑問のほうが好感をもたれる。女の子ならなおさら。

「ぽっちゃり、かわいいアイドル候補生がスマイルで頼んだら成功率は高いはずやわ」

ゆあはこういってから、ジャンボ滑り台を指さす。ブルーとベージュに塗り分けたコンクリ製のでっかい遊具では、段ボール箱の切れ端を尻に敷いた小学生たちがキャー、ワーッと次々に滑り降りている。

「滑り台の脇にいてはんの大家さんやない？」

育枝が小さな犬のリードを外して距離をおき、こっちへおいでと激励している。ポメラニアンは右の後ろ肢《あし》を引きずりながらも懸命に育枝のほうへ駆けよっていく。

「ラッキーもう退院したんやわ」

「自転車にはねられたケガのリハビリだ」

「大家さんと仲直りするチャンスやよ」

「う、うん……でも一緒にきてよ」

「それはあかん。富瀬さんがひとりでやらんと」。ゆあはいたずらっぽく笑った。

「もうすぐ美容院の時間やもん。あとで八ちゃんへいく。新しいヘアスタイル、いちばん先に富瀬さんにみてもらう」

「わかった、じゃ待ってる」

富瀬はちょこんと首をすくめた。どうも、事はゆあの思惑どおりに動きだしたようだ。

5

恵梨香は鼻の穴をメいっぱいにふくらませて、ノートをひらいた。

「わたし伊志田さんのことメッチャ詳しなったわ」

富瀬は丸っこい文字が並んだノートをみやりながら、イカをたっぷり投入したお好み焼きをひっくり返す。恵梨香にいわせるとイカはダイエットにいいんだそうだ。

「ごくろうさま。これは、ささやかながら僕からのプレゼント」

富瀬は使いなれた大きなテコをお好み焼きにあてがい、そっと縁をあげてみる。ベージュ地にイカの赤銅色、キャベツの白と緑、ほどよい焦げ色。よし、もう大丈夫。ご贔屓《ひいき》の金紋ソースを刷毛でくまなく塗り、鰹節の粉と青のりをふる。恵梨香の好きなマヨネーズをジグザグにかけ、花かつおを散らして出来上がり。花かつおが湯気にあおられゆらゆらと腰をくねらせる。恵梨香が小さなコテを両手にしてカチカチいわせた。

「おおきに。ほなアーンするから食べさして」

富瀬は「それはまた次の機会にね」といってノートに眼をはしらせた。

「ううむ。上出来だよ。よくここまで調べてくれた。本当におおきに！」

「ふぁたし、いふぁいにふぉうふうふぁいのうあんねん」

わたし意外にそういう才能がある――恵梨香は小さなコテを器用に使ってイカ玉を切り分け、口に運んではハフハフやっている。彼女の調査によると伊志田三也は大和の出身。駅前からよくみえる生駒山は奈良との県境、その向こう側で生まれ育った。明治二十九（一八九六）年の出生だから闕一より二三歳ほど若い。

「ずいぶん苦学をされていたようだ」

「ウチと一緒の母子家庭でメッチャ貧乏やったらしいわ」

「でも学業優秀、京都帝大に合格したんだ」

恵梨香はコテを運ぶ手を休め、ふっと夢みるように視線を泳がせる。

「京大ってきくだけで秀才や」、納得してから彼女は眉根をよせた。

「富瀬クンもなんで京大にせえへんかったん？　大学いくなら京大やで」

恵梨香は丸い鼻をうごめかせ、「湯川センセに朝永センセも京大やん。ついでに江崎玲於奈センセは駅前の北側にある高井田の出身なんやで！」と自慢した。

「まいったな」、富瀬はバンダナからはみ出た天然パーマの髪を揺らす。「江崎博士は東大出身なんだけれど、大阪でこの校名をだすと揶揄《やゆ》されるか敵視されるのがオチだ。大阪人の三都論は「大阪で事業に成功し、神戸というか芦屋に住まい、子は京都の大学へやる」。大阪出身の富瀬の同窓生も「大阪人は意地はって東京の大学なんかいきたないいちゅうて京大か阪大を選ぶんや」と自虐的だった。ま、富瀬としては京大や阪大と同じく母校もいい学校だとおもうが。

閑話休題。ひらがなだらけで滅多に漢字がでてこず、それもたいていが誤字というノートをめくる。恵梨香はイカ玉の最後の一片を口に放りこみ、チェリオ・グレープのでっかい瓶をラッパ呑みし、小さくゲップした。富瀬はノートを手にしたままいった。

「今度の日曜は奈良の図書館にいってくれないかな」

「ええけど、なんで？」、恵梨香はシッシッーと爪楊枝を使っている。

「伊志田さんに関する資料、新聞記事とかそういうのが残ってるかもしれない」

「富瀬クンも一緒にいってくれるんやったらええで」

「いいよ。そうしよう」

「ほんまに？　このこと、ゆあちゃんには秘密にしとかな！」


水を張ったバケツに屋台のおやっさんが汚れた皿を突っこむ。

野良猫がそろりとやってきた。ガタつく長椅子の端から手が伸び、さんざん齧《かじ》ってせせった豚足が地面に落とされる。野良猫はヒゲをぴくぴくさせ、前肢で獲物をチョコッとつついてからかぶりついた。

駅前の飲食店が看板の灯を消す時刻になっても、私鉄の高架下を西へといけばポツンポツンと安直な屋台が酔客を待つ。このまま高架に沿って歩けば旧遊郭街があって、今宵も艶めかしい匂いを芬々《ふんぷん》とさせている。

「ほな、ワシのことを信用してもらえるんでんな?」

怪芸人こと熱球カーブはうれしそうだ。これが何度目か、富瀬は数えていないけれど一〇回は繰り返している。カーブの瞼の縁は酔いで朱に染まっていた。おまけにファンからのプレゼントだという手編みのセーターは唐辛子そっくりの赤。ズボンも同系色なので、彼が隣にいるだけでナンだかぽかぽかする。

「信用すんで。けど、疑ごうたわけやない。あれは独りごとやってん」

安城も負けずに同じことをいっていた。そして、ふたりはまた肩を組み、おやっさんにコップを差し出す。

「オレらのチームの再結成記念日や」

「儲かったら屋台ごと貸し切りにしたるで」

おやっさんが「どないしまひょ」とばかりに富瀬をチラリとみる。富瀬は豚足の脂にまみれた指をティッシュで拭きながら苦笑した。まあ、今夜ばかりは深酒も仕方がないか。

先だって富瀬はカーブとあった。ヘタな小細工は苦手。ならば、と豪速球を投げつけてみた。無論、橋場とカーブの関係についてだ。

「アホなこといいなはんな。あの下水道の夜を忘れはったんでっか？」

カーブは悲憤慷慨《ひふんこうがい》、癇癪玉《かんしゃくだま》を炸裂させたかとおもえば悲嘆の涙を浮かべ、皆の前で腹をかっさばき隠蔽覆蔵《いんぺいふくぞう》のないところをご覧いただきたいと息まいた。芸人らしいオーバーアクションだけど真意は伝わってくる。

先だって富瀬と関係を修復した育枝もカーブの近況を教えてくれた。

「派手な買いもんはしてはれへんし、ここんとこマメに営業をこなしてはりまっせ」

家賃を滞りなく収め、女の出入りはなさそうらしい。アパートの周辺を橋場やヤクザの息のかかったケッタイな連中がうろつくこともなくなった。

「ただ、やっぱりテレビ、ラジオからのお呼びはあらしまへんわ」

かつての相方シュートは正月特番にけっこう顔をだしていた。一方のカーブは忘年会の余興やパチンコ屋の人寄せイベント、スーパーの年末くじ引き大会などで糊口《ここう》をしのいでいたわけだ。

カーブは、テレビみたいな芸を必要としない場に未練はない、舞台の上で死ねれば本望といっていたけれど、やっぱり無念だったし寂しかっただろう。

富瀬はそのことをおもうとやるせなくなってしまう。カーブも交えて、ＳＯＰ軍資金発見という大きな成果を勝ちとりたい。

屋台では、カーブと安城が泥酔の沼に身を浸しながら大いにおだをあげている。

「やりまひょ。ＳＯＰ軍資金は大阪のどっかに眠ってるに違いおまへん」

「闕はんの残したヒント、あの再挑戦ちゅうのはオレらのことやで！」

「大阪遷都なんてでけるわけないと思てましたけど、知らんうちにその気になってきた」

「カーブはんのいうとおりや。やっぱ大阪が日本一になったら気分がええ」

「太閤はんが死んでから、大阪はずっと日本の二番目でっさかいにな」

「野球も政治も金儲けも新聞もラジオもテレビもみ〜んな東京にいてまわれた」

「それが大阪遷都でガラッと変わるんでっせ」

富瀬はふたりの会話にロックファンならではのチャチャをいれる。

「初来日公演が東京だけだったバッド・カンパニーだって大阪にまできてくれますよ」

「それ、なんのこっちゃ？」、安城とカーブは訝《いぶか》しそうな顔つきになった。

「いやいや、音楽に限らず文化面でも大阪を無視できなくなるってことです」

さっと暖簾《のれん》が割れた。寒気が富瀬の首筋を撫でる。酒とタバコ、えぐい香水の匂いがその後を追いかけてきた。幸子だ。彼女は貫禄たっぷりの尻を落とす。長椅子がしなった。

「あ〜〜寒《さぶ》。工務店の新年会がお開きになれへんから遅うなってしもた」

スナックのチーママ稼業は盛況のようだ。今夜の彼女は、ウサギだろうか、安モノっぽいが一応は毛皮のショートコートをまとっている。

「へへへ、これエエやろ。ウチのヒトが買うてくれてん」

安城は「超高級ミンクや」とボケたけれど呂律《ろれつ》がおかしい。それでも幸子は応じた。

「はいはい、おおきに。ミンクはやっぱし暖《ぬく》いわ」

どうやら年の差カップルの仲はうまくいっているようだ。


翌日、富瀬は奈良の図書館にいた。大正時代の新聞は縮刷されマイクロフィルムに収まっている。彼はフィルムのロールをリーダーに装填した。

館内には学生が目立つ。入試や学年末試験が近いせいだろう。羊が草を食《は》むように黙々と、しかし熱気をもって勉学に励んでいる。ページをめくり鉛筆を走らせる音は書棚にしみいり、時おりのしわぶきがひどく大きく響く。恵梨香がささやいた。

「ガリ勉ばっかしや。こういうの苦手やわ」

富瀬はリーダーの灯りをつけた。新聞紙の片面の三分の二ほどが収まる、目前のスクリーンに記事が映しだされた。天地左右の位置とピントを調整する。くるくるとハンドルを回し意中の記事を探す。それこそ走馬灯のように事件と時間、記者の筆致が飛んでいく。

「ひゃ〜っ、そんな早いこと回したら眼がついていけへんやん」

「いやいや大丈夫。こういうのは慣れってものでね」

学生時代はしょっちゅう図書館で資料にあたっていたからお手のもの。勤労学生、隧道《すいどう》、工事……キーワードを念じれば文字のほうから眼に飛びこんできてくれる。

「マジかいや。やっぱ富瀬クンってかしこいんや」

「あった！」、富瀬の手がとまった。改めてピントと光量を微調整する。

――奈良と大阪を結ぶ一本道、苦学生も貢献。

見出しの横には、丸メガネの青年の写真が添えられていた。細面だが鼻は立派、唇も大きく厚い。しっかりした顎のラインと相まって蒼白きインテリという印象はない。

「この人が伊志田さんか」。伊志田はメリヤスのシャツの袖をまくりスコップを握っている。彼は旧制高校時代、家計を助け学費を稼ぐため肉体労働に励んでいた。記事は苦学生のエピソードを交えつつ、大正三（一九一四）年四月十八日に竣工した巨大工事の話題になだれこんでいる。もちろん、伊志田はこの現場で汗を流していたのだ。

「昔の新聞って漢字にふりがな振ってあんねや。これやったらわたしでも読める」

「ようやく、伊志田さんがどこにSOP軍資金を隠したか、わかったね」

「そやな」、恵梨香はそっと周囲をみわたした。富瀬の胸あたりの高さ、ニス塗りした仕切り板で隣のブースと区切られているが、左右に誰もいない。恵梨香はニコッとした。

図書館の窓から、芝が焼け焦げて坊主頭のようになった山肌がみえる。

あをによし――古都では先だって、この若草山に春を呼ぶ火が放たれ、夜空を朱や赤、茜色《あかねいろ》に染めた。そしてカレンダーは替わり、陽気が増し草木の芽生えを語源とする如月になった。月末近くになれば東大寺二月堂の修二会ことお水取りも挙行される。

外へ出ると人を恐れぬ鹿が鼻面を富瀬のジーンズによせてきた。彼はその額を撫でる。陰鬱な季節と失意に燻っていたが、富瀬はようやく春の息吹を実感した。

6

似たような体型のオッサンがカウンターに並び、お好み焼きと焼きそばを食べている。

「こういうんを司法取引ちゅうんや、覚えとけ」と角刈りの刑事がブタ玉をほおばる。

「へえ、そうしまっさ」とカーブは焼きそばを前にかしこまった。

「新聞にごっついこと記事が出るやろな」、刑事はニコニコしている。

「そらもう刑事さん、駅前を歩いたらサインねだられまっせ」

「ほやろか……ムフフ」

「ほてからご出世も間違いおまへん。来月あたり署長に昇進してはりますわ」

「アッハッハ！　いきなり、そこまでいくわけあれへんやろ」

富瀬は笑いをこらえつつ、サッポロビールの大瓶の栓を抜き刑事にすすめる。

「万事、うまくやっていただいてありがとうございます」

大事の前の小事というわけでもないけれど——最後のＳＯＰ軍資金捜索にあたり、気になることはひとつずつ潰していくことにした。

「まずは橋場老人や大山一味を一網打尽にしてもらわなきゃ」

黄金のビリケンやら大阪城の刀剣、有名寺社での盗難事件、それに八ちゃんで富瀬を襲った犯人は大山たちに違いない。その一部始終をカーブの口から告白してもらう。

「ポリ公にチンコロせえというんでっか」

さすがにカーブは渋った。端役ながら自分も一枚噛んでいたから、なおさらだ。おまけに、笑いにまぶしていても反権力たる芸人が捕吏《ほり》におもねるのだから。富瀬は説得した。

「僕も一緒にいきます。ただし、知恵をつかってうまくやりましょう」

富瀬には勝算があった。カーブは主犯や実行犯ではなく従犯、しかも使い走りだ。まして罪を深く反省して自首し、犯人たちのことを洗いざらいぶちまける。

「まずは情状酌量、最悪でも起訴しない方向での書類送検へもっていきましょう」

角刈りの刑事には太閤背割での大チョンボという弱みがある。安城の本業の事故現場特殊清掃に関連して内部情報を流し小銭をせしめているのだって立派な服務規程違反だ。

「ほなＳＯＰ軍資金のこともバラしまんのか？」

「いいや、それは僕らだけの極秘事項です」

「なるほど……けど、ワシはお縄になりとうおまへんで」

「僕の理屈とカーブさんの四角いものを丸くいいくるめる話術があれば大丈夫」

ようようカーブは折れ警察署を訪れた――そして、果たして、首尾は上々だったのだ。

角刈りの刑事は上機嫌で職務中にもかかわらずビールをごくごくやった。

「橋場ちゅう悪党の親方、ムキムキは袋のネズミやで」

刑事は改めて隣のカーブとカウンターの向こうの富瀬をみやった。

「太平寺組がわやになったり、地下鉄事件やら気になることはあんねけど」

「ほう、地下鉄がどうかしましたか？」

「終電は緊急停車するわ偽ダイヤがばら撒かれるわ、えらいこっちゃ」

「まさか僕らを怪しんでいるわけじゃないですよね？」

「……お前らチクってくれたんやし、ようみたら悪人ちゅうツラやないしなあ」

「そうでんがな、ワシらは善良な市民でっせ」

小一時間後、刑事はご満悦で帰っていった。四角い後ろ姿を見送ると、富瀬は暖簾を外して「本日休業」の札をかけた。ほどなく信金の仕事を終えたゆあが駆けつけ、手際よく店の片付けを手伝ってくれた。カーブも腕まくりして皿洗いに励んでいる。


富瀬は油でベトつく引き紐を二回ひっぱって換気扇を「強」にした。

久々に全員が揃った。八ちゃんは七人が入れば人いきれでムンムンしてしまう。

「ワン！」、ケガの癒《い》えたラッキーが「僕もいる！」とばかりにふさふさの尾を振る。

「決行は三日後です」――富瀬は宣言した。捲土重来《けんどちょうらい》、再びのＳＯＰ軍資金探し。しかも、これが正真正銘のラストチャンス。緊張も仕方があるまい。だがこの張りつめた感じは、どこかワクワクする心地よさを伴っている。それはメンバーにも伝わっているようだ。

「三菱銀行北畠支店の人質事件、阪神江川と巨人小林のトレードやら、えらいこっちゃでおましたが、大阪にとってはこれがいっちゃんの大事でっせ」。育枝が誇らしげにいった。

「なんせ、大阪を日本の首都にするんでっさかいにな」。カーブも同調する。

「遷都とわたしが『ザ・ベストテン』で一位になんのとどっちが早いかな」

恵梨香は鼻をつまんで黒柳徹子のモノマネまで披露したが誰も相手にしない。たちまちふくれっ面で大人たちに文句をつける。

「この場所を突きとめたんはわたしやで、そこんとこわかってんのかいな！」

「おおきに、おおきに」、富瀬がなだめるとゆあも口を添えた。

「遷都式典ではたっぷりヒット曲をうたってもらわなあかんね」

「それにしても、この場所はすっかり盲点になっとったな」

安城が首の後ろに手をやる。富瀬たちは、そのとおりだといいあった。

「考えてみたら、關はんの残したヒントにぜ〜んぶ合うてるもん」と幸子。

皆は昂《たか》ぶる気持ちのまま、ちょっと上ずった調子で話している。紆余曲折はありながらもメンバーが欠けずにこられた。富瀬はそのことによろこびを感じた。中学生じゃあるまいし、彼らを親友みたいにいうつもりはない。それぞれが、状況によって信と疑の境目で危うくバランスをとっている。だが、少なくともいまは互いを認めあい、信頼しあっている。彼らこそは仲間というべき存在なのだ。

富瀬は姿勢をただした。メンバーはおしゃべりをやめ、ラッキーまであわててお座りした。回る換気扇と冷蔵庫の低い音だけがきこえてくる。

「軍資金は生駒トンネル、それも廃止になった古いほうのトンネルにある」

7

旧生駒トンネルは大阪と奈良の間に横たわる生駒山のどてっ腹を貫いている。

全長三三八八メートル、かつては中央本線の笹子トンネルに次ぐ日本で二番目の長さを誇っていた。旧生駒トンネルのおかげで大阪と奈良が鉄道で結ばれ、物流と人の往来が一気に活発化した。生駒山は高さ六四二メートルとはいえ、歩いて山頂を越えれば三時間以上かかる。クルマで暗峠《くらがりとうげ》を経由する方法もあったが、旧奈良街道は一車線のうえ急峻。それを鉄道なら数分間で貫通してしまう。

「鉄道会社は大軌こと大阪電気軌道。工事は大林組が担当した」。富瀬は説明する。

「大軌ちゅうんは近鉄のこったす」と育枝が補足した。古都・平城に大阪のベッドタウンという色合いが加わったのは、やはり生駒トンネルのおかげだ。

「高級イメージの生駒や学園前の住宅街もこうやって形成されていった」

富瀬は都市開発が専門だけに、話題がそっちにいくと止めどがなくなってしまう。

今日はなんとかブレーキをかけ話題を元にもどした。

SOP軍資金が隠されているはずの旧生駒トンネルは明治四十四年に着工され、大正三年に開通した。戦前、戦中、戦後と五〇年近くも活躍したが、チンチン電車みたいな小型車両しか運行できない。大型車両を運行させるため東京オリンピックの年に完成した新トンネルにバトンを渡した。それ以降、旧トンネルは一五年近くも立入禁止になっている。

「伊志田さんは苦学生、肉体労働で学資を稼ぐためトンネル工事に志願したんだ」

富瀬は奈良の図書館でみつけた新聞記事の内容を皆に教えた。

「いうとくけど、これもわたしが探したんやからね」。恵梨香の丸い鼻は高々だ。

生駒トンネルの大阪側の開口部は、石切駅南口からちょっと登ったところ。富瀬は現場で撮影してきた写真を並べた。「私有地につき立入禁止」の看板はあるが、フェンスはいかにもおざなり。楽勝で越えることができる。その向こう、右側には変電所。

「なんや駅みたいなんが残ってるやん」、幸子がもう一枚の写真を手にした。

「廃駅になった孔舎衛坂《くさえざか》駅のホームです」

線路は撤去され砕石や枕木は跡形もない。アスファルトの継ぎ目もあらわな道路だ。

しかしホームはコンクリの割れ目から雑草が生えているものの昔の面影のまま。「内側にお下がりください」の駅アナウンスでおなじみの白いラインも残っている。

「一帯は孔舎衛村っていわれ、この地名は日本書紀にもでてきます」

ただしトンネル開通時の駅名は日下《くさか》、その後で鷲尾となり孔舎衛坂に落ち着いた。

「駅のねきに日下遊園地や温泉、永楽館ちゅう料理旅館がおました」

育枝が思い出すと、カーブもしゃしゃりでた。

「昔の石切駅はずっと大阪寄り。新トンネル開通のとき古い石切駅と孔舎衛坂駅の間に新しい石切駅をこさえたときいとりまっせ」

毎度のことながら、メンバーが集まると話題があっちゃこっちゃ寄り道してしまう。

「石切ちゅうたらでんぼ（腫物）の神さんの石切劔箭《いしきりつるぎや》神社がおます」

育枝も負けてはいない。彼女は生駒山に縁の深い寺社仏閣を語った。

「生駒山は役行者《えんのぎょうじゃ》ゆかりの修行の地。聖天さんを祀る寶山寺《ほうざんじ》さんかて有名でおまんがな」

この山には「生駒谷の七森」といわれ、穢《けが》れを忌む聖なるゾーンが点在する。山から水が流れ落ち「河内七谷」をなし、谷間の滝は山伏や僧侶の水行の場になっていた。

生駒山は大阪人に馴染みの深い寺社だけでなく小さな宗教結社や祀堂《しどう》も多い。

「石切さんの参道には生き神さんやら占い師がぎょうさんおりまっせ」

「あしこは新世界と千日前、五階百貨店に駅前をごじゃ混ぜにしたほどえげつない」

カーブはいがらっぽいものを口にしたようにいう。育枝や幸子、安城たちが「地獄と極楽の競演」「夢にでる」「えぐい」と騒ぎはじめた。富瀬もくちばしを挟んでしまう。

「僕も今回の視察で初めてあの参道にいき卒倒しかけました」

石切神社は河内人から厚い信仰をえている。お百度を踏む熱心な参詣者が絶えない。

そして一キロに満たない参道には占いや祈禱師たちがひしめく。因縁、憑物、水子、先祖……手描きの墨文字が怪しく軒先に躍る。漢方薬や民間療法もしのぎをけずっていた。裸体の半分を解剖し臓器を並べた人体図、店頭に長年さらされたままの広口ガラス瓶には草根どころかヘビ、トカゲ、正体不明の哺乳類の胎児まで漬けこんである。奇病難病の患者を描いた絵図は、生駒山上遊園地のお化け屋敷の看板よりずっとずっと強烈でおどろおどろしい。ゆあまで「服屋もあるけど、あんな洋服だれが着るんやろ」といいだした。

「石切ちゅうたら、小っちゃいころ朝鮮寺へ連れていかれたわ」と安城は懐かしそうだ。

「お寺ちゅうても民家みたいなとこ。そこで星神さんや山神、海神さんを拝んだ」

恵梨香が、ある写真に気づき、しかめっ面になった。

「これ鳥居やん。その隣には石の仏さんも祀ったある。なんでやのん?」

廃駅のすぐ横に鳥居という組み合わせはノスタルジックなイメージをかき消し、不気味さを演出している。趣味が御朱印集めだけに育枝は詳しいことを知っていた。

「生駒トンネルのねきにあるんは白龍神社でんねん。こっちはお不動さん」

育枝はチラリと安城をみて、ひとりでうなずいた。

「トンネル工事は苦学生だけやのうて、ぎょうさんの朝鮮人の方々が働いてはったん」

大正二（一九一三）年一月二十六日、工事中に落盤事故が起こった。一五二名が生き埋めとなり二〇名が亡くなった。朝鮮人の犠牲者も少なくなかったという。

「そのことも、オモニからようきかされた」。安城はやるせなさそうにうなずき返した。

「この神社やお不動さんは死なはった人たちの慰霊のためにもあるんやろな」

「作戦実行の前に花束を手向けさせてもらいまひょ」

育枝の提案に一同は悄然《しょうぜん》とする。落盤事故ばかりか、旧生駒トンネルには忌まわしい椿事《ちんじ》がついてまわった。昭和二十一（一九四六）年、トンネル内の車両火災で二三名が死亡。二年後にはトンネル走行中の急行列車のブレーキが破損、河内花園駅に停車していた先行列車に激突し四九名の死者をだしている。幸子がおびえた。

「せやから生駒トンネルって心霊スポットで有名やん」

「心霊スポットの噂は作戦のええアシストになりますよ」

だが、ゆあは持ち前のクールさをみせた。

草木も眠る丑三《うしみ》つ時《どき》——旧生駒トンネルの周囲には人っ子ひとりいなくなる。願ったり叶ったりの状況だ。さっそく富瀬は各人に役割をふった。

「ワテは愛車のシャレードでダイヤを運ぶんでんな」と育枝。富瀬は念押しをした。

「軍資金をひとまず八ちゃんまでお願いします。いわずもがなですが安全運転で」

助手席には、敢えて安城に同乗してもらう。育枝と彼は互いに照れくさそうだ。

「念のために金属バットくらいは持っといたほうがええやろな」。安城がいう。

「物騒な連中は角刈りの刑事さんがとっ捕まえてくれますから、今回は安心ですよ」

ゆあと幸子は旧生駒トンネルの大阪側と奈良側の坑口に分かれて見張り役を。

「トンネルの中はトランシーバーの電波が届かないから連絡をとれない。ふたりには警備員がきたら、できるかぎり巡回を阻止してもらいます」

「それって、どないすんの？」。幸子の疑問は当然だ。

「えっ〜と」、富瀬はちょっと口ごもったけれど、意を決して一気に説明する。

「地下鉄の時みたいに急病人を装うとか、イノシシに追いかけられていると助けを求めるとか……とにかく警備員をひきつけ、たっぷり時間稼ぎをしてもらいたいんです」

ゆあと幸子だけでなくメンバー全員が富瀬を凝視する。恵梨香がつぶやいた。

「かしこいとおもてたけど、富瀬クンってほんまはアホやったん？」

「まさか女の人に警備員をボコボコにしてくれとは頼めないし……」

「しゃーないな、最後は色仕掛けでいこか」と幸子。ゆあも呆れている。

「見張り役は了解。けど、もうちょっとええ方法を考えてみる」

富瀬は頭を掻きながら、隧道の開口部の写真を探しだした。

冬なお緑なす生駒山の麓に穿《うが》たれた旧トンネルの坑口は半円のレンガのアーチ。レンガの横長の面の段と小口の段を交互に重ねる「イギリス積み工法」が用いられている。入口の高さは五メートル近い。そこを、上部に有刺鉄線を張りめぐらせた金網フェンスがふさぐ。出入口には細い鎖がまかれ錠前がぶら下がっている。安城はせせら笑った。

「こんなん、ペンチが一丁あったらすぐに破れるで」

「ところが、すぐ奥にはでっかくて頑丈な扉が待っているんです」

それは鈍色《にびいろ》に光る鋼鉄製の分厚い門扉。安城の七つ道具ではとうてい歯が立たない。

「こんなん、ダイナマイトで爆破するしかないやん」

富瀬はちらりと安城をみてから、写真をどけ大きな紙を広げた。トンネルの図面だ。恵梨香が例の「社会科の研究」であちこち回った末に複写させてもらった貴重な資料。もとは湿式コピーされた年代ものの青写真だった。恵梨香は腰に手をやり、そっくり返る。

「わたし、メッチャ貢献してんで。橋場のじいさんとのきっかけはパクったチャリ。それから伊志田さんの調査。ほんで、このトンネルの地図やんか」

富瀬は大げさにウインクする。恵梨香は投げキッスを返す。ゆあが苦笑した。

「伊志田さんはこのあたりの工区を受け持っていたらしい」

旧生駒トンネルには横に掘った七つの小さな枝抗がある。そのうちの大阪と奈良の県境つまり山頂の真下に近い「横穴」のあたりだ。安城がタバコの箱をまさぐりながら問う。

「もとの質問に戻るんやけど、どないしてトンネルに入りこむねん？」

富瀬は彼にも片眼をつむってみせた。

「富瀬クン、気色のわるいことをすなっちゅうねん」

「その件ならうまい手を考えついてあるんです」

富瀬が説明すると「ほんまやの？」「ええとこに気づきはった」と皆はびっくりした。

「やっぱり、かしこいわ」と恵梨香。それを受けて富瀬は彼女にミッションを与えた。

「恵梨香ちゃんにはこの店の留守番をしてもらう」

「そんなん、わたしかてトンネルへいきたい」

「資料集めで貢献してもらったし、デビュー前の大事な身体じゃないか」

富瀬がいうと、幸子は両手をひとり娘の前にぶら下げた。

「ついてきたらお化けがでよるで」

「マジ？　ほな八ちゃんで深夜ラジオきいてる」

富瀬は役割分担表の最後の行を指さした。

「トンネルでＳＯＰ軍資金のダイヤモンドを探すのは僕と――カーブさん」

「ワシが大トリちゅうことでんな」、カーブはごくんと唾《つば》を呑みこんだ。

8

夜更けに石切駅南口の改札を出たのは、たった四人だけだった。

富瀬はエドウインのオールドウオッシュ、ゆあはサッスーンのデザイナージーンズ。安城はいつものグレーの作業着、カーブは「こんな地味なん着んのはじめてでっせ」と黒いセーターとズボンだ。

「きれいやわぁ」、ゆあがまばゆい夜景に足をとめた。霊気すら漂う静寂《せいじゃく》のなか、大阪ばかりか遠くに神戸の街の灯までがきらめく。

「ほんまもんのダイヤはもっときれいで」。安城は背を丸めて先へゆく。

あたりは家もまばら、急勾配の道をいく人どころかクルマもとおらない。

「ゆあちゃん、こんなとこに、たったひとりで恐《おとろ》しいことおまへんか」

トンネルの坑口が近づくにつれ空気まで冷えていく。カーブが問うと彼女は即答した。

「へっちゃら。お化けとか幽霊にあえるもんなら一回くらいおうてみたいです」

男たちは揃ってうめいた。点在する民家は戸を閉ざし、窓辺のカーテンが揺れることさえない。ほどなく電灯も消えるはず。旧生駒トンネルの坑口の前、張りめぐらされたフェンスに富瀬は小さな花束を立てかけた。四人は合掌する。右手の奥に変電所や旧駅のホーム、鳥居。遠くに厳重なゲートで閉ざされたトンネル。いよいよこの中に忍びこむ。


再び石切駅に戻った男三人がベンチでひそひそと額を寄せている。

最終電車はさっき出た。ゆあは石切サイドの坑口の前でスタンバっている。

生駒山からの風がホームに吹く。駅員が掃除をはじめた。安城が立ちあがった。

「ほな、オレはここまでや。石切駅の北口で大家さんと待ってるで！」

「任せなさい。ええ仕事しまっせ」

安請け合いするカーブの横で、富瀬は無言のまま安城と力強い視線を交わした。

三人は行動を開始した。安城が酔っぱらったふりで掃除をする駅員にぶつかる。その隙に富瀬とカーブは線路に飛び降りた。ホーム下を忍者さながら中腰で足早に移動する。

線路は奈良に向かって右カーブを描いている。ホームの端まできたふたりは、勢いよく飛び出し新生駒トンネルに駆けこんだ。

現役のトンネルは暗いというものの懐中電灯をつけるほどのこともない。

富瀬はウグイス色の鉄扉の前で立ち止まる。レバー仕立てのドアノブを上へ押しあげた。ギギーッと蝶番《ちょうつがい》が軋む。ふたりはすばやくドアのなかに入った。

そこから先は小さな坑道になっている。長身の富瀬は頭を打ちかけて背をかがめた。幅は彼なら余裕だが、カーブにはちょっと狭そう。

ここは新旧の生駒トンネルを結ぶための避難坑。万が一の脱出用だから施錠はされていない。避難坑のことは古本屋で買い漁った鉄道雑誌のバックナンバーでみつけた。旧トンネルの坑口にたちはだかる鋼材製のゲートを突破するのは至難の技だけど、このドアがあるおかげですんなり旧トンネルへ抜けられるはず。けっこう急な勾配になっている小さなトンネルをのぼっていく。

再びさっきと同じような鉄の扉にでくわした。やっぱり鍵はかかっていない。

富瀬はレバーに手をかけた。あちこちを駆けずり回ったし、手痛い大失態もあったけれど、このドアを開ければとうとうSOP軍資金の在《あ》り処《か》にたどりつくことができる。

正直、トキメキやドキドキでは梅田仮停留所のほうがまさっていた。旧生駒トンネルには冷静な自分がいる。前回、偽ダイヤという冷水を浴びせられたことも関係しているはず。

「SOP軍資金の発見がゴールになっていた。でも、いまはそうじゃない」

ダイヤをみつけた後のことのほうがずっと大事だ。


旧生駒トンネルは閑寂《かんじゃく》かつ厳粛《げんしゅく》、しかも堂々とした空間だった。

蛍光灯が等間隔で並び充分に眼がきく。廃坑は想像以上に巨大だ。

富瀬とカーブの影がふたりの体型を反映したまま足元からすっと伸びていく。

三〇〇〇万個ものレンガは大半が白っぽくなっているものの、それでも赤の趣を失っていない。

それらが例の英国式で整然と積み上げられ坑内は荘厳な雰囲気に支配されている。

「クモの巣だらけのうえ、コウモリがぶら下がっているのかと想像してたんですが」

「ワシは鍾乳洞みたいかと思てたけど、えらい近代的や。これなら幽霊はでえへん」

アーチを片端からたどれば、頂の天井部に電線のあと。現役時代はパンタグラフが触れ火花を散らせていたことだろう。振りかえると石切の坑口をふさぐ屈強の扉がみえる。

富瀬は上部の格子に懐中電灯をあて、三回連続で光をつけたり消したりした。トンネルに入れたという、ゆあへのサインだ。すぐ、鉄扉の向こうから同じように三回光が点滅した。

幸子のいる奈良側の坑口はあまりに遠く肉眼で判別できなかった。カーブがいう。

「なんや、じっとみつめていたら吸いこまれてしまいそうでんな」

「あっちからスポーツカーが走ってきてもおかしくない感じがしますよね」

線路は外され地上の道路と変わらない。地面が濡れているのは思い出したように水滴が落ちるのと、地下水が滲《にじ》むから。隅に丸々と太ったカマドウマがうずくまっていた。

この三四〇〇メートルにも及ぶ隧道は落盤や浸水、地質変化などに悩まされ難工事を余儀なくされた。工費は法外なものとなり鉄道会社、建設会社とも経営苦に陥ったという。

「それでも、最後まであきらめなかったうえ最高の資材と工法を貫いたんですね」

「いやはや、こんだけのモンを大正時代にこさえるとは大阪の誇りでおます」

富瀬は密かに闞や伊志田、祖父に成功を祈った。祖父の懐かしい面影が浮かんだ。

——伊志田さんのことを悪く思っちゃいけない。あの人は慎重《しんちょう》居士《こじ》だから。それに闞さんの最後のヒント「再挑戦」には、いろんな想いが託されているのさ。

富瀬は「わかってるよ」と独りごちた。

「伊志田さんが工区を担当したのはこのあたり」

富瀬は旧生駒トンネルの概略図を示した。奈良に向かって右側の少し低いところに新トンネルが並行して掘られ、こっちには避難坑や変電設備が点在する。

「SOP軍資金は左サイドの枝抗に隠されているはずです」

「頼んまっせ、御堂筋線の二の舞いはゴメンでっさかいに」

「それはいいっこなし。というか、今回こそまさしく僕らの再挑戦ってやつですよ」

左側には七つの大きな枝抗があり、避難場所や倉庫、爆薬庫などに使用されていた。富瀬は、そのひとつに目星をつけている。さっきの穴には土嚢が山と積まれていた。

ふたりは意中の枝抗の前にきた。伊志田は土地鑑のあるここに大阪遷都の資金を——。

錆びた鉄格子の扉が侵入を阻んでいる。富瀬は念のため左右を確かめ、安城から渡された合鍵の束と錠前の鍵穴を見比べる。

「これかな」、合鍵からいっぽんを選んで挿すと錠前はたやすく外れた。

枝抗はふたりが並んでも余裕があるほど大きい。ただし照明はない。カーブが懐中電灯をつけた。枝抗は本坑と違い粗く掘ったままで岩盤が剝き出しだ。レンガではなく、逆U字形の鉄筋があばら骨のように奥へ連なり補強している。

「まるで西洋の古城の地下牢やおまへんか」

「僕はカタコンベを連想しちゃいました」

縁起でもないけれど、ここに白骨死体が転がっていたっておかしくない。地面には瓦礫《がれき》や木材の破片がめちゃめちゃに散乱し歩くのに苦労する。本坑の整然さとは天と地だ。

滴《したた》る水滴の量も本坑よりずっと多い。それどころか時どき砂や小石まで落ちてくる。

「こないなとこで、どないしてお宝を探しまんねん？」。カーブは心細そうだ。

「闘さんのヒントを信じるしかありません——暗闇、横穴、湿気、奥の奥です」

だがライトで先を照らしても黒々とした闇に光を吸いつくされ見当がつかない。

「とにかく奥の奥まで進まなきゃ」

おっかなびっくり、富瀬が先頭で足元を確かめながら、じりじりと歩を重ねた。彼のジーンズのベルトループをしっかりつかんだカーブがついてくる。懐中電灯のライトはか細く頼りない。静まりかえっているせいでジージーと耳が鳴るのがきこえた。カーブが何度か躓《つまず》き、その度にのしかかってくる。

「危ない！　僕のジーパンから手を離してください」

「そんなこというても……」。カーブを照らすと実に情けない顔になっている。

「じゃ前を歩いてください」

「ほな恐《おと》ろしいことできまっかいな。化けモンが出てきよるかもしれへん」

「じゃ後ろでガマンして」

「殺生なこといいなはんな。後ろから幽霊に襲われたらアウトでんがな」

舞台度胸は満点のくせ怪異霊験には弱いようだ。富瀬はムッとしながらも前進を再開する。カーブは折衷案《せっちゅうあん》で斜め後ろからついてきた。

伊志田が担当した工区の枝抗はかなり奥深い。それでも道幅が狭まっていき、とうとう新幹線の先頭車両のような形になり、どん突きになった。

「僕の手元を照らしてください」

「女子《おなご》のかだらを撫でるよう念入りにやんなはれ」

カーブのアドバイスはともかく、あちこちと壁面を探る。

だが、幻の地下鉄梅田仮停留所跡のような軍資金を埋めたサインはみつからない。富瀬は膝をつくと地面に眼をこらした。手で小石や砂、コンクリ片の混じった地をならす。爪に異物が食いこみ、手の平のすりむけるのも気にしない。

「おまへんか？」。カーブが漏らしたのと同時に富瀬の動きがとまった。

「ここ、ここにライトを近づけてください！」

富瀬はせわしなく地面を払う。やがて磁器の肌のように白くまろやかに光る金属板が。

一辺が五、六〇センチほど、琺瑯《ほうろう》引きといってガラス質の釉《うわぐすり》を焼き付けたものだ。富瀬はリュックから荒神箒《こうじんぼうき》を出すとていねいに土をよけた。

「金鳥やら仁丹、昆ちゃんのオロナミンCの看板と同じやつや」

「このマークは澪標《みおつくし》です」

白く引いた琺瑯に黒く「又」のような形。その下に縦のラインが引いてある。

「な－んや大阪市章が入った看板でっか」

「消防局や地下鉄、市バスに阪急なんかもアレンジして使ってますよね」

澪標の原意は「水脈《みを》に打たれた串」、つまり河口に杭《くい》打った航行標識をいう。大阪の港には淀川が注ぐ。その河口は大きく広がり、浅い水深のせいで航行に支障がでる難路がいくつもあった。

「澪標は安全航行の目印、船が安心して行き来できることを知らせるんです」

「又みたいなんはさしずめ魚の尾っぽ、タテ線が杭ということでっか」

「わびぬれば 今はた同じ 難波なる みをつくしても あはむとぞ思ふ――和歌の世界じゃ澪標は身を尽くしの掛詞《かけことば》、おまけに難波にもかかってきます」

旧生駒トンネルの枝抗のいちばん奥に、捨ておかれたように横たわる古びた琺瑯引き看板、そこに大阪と縁の深い澪標のマーク。

「SOP軍資金は大阪遷都計画に身を尽くすために捧げられました」

地下鉄御堂筋線に的をしぼった程度では甘かった。まして偽ダイヤという罠……闢や伊志田は二重三重の関門を設けた。それらを突破した者にだけ大阪遷都を託そうとしたのだ。

「僕たちは、軍資金を委ねるに値する人間かどうかを何度もテストされたわけです」

「一度や二度の失敗で挫《くじ》けたらアカン。再挑戦にはそういう意味もこもってまんのでんな」

「暗闇、横穴、湿気、奥の奥。大阪名所で再挑戦――すべてが合致する！」

ふたりは澪標の琺瑯看板を引き剝がすのに躍起となった。

だが指で引っかけようにも取っ掛かりがつかめない。

「あれがありまっしゃろ」

「釿《ちょんな》ですね」。梅田仮停留所でも役に立った秘密兵器をとりだす。

「ちょっとでも隙間をつくってくれたら、ワシが指を突っこんでめくりまっせ」

とはいえ、そのちょっとに苦労する。鋭利な刃先を琺瑯看板の下に食いこませようとするのだが、まるで接着剤で貼りつけたかのように、地面と溶接したみたいにビクともしない。

「水前寺清子やおまへんが、押してもダメなら引いてみなでっせ」

富瀬とカーブは「せーの」で看板の端に指をかけ、渾身の力でズラしにかかった。

指先が白くなり痺れる。それでも、ようやくカーブのほうに看板が動いた。

このわずかな隙間のできるのを待っていたかのように、看板の縁でちょろちょろ動いているものがある。富瀬が覗きこむとヌメッとしたのがニュッと頭をだした。カーブも首を伸ばした。その途端、こいつは這いでて全身をあらわした。暗緑色の本体、わさわさと動く不気味な無数の足。二〇センチはありそうな巨大で醜悪なムカデだ。

富瀬とカーブは身を縮める。醜悪な害虫はカーブの指をつたい、手の甲から袖口へとまっしぐらに突進した。

「ギャーッ」、カーブは半狂乱になった。だが火事場のナンとか、カーブはムカデショックで尋常でない力を発揮してくれた。澪標マーク入りの厚くて重い琺瑯看板が大きく動く。

さらに、その下から琺瑯板よりひと回りほど小さな四角い穴がみつかった。富瀬はライトをあて仔細に検分する。四角い穴は深さ三〇センチ、そこからまた土で塞がれていた。

「うわーっ、こりゃたいへんだ」

まだ一〇匹ちかい赤に黒や紫、トラ模様のムカデがうごめいている。富瀬は顔をそむけながら、釿の刃をお玉杓子のように使ってグロテスクな虫を掻きだす。最後の一匹は丸まると太って特別にでかい。そいつが鎌首をもたげ、牙をもった大きな顎で威嚇《いかく》してきた。北欧神話の番犬ガルムや龍のファフニールのようにお宝を守ってくれていたのか。感謝が半分、だけど残りは大迷惑。エイ、ヤッとジャンボサイズのムカデを薙《な》ぎ払う。

「ギョエッ」とまたまたカーブ。おぞましいのが顔にぶつかったようだ。

富瀬はかまわず作業を続けた。小さなスコップで盛土を慎重に掘りおこす。ほどなく先が固いものに当たった。いっそう気を張りつめながらスコップの縁で土を払いのける。

黒ずんではいるものの木地のくっきりした天板がみえた。木箱の蓋、材質は桐らしい。

「とうとう、みつけはりましたな」。ようやくムカデを片づけたカーブがいう。

「ありました、SOP軍資金はこの桐箱に眠っているはずです」

ふたりは、どちらからともなく手を差しだした。派手なガッツポーズではなく、感動で身を震わせ涙するわけでもない。ごく自然に、富瀬とカーブは力強く手を握りあった。

木箱は小ぶりの茶箱くらいのサイズ、美術品が収められていてもいいような風情だ。

カーブがジェスチャーで、蓋をとるようにすすめた。富瀬はぴったりと被せられた木蓋をあけた。紫の色目ながら、かなり退色した絹布に包まれた円筒形の容器。きつい結び目を揉みほぐすように解くと、素朴なこげ茶の色合いの壺があらわれた。備前焼だろうか。

富瀬はそっと壺に手を差しいれる。懐中電灯で照らすカーブの手元が少し揺れた。

確かな、宝石だという手ごたえがあった。富瀬がゆっくり壺から抜いた手の中には三個の指輪が光り、指に二本のネックレスがきらめきながらひっかかっている。

「間違いのうダイヤでっせ。まだまだぎょうさんおまんのか？」

「この壺にぎっしり宝石が詰まっています」

富瀬とカーブは黙って互いをみかわす。カーブが感にたえぬ口調になった。

「ようぞ、ここまでこられた。短いようで長うおましたな」

「お疲れさまでした……いろんなことがありましたね」

「ありましたなあ……ナンギなことばっかしでおましたわ」

カーブの自分は関係ないみたいな口ぶりに富瀬は吹きだす。カーブは片方の眉だけあげ、しばらく富瀬をみつめていた。だが、そんな彼も、やがて肚《はら》から突きあげられたみたいにワッハッハと喉をふるわせた。ふたりはお宝を挟んで遠慮のない笑い声をあげる。

こんなシーンこそＳＯＰ軍資金発見の場にふさわしかったんだ——富瀬は納得した。

9

暗い枝抗だが、出入り口のあたりにはトンネルの蛍光灯の光がはいりこんでいる。

富瀬はライトを消し、桐の木箱を置いた。振りかえって深い闇の彼方をみつめる。

「大阪遷都計画の夢はしっかりと僕らが受け継ぎます」

富瀬から記念品にしたいといわれ、えらく重いうえ厚みがある澪標の琺瑯看板を引きずってきたカーブも後方に一礼した。しかし、まだ富瀬は動こうとしない。

闞や祖父が策定した途方もない都市開発論。伊志田はその実現のため莫大な軍資金をここに埋蔵したのだ。いつ、だれが計画を遂行してくれるのか——先人たちが託そうとした人物像に己は合致しているだろうか。物思いにふける富瀬の肩をカーブがつついた。

「名残り惜しいのはわかりまっけど、ワシは先に出まっせ」

彼は岩肌が剝き出しの壁面に看板を立てかけ、木箱を捧げ持った。

「ほう、意外に軽うおますわ」、カーブは鉄格子の扉へ向かって足早になった。

改めて富瀬は立ちつくす。新しい首都をつくりあげるという大テーマがのしかかってくる。今日からいよいよスタートする長い道のり。自信と弱気、楽観と悲観がせめぎ合う。

「まるで善神と悪神が綱引きをしているようだ」

そういえば生駒山は現世利益信仰のカオス。俗人の欲深い願望をかなえてくれる。

「トンネルを出たら、どこかの小さな祠《ほこら》にお詣りしようか」

苦笑しながら出口へ回れ右したら、不覚にもズルッと瓦礫に足をとられてしまった。しかも転倒をこらえようとしたのが裏目になった。空足を踏み前のめりに倒れる。岩に右膝があたり、激痛がはしった。カーブはもう扉の外にいる。

彼の名を呼ぼうとした途端に不思議な音が耳朶《じだ》をうった。雌雄の象が呼びあうみたいな、二本のトランペットのロングトーンのようなカン高い響きだ。

これは警備や警戒のサイレンとは違う。まして空耳のはずもなかろう。

不可解な余韻を怪しんでいると、枝抗を支える赤く錆びた逆U字の鉄骨が撓《しな》った。手ですくった偽ダイヤの粒がこぼれるように、天井からポロポロと小石が落ちてくる。壁面の岩肌には小さな亀裂がはしった。枝抗が戦慄《わなな》き、身震いしている。

穴倉の景色が一変した——にわか雨が路面を激しく打ちつけるように、おびただしい石が降ってきた。富瀬はうつ伏せになったまま両手で頭をまもった。

「まずい、落盤だ！」

総身に鳥肌がたち、一時に身体中の血まで引いていく。扉の外でカーブが怒鳴る。

「富瀬クン、富瀬クン！　どこや、どこにおるねん？」

応じようと顔をあげたが、巻きおこる埃でけぶりカーブの姿がみえない。驟雨《しゅうう》のように降りそそぐ落石のせいで口もひらけない。膝の痛みで立ちあがれない。手を伸ばしてもカーブには届かない。石礫《いしつぶて》は尖り、容赦なく身体のあちこちにぶつかる。

ヘタすると死んじゃう。富瀬は腹ばいのまま動きだした。匍匐前進《ほふくぜんしん》というやつだ。

しかし足場が悪いから、おろしガネの上をいざっているのと同じ。進みにくいうえ、衣服のあちこちが破けた。わずか数メートル先に扉がある。なのに、とてつもなく遠い。地面に散らかった瓦礫や木片が、崩れ落ちる石の反動で跳ねかえり頬を傷つけた。

ここでくたばるわけにはいかない。おびえの翳《かげ》を必死に払う。肘をつかって身を漕ぐ。

だが進みは腹が立つほど遅い。膝が泣きたいほど痛む。

「あわわわ」「オヨヨ」、カーブは意味不明の言葉を吐きちらしている。

富瀬はあがき、もがきながら身を起こした。そのとき、凄まじい衝撃が頭部を襲った。敬愛するボクシング世界王者のホセ・ピピノ・クエバスのパンチはきっとこんなだろう。レンガほどもある小岩が足元に転がる。富瀬は座像が倒れるように再び地面に伏してしまった。

脳裏に、仲間たちとみた大阪の夜景の光がまたたく。

壺の中のまばゆいダイヤモンドさながら、無数のきらめきに包まれる。

ふいに身体が軽くなってきた。落石と地面の瓦礫が打ち合う轟音が遠くなる。

「おじいちゃん……」

困ったような顔の祖父がいる。その左に闞一、右側は伊志田だ。

三人とも追い払うような手つきで「くるな、はやく帰れ」と口を揃えた。

――ここで、富瀬は完全に意識を失った。

10

小鳥たちが競うようにさえずっている。小学校の校庭のような騒がしさだ。ウグイスも鳴いている。まだウオーミングアップのようでケキョ、ホケ、ケケキョとヘタくそなうえ頼りない。

富瀬は寝返りをうった。カーテンをあけた幅の分だけ、日差しが彼の顔をあかるくした。陽春の光にくすぐられ瞼がぴくぴくする。富瀬は薄目をひらいた。

「わたしよ、わかる?」。よろこびと不安がないまぜになった声がした。

覗きこんでいるのはゆあだ。富瀬があわてて首を起こそうとしたら、やさしく止められた。富瀬はまた枕に頭をしずめた。ゆあから贈ってもらった、お気に入りのパジャマを着ている。枕にはアイスノンが敷いてあった。真っ白でふわふわのタオルでくるまれている。

「ここって……僕の、部屋だよね」

「そうやよ。ずっーと眠ったままやった」

心配したんやから。ゆあは両手で富瀬の手を包んだ。前後不覚になって自室のベッドに寝かされていたようだ。そして、傍らにはずっとゆあがいて看病してくれた。富瀬は手をゆあに委ねたまま、身体のあちこちを動かしてみる。たちまち痛みが襲ってきた。

「無理したらあかん。じっとしときなさい」、ゆあはまるで母親のようにいう。

「いま何時ごろかな」

「朝の七時くらい」

「僕、どのくらい眠ってたの?」

「……全然、覚えてへん?」

ゆあの顔に不安の雲がかかる。富瀬はそいつをなんとしても払いのけたくて必死に記憶をたどった。旧生駒トンネル、イギリス式に積まれたレンガ、枝抗、大ムカデ、澪標の琺瑯看板……いろんなシーンがフラッシュバックする。

「そうだ! 落盤事故があって――」


一〇〇〇ｃｃ三気筒のエンジンが火を噴く勢いで鼓動した。

育枝の愛車シャレードが阪奈道路を疾走する。深夜の自動車専用道路では、料金ゲートを突破した暴走族のバイクが傍若無人に走りまわっていた。しかし、育枝の神業ドライブテクニックにかなうわけがない。たちまち餓狼《がろう》の群れを蹴散らし、追い抜いていく。

いきり立った連中が竹刀をふりかざし、カミナリさながらの怒声をあげても遠吠えでしかない。バックミラーの中でヤツらはたちまち小さくなった。

「しっかりせい、死んだらあかんぞ!」

後部座席で安城が叫んだ。依然として富瀬は意識を失っている。ゆあは唇を強く噛んだまま、彼を抱きしめていた。彼女の服には点々と血痕がついている。

「どないだ?」、育枝が気づかう。ゆあはタオルを富瀬の頭からそっと外した。

「なんとか出血はとまったみたいです」

助手席のカーブが育枝にいう。

「駅前の南口をずーっといって生野との境に近いとこ、岸外科ってわかりまっか?」

「知ってまっせ。勝山通りと加美へ抜ける府道の交差点を南へいったとこでっしゃろ」

「あしこの先生なら交渉でけます。ワシ、あの病院の忘年会で余興しましてん」

カーブの膝の間には桐の木箱が収まっていた。大ムカデにかわってラッキーが蓋のうえに鎮座している。カーブがため息をつく。

「いやはや、あの澪標の琺瑯看板があればこそでっせ。分厚うて重たかったけど、しんどいめェして引きずっていって正解でしたわ」

SOP軍資金が眠っていた旧生駒トンネルの枝抗で落盤に見舞われた。

富瀬は無意識のうちに穴倉の壁面へ立てかけた看板の隙間に頭を突っこんだ。おかげで一命はとりとめたのだった——。しかし、後部座席では安城が泣きそうになっている。

「富瀬、富瀬、眼をあけんかい! あけてくれ! なんかしゃべってくれ!」

育枝が小声で「幸子はんは?」とカーブにたずねた。

「とりあえず予定の時間になったらタクシーで八ちゃんにいくはずですわ」

「そうでっか……とにかくワテらは医者へ一直線や」

育枝はアクセルを踏む。小さな車体が震え、カーブの巨体がシートにめり込んだ。

「みんなのおかげで命拾いできたんだ」

「くるくるの天然パーマがクッションになって落石から頭を守ってくれたんやね」

ゆあはようやく、くすくすと笑った。目覚めた富瀬が意外としっかりしているので、本心から安心したようだ。富瀬にもあれこれと断片がよみがえってきた。

病院の玄関での医師とカーブのやりとり。迷惑そうな医者に憤《いきどお》った安城がわめき散らしていた。手術台の冷たさ。後頭部と膝ばかりか腕や背中、腹部の鬼が躍るような痛み。

次はゆあや育枝、それから恵梨香と幸子のいいかわす声。それらが耳の底に残っている。女たちのさざめきには、ささやきやため息だけでなく涙声もまじっていたような……。

しかし、ここからはすべてが霞《かすみ》のようにぼやけてしまう。

ただ、混濁のなかでも痛みと寒気がひどくなり、いてもたってもいられなかったことを覚えている。そうしたら、やわらかくてしなやかな感触が富瀬をすっぽりと包んだ。

ひそやかだけど、しっとりとした肌の感触。艶めかしくもある吐息がかかった。

富瀬もためらうことなく、やさしい想いとあたたかな身体を抱きしめた。

すっかり安心した富瀬は、また深い眠りの沼に沈んでいったのだった――。

ゆあに背を支えてもらい富瀬は起きあがった。

見慣れた自分の部屋だけど妙に新鮮にうつる。スチールデスク。本棚やラックからはみだし床にも積まれた書物とレコード、エレキギターにアンプ。ジーパンが入った衣装箱が何層にもなっている。

「アポロ11号で奇跡の生還をした宇宙飛行士ってこんな感じかな」

「おおげさッ」、ゆあはすぐツッコんできた。顔は笑っている。富瀬は話題をかえた。

「生駒トンネルに穿いていったエドウインはボロボロになっちゃったよね」

「うん。でも洗濯して縫えるところは繕っておいた」

ゆあが衣装箱のうえの畳んだジーンズをとってきた。広げると、やっぱりひどく傷んでいる。腿にいくつもある繕いの痕はアクセントといえなくもない。だが、したたかに岩とぶつかった右膝はパックリとあいたまま。ゆあは申しわけなさそうだ。

「ここはしゃーないもん。手術不可能やったんでそのまんまにしといたん」

「まるでルンペンじゃん。もう捨てちゃったほうがいいか」

「でも今度のことで思い入れのあるジーパンになったし。それに、来年あたりダメージとか穴あきデニムとかいうて、こういうんが大人気になるかもしれへんよ」

「……それじゃ記念にとっておこう」

ゆあは小さくうなずいてから部屋の隅をみやる。

富瀬の視線もそのあとを追った——きれいに拭きあげられた桐の箱が鎮座している。

富瀬はゆっくりとベッドから降りた。まだまだ、あちこちの痛みは強烈。最初の一歩はよろけてしまった。ゆあがあわてて手を貸そうとする。だが彼はそれを制した。

「箱の中の壺は確かめてみた？」

「安城さんやカーブさんらが壺を囲んでワイワイいうてたんよ」

「それは全然、きこえなかった」

「けど、みんな遠慮して壺のうえから中を覗いただけ」

「そういえば、またまたダイヤが偽物だっていう夢をみちゃったよ」

「えらいうなされてはったんは、その悪夢のせいやろか」

富瀬は桐箱の前にかがみこんだ。ゆあが桐箱の蓋をあける。富瀬は濃い茶色の壺を取りだした。枝抗ではわからなかったが、壺の肩から胴にかけて黄緑を帯びた釉薬《ゆうやく》がショールのようにかかっている。富瀬は率直なものいいになった。

「だけど、僕は偽モノが詰まっていてもかまわない。石ころだっていい」

ゆあはメガネをとり、すっと切れ長の眼をみひらいた。涼しげで人を射るような瞳が富瀬の真意を問うている。富瀬は全身を負傷しているとは思えないほどの勢いでいった。

「膨大な額の軍資金があればありがたい。でも、僕らが大金のために動いたとしたら、それは本末転倒だ。ダイヤモンドがなくったって、僕は人生をかけて遷都計画をつきつめる。これが偽ダイヤだとしたら、一から資金集めも含めて再スタートする」

生死をさまよったおかげなのか――富瀬は生まれかわったような気持ちになっている。

「大事なのは夢。で、もっと大切なのは夢にチャレンジすること」

大阪人はカネにシビア。ケチといわれているし、実際にそのとおりだと思う。だけど、大阪人は夢の実現のためなら財を投げうつことも厭わない。それはカネよりも大事なものがあることを知っているからだ。

富瀬はただの駅前のお好み焼き屋のにいちゃん。

カネに執着し大金を得てふんぞり返り、周囲からチヤホヤされるような人間じゃない。

知名度もない。だけど、それがナンだというのだ？

お金はあってもいいけど、金額の多寡《たか》が人の値打ちを決めるなんてアホらしい。

地位や名誉があれば便利なのかもしれないが、ないから夢をあきらめるなんて論外だ。

「金持ちや有名人が人生のチャンピオンだというなら、いっておけばいい。でも僕はそんな人たちとは違う道を歩く」

すりガラスの窓ごしに部屋を照らす朝陽がまぶしい。

壺にはダイヤのリングやネックレスがぎっしり詰まっている。富瀬はゆっくり壺を横に倒した。

大阪遷都計画にかけた大阪人の願いが長い眠りからさめ、きらめきながら銀河のようにひろがっていく。

「大阪遷都計画に込められた理想はダイヤモンドよりも崇高だし強固だ」

富瀬は一気にしゃべった。熱をこめた余波で疲れが襲ってくるかと危ぶんだが、その心配は無用のようだ。ゆあは、形のよい唇を凛と引きしめたままきいてくれている。

「それでこそ富瀬さん、わたし改めて好きになってしもた」

いってから、ゆあは「恥ずかし」と頬に手をやる。富瀬はそんな彼女に顔を近づけた。ゆあも身をよせる。いい匂いがした。富瀬はゆあの肩を抱いた。

「おおきに」「わたしこそ、おおきに」――ふたりはいいかわした。

階下でガラス戸がひらく音がした。安城の声が二階にまできこえてくる。

「オレや！　富瀬クンは眼ェを覚ましたか？」

育枝とカーブの声がつづく。

「おはようさん、滋養満点の特製ソップ〈スープ〉をこさえてきましたで」

「余興の仕事がおまっさかい、富瀬クンの顔だけみて退散しまっさ」

ラッキーもキャンキャンいっている。幸子と恵梨香の母子はあいかわらずだ。

「ママ、早よしぃ。今からコンパクトひらいても遅いって」

「せやけど富瀬クンが正気になったら化粧のひとつもしとかんと」

すりガラスに映っていたひとつの影がゆっくりとふたつにわかれた。

「みんな、きやはった。富瀬さん、元気なところをみせてあげて」

「もちろん！」

小さな鳥がまた鳴いた。ホーホケキョ、ホーホケキョ、ケキョケキョケキョ。

今度はうまく鳴けた。春を告げる鳥は胸毛を思いっきりふくらませ、誇らしげにさえずっていることだろう。

富瀬もまけずに立ちあがる。ゆあが、そっと彼の背中を押した。

エピローグ

テーブルとイスを運び出したら八ちゃんはずいぶん広くなった。

だが、さっそくチーク樹脂の長机とパイプ椅子が運びこまれ、前よりえらく窮屈になってしまった。菓子パンを並べていたベーカリーラックは、山と積まれたチラシが占領している。カウンターの上にはでっかいダルマ。今夜、片方に黒々と目玉を入れる予定だ。

「こんなにナンギなことになるなんて、最初にいっといてほしかった」

富瀬は手櫛で髪をかきあげる。長髪と天然パーマはかわっていないけれど、ちらほら白いものが目立つ。眼尻の皺、ほうれい線も深くなってきている。

しかし、それらは知的な魅力を醸《かも》しているようだった。

しかも、富瀬の風貌から遅れてきたヒッピーという趣は消えていない。

「あれから一〇年以上たった……」

昭和から平成の御代にかわったのはつい先年のこと。

富瀬はアラフォー、不惑の年齢をこえた。九年前にゆあと結ばれ、子どもが誕生した。この春、

長男は地元の小学校に入学している。富瀬は自他ともに認める子煩悩《こぼんのう》だ。

そして彼はお好み焼き屋をつづけ、駅前の人々の暮らしぶりを肌で感じとってきた。名店と持ち上げられたり行列ができたりするわけではない。かといって客足が減るわけでもなく——常連たちがいわくおおおねとやってきたわけだ。

その一方で都市開発、都市計画の専門書や一般向けの書物を積極的に刊行している。当初こそ、まともに取りあってもらえなかったけれど、ようやく理解や興味を示す人々が増えてきた。ときたま、新聞や雑誌に寄稿することもある。

富瀬は頬づえをついて周囲をみわたす。壁にはポスターがベタベタと貼ってあった。

「セント・オーサカ・プロジェクト発進！
大阪を、日本の首都にするで！
大阪府知事候補　富瀬肇《ふせはじめ》」

八ちゃんの戸は開け放たれ、暖簾《のれん》は外してある。

二条小路をゆく人たちは立ち止まらずとも、横目で泡沫候補の選挙本部をみやる。オッサンやオバハン、ニイちゃんにネエちゃん。彼らと眼があえば、見知らぬ人でもニカッとわらって会釈する。富瀬だってそのくらいのことは心得ている。

すべては清き一票のため、大阪遷都のためなのだから。

店先に小さな影が差した。駆けこんできたのは長男の襄《じょう》だ。

「あーーっ、おとうさんまだ店にいてはる」

すぐに妻のゆあもあらわれた。

「ホンマやわ。もうすぐ出馬第一声の演説やのに、なにをしてはるん」

息子は入学式のときに着ただけだった半ズボンにブレザー、ゆあも珍しく黒のスーツスカートなのに富瀬は毎度のごとくTシャツにジーンズのまま。ゆあが呆れ、苦笑した。

「やっぱりこの格好で演説すんの？」

「だってカーブさんや恵梨香ちゃんも僕らしくていいっていうし」

「そや、おとうさんはデニムがいっちゃん似合うもん」

富瀬はこういってくれる長男を高々と抱きあげた。襄は、近ごろ父親がろくすっぽ本を読んでくれず、レコードもきかせてくれなかったからキャッキャよろこんでいる。

富瀬が息子を生駒山上遊園地の飛行塔みたいに振りまわしていると、声高に話しながら一団がはいってきた。先頭はカーブだ。ブルー地にぶっといホワイトストライプのスーツ、すっかり薄くなった頭には朱文字で「必勝！」と染めたハチマキ。立候補する富瀬よりかなり過激に目立っている。

「ぼちぼち時間でっせ」

カーブは腕時計をみやる。彼は今回の出馬にあたって事務局長を拝命していた。

後につづいたのは、富瀬の著作や講演を通じて大阪遷都計画に賛同してくれるボランティアの若者たちだ。揃いの「ＳＯＰ　Ｃｏ．」とプリントしたTシャツを着こんでいる。

富瀬は彼らとハイタッチし、ゆあはていねいに頭をさげた。カーブが指示をだす。

「ほな、それぞれパンフもって所定の位置についてんか」

カーブはパンフを手に出ていく彼らの背にも声をかける。

「拍手するときは、手の平に卵一個分の隙間をあけて、大きな音で派手に頼んまっせ」


ほどなく二条小路でワーワーキャーキャー、ときならぬ喧騒と熱気がまきおこった。

「吉本のエリカさまやんけ」

「うわっ、ウソッ、マジで？　いややわ、ホンマモンやん」

「エリカさま、いっつもテレビみてるで！」

思えば一〇年ちょっと昔、高校生だった恵梨香は八ちゃんの店先で、橋場の自転車を「パクッた」「やってない」と大モメして人だかりをつくったのだった――。

しかし、恵梨香はもう当時の彼女ではない。しかも、人の輪はあのときの数倍だ。

「わーっ、恵梨香のおばちゃんがきてくれた！」

裏が思いっきり、ふくよかな肉体にぶつかっていく。恵梨香がでっぷりした腹で受け止め、裏は風船にぶつかったかのようにボヨ～ンと跳ねかえされた。

「ジョー、何回いうやらわかんねや。おばちゃんいうたらアカン、傷つくやん」

「そやった。エリカさま、ごめんちゃい、かんにんな」

ふたりのやりとりに富瀬やゆあだけでなくカーブまで笑いだす。

恵梨香は吉本新喜劇で初の女座長になった。人気は絶大で大阪のテレビ、ラジオに出ずっぱり。

そして、アイドル志望の彼女をお笑いの世界へ引きこんだのは、ほかならないカーブだった。恵梨香は富瀬の正面にたった。

「忙しゅうて打ち合わせの時間もあれへん。けど富瀬さんと大阪遷都計画を大絶賛するから」

「ありがとう。恵梨香ちゃんがいてくれるとツカミはOKってやつだ」

恵梨香は貫禄たっぷりの体型にめげずファッションにうるさい。流行のソバージュや太眉、ボディコンにも果敢に挑む。若い世代からは、ありのままの自分らしさを大事にしている、世間の常識にチャレンジする姿勢がカッコいいと好評だ。

姉御肌の言動もあって女芸人・恵梨香はいつしか〝エリカさま〟と呼ばれている。

さらに、彼女は大阪遷都計画つまり「セント・オーサカ・プロジェクト」を支持する「SOPカンパニー」の名誉会長でもあった。

「ほな、駅前に選挙カーがつく頃やから」

カーブの先導で富瀬とゆあ、恵梨香は裏と手をつないで駅前のロータリーへ向かう。


駅前のロータリーはえらい人出だ。

ガタいのいい男が、鋭い眼光をとばし選挙カーの周囲を警戒している。

「オレが刑務所にブチ込まれてた間も、富瀬はマメに面会にきてくれたからのう」

大山だった。彼は出所後、自ら志願して富瀬のボディガードを務めているのだった。

選挙カーの最前列には育枝が陣取っていた。「SOP Co.」のTシャツをベージュのババシャツのうえに着こんでいる。

「ひゃあ、昭和三十年頃の街頭テレビでプロレスやってた時よりぎょうさんでっせ」

彼女は数年前に傘寿《さんじゅ》を迎えた。アパートと自宅を取り壊してマンションに建て替え、そこに住まう。年齢相応に老いたが口は達者だ。ラッキーも老犬ながら横に侍《はべ》っている。

「意外や意外、富瀬クンもなかなかの人気やおまへんか」

育枝の横ではテレビ局のハンディカメラがどんどん増える聴衆を撮っている。

保守系で本命の前副知事や革新系の対抗候補に比べ、富瀬はいかにも知名度が低い。若年だし地方行政の経験もない。だが「大阪を、日本の首都にするで！」「セント・オーサカ・プロジェクト発進！」の主張は、荒唐無稽なアジテーションと嗤《わら》われるばかりではないようだ。育枝の背後では、こんな声がきこえてくる。

「大阪を首都やなんてホンマにやらかすつもりなんかい」

「大阪が東京にとってかわるやなんて、考えただけでもオモロイやんけ」

「関空もでけるし、東京なんぞに負けてられへんで」

「新聞に国会が首都機能移転を決議したって載ったァったしな」

平成になって、首都機能を東京から移転させようという議論が活発になっている。衆参両院は「国会等の移転に関する決議」を採択した。まずは立法府から、ということだけど他の首都機能も東京から地方へ移譲あるいは分散させることが検討されつつある。

富瀬にとっては願ってもない追い風だ。

「カネまみれの時代やさかい、与党や野党の候補もややこしいゼニもろてるやろ」

「国際交易センター建設やら文化発展協会設立なんぞを公約してる候補もおるけど、裏で土地がらみのごっついカネが動いてるっちゅう噂やで」

世はバブル景気に酔っている。昭和六十二（一九八七）年頃から地価、株価はすさまじい高騰をはじめた。不動産と株長者が次々に誕生し、銀行はカネを貸しまくってきた。

ネコの額ほどしか土地のない八ちゃんにまで、大手都銀の営業がやってきて「ビルを建てはったら」なんて迫ってくる。駅前でもベンツやBMWを転がす連中が目立って増え、梅町商店街のくだもの屋のオバハンまでが株に夢中になっている。

「そやけど、そろそろバブル景気も泡と消えそうやんけ」。聴衆のひとりがいう。

「世の中、そないに甘いことあれへんもん」。隣のオバハンも同意見だ。

ここへきて、借金が返済できずに土地を引き剥がされる商店や零細企業、町工場が目立つ。余剰生産と日本初の三パーセントの消費税導入による買い控え、株価暴落などが徐々に庶民の首を締めつけようとしているのだ。

富瀬がバブル景気、土地や株の熱狂に身を投じることなく、地道にやってこられたのは、やはりSOP軍資金のおかげ――。


選挙カーのうえに富瀬、ゆあと嚢、恵梨香が登場した。片隅にカーブ。

ロータリーばかりか、高架になっている駅の二階と三階も人でびっしり。

まずは恵梨香がマイクを前にがなりたてる。

「セント・オーサカ・プロジェクトをやらかそ！

ここにおる、富瀬、ふせ、フセに投票して、大阪を日本の首都にしてまおうや！」

たちまち歓声、掛け声、拍手、指笛それにヤジがいっしょくたになって駅前の空気を揺らす。駅前をつつむどよめきは河内の隅々にまで届きそうだ。

揃いのTシャツの若者たちがパンフを配りはじめると、人々は争って手にした。

恵梨香がマイクを富瀬に渡す。富瀬はまぶしそうに大観衆をみわたした。

「僕の公約はたったひとつ、大阪を日本の首都にしよう——これだけです。

明治維新から一〇〇年以上の歳月で日本は大きく変わりました。

東京が日本の中心となって、世界に類のない激変は進められました。

戦争を引き起こし、巻き込まれ、勝利だけでなく手痛すぎる敗戦を経験してきました。

敗戦後はオリンピックがあり、ここ大阪では万国博覧会も開催された。

僕らの父母、祖父母たちの一所懸命な働きで世界有数の金持ちにもなれた。

だけど、私たちの暮らしの隅々にまで、いろんな歪《ゆが》みが押しよせてきています。

政治、お金、情報、文化、マスコミ、人口……

東京はもう限界、新しい夢なんて描けない。

そろそろ、東京にお疲れさんっていってあげましょう」

富瀬はひと息ついてから高々と宣言した。

「もうすぐ二一世紀がやってきます。

新しい時代に大阪が日本の新しい顔になって、日本からアジアや世界を変える。

日本と世界の両方の視点から長期的に首都をつくっていく。

それがセント・オーサカ・プロジェクト。

大阪が新しい首都になって新しい暮らし、新しい一〇〇年がスタートします」

少しの沈黙があって大きな拍手。育枝は耳をダンボにして左右や背後の反応を窺《うかが》う。

「青臭い気ィもするけど、なんや夢のある話やないか」とオッサン。

「背ェは高いし、わりかし男前やわァ」とオバハン。

育枝はニヤリ、おもわず愛犬の頭を撫でた。

「大阪人はイチビリやさかい。富瀬クン、これは奇跡が起こるかもしれまへんで」


ロータリーの後方で背伸びしながら演説にききいっている男がいる——安城だった。

「富瀬クン、一〇年前とちっとも変わっとらんわ」

安城はネクタイをゆるめた。安モンっぽいスーツのポケットからタバコをだす。パッケージにはフロンティアのロゴだけでなく、「あなたの健康を損なうおそれがありますので吸いすぎに注意しましょう」という文言が。余談ながら、富瀬は子どもが生まれてからタバコをやめた。

「社長、あの府知事候補とダチなんでっか」

部下のチンピラっぽいのが安城に一〇〇円ライターの火を近づける。

「生死をともにした仲間や。お前も富瀬クンに投票せいよ」

安城は煙を吐きながら再び選挙カーをみやった。彼は八ちゃんとは反対側の北口でパチンコ屋や雀荘、ポーカーゲーム喫茶なんぞを手広く経営している。

「SOPちゅうのは富瀬クンとオレらの果てなき夢なんや」

こうつぶやく彼の肩にぶつかりながら、侘《わ》びもいわず前へいこうとする女がいる。チンピラが甲高い声で呼びとめた。

「おらおら、オバハン。ウチの社長にひとこと謝らんかい」

「なんやのん？」

不機嫌そうに振り返った女は厚化粧にむっちむちのヒョウ柄のワンピース。この熟女と安城の眼があった。ふたりとも、つんのめりかける。まず彼女が眉をすっとあげた。

「あらら……誰かと思たら、あんたかいな」

「うわっ、何年ぶりや。元気にしとるんか」。安城はきまり悪そう。

「おかげさんで、ミナミの笠屋町でラウンジやって大繁盛やねん」

富瀬が呼び寄せたのか、それともこれが腐れ縁というやつか。幸子と安城、七年ぶりの再会だった。しかして、なぜに男と女が袂《たもと》を分かったのか——それはいわずもがな、きかずもがなというやつだ。

「あんた、富瀬クンの講演会とか決起大会とかに顔をみせへんやないの」

水臭いんとちゃうか。幸子はなじるようにいう。安城はタバコを捨て足で踏んづけた。

「なんせ法律スレスレの博奕《ばくち》稼業やさかいにな」

富瀬クンが政治家になる足を引っぱったらアカン。そないなことだけはしとうない。

「けど富瀬クンとはマメに連絡をとってるねん。庶民の意見をしっかり伝えてるんや」

ゆあや嚢も交えて鶴橋界隈でうまい焼き肉を囲み舌鼓を打つことは再々だ。

幸子は「そうかいな」といいつつハンドバッグから名刺を出した。

「駅前で安酒ばっかり呑んでんと、たまにはミナミで高級ウイスキーでもどない？」

若いベッピンさんもぎょうさんおるで。幸子が店の口上をいうと、チンピラが名刺を覗きこんだ。安城は紙片を指先でつまみ、チンピラの鼻先をかすめるようにして上着の胸ポケットに収めた。

「富瀬クンが当選したら、そんときは記念にお邪魔させてもらうわ」

幸子はこの場にいるか、それとも娘も乗っている選挙カーに近づくかで迷ったようだ。でも、かつての情夫をふりきるようにいった。

「ほな、お待ちしてまっさかい」


壇上では富瀬の出馬第一声が佳境にはいっている。

「最後に――たぶん僕はアホです。いや絶対にアホやとおもう。アホやなかったら、大阪を日本の首都になんていわない」

聴衆がポカンと口をあけ顔をみあわせた。でも富瀬は臆するところがない。ゆあに恵梨香、カーブがうなずく。

富瀬は、おでこの汗をSOPの文字が入ったTシャツの袖でぬぐった。

「だけど大阪を首都にしようとしたアホな人は僕だけじゃないんです。ざっと六〇年ほど前になるかな、闕一という魅力的な人が大阪市長を務めていました。闕さんも大阪を日本いや世界一の都市にしようと決意したんです。僕は闕さんの夢を受け継ぎたい。アホといわれても、大阪から日本を変えていきます。大学と大学院で都市計画や都市開発を研究して、それから大阪へきて、この駅前でお好み焼き屋をやりながら『セント・オーサカ・プロジェクト』をあたためてきました。

僕は大阪出身じゃありません。だからこそ大阪を冷静にみられる。魅力が肌身でわかる。

やっぱり次の首都は大阪がいちばんだと信じています」

シーンとなった聴衆は、やがて感心したりニヤついたり、隣とささやきあったりしはじめた。

富瀬はいっそう熱心に、集まった人たちへ語りかける。

「僕はプロの政治家じゃないし、お笑い芸人でも弁護士でも医者でもない。

テレビのコメンテーターでもありません。

そして、僕はヒトラーのような口八丁手八丁の暴君ではありません。

新しい時代の大阪、日本、世界に専制政治は必要ない。

やたらと声高になって嚙みついても共感なんか得られない。

わざと論点をズラしたり、逆張りで自分を正当化したり目立ちたくない。

正面から正直にぶつかっていきます。

もう一度いいます、僕の公約はたったひとつしかありません。

でも、そのためにやらねばならないことが山ほどあります。

それを皆さんと一緒にとりくんでいきたい。

僕はアホになって大阪遷都計画をすすめていきたい!」

駅前のロータリーにわきおこる拍手を背中にうけながら、最前列の育枝がいった。

「アホでよろし。アホでなかったらこんなことといえまへん」

「いうてまいよった。富瀬クンはホンマにアホやなあ」

安城がまたタバコに手を伸ばす。選挙カーの方へいきかけた幸子は笑いをこらえている。

「せやけどアホにアホいうもんがアホやで」

アホにはどことなく、やさしさとあたたかみが漂う。大阪人はことのほか、このことばに愛着を感じている。富瀬はマイクを置き、両手をメガホンにして生の声で叫んだ。

「おおきに、おおきに。おおきにオーサカ！」

恵梨香は「おおきに、おおきに！」と両手を突きあげた。ゆあとカーブが続き、裏まで小さな拳をかためた。

ロックコンサートさながら、聴衆が「おおきに、おおきに！」と応じる。

ときならぬ熱狂のおかげか、東の空を覆った雲がきれた。

生駒山と左右の峰々がくっきりと姿をあらわす。

富瀬は熱気をまともに受けとめながら、なだらかな稜線の緑なす連山を仰いだ。

――はじめて駅前に降り立ったときも、こうやって生駒山をながめていたっけ。

「おおきに、おおきにオーサカ！」

連呼はさらに連呼を生み、とてつもない渦《うず》になっている。

参考資料
『マルコに恋して―大阪地下鉄道20の秘密―』大阪サブウェイドットコム
『主体としての都市　関一と近代大阪の再構築』ジェフリー・E・ヘインズ著／宮本憲一訳　勁草書房
『「大大阪」時代を築いた男　評伝・関一』大山勝男著　公人の友社
『写真アルバム　東大阪市の昭和』石上敏監修　樹林舎
『日限萬里子と大阪ミナミの30年』ミーツ・リージョナル別冊　京阪神エルマガジン社
『性・差別・民俗』赤松 啓介　河出書房新社
『ぼちぼちいこか』上田正樹と有山淳司　BouRbon／徳間ジャパン

S.O.P.大阪遷都プロジェクト
七人のけったいな仲間たち

2020年11月6日　初版発行

著者｜増田晶文

発行人｜藤原寛
編集人｜新井治

イラスト｜ヤマサキタツヤ
装幀｜Malpu Design（清水良洋）
本文デザイン｜Malpu Design（佐野佳子）
編集協力｜細川工房
校閲｜水魚書房
営業｜島津友彦（ワニブックス）

発行｜ヨシモトブックス　〒160-0022　東京都新宿区新宿5-18-21　03-3209-8291
発売｜株式会社ワニブックス　〒150-8482　東京都渋谷区恵比寿4-4-9　えびす大黒ビル　03-5449-2711

印刷・製本｜シナノ書籍印刷株式会社

ISBN 978-4-8470-9979-3

JASRAC 出 2008436-001